A justiça de
SULLIVAN

Outra obra da autora publicada pela Editora Record

A lei de Sullivan

Nancy Taylor Rosenberg

A justiça de
SULLIVAN

Tradução de
JAIME BERNARDES

EDITORA RECORD
RIO DE JANEIRO • SÃO PAULO
2008

CIP-Brasil. Catalogação-na-fonte
Sindicato Nacional dos Editores de Livros, RJ.

R724j   Rosenberg, Nancy Taylor
        A justiça de Sullivan / Nancy Taylor Rosenberg;
        tradução Jaime Bernardes. – Rio de Janeiro: Record, 2008.

        Tradução de: Sullivan's justice
        ISBN 978-85-01-07436-2

        1. Sullivan, Carolyn (Personagem fictício) – Ficção. 2.
        Ficção policial americana. I. Bernardes, Jaime. II. Título.

                        CDD – 813
07-3139   CDU – 821.111(73)-3

Título original norte-americano:
SULLIVAN'S JUSTICE

Copyright © 2005 by Nancy Taylor Rosenberg
Publicado mediante acordo com Kensington Publishing Corp. New York, New York, USA.

Todos os direitos reservados. Proibida a reprodução, no todo ou em parte, através de quaisquer meios.

Imagem de capa: Shutterstock

Direitos exclusivos de publicação em língua portuguesa somente para o Brasil
adquiridos pela
EDITORA RECORD LTDA.
Rua Argentina 171 – Rio de Janeiro, RJ – 20921-380 – Tel.: 2585-2000
que se reserva a propriedade literária desta tradução

Impresso no Brasil

ISBN 978-85-01-07436-2

PEDIDOS PELO REEMBOLSO POSTAL
Caixa Postal 23.052
Rio de Janeiro, RJ – 20922-970

EDITORA AFILIADA

Para Forrest Blake. Sem você, este livro não teria sido possível. Como tributo à minha linda mãe, Ethel Laverne Taylor, e à minha neta caçula, Elle Laverne Taylor.

CAPÍTULO 1

Quinta-feira, 23 de dezembro — 12h30

A morte estava esperando na garagem da bela casa de Suzanne Porter.

Seus sapatos chapinhavam na calçada molhada, uns poucos quarteirões longe dali. O céu já estava carregado quando ela iniciou a sua corrida diária. Agora chovia e ela estava ensopada. A água escorria pelos cabelos, que grudavam no rosto. Uma chatice. A única forma de controlá-los seria usar um daqueles capacetes de jogador de beisebol. Mas ela não gostava nem de usar bonés. Davam dor de cabeça.

Entretanto, naquele dia, as trivialidades não iriam aborrecê-la, de jeito nenhum. Ela adorava Ventura quando chovia. Ao atravessar a rua, deu uma olhada para longe, entre as casas, e gostou de ver um pedacinho do oceano Pacífico correndo ao longo da praia, a espuma branca se formando e desfazendo no ritmo certo. Os surfistas devem se sentir no paraíso, pensou ela ao ver a cabeça deles acima da água à espera da próxima onda.

A cidade tinha crescido em torno da histórica missão San Buenaventura, fundada em 1782. Suzanne adorava a cidade natal do marido, emoldurada de um lado pelo mar e, do outro, pelas montanhas. Estava certa de que eles passariam ali o resto da vida.

8 | NANCY TAYLOR ROSENBERG

Seus pais tinham falecido e ela se tornara muito amiga dos sogros. Além disso, eles tinham um grande círculo de amigos. E alguns deles conheciam Ted desde a infância. Suzanne vivia uma grande expectativa. Há meses decidira comprar o presente perfeito de Natal para o marido. Na realidade, tratava-se de um presente para comemorar o Natal e também o aniversário, mas ela estava ansiosa demais para esperar mais duas semanas para lhe dar o presente. O marido se dedicava à restauração de automóveis como hobby. Uma vez o carro restaurado, podia levar meses para encontrar um comprador. E ele sempre ficava ansioso para começar um novo projeto, o que não podia fazer por falta de espaço. Há três semanas, ela vendera sigilosamente uma parte das ações que possuía desde solteira e contratara um empreiteiro que ampliaria a garagem para que pudesse guardar quatro carros. Ia mostrar o projeto a Ted no dia de Natal. Ele adoraria o presente.

Na última semana, ela se dedicara aos preparativos para o Natal. Era o ano de Suzanne receber a família em casa e queria que tudo corresse da melhor maneira possível. A cunhada, Janice, era uma cozinheira de mão-cheia. Em vez de se arriscar, ela encomendara a refeição no La Orange, um dos melhores restaurantes de Ventura. Ameaçara contar para a mãe de Ted que ele ficava vendo fotos de mulheres nuas na internet, caso ele contasse a alguém que a comida era de restaurante. Sim, ela era ruim na cozinha. E daí? Só sabia fazer saladas com espaguete. Na maioria das vezes, eles comiam fora.

Antes de casar, Suzanne trabalhava como corretora de títulos da dívida pública em Wall Street. Aos 28 anos, quando notou que os cabelos começavam a ficar grisalhos, decidiu que era a hora de procurar um marido. Ted estava em Nova York em viagem de negócios. Ele negociava ações na Merrill Lynch.

A JUSTIÇA DE SULLIVAN | 9

Durante as férias, Suzanne sempre perdia a força de vontade e comia tudo o que estivesse à vista. Na noite anterior, havia detonado meia caixa de chocolates Godiva. Como tinha completado 35 anos um mês antes, sabia que os efeitos colaterais iriam aparecer nos quadris. A sua rotina diária de exercícios consistia em uma hora de musculação na academia de sua casa, seguida de uma corrida de quatro quilômetros. Naquela manhã, se forçara a subir na maldita balança. Esperava um aumento de peso de dois quilos. No máximo, três. Como é que pôde chegar a quase cinco quilos? Todas as suas roupas eram tamanho 38. Decidiu aumentar o percurso da corrida.

Voltando a atravessar a rua, aumentou o ritmo da corrida. Ao chegar a casa, estava exausta. E só acrescentara menos de dois quilômetros ao percurso. Alguns anos antes podia correr uns 16 quilômetros e mal chegava a suar. Ao terminar, alongou o corpo para a frente e apoiou-se com as mãos nos joelhos. Depois, avançou a passo pelo caminho de acesso à casa. A chuva tinha amainado, mas o serviço meteorológico previa a chegada de uma nova frente ao anoitecer. Estava com saudades da neve. Suzanne fora criada em Connecticut. Ainda se recordava de brincar com bolas de neve na frente de casa nos dias de Natal, de patinar no gelo no lago Whitman e de andar de trenó pelas encostas do Black Canyon com os irmãos. Claro que os constantes dias ensolarados, de céu azul, eram muito bonitos, mas quando a temperatura média passava dos vinte graus, ela às vezes se esquecia do mês em que estava. E Natal sem neve não parecia Natal. A chuva, pelo menos, já proporcionava uma atmosfera mais natalina. Chegou a rir, ao pensar em estender lençóis brancos sobre a grama e ligar o ar-condicionado.

Ao ver o filho de 19 anos do vizinho entrando pelo acesso da garagem, resolveu falar com ele. O som alto de um rap saía pelas

10 | NANCY TAYLOR ROSENBERG

janelas do seu Mustang preto. A mãe dele comprara o carro com a condição de ele sair de moto apenas nos fins de semana. Franny tinha medo de que ele se acidentasse.

Suzanne esperou que ele desligasse o motor e se aproximou:

— Franny já voltou do trabalho? Estou planejando uma festa de aniversário surpresa para o meu marido e gostaria de convidar os seus pais.

— Você tem telefone, não tem? — disse Eric Rittermier, saindo do carro e batendo a porta. Era um jovem alto, melancólico, de rosto pálido e olhos negros. Tinha dois piercings de diamante na narina esquerda, um gorro azul enfiado na cabeça e vestia uma camiseta cinza, estampada, e uma calça baggy.

Suzanne recuou vários passos, enquanto ele desaparecia dentro da casa. Talvez Ted tivesse razão a respeito de ter filhos. Ela podia muito bem viver sem eles, em vez de ser obrigada a conviver mais tarde com um adolescente arrogante e temperamental. Os bebês eram adoráveis, mas jamais permaneciam desse jeito. Nunca se sabia se viriam a se tornar criminosos ou gênios.

Ao recolher a correspondência da sua caixa de correio junto ao meio-fio, vários prospectos acabaram caindo no chão. O mercado estava em baixa. Isso sempre acontecia no mercado de ações: uma hora era de festa, outra, de penúria. Todo mundo parecia habituado à bonança. Havia uma obsessão generalizada com as finanças, mas raramente se pensava em cortar gastos. Caso se cogitasse fazer alguns cortes, era considerado sinal de fracasso. Na sua profissão, a confiança era essencial.

Ao chegar à sua varanda da frente, ela se abaixou para apanhar a chave escondida debaixo do tapete. Ted já a tinha alertado para deixar o alarme da casa sempre ligado e parar de esconder a chave onde podia ser apanhada por qualquer pessoa. No entanto, os velhos hábitos nunca morrem. E ela sempre acabava esquecendo de fazer o recomendado. A ausência também tinha sido curta. A última casa em que haviam morado não possuía alarme. O sistema de segurança que tinham agora tornava impossível abrir qualquer janela sem que o alarme disparasse. Todas as janelas e portas da casa tinham de ser fechadas antes de o alarme ser acionado. Ela se recusava a ser prisioneira em sua própria casa. Quando abriu a porta, Suzanne foi recebida por seu cão bassê, Freddy. Sua recepção não foi das mais impressionantes, mas bastante simpática, tentando saltar, mas sem força suficiente nas pernas para agüentar o próprio peso. E logo se dirigiu latindo para a porta que dava para a garagem.

— O que foi, Freddy? — disse Suzanne, batendo palmas. — Vamos lá para cima, garoto. Mamãe precisa tomar banho. Ela tem que ficar bonita para quando o papai chegar.

Ela entrou em casa e ligou um dos enfeites eletrônicos da árvore de Natal — um soldado em miniatura tocando tambor. Inalando o aroma delicioso do pinheiro, repassou mentalmente a lista de compras, confirmando que não precisava adquirir mais nenhum presente de última hora.

Gostaria que sua casa tivesse vista para o mar em vez de para as montanhas, mas também não era nada para reclamar. O dinheiro que pouparam serviu para fazer algumas melhorias na casa, como o seu luxuoso closet de cerejeira e a biblioteca de dois andares onde ela passava a maior parte das tardes, lendo e bebendo chá, em pequenos goles, com Freddy enroscado aos seus pés. Até mesmo a sua úlcera, finalmente, tinha ficado curada.

Suzanne tirou o short e a camiseta e colocou as duas peças para secar nas bordas do cesto de roupas. Depois, entrou pisando nos azulejos frios do banheiro. Pegou a toalha felpuda azul, com flores bordadas nas pontas, e atirou-a por cima do blindex do chuveiro, antes de entrar. A água quente caiu em cascata sobre o seu corpo, enquanto o vapor embaçava os vidros do boxe. Naquela noite, tinham programado sair para jantar fora com o melhor amigo de Ted e sua nova esposa. Ainda não tinha decidido o que vestir. Entretanto, queria secar bem os cabelos naturalmente ondulados.

Ela se enxugou e depois abriu a porta do boxe, ouvindo, então, de novo, os latidos de Freddy. Colocou um roupão, desceu as escadas e foi encontrá-lo arranhando a porta que dava para a garagem. Ao abri-la, ouviu um ruído estranho perto do carro que Ted estava restaurando. Por baixo da cobertura de plástico havia um Jaguar XKE. Seriam ratos novamente?

Ela gritou quando alguém, vindo não se sabe de onde, a agarrou pelas costas, colocando e pressionando o braço contra o seu pescoço. Lutando, ela tentou dar cotoveladas para se livrar do abraço.

— Quieta ou mato você.

Suzanne conseguiu virar a cabeça e viu, então, uma figura enorme, usando um capacete preto de motociclista com uma viseira espelhada. Havia uma arma encostada no seu rosto. O assaltante segurava-a fortemente, impedindo seus movimentos ao imobilizar seu braço esquerdo, firmemente, atrás das costas, com a mão enluvada. O coração dela batia rápido como o de um coelho.

Ela rezou para que fosse o filho do vizinho.

— Eric?

O intruso permaneceu em silêncio.

Não podia ser Eric, concluiu ela. A voz dele era diferente. No entanto, não podia ter certeza, pois a pessoa estava vestida com roupa de couro.

— Não me mate — apelou ela. — Tenho quase cem dólares na minha bolsa. Pode levar... Pode levar tudo o que quiser. Não vou chamar a polícia, juro.

— Você pensa que eu sou assaltante? — reagiu o intruso, pressionando ainda mais o braço contra a garganta dela.

A JUSTIÇA DE SULLIVAN | 13

Suzanne já estava com dificuldade para respirar. O intruso deixou cair o braço e fez com que ela se virasse. Aí, ela sentiu as lágrimas escorrerem pelo rosto. Ele ia matá-la. Lembrou-se de uma família assassinada pouco tempo atrás. O assassino tinha sido muito frio, a ponto de matar um bebê de seis meses. O jornal dizia que ele chegara a decapitar a própria mãe. Um fluxo quente de urina escorreu por suas pernas. Olhando para baixo, viu a poça no chão e Freddy, chorando, aos seus pés. O intruso deu um pontapé no cachorro, jogando-o para fora da garagem. Depois fechou o portão e passou a chave. Ela se lembrou, então, de uma tática de autodefesa: cravou as unhas no braço dele e deixou cair o corpo, obrigando-o, com o peso, a soltar o braço preso. O braço dele caiu como aço. Mas ele olhou para baixo, viu-a estendida no chão e riu.

Os dentes de Suzanne estavam batendo de medo. Mordeu alguma parte do interior da boca, sentindo o sabor salgado do sangue.

— Socorro! — gritou ela, esperando que alguém a ouvisse. — Polícia!

O agressor usou o cano da pistola para abrir o roupão e expor o seu corpo nu. Os músculos de seu abdome se contraíram de pânico.

— Leve-me para o seu quarto — ordenou.

Suzanne subiu as escadas, a arma pressionada contra as costas. Por que razão ela não armara o alarme? Uma vez chegando ao quarto principal, os olhos dela pularam para o telefone na mesa-de-cabeceira. Tinha que distraí-lo e encontrar uma maneira de ligar para a polícia.

— Coloque um sutiã e a calcinha.

Devia ser um pervertido que precisava ver uma mulher de lingerie para sentir tesão. Talvez fosse só isso o que ele queria. Abriu uma gaveta da cômoda e retirou de lá um sutiã branco do tipo *uplift*, fechando-o pela frente. Depois, virou o sutiã e ajeitou os seios para que ficassem no lugar certo. Em seguida, escolheu uma calcinha de renda tipo fio dental e, rapidamente, enfiou as pernas e puxou-a para o lugar certo.

O intruso continuava perfeitamente quieto. A arma pendente da mão, ao longo do corpo. Podia ver o peito dele arfando, para cima e para baixo. Ela não se importava de ser violentada, desde que não a matasse. A mãe a ensinara a imaginar a pior coisa que poderia acontecer. E, então, todo o resto iria parecer insignificante. Limpou as lágrimas dos olhos com a mão e endireitou as costas. Tinha que ser forte. Ele podia ser um desses homens que não conseguia uma ereção, a não ser que a mulher fosse submissa. Sem ereção, ele não poderia estuprá-la. E se não conseguisse o que queria, provavelmente a mataria. Então, tomou uma decisão. Assumiu uma postura agressiva e rezou para que ele desistisse.

— Por que você não tira a roupa? — perguntou ela, tentando o caminho da sedução. — Aí, podemos fazer uma festa. Aposto que você é melhor na cama do que meu marido. — Forçou um sorriso. Filho-da-puta, pensou ela. Vai arder no inferno. — O meu marido gosta de calcinhas bonitas também. Tenho gavetas cheias desse tipo de lingerie. Posso até desfilar com elas, se você quiser. — Nesse momento, ela pegou várias calcinhas e sutiãs e atirou na cara dele, correndo para o telefone.

Mas o intruso foi mais rápido. Ela sentiu todo o peso dele em suas costas, assim que bateu com o rosto no chão.

— Que mulher idiota — rosnou ele, puxando-a pelos cabelos e virando o rosto dela para que ficasse visível. — Você nunca devia ter deixado o portão da garagem aberto.

— Meu Deus, me ajude! — gritou Suzanne, ao vê-lo puxar do bolso do casaco uma seringa, ainda no plástico. — O que você vai fazer comigo? Ah, meu Deus, por favor... O meu marido pode arranjar muito dinheiro para você, milhares de dólares...

A JUSTIÇA DE SULLIVAN | 15

Deixe que eu o chame pelo telefone. Ele pode chegar aqui em 15 minutos.

O intruso colocou a pistola na cintura por dentro das calças, depois usou a ponta do sapato para rolar o corpo dela para a frente. Em seguida, curvado, puxou-a pelos braços e arrastou-a para o banheiro. O medo dela era tão grande que seu corpo enrijeceu. Mas ele puxou-a para perto da privada e agarrou seu braço esquerdo.

— Farei tudo o que você quiser — apelou, mais uma vez, Suzanne. — Posso até chupá-lo... O que você quiser. — Sentiu, então, uma picada e uma sensação penetrante.

Viu o rosto do marido, sorrindo para ela, no dia do casamento. Depois, voltou ainda mais no tempo. Estava com mãe no parque, no final da rua onde moravam. Estava no balanço. O céu estava bonito, cheio de nuvens brancas como se fossem pedaços de algodão. Queria balançar ainda mais alto para tocá-las. A árvore ao lado estava cheia de pássaros. Seus pios pareciam uma linguagem secreta. A mãe permanecia sentada num banco na sua frente, usando um vestido branco. O vento levantava-lhe os cabelos negros e lustrosos, expondo a delicada pele da nuca. Do que aconteceu em seguida, ela lembrava-se apenas que tinha voado do balanço e batido com o corpo de frente no lixo, ficando com o braço direito torcido para trás. E ouviu, então, a voz da mãe: *Você vai ficar boa, querida. Seja uma boa menina e pare de chorar. Depois que o Dr. Lewis colocar o seu braço no lugar, eu vou levá-la para tomar um sorvete.*

Suzanne olhou para baixo e viu a agulha sair da sua veia, estranhando que não doesse nada. Havia uma gota de sangue, mas sua mãe enxugou-a com um pedaço de algodão. Ela sentiu um calor passando por todo o corpo. Sentiu, também, como se estivesse flutuando num mar de prazeres, tão intenso que quase não dava para suportar. A sua visão escureceu e a cabeça rolou para o lado.

16 | NANCY TAYLOR ROSENBERG

Tudo estava bonito e em paz. Ela gostaria de ficar nesse lugar para sempre. A mãe continuava a seu lado, afagando-a. O estômago, de repente, subiu-lhe à garganta. Estava precisando vomitar e, nesse momento, alguém empurrou sua cabeça para dentro da privada. A sua pele parecia arder. *É apenas um resfriado, querida* — ouviu a voz da mãe dizer. — *Assim que o seu estômago se aquietar, vou lhe dar uma aspirina para a febre.*

Tudo ia ficar bem, pensou Suzanne, sentindo pelo corpo, novamente, aquela sensação aconchegante e reconfortante. Podia dormir agora. A mãe iria tomar conta dela.

CAPÍTULO 2

Quinta-feira, 23 de dezembro — 9h36

Carolyn Sullivan colocou o seu Infiniti branco numa vaga no estacionamento do complexo do Governo, pegando no banco traseiro o guarda-chuva e a pasta. Era um dia daqueles. Chovia durante 15 minutos, depois parava. Algumas horas mais tarde, chovia de novo. Além da blusa branca, com as abotoaduras de prata que eram a sua marca registrada e relíquia de família havia mais de cem anos, usava um casaco de veludo preto, marcando bem a cintura com um cinto de couro de grife, e uma saia preta até os joelhos. Ela desceu do carro, metendo os pés numa poça de água.

— Lá se foram os sapatos — disse ela, aliviada ao se lembrar que eram coisa barata.

Alguns metros à frente, viu um homem alto, magro, vestindo um agasalho preto de capuz, saindo da área de trás da prisão por onde liberavam os prisioneiros. Por causa do capuz, ela não pôde ver o seu rosto. Mas o homem começou a apressar o passo na sua direção, e ela ficou preocupada se não seria alguém que ela havia mandado para a cadeia e que agora estaria inclinado a se vingar. Deu uma olhada rápida por cima do ombro para ver se havia alguém atrás dela. O homem levantou a cabeça ligeiramente e começou a correr na sua direção.

Encostando-se no carro, Carolyn colocou a pasta no chão e procurou na bolsa pela arma. Antes que conseguisse retirá-la, o homem já a estava segurando pelos ombros.

— Droga, Neil — gritou ela, empurrando o peito do irmão.

— Pelo amor de Deus, o que você está fazendo? Quase atirei em você.

Um sorriso eletrizante apareceu no rosto dele e a raiva de Carolyn logo desapareceu.

— Eu vim vê-la — disse ele. — E esse é o tratamento que recebo. Por que você está tão assustada?

Neil era um pintor de sucesso, um homem bastante atraente. Com quase um metro e noventa, tinha cabelos negros e olhos verdes expressivos, era magro e forte, uma figura clássica.

— Eu não estou assustada — reagiu Carolyn, apanhando a pasta. — Eu trabalho com criminosos, caso você tenha esquecido isso. Nunca se sabe se algum deles virá atrás de mim. Tenho que estar alerta. A maioria me odeia.

— Como é que alguém vai poder odiá-la, minha irmã? — disse ele, passando o braço pelos ombros dela e tirando-lhe o guarda-chuva da mão para que pudessem partilhá-lo. — Provavelmente, eles estão apaixonados por você, minha irmã. Você é uma mulher muito bonita, mesmo considerando que já passou do ponto.

Carolyn pisou o pé dele, provocando um grito. E indagou:

— Isso foi uma piada?

— Meu Deus! Claro que foi piada. Primeiro, você tenta me acertar com uma bala. Depois tenta me tornar inválido.

Os dois caminhavam lado a lado em direção ao edifício governamental. Mas Neil perguntou:

— Aonde vamos? Estou com fome. Será que não existe uma cafeteria ou coisa parecida neste lugar? Eu pago o seu café-da-manhã.

Ela parou e ficou olhando para ele. Geralmente, o irmão trabalhava de noite e dormia de dia. Não tinha feito a barba, portanto ela presumiu que ainda não tinha ido para a cama.

— Aconteceu alguma coisa?

— Sim — reagiu Neil. — Nada demais. Não estou doente, nada disso. Não me importaria de vender mais alguns quadros, mas não foi por isso que eu vim falar com você.

— Onde está o novo brinquedo?

Ele riu.

— A Ferrari? Eu não te contei? O marido da mulher abriu um processo contra mim. O carro ficou um mês num depósito. O velhote dela estava tendo um caso com outra mulher bem mais jovem. Por isso, ela vendeu o carro por uma ninharia. O cara se estrepou ao colocar o carro no nome da esposa. Ela o trocou por quatro das minhas pinturas, o que não deixou de ser uma transação legal. Eu esperava que eles levassem o carro de volta e me pagassem em dinheiro. Mas acabaram liberando o carro para mim ontem mesmo. Não quis guiá-lo na chuva. Ainda estou me acostumando com ele.

Fugindo da chuva, os dois entraram no edifício. Carolyn fechou o guarda-chuva.

— Olha aqui, Neil — disse ela, segurando o braço dele —, eu te adoro, mas não tenho tempo para tomar o café-da-manhã. O trânsito estava horrível esta manhã e eu estou atrasada. Será que você pode me telefonar hoje à noite, depois de as crianças irem para a cama?

— Por favor, Carolyn — disse ele, agora falando sério. — Eu tenho que fazer alguma coisa a respeito de Melody.

Havia uma multidão de pessoas passando por eles. Carolyn puxou-o para um canto.

— Nós falamos sobre esse assunto dias atrás, Neil. Odeio dizer isso, mas foi você quem criou esse problema. Você devia ter parado de ver Melody quando voltou para Laurel.

— Eu sei, eu sei. — Ele empurrou o capuz do agasalho para trás e passou a mão pelos espessos cabelos negros. — Estou num dilema. Eu amo Laurel. Sou louco por ela desde os tempos de colégio. Finalmente, ela se divorciou do marido. Vamos nos encontrar hoje para almoçar. A minha intenção é até pedi-la em casamento. Será que devo contar a Melody a verdade ou inventar uma história qualquer? O que você acha?

— Vamos combinar uma coisa — disse Carolyn. — Escute bem, porque eu preciso da sua ajuda. Telefone para John e Rebecca. Eles devem estar em casa a partir das quatro da tarde. Diga a Rebecca que você vai passar por lá para dar uma olhada nos desenhos dela. Você prometeu ajudá-la, caso eu a inscrevesse na escola de belas-artes. Como John acaba de receber a carteira de habilitação, não pára muito em casa. Eu devo chegar lá pelas oito horas da noite. Então, poderemos conversar à vontade.

— Estou sempre tomando conta dos seus filhos, Carolyn — reclamou ele. — Será que você não pode me dar apenas alguns segundos agora? Fiz uma longa viagem para chegar aqui, minha querida.

— Agora, não, meu amor — confirmou Carolyn. — Brad me telefonou esta manhã, às seis horas. Veronica entrou em trabalho de parto ontem à noite e eu tenho que terminar um dos relatórios dela. Peguei um caso importante, Neil, de homicídio múltiplo. É o caso de uma família que foi assassinada, inclusive três crianças. Até você deve ter ouvido falar desse caso.

Neil ficou pensativo.

— Eu não vejo o noticiário.

— Muito bem — disse ela, colocando a palma da mão no centro do peito dele. — Prometo telefonar para você logo depois desta reunião. — Ela consultou o relógio, sabendo que tinha de terminar a conversa. — A esta hora já devia estar na prisão, interrogando o acusado. Você vai voltar para casa? Já dormiu?

— Não estou planejando voltar para a cama, se é isso que você quer saber.

A JUSTIÇA DE SULLIVAN | 21

Carolyn teve que ficar na ponta dos pés para lhe dar um beijo na face.

— Já podia ter tomado essa decisão sozinho, você sabe. Na realidade, até devia.

Os olhos dele estavam vermelhos de exaustão.

— Você é a minha irmãzinha mais velha. Jamais tomo uma decisão sem falar primeiro com você. Eu não sou assassino nem coisa parecida, mas este caso para mim é importante. E você não se importa? Vou pedir alguém em casamento. Laurel passará a fazer parte da nossa família. Tudo que preciso de você é de uma ajuda para saber como devo resolver a situação com Melody. A que horas você acha que vai terminar esse interrogatório?

— Antes do meio-dia — informou Carolyn. — Vá para casa. Pense mais um pouco sobre o assunto. Depois, quando nos falarmos, você já terá uma idéia mais precisa da situação. Logo que eu conheça toda a história, vou lhe dar a minha opinião. Quanto mais cedo você me deixar fazer o meu trabalho, mais cedo vamos poder conversar.

Ela esperou até que ele fosse embora. Depois, saiu correndo em direção à ala masculina da prisão.

Abrindo as portas com um empurrão, Carolyn entrou e parou na frente de uma janela envidraçada. Seus cabelos pretos, na altura dos ombros, estavam puxados para trás da orelha esquerda. Do outro lado, caíam soltos pelo rosto, até o queixo. Com o uso do cinto que acentuava a cintura fina, ela não era tão magra quanto as modelos que posavam para seu irmão, mas não se podia esquecer que ela já era mãe de dois adolescentes. Muita gente achava que era mais jovem do que os seus reais 38 anos.

O complexo do centro governamental do condado de Ventura assemelhava-se a qualquer outro complexo de uma cidade pequena. Os tribunais, os gabinetes do promotor e da defensoria pública, assim como o escritório da divisão de registros, ficavam

22 | NANCY TAYLOR ROSENBERG

todos situados no lado esquerdo de um amplo pátio. Havia uma fonte borbulhante no centro desse pátio, rodeada de bancos de jardim feitos de concreto. À direita, situava-se a Agência de Serviços Correcionais, designação formal do Departamento da Promotoria, assim como a carceragem dos homens e das mulheres e a delegacia. O público em geral achava que não havia ligação entre as duas estruturas, mas, na verdade, existia um túnel por onde passavam os presos nas suas idas e vindas ao tribunal.

A prisão era, na realidade, um centro de detenção pré-julgamento, onde ficavam enclausurados mais de mil reclusos para uma capacidade registrada de 412. A infra-estrutura tinha mais de trinta anos, mas tinha sido renovada. Dez anos antes, o condado tinha construído um novo centro de detenção chamado Penitenciária Todd Road e localizado próximo da cidade de Santa Paula. Essa penitenciária tinha capacidade para mais de 750 prisioneiros já sentenciados. Só os condenados primários e de menor periculosidade ficavam lá. Os condenados por crimes hediondos eram enviados para prisões de segurança máxima.

Do outro lado da janela, um oficial de cabelos negros, chamado Joe Powell, ficou chocado ao ler o nome do prisioneiro assinalado na pauta de visitas.

— Você não pode ver Raphael Moreno. Ele está na solitária. Mais dois dias apenas e vamos ficar livres desse desgraçado.

Moreno tinha decapitado a própria mãe, deficiente física, e assassinado a irmã de 12 anos de idade. Deixara os corpos das vítimas em casa e partira para uma noite de crimes.

Suas próximas vítimas foram uma família de cinco pessoas. O pai era um corretor de imóveis de 31 anos de idade e a mãe, uma dona-de-casa que cuidava dos três filhos do casal. Moreno entrou por uma janela dos fundos da casa, logo depois do anoitecer, e ficou aguardando o momento de agir, escondido em um armário no quarto do bebê.

A JUSTIÇA DE SULLIVAN | 23

Quando a mãe entrou no quarto para colocar o menino de seis meses na cama, Moreno a abateu a tiros, bem como o garoto. Matou depois o pai e as outras duas crianças do casal. A polícia de Ventura encontrara todos os cincos corpos alinhados na sala de estar, como se fossem os de inimigos abatidos numa guerra. O massacre deixou as autoridades perplexas. Nada foi levado da residência, e Moreno ainda não havia fornecido qualquer motivo para as mortes.

— Eu tenho que vê-lo — disse Carolyn ao microfone. — E tenho que vê-lo imediatamente, Joe.

— Escute bem — disse ele. — Todos vocês, investigadores, esperam até o último minuto para completar seus trabalhos. O capitão acha que não devemos aceitar mais essa situação. Além disso, não existe chance alguma de você interrogar Moreno em sala particular. Ele é um dos reclusos mais perigosos que já tivemos aqui.

Nesse momento, Joe virou-se para um sargento negro, corpulento e de cabeça raspada, e ordenou:

— Conte para ela aquilo que o teu amigo Moreno fez ontem à noite. Ela quer levar um papinho amigável com ele em sala privada...

— Ele tentou matar três presos — contou Bobby Kirsh, inclinando a cabeça por cima do ombro do companheiro. — Esse cara é um filho-da-mãe da pior qualidade. E, olha, eu sei do que estou falando. Já estou neste serviço há mais de vinte anos. Ele tem pouco mais de setenta e cinco quilos e derrubou os três em questão de minutos. Você não tem chance nenhuma de ficar frente a frente com ele. — Ele virou as costas e pegou alguma coisa dentro de um escaninho. — Dê uma olhada no que ele fez, antes de acabar ficando no estado em que esse cara ficou.

Ela pegou a foto e ficou horrorizada com o que viu — o rosto ensangüentado de um negro sem um dos olhos, vendo-se apenas o buraco do olho.

24 | NANCY TAYLOR ROSENBERG

— O que aconteceu com o olho dele?

— Moreno arrancou com os dedos e, como não o encontramos, é provável que ele o tenha comido.

Talvez Bobby tivesse razão e Moreno fosse perigoso demais. Recompondo-se, ela apelou para um olhar estóico, determinada a não recuar.

O sargento continuou sua ladainha.

— Encontramos um segundo cara com a mão cortada e os dedos enfiados no traseiro. O ombro dele, deslocado, parecia um pano de prato pendurado num gancho. — Bobby fez uma careta.

— Não vou nem contar o que ele fez com o terceiro cara.

— Bobby, coloque-o numa sala — disse Carolyn, cheia de medo, mas desafiadora. Ela queria enfrentar Moreno, agora mais do que nunca. — Você sabe, os nossos relatórios são obrigatórios por lei. Você também sabe como eu trabalho. Moreno jamais abriu o jogo. Não disse mais do que duas palavras ao defensor público. O promotor negociou uma sentença para os sete crimes, conseguiu a pena por homicídio em segundo grau. Não a pena de morte. Não a prisão perpétua, sem liberdade condicional. Moreno tem apenas 20 anos de idade. Pode viver mais sessenta anos e matar dezenas de pessoas. — Ela decidiu tentar um apelo pessoal.

— Se ele tivesse matado a sua família, você não iria querer saber por que ele fez isso?

— Não neste caso — disse o policial mais idoso. — Quando Moreno chegou aqui, nós apostamos quanto tempo ele iria durar. Eu tinha certeza de que os outros presos iriam transformá-lo em carne para cachorro em menos de 24 horas. Meu Deus, ele cortou a cabeça da própria mãe e matou um bebê de seis meses. Qualquer policial do condado, trabalhando nas ruas ou no departamento, estaria disposto a queimá-lo vivo, a fazer churrasco dele se soubesse que ele poderia escapar da justiça. Até a minha mulher queria acabar com ele.

A JUSTIÇA DE SULLIVAN | 25

— Eu entendo — admitiu Carolyn. — Mas isso é conversa. No momento, eu sou a única que pode fazer alguma coisa a respeito. — Os três presos que ele arrebentou ontem à noite eram todos maiores do que eu. Você é boa nisso, Carolyn, mas não vai entrar na cabeça desse maníaco. Não vai, não.

Quanto mais ela ficasse por ali, menores seriam as chances de obter as informações de que precisava. As únicas pessoas no sistema da justiça criminal que pareciam apreciar o trabalho investigativo dos oficiais eram os juízes. Os oficiais de condicional faziam a maior parte do trabalho por eles, destrinchavam o processo desde a prisão inicial até a condenação. Depois aplicavam as leis, segundo os termos do conselho judicial de São Francisco.

Os oficiais de condicional passavam noites em claro, decidindo qual a sentença que devia ser aplicada. Quando o juiz encarregado de determinar a sentença pegava um processo no tribunal, seus olhos iam direto para as conclusões do oficial de condicional que tratara do caso. Cinqüenta anos de prisão, claro, não há problema. O juiz apenas seguia as recomendações do oficial de condicional. Não mancharia com sangue as suas mãos.

— Os nossos relatórios são revistos a cada entrevista com um preso em liberdade condicional — relembrou Carolyn ao sargento. — Você quer que esse cara volte para as ruas? Coloque o cara em uma sala e eu vou destruí-lo. Ele não vai conhecer o sabor da liberdade nunca mais.

Ela ouviu o sinal elétrico da abertura da porta e entrou.

— Quanto tempo? — perguntou ela, guardando sua arma numa caixa.

— Dez — disse Bobby ao outro oficial.

— Não pode ser mais rápido?

— Você está louca, mulher? — rebateu Bobby. — Estou falando de dez homens. — Ele olhou para a pasta dela. — O que é que você tem aí? Abra essa pasta.

26 | NANCY TAYLOR ROSENBERG

As frustrações de Carolyn estavam aumentando.
— Eu não estou sujeita a revistas. Você viu que eu guardei a minha arma. — Franzindo o cenho, ela abriu a pasta de couro marrom. — Um bloco de anotações e três pastas de arquivo. Satisfeito?

O sargento Kirsh enfiou a mão em um dos compartimentos da bolsa, encontrou um par de meias de seda e ficou com as meias balançando na mão diante do rosto dela.

— Foi bom eu ter dado uma olhada. Pensei que você fosse esperta, Carolyn — disse ele. — Moreno poderia enforcá-la com isso. — Deixou cair as meias na mão dela. — Coloque isso na caixa ou jogue fora. Você não vai precisar delas lá dentro.

— Obrigada, Bobby — disse ela, jogando as meias no cesto de lixo. — Eu não me lembrava mais dessas meias. Sempre tenho um par de meias de náilon comigo para o caso de ter uma audiência.

O sargento colocou as mãos rechonchudas nos quadris, inclinando a cabeça para o lado.

— Tem certeza de que ainda quer ver esse cara frente a frente?

Carolyn deixou que seus olhos respondessem por ela.

Vinte minutos depois, Carolyn estava sentada a meio metro de distância de um assassino sádico em uma sala de três por três. As palmas das suas mãos estavam suadas e a sua mente, a mil. Ela colocou-se de lado na cadeira, lendo o relatório do incidente da noite anterior, querendo dar a ele uma chance de se habituar à sua presença. Um odor pungente passou pelas narinas dela. Presumiu que era o odor do corpo dele. Disfarçando os seus verdadeiros sentimentos, ela manteve uma expressão agradável e o aspecto de quem não estava ali para julgar.

Raphael Moreno, por seu lado, mantinha-se perfeitamente quieto, de cabeça erguida e costas retas. Quinze minutos se passaram, com Carolyn estudando o assassino pelo canto dos olhos.

Ele poderia ser considerado um homem pequeno, mas o corpo era bem desenvolvido. Seus braços revelavam uma musculatura forte, da espécie que se costuma ver em lavradores. Os traços fisionômicos eram relativamente refinados, de um homem quase atraente. Ele parecia mais um nativo da América do Sul do que do México, possivelmente da Argentina ou da Colômbia. A pele era morena e espessa. Em alguns lugares, parecia descolorida ou ter manchas de escoriações graves. Podia ter levado a melhor na luta contra os outros três presos na noite anterior, mas também não tinha escapado sem as suas feridas. Os rins pareciam inchados de tanto serem esmurrados. Carolyn chegou a suspeitar de que os outros tinham tentado sodomizá-lo. Tinham escolhido mal. Todos os três apresentavam ferimentos graves.

Embora já tivesse terminado a leitura do relatório, Carolyn continuou na mesma posição como se estivesse preocupada. Ainda não era a hora de fazer contato olho no olho. Isso era uma coisa que ele tinha que ganhar. E a única maneira de ele ganhar pontos no jogo perigoso que ela estava fazendo era começar a falar.

A tentativa de acordo deve ter sido uma decisão difícil para a promotoria, pensou Carolyn. Considerando todas as circunstâncias, ela teria decidido do mesmo modo. Um réu de 20 anos de idade, que nada tinha dito e era considerado mentalmente incapaz pelo seu advogado, tinha todas as condições para despertar a simpatia dos jurados. Permitir que ele se considerasse culpado por homicídio em segundo grau iria poupar aos contribuintes uma fortuna. Mesmo que quisessem levá-lo a julgamento por homicídio em primeiro grau, conseguir uma condenação seria muito difícil. Teriam que provar premeditação e explosões de violência. Até mesmo crimes hediondos como esses eram difíceis de retratar como atos cuidadosamente premeditados. Outras evidências poderiam surgir durante o julgamento. Se a promotoria quisesse levá-lo a julgamento e o caso terminasse em absolvição, Moreno não poderia ser processado novamente. Até mesmo os criminosos que não sabiam ler nem escrever sabiam da existência desse risco duplo. A promotoria tinha ainda outros fatores a considerar. Recusando-se a testemunhar ou a cooperar com o seu defensor público, Moreno seria declarado incompetente para ser levado a julgamento. Mesmo que por fim os psiquiatras do estado o declarassem em condições de ser julgado, as leis permitiriam que ele se declarasse inocente alegando insanidade. O único ponto a ser considerado seria a hora e o dia em que os crimes ocorreram. Era uma charada. Por mais absurdo que possa parecer, uma pessoa tinha que estar sã para ser levada a tribunal e alegar insanidade.

Carolyn começou a bater os calcanhares no chão de linóleo amarelo. A direção do olhar dele mudou ligeiramente, mas ele não se moveu. Com alguns criminosos ela conseguia flertar e extraía informações deles de que ninguém tinha ouvido falar. Moreno não era um deles. Se ela conseguisse atingir o ponto certo, ele falaria. Havia um estudo indicando que os criminosos mais violentos tinham níveis altos de testosterona que produziam desejos sexuais incontroláveis e níveis homicidas de raiva. Esse devia ser o caso de Moreno. Com exceção dos três homens da noite anterior, ela sabia que todas as pessoas se aproximaram dele de uma forma cautelosa. Para conseguir que ele falasse, ela teria que levá-lo à loucura, ao descontrole, e depois rezar para que ele não a matasse. Ela já obtivera sucesso com essa tática diante de estupradores e pedófilos, até mesmo com assassinos. Se pôde enfrentar essa escória social, ela também poderia lidar com Moreno.

Ela pegou seu celular e ligou para Neil.

— Desculpe não ter podido falar com você esta manhã — disse ela. — Já tomou café-da-manhã?

— O que você está fazendo?

— Sentada na frente de um cara surdo e feio.

A JUSTIÇA DE SULLIVAN | 29

Neil falou com voz ofegante.

— O homem que matou toda aquela gente? Você não está com medo?

— Ele está acorrentado. — Carolyn jogou a cabeça para trás e soltou uma gargalhada. — Além disso, o cara não ia poder sair nem de dentro de um saco de papel, quanto mais agredir alguém. É só um garoto rebelde. Dizem que tem 20 anos, mas parece ter 15. Você sabe, é até um garoto bonito. Vivia pagando boquete para conseguir grana para viver, até que pirou e passou a matar gente. Já lhe contei que chegou a decapitar a própria mãe? Vai morrer em 24 horas, assim que entrar em qualquer penitenciária. Os criminosos odeiam esses malucos que matam crianças.

Carolyn sabia que Moreno não era surdo. Ela sabia quando alguém estava escutando. Ele não só tinha piscado os olhos várias vezes, como também deixara transparecer seu desprezo por um ligeiro movimento do canto da boca. Ela sabia que essa não era uma expressão natural quando viu que os músculos dele começaram a se contrair. Se tinha se defendido de três homens mais avantajados do que ele para evitar ser estuprado, os comentários dela a respeito de ele ser um prostituto deviam estar produzindo muita fúria na sua mente. Ele não poderia continuar como se fosse uma estátua por muito mais tempo. O orgulho masculino entre os hispânicos era muito grande. Era uma coisa que espantava advogados, médicos e os outros reclusos. Ver uma mulher atraente ignorá-lo devia ser um insulto à sua masculinidade. E ela estava ridicularizando-o ao extremo. Se estivessem na rua, Carolyn tinha certeza de que ele já estaria batendo nela ou talvez até já a tivesse matado.

— O que você está fazendo é uma idiotice, não é? — disse Neil, que não estava acostumado a ouvir a irmã usar esse tipo de linguagem tão crua. — Por favor, não me diga que você está jogando uma isca para o assassino. Não quero estar ao telefone quando esse lunático saltar em cima da minha irmã.

30 | NANCY TAYLOR ROSENBERG

— Quando nada mais funciona, você tem que usar a boca — confirmou Carolyn.

Neil divagou sobre os seus problemas. Vinte e nove minutos se passaram. O rosto de um dos carcereiros apareceu na janela. Assim que Carolyn fez sinal de que estava tudo sob controle apontando o dedão para cima, ele desapareceu. Ao ver o inchaço de uma veia no pescoço de Moreno, ela se abaixou, fingindo mexer na sua pasta, e com isso deu uma olhada por baixo da mesa para se certificar de que ele continuava devidamente acorrentado. Notou, então, que as mãos dele eram bem pequenas, menores do que as dela. Ficou satisfeita. Estava tudo em ordem. Viu também que havia um pacotinho de chicletes numa das bolsas internas da pasta. Pegou um chiclete e colocou-o na ponta da língua, deixando por um bom momento que a língua ficasse de fora, com o chiclete na ponta, antes de recolhê-lo para dentro da boca. Moreno lambeu os lábios. Na cadeia, até um pedaço de chiclete era um item cobiçado. E na prisão não havia uma loja de conveniências. A não ser que um parente ou um amigo lhe trouxesse, o recluso não recebia nada mais do que lhe era entregue na hora da detenção.

— Olha aqui, meu querido — disse ela. — Eu telefono para você mais tarde como combinado. Apenas tinha algum tempo para matar e queria ouvir a sua voz. Você pensou a respeito...

De repente, o telefone pulou das mãos de Carolyn. Moreno tinha usado os pés para levantar a cadeira dela alguns centímetros do chão. Tendo que se segurar na cadeira para evitar que tombasse, ela ficou olhando em volta, à procura do telefone, mas não o encontrou. Ao ouvir um som de esmagamento, ela voltou a olhar ao redor, mas viu apenas um monte de pedaços de metal e plástico espalhados pelo chão. E Moreno já estava de novo sentado na sua cadeira, como antes.

As mãos e os pés dele estavam acorrentados, pensou Carolyn, pronta para pular fora da sala. Ninguém poderia agir assim tão

A JUSTIÇA DE SULLIVAN | 31

rápido. E era preciso ser muito forte para esmagar um telefone celular daqueles. Carolyn resolveu pressionar o botão para chamar por ajuda.

Não, pensou ela, encolhendo o braço. Recusou-se a dar-lhe essa satisfação.

— De pé, contra a parede! — gritou ela, levantando-se e arredando a mesa com um pontapé. — Agora, faça isso agora! E levante as mãos para que eu possa vê-las.

O sangue pingava no macacão alaranjado dele. Uma lasca de pele fora arrancada da sua mão, perto do dedão direito. Carolyn presumiu que o ferimento tinha sido causado pelas algemas. Um traço de sorriso aflorou nos lábios dele, demonstrando, segundo ela, que estava satisfeito consigo mesmo. Os olhos dela ficaram pequenos de raiva.

— Eu falo com quem quiser, na hora que quiser, seu cabeça de merda — falou ela, ameaçadoramente.

Moreno olhou para cima e sorriu. Ao voltar-se de frente contra a parede, ele passou de raspão pelo corpo dela. Ele tinha um cheiro bom, de banho tomado com sabonete, ou de roupa lavada com amaciante perfumado. O odor que ela sentira ao entrar na sala não era de Moreno. Talvez fosse dela mesma, com medo. Teria Moreno sentido esse odor?

Ela virou a cabeça de repente. Ele tinha sussurrado alguma coisa no ouvido dela, mas a voz tinha saído fraca demais para que ela entendesse o que dissera. De uma forma desajeitada e perigosa, os dois tinham quebrado a barreira que os separava e estabelecido contato.

Tendo escutado o alvoroço, logo um jovem carcereiro louro abriu a porta com um sobressalto, de cassetete na mão. Um outro colega veio atrás dele.

— Saiam daqui! — gritou Carolyn, a voz bombástica repercutindo na sala. Vendo o abatimento no rosto dos dois policiais, ela disse calmamente: — Eu estou no comando aqui. Está tudo bem.

32 | NANCY TAYLOR ROSENBERG

O prisioneiro e eu estamos tendo uma discussão. Fui eu, acidentalmente, que derrubei a mesa. Por favor, nos deixem a sós.

— Mas ele está sangrando — disse o louro, apontando para o macacão de Moreno. — O que aconteceu? Você está bem? Sargento Kirsh...

— Diga a Bobby para não se preocupar — disse ela, colocando a mão no ombro do homem e empurrando-o educamente em direção à porta. — Se precisar de ajuda, eu chamarei.

O homem balançou a cabeça e retirou-se, fechando a porta. Moreno continuava de pé contra a parede.

— Agora abaixe-se, fique de joelhos e com as mãos apanhe a porra desse telefone, antes que eu o obrigue a comer todos os pedacinhos. Coloque os pedaços ali.

Ela sabia o risco que estava correndo, mas não podia mais ficar com o rabo entre as pernas e fugir. A situação tinha se tornado uma guerra de poder. Se o deixasse dominar a situação, logo a história iria correr por toda a cadeia. E da próxima vez que ela fosse interrogar qualquer suspeito, decerto seria desafiada de novo. Os prisioneiros costumavam chamá-la de "Anjo da Morte". Com o passar dos anos, tinha se tornado uma espécie de heroína popular. Corriam rumores de que bastava a bela oficial de condicional aparecer para conversar com qualquer prisioneiro e dali a uma semana ele desaparecia. Os homens eram idiotas demais para perceber que os presos que ela visitava estavam todos programados para receber a sentença. E a única coisa que lhes acontecia era serem mandados para uma penitenciária.

Moreno reuniu todos os pedaços do telefone celular e colocou-os na pasta dela. Carolyn, então pegou a pasta e colocou-a perto da porta. Depois arrastou a cadeira de plástico na frente dele e recolocou a mesa no lugar.

A JUSTIÇA DE SULLIVAN | 33

— Agora vamos nos sentar e conversar como duas pessoas civilizadas. Se você não falar, vou acusá-lo de agressão e botá-lo de novo no tribunal. Aí, vou dizer ao juiz que você não é surdo, não é louco, nem retardado. Eles vão revogar a sua sentença negociada e vão julgá-lo de novo. E dessa vez receberá pena de morte.

— Você não pode fazer uma merda dessa comigo — disse Moreno, com a voz que ninguém tinha escutado antes vindo, finalmente, à tona. A voz dele era baixa e as palavras eram pronunciadas sem clareza. Carolyn distinguiu um ligeiro sotaque espanhol.

— A sua vida é uma coisa muito valiosa para ser jogada fora, Raphael — comentou ela, amaciando agora as suas táticas, visto que ele começara a falar. — Tudo o que pretendo são respostas para algumas perguntas.

— Já acabou, cara — disse ele, sorrindo maliciosamente. — Não está sabendo? Eles não podem mudar meu acordo. Não sou idiota. Acordo é acordo.

— Por que você matou aquelas pessoas? — perguntou Carolyn, pensando que, de fato, Moreno tinha raciocinado certo, vencendo o segundo round. Ele era esperto. Tinha destruído o seu blefe direitinho. Uma vez negociado e aceito um acordo com a promotoria, não havia volta. Independentemente do que ela pudesse alegar, ele jamais poderia ser sentenciado a mais tempo de prisão ou à morte.

— Qualquer explicação poderá servir quando o seu caso for apreciado e, eventualmente, revisto e mudado para liberdade condicional.

— Pelo menos eu não estou transando com o meu irmão — disse Moreno, sorrindo. — *Te bato, que de aquella ramfla traes.*

Carolyn sabia do que ele estava falando — que ela tinha um bonito carro. Como é que ele sabia que tipo de carro ela tinha?

— Pensei que o homem fosse saltar sobre você esta manhã no estacionamento. Depois vi você se esfregando nele. Vem aqui chupar meu pau. Se você chupa o do seu irmão, pode chupar o meu. Se fizer isso, eu conto para você tudo o que quiser.

A cor se esvaiu do rosto de Carolyn. Como é que ele sabia de Neil? Os olhos dele estavam fixados nela, e Carolyn não podia desviar os seus. Suas pálpebras estavam semicerradas, as pupilas negras e turvas como se ela estivesse olhando para uma poça congelada de água suja.

Fique calma aí, disse para si mesma, recostando-se na cadeira. Ele deve ter ouvido o outro lado da linha. Depois, de alguma maneira juntou as pontas. Não havia janelas na solitária. Então, lembrou-se de que ele havia passado a noite na enfermaria, cujas janelas davam para o estacionamento, como pelo menos cinqüenta por cento das celas. Quem quer que tenha projetado o complexo, nem sequer pensou na segurança das pessoas que trabalhariam ali. Desde que se transferiram do antigo tribunal na Poli Street, Carolyn já esperava que alguma coisa viesse a acontecer. Agora, o criminoso mais vil que ela encontrara sabia qual era o seu carro e podia compartilhar essa informação com amigos lá fora ou com os outros reclusos, tanto naquela cadeia quanto na penitenciária. Teria ele memorizado também a placa do carro? Claro que sim. A perspicácia e a atenção dele para os detalhes eram extraordinárias. Teria que trocar de placa o mais cedo possível. No entanto, ele a conhecia bem e logo a encontraria, mesmo que ela fosse trabalhar com um carro diferente. Uma grande quantidade de criminosos violentos cumpria penas enormes como resultado das suas investigações e recomendações. Todos um dia acabariam saindo da cadeia. Ela só havia cuidado de um caso em que o criminoso acabara sendo executado.

A sua segurança e de sua família estavam comprometidas.

Se Moreno conseguisse fugir ou a cadeia o deixasse sair por engano, o que já tinha ocorrido em inúmeras ocasiões, ele logo viria em sua perseguição. O que mais ele soubera pela sua conversa com Neil? Uma vez ela havia cuidado de um preso sob condicional que aprendera a reconhecer os números discados pelo som.

A JUSTIÇA DE SULLIVAN | 35

Carolyn tinha encontrado, finalmente, um criminoso que lhe dava medo.

— Pô, cara... — disse Moreno. — Todo mundo quer me ver morto. Em vez disso, vou descansar à custa do governo. O que é que você me diz disso, hein?

Esse não era o tipo de comentário que alguém pudesse esperar de um homem que enlouqueceu e saiu para uma farra de sangue, pensou Carolyn. Ele estaria brincando ou falando sério?

— Os policiais têm medo de mim — continuou ele, as correntes dos pés fazendo barulho por baixo da mesa. — Os prisioneiros têm medo de mim. Todo mundo está com medo. Logo, logo, vão botar uma dessas máscaras na minha cabeça como aquele cara do cinema que comia gente.

— Vamos falar das pessoas que você matou — disse ela. — Eu sou uma oficial de condicional. Estou aqui para preparar um relatório para o tribunal.

Ela expirou fortemente no momento em que uma idéia lhe passou pela cabeça. Será que Moreno havia matado a família Hartfield só para ser preso? Ela se esforçou para se distanciar emocionalmente e analisar o caso com a frieza de um matemático.

Raphael Moreno pode ter trocado uma morte certa nas ruas por uma morte lenta após passar anos no corredor da morte. A não ser que um assassino fosse mentalmente incapaz, o que não era seguramente o caso de Moreno, ele teria que fazer algum tipo de tentativa para evitar ser preso. Segundo o policial que o prendeu, Moreno se fechara dentro da mala do Cadillac CTS branco de Darren Hartfield, guardado na garagem fechada da casa. O policial o encontrou ao escutar seus pontapés contra a fechadura da mala. No momento em que os reforços chegaram, Moreno já estava algemado e sentado tranqüilamente no banco traseiro do carro da polícia. O furor da violência tinha ocorrido apenas trinta minutos antes da sua captura.

— De quem você está fugindo? — perguntou Carolyn, forjando a pergunta na seqüência de um pressentimento.

Ele cerrou os dentes de raiva. Ela observou o momento em que ele ficou decidindo se ia responder à pergunta ou, simplesmente, fechar-se de novo no silêncio. Ele fechou os olhos, mas ela pôde notar a movimentação deles por baixo das pálpebras como se ele estivesse lendo ou vendo um jogo de tênis.

— Eu pareço, por acaso, o tipo de cara que foge de alguém?

Carolyn se sobressaltou. A voz de Moreno parecia várias oitavas mais profunda. A sua fascinação se evaporou e o seu medo se intensificou. Alguma coisa não encaixava. Em geral, os assassinos seguiam determinado padrão, especialmente em se tratando de armas e de maneiras de matar. O patologista acreditava que a mãe fora decapitada com um bisturi, embora este não tivesse sido encontrado na propriedade nem com Moreno no momento em que ele foi preso.

Depois de matar a mãe, ele amarrara a irmã e prendera-a para que não fugisse. Mais tarde, voltara e esmagara o crânio dela com um martelo. Eles acreditavam que a irmã fora assassinada no mesmo dia em que ele havia executado a família Hartfield com um rifle AR-15, no dia 18 de novembro. Essa arma também nunca fora localizada. Raramente eles viam um assassino usar uma série de armas tão diversas e estilos de matar tão diferentes. No decorrer das investigações, a polícia chegara a pensar que havia mais de um assassino. Além das impressões digitais da família Hartfield, as únicas digitais encontradas em ambos os locais eram as de Moreno.

Os fatos do caso foram analisados por vários psicólogos. A conclusão deles foi a de que a mente de Moreno se desintegrara após anos cuidando da mãe inválida e da irmã. Depois de matar a própria família, ele descarregara a raiva em outra família que parecia estar vivendo o sonho americano. Carolyn tinha certeza de que eles estavam errados.

A JUSTIÇA DE SULLIVAN | 37

Ela não poderia concluir nada do interrogatório para o relatório se não forçasse Moreno a falar. Para conseguir essa meta, teria que ir embora e voltar mais tarde. A única coisa que uma pessoa como Moreno não podia tolerar era ser controlado. Esperava que aquilo que ia fazer o enfurecesse. Fazer com que um criminoso falasse era a sua maior habilidade. Moreno falara, mas levara em uma outra direção. Não lhe dissera nada a respeito dos crimes. Uma questão se debatia em sua mente e exigia uma resposta. Ela sabia que a polícia tinha procurado a mesma resposta. A diferença era que Moreno agora sabia que não tinha nada a perder. Carolyn poderia sair dali com uma confissão completa.

Levantou-se e tocou a campainha para que viessem buscá-la. Não falou nada, nem sequer olhou para Moreno. Quando a porta abriu, viu uma onda de policiais uniformizados. Lançando um olhar para Moreno, viu o estado de choque no rosto dele. Ele não podia entender a razão de ela ir embora. Abriu a boca, mas não disse nada.

— Houve algum problema? — perguntou Bobby Kirsh no momento em que ela entrou no corredor.

— Raphael e eu nos demos muito bem — mentiu Carolyn, vendo o prisioneiro se esforçando por ouvir o que ela dizia. — É verdade, Bobby — acrescentou ela. — Não sei qual é o motivo para tanta agitação.

— Reynolds me contou que Moreno estava com pingos de sangue no uniforme. Já estavam lá ou aconteceu alguma coisa?

— Acho que ele arranhou os pulsos nas algemas — disse Carolyn, lembrando-se, então, de que Moreno tinha um ferimento de bala, não tratado, no ombro, quando foi preso. A polícia tentara saber quem o tinha atingido, mas não chegara a nenhuma conclusão. Em assassinos como ele, as cicatrizes de balas eram como sardas. — Não é nada com que se preocupar. Eu me lembro de vê-lo coçando o ferimento do ombro.

Bobby olhou para ela desconfiado, mas não disse nada. Assim que os dois chegaram à área dos armários, Carolyn virou-se para ele.

— Deixe-o ficar na sala, Bobby. Não importa o que ele faça, deixe-o lá. Eu vou voltar depois do almoço. Se acontecer alguma coisa, telefone para mim. Se eu não estiver à minha mesa, peça para me mandarem uma mensagem pelo bip.

— Ele já falou? — perguntou Bobby, curioso.

— Sim — respondeu ela, retirando a arma do armário e colocando-a na bolsa.

— O que ele disse? Por que ele matou aquela gente toda? É um psicopata? Ele falou do que aconteceu ontem à noite? A população carcerária aqui está com um medo danado desse cara. — Bobby fez uma pausa, esperando que Joe Powell fosse embora. — Estão horrorizados. Coisas como essa não acontecem todos os dias. Há casos de reações extremas de vez em quando. Não como nas penitenciárias, claro. Aqui, na cadeia, a maioria dos reclusos está cumprindo pena por pequenos delitos, do tipo multas não-pagas, pequenos roubos, assaltos, pensões não-pagas, e assim por diante. O capitão acha que os três homens que quase morreram atacaram Moreno. Mas os homens juram que foi ele que veio atrás deles.

— O meu tempo está curto — desculpou-se Carolyn. — Moreno não falou a respeito dos assassinatos, mas eu tenho um pressentimento quanto a algumas informações. Já progredi mais do que qualquer outra pessoa. Deixe que eu faça o meu trabalho, Bobby, e eu deixarei que você faça o seu. Assim que eu tiver qualquer informação de alguma coisa, você será o primeiro a saber.

Ela fechou a pasta com um estalido forte.

Bobby apontou para a pasta e disse:

— Você não acha que seria mais seguro se você tivesse a arma num lugar mais à mão? A maioria do pessoal aqui usa a arma num coldre de ombro. Eu sei que você está fazendo faculdade de direito e tudo isso. Mas não acha que morta não vai poder ser uma boa advogada?

Carolyn olhou para ele fixamente.

— Não acha isso um pouco melodramático demais?

— Você é boa gente, eu sei — disse Bobby, na defensiva. — Estou tentando apenas fazer com que você não se machuque.

— Eu trago a arma normalmente na bolsa. Agradeço por se preocupar. Entretanto, retirar as minhas meias na frente de todo mundo não foi uma coisa muito bonita. — E com isso ela ia embora, mas voltou-se mais uma vez. — Como precaução, ponha alguns dos seus homens do lado de fora da sala de interrogatório. Presumo que ele esteja tão seguro lá dentro quanto estava antes, onde você o colocou.

— Muito bem — respondeu ele, dando de ombros. — Isto aqui não é uma prisão de segurança máxima. O vidro da janela é reforçado e as grades por trás são de aço. Penso que não fará mal nenhum deixar que ele fique fritando lá. Estará guardado em segurança.

— Não deixe que o filho-da-mãe o engane — preveniu Carolyn com voz calma, imaginando se Moreno não teria escondido alguns pedaços metálicos do telefone celular. Assim que terminasse o interrogatório, teria que mandar revistá-lo. — Pode ser que ele provoque um ferimento em si mesmo ou use de algum truque para que você abra a porta. Dê instruções aos seus homens para que não entrem na sala sob pretexto algum, a não ser que queiram arriscar a vida. Nada de comida, nada de água, nada de banheiro. Não quero saber o que diz o regulamento. Escolha os policiais dispostos a seguir as minhas recomendações, está bem?

— Sim, senhora — disse ele. — Parece que você está mesmo com medo desse cara, Carolyn. Eu recomendei que você não ficasse frente a frente com ele. Pô, nem eu mesmo gostaria que alguém me fechasse lá dentro com esse tal de Moreno.

— Ainda não terminei o que pretendo fazer, Bobby. Vou tentar chegar por volta do meio-dia. Posso estar com medo, mas não vou desistir. Moreno pode não ser o único assassino. Pode ter tido um cúmplice que ainda está solto por aí. A família Hartfield foi morta com um rifle de assalto AR-15. Para decapitar a mãe, ele usou um bisturi e amassou a cabeça da irmã com um martelo. Não acho que ele mataria com arma de fogo. Ele tem ouvidos muito sensíveis. Não gosta de barulho.

Bobby lançou um olhar de dúvida para ela.

— E é você que vai conseguir que ele lhe diga quem foi o cúmplice?

Carolyn sorriu.

— E eu não consigo sempre?

CAPÍTULO 3

Quinta-feira, 23 de dezembro — 10h45

Carolyn estava sentada na sala do seu supervisor. Todos os seus relatórios estavam atrasados e Brad Preston sabia disso.

— Veronica não vai aparecer por mais sete semanas — disse ela, batendo com os calcanhares no chão e olhando para Preston com olhos de fadiga. Como muitas outras mães solteiras, ela passava os dias lutando contra um permanente estado de exaustão.

Como é que um homem podia ser tão bonito e, ao mesmo tempo, tão grosseiramente machista?, pensou Carolyn. Brad era tudo isso. Seu cabelo louro tinha um corte moderno. Usava um gel para fixar um topete na frente, o que o fazia parecer um estudante universitário. Sua pele era dourada pelo sol. Ao contrário de outros homens dedicados às atividades ao ar livre, ele não tinha praticamente ruga nenhuma no rosto. Os olhos dela se fixaram nos músculos dele, todos visíveis sob a camisa imaculadamente branca. Ela teve que fazer força para desviar o olhar. Devia ter pedido transferência para outra unidade, assim que Brad assumiu o lugar de supervisor. Agora era tarde. Era obrigada a trabalhar com o ex-amante.

Até o momento em que outro homem entrou na vida de Carolyn, o seu envolvimento passado com Brad não tinha dado problemas. O relacionamento com Paul Leighton, professor de física e vizinho, estremeceu o enorme ego de Brad. Ele a perseguiu sem descanso. Quando o envio de cartões e de flores falhou, Brad mudou de tática.

Carolyn já estava trabalhando em quase o dobro dos casos de qualquer outro investigador na sua unidade. A única investigadora que se aproximava dela em número de casos a tratar era Veronica Campbell, uma mulher com três filhos e o quarto a caminho. Ela se referia ao seu último filho como um erro patético, portanto o que estava por vir seria um erro duplamente patético. Se houvesse um erro triplo, Veronica tinha lhe dito de brincadeira alguns dias antes, enquanto andava feito uma patachoca pelo corredor em direção à sua sala, ela iria fingir um esgotamento nervoso para que o marido fosse obrigado a tomar conta dos filhos.

Brad tinha acabado de lhe dizer que o relatório de Moreno devia ficar pronto no dia seguinte e ela ficou lívida.

— Investigar um caso como este demora semanas.

— Olhe aqui — disse Preston, jogando os pés para cima da mesa. — Eu sou apenas o mensageiro. Wilson quis, especificamente, que fosse você a tratar deste caso. A audiência está marcada para as dez horas, na divisão 24.

— Isso é uma insensatez! — gritou ela. — Você sabe que dia é amanhã?

— Véspera de Natal — replicou ele. — A não ser que haja algum problema, você poderá ir embora assim que terminar a audiência. Todos os outros aqui vão trabalhar até as cinco. Nós não vivemos uma situação como essa há muitos anos. Tive que dizer a três pessoas para cancelar as férias.

— Diga ao promotor para pedir um adiamento — argumentou Carolyn. — Raphael Moreno decapitou a mãe. Como é que eu posso apresentar um relatório a respeito de sete homicídios em vinte e quatro horas? Eu tenho que estar no tribunal dentro de trinta minutos sobre o caso Brubaker.

— Eles já adiaram o caso três vezes. O juiz O'Brien disse que a sentença já está determinada e que nada no mundo vai levá-lo a conceder novo adiamento. A cadeia quer mandar Moreno para a penitenciária. A promotoria está sob fogo cerrado por terem fechado um acordo com a defesa e evitado a pena máxima. As famílias das vítimas estão exigindo justiça. — Ele fez uma pausa e abriu um sorriso, exibindo uma fileira de dentes brancos e bem alinhados. — Pare de se lamentar e termine o trabalho. Você não precisa recomendar uma sentença. Ela já foi negociada no acordo final. Qual é o problema, pelo amor de Deus?

Carolyn levantou-se e foi fechar a porta da sala. Não queria que a assistente de Brad, Rachel Mitchell, ouvisse a conversa dos dois.

— Você está fazendo isso comigo de propósito. No início, eu não me importei com as suas jogadas. Mas agora você foi longe demais. Se continuar me pressionando dessa maneira, apresentarei uma queixa.

Brad soltou uma gargalhada, retirou os pés de cima da mesa e substituiu-os pelas palmas das mãos.

— Pensa que eu tenho medo de você? — disse ele, com os olhos azuis dançando com malícia. — Daqui a um ano, eu posso ser nomeado promotor. Wilson está considerando a hipótese de você me substituir aqui neste cargo, mas a decisão dele vai depender em grande parte de uma recomendação minha.

— Você está sendo cruel, Brad — reagiu Carolyn, o suor ensopando sua nuca.

— Ouvi dizer que você abandonou a faculdade de direito. É verdade?

— Eu não abandonei a faculdade para sempre. Apenas tranquei a matrícula por um semestre.

44 | NANCY TAYLOR ROSENBERG

— O tipo de trabalho que fazemos aqui é muito específico — disse Brad, revertendo a atenção para o assunto em pauta. — O que você faria se perdesse este emprego? Imagino que possa conseguir um cargo inferior no gabinete do promotor. Ouvi dizer que eles estão precisando de alguém para ajudá-los na penitenciária feminina.

Carolyn cerrou os dentes. Respirou fundo e se esforçou para ficar calma. Começou a dizer que já tinha conseguido fazer com que Moreno falasse, mas decidiu esquecer o assunto. Mais tarde talvez tivesse alguma coisa que valesse a pena para contar a ele.

— Você tem o arquivo de Veronica?

Ele apontou para uma pasta grossa na beirada da mesa e esperou que ela desse uma lida rápida, andando de um lado para o outro. Ao virar-se novamente, ela sentiu a mão dele nas suas nádegas. A partir daquele momento, Carolyn sabia que estava sendo vítima de um legítimo caso de assédio sexual. Não queria nem pensar no assunto, no entanto. A pele dela estava quente, como se tivesse sido dominada por alguma febre. Brad conhecia-a bem. Ela podia reclamar, mas jamais deixaria um funcionário menos experiente lidar com crimes dessa gravidade.

— Eu preciso de um relatório sobre a evolução do caso a cada hora. Vou mandar Rogers para representá-la no caso Brubaker.

O telefone de Brad tocou e ele foi atender, fazendo um gesto para Carolyn esperar até que terminasse.

— Sim, nós estamos cuidando do Moreno, sim. — Cobrindo o fone com a mão, ele falou baixo para Carolyn. — É uma menina. Nasceu uma hora atrás. Três quilos e trezentos.

— É o Drew? — perguntou Carolyn, achando que ele estava falando com o marido de Veronica.

— Não, é Veronica. Está animada e feliz da vida. Talvez seja por isso que fica ejetando um bebê a cada nove meses. Gosta das dores de parto.

A JUSTIÇA DE SULLIVAN | 45

Brad desligou o telefone e ficou remexendo a papelada em cima da mesa.

— Rogers não pode me representar com uma hora de aviso prévio. Brubaker atropelou 11 pessoas — comentou Carolyn. — Levamos três anos para conseguir uma condenação.

— Homicídio não-intencional provocado por veículo está muito longe do assassinato de uma família inteira — disse Brad, fazendo um avião de papel e jogando-o na direção da cabeça dela. — Eu não vou permitir que você recomende a sentença de prisão para Brubaker. Todo mundo sabe que foi um acidente. A promotoria esperou esse tempo todo porque pensavam que o velho traque se evaporasse e que não precisariam se meter no assunto. A culpa foi da prefeitura. Não havia sinais oficiais de advertência na rua avisando que naquele dia havia feira livre.

— Depois de atingir a primeira pessoa, ele não fez nenhuma tentativa para parar — disse Carolyn, abanando a cabeça em desacordo. Uma mecha de cabelo acabou caindo para o nariz e ela teve que dar uma assoprada para afastá-la. — Eu falei com Brubaker em três ocasiões diferentes. Ele parece um velhote muito doce e agradável, mas não é. Ficou temeroso de perder a habilitação. O que ele fez pode perfeitamente ser classificado como homicídio intencional provocado por veículo.

Brad suspirou e reagiu em voz alta.

— O cara entrou em pânico e pisou no acelerador em vez de pisar no freio. Estou farto desse caso. Trate do caso Moreno. Pare de me fazer perder tempo.

— Brubaker foi negligente — disse Carolyn, recusando-se a recuar. — As pessoas com 85 anos de idade não devem dirigir mais. Não me interessa saber que não havia sinais de advertência na rua. A pessoa tem que estar fora de si para atropelar uma fila de gente sem parar. Os corpos ficaram quicando na carroceria do carro como se fossem bolas de basquete.

46 | NANCY TAYLOR ROSENBERG

— Escreva uma carta para o seu congressista. Brubaker tinha uma carteira de habilitação emitida legalmente pelo estado da Califórnia. Geralmente, não saía às quartas-feiras porque é o dia da faxineira e ele gosta da companhia dela. Não estava sabendo que não podia usar a rua que está aberta todos os dias, exceto às quartas-feiras por causa da feira livre. — Brad pegou o paletó das costas da cadeira. — Estou atrasado para uma reunião. Você conseguiu o que queria, uma sentença de dez anos de prisão. Eu sinto pena do cara. A velhice é a última de todas as humilhações.

Brad enfiou os braços no seu caro paletó italiano e ajustou a gravata. Por trás da mesa, havia fotos emolduradas dele à frente de potentes carros de corrida. As corridas de automóvel eram supostamente o seu passatempo preferido. Carolyn achava que havia algo mais do que isso. Ele trabalhava para se ocupar entre uma corrida e outra. Seu pai lhe deixara algum dinheiro que ele investiu sabiamente, auferindo um bom lucro para prosseguir com os seus interesses extra-oficiais. Sendo um poço de energia, não parando nunca, ele conseguia trabalhar em dobro, comparado a um indivíduo normal. Mesmo considerando as exigências do emprego, ele ainda arranjava tempo para carros, mulheres e festas. Brad andava sempre procurando por alguma novidade excitante. Carolyn lembrou-se das noites que passou na cama dele. Quando seus corpos se uniam, para ela era como se mergulhasse num estuário.

— Como estou? Minha gravata não está torta?

Obedecendo a um hábito, Carolyn aproximou-se dele para refazer o nó. Sentiu, então, o aroma da sua loção pós-barba, ao mesmo tempo que olhava nos olhos dele e compunha a gravata no lugar certo.

— Adie o caso Brubaker, senão eu te estrangulo.

— Sim, eu já fiz isso — admitiu Brad. — A audiência foi remarcada para 5 de janeiro, às três horas da tarde. — E enquanto ela continuava recolocando a gravata no lugar, ele acrescentou:

— Quanto ao Moreno, vou mandar todas as transcrições do julgamento e as evidências a ele pertinentes para a sua sala. Se achar necessário, posso mandar tudo para sua casa. Dessa maneira, você poderá trabalhar sem interrupção até que o relatório fique pronto. A questão mais crucial era o interrogatório do acusado, e você já conseguiu isso. Acho que Veronica já fez contato com os parentes das vítimas. Pelo que me contou, ela não conseguiu falar com a irmã da mãe.

— Por que você não me disse logo tudo a respeito do Brubaker? — perguntou Carolyn, rispidamente.

— Ah — disse Brad, sorrindo novamente. — Se tivesse dito, não teria desfrutado o prazer da nossa cintilante conversa. Você ficou muito bem nesse conjunto. É novo?

— Idiota!

Dito isso, Carolyn saiu da sala, perturbada.

Carolyn estava sentada à sua mesa, a cabeça entre as mãos. Estava atrasadíssima, jamais poderia ficar em dia com o seu trabalho. A única maneira de um oficial de condicional continuar no topo era avançar todos os dias, como quem sobe uma escada de um edifício sem teto. Todos os dias surgiam novos processos na sua mesa. Brad Preston ficava na sua sala, designando para quem os processos seriam destinados com a velocidade e a eficiência de um jogador que distribui as cartas em Las Vegas.

Um funcionário apareceu na porta, empurrando um carrinho carregado de caixas.

— Isso é tudo? — perguntou ela, pedindo para que jogasse as caixas a um canto.

— Está brincando? — respondeu o jovem, descarregando o carrinho com um baque surdo. — Tem mais dois carrinhos iguais a este para deixar aqui. Preston disse que se não houvesse espaço na sua sala, eu podia deixar o resto na sala de Veronica Campbell. Eu acabei de pegar as mesmas caixas da sala dela, ontem. Estou trabalhando aqui há apenas seis semanas — continuou ele, fazendo um esforço para levantar as caixas do carrinho. — Será uma espécie de teste?

Veronica trabalhava na divisória ao lado de Carolyn, que teria agora de visitá-la no hospital para lhe pedir a senha do computador dela e conseguir, assim, recuperar o resto do trabalho feito por ela sobre o caso.

O telefone de Carolyn tocou. Ela ouviu a voz grave do detetive Hank Sawyer.

— A homicídios está organizando uma festa de Natal de última hora para hoje à noite. Gostaria de saber se você está disposta a se juntar a nós.

— Não posso, Hank — respondeu Carolyn. — Peguei o caso Moreno esta manhã. E a audiência final está marcada para amanhã de manhã.

— Você deve estar brincando comigo.

— De jeito nenhum — disse ela. — Provavelmente vou ter que falar com você ainda esta tarde ou depois, à noite. Se você for à festa, não beba, OK? — E antes que ele respondesse, ela acrescentou: — Isto não tem nada a ver com o seu passado. Eu diria o mesmo a qualquer outra pessoa.

Sawyer se recuperava de alcoolismo e poderia estar muito sensível a uma observação dessas. Fez uma pausa antes de falar, deixando transparecer certa irritação.

— Como é que aquele safado do Preston pôde jogar o caso Moreno para cima de você? Nós temos estado sob pressão desde o início, quando a promotoria resolveu fazer um acordo. O cara está na custódia só desde o dia 18 de novembro. De qualquer forma, pensei que fosse Veronica Campbell a tratar do caso.

— Veronica não está tratando do caso agora — confirmou Carolyn. — Eu tive que dar continuidade ao trabalho dela e estou

A JUSTIÇA DE SULLIVAN | 49

com pressa, Hank. Não se esqueça de que vou precisar de você para esclarecer algumas questões.

— Escute aqui! — gritou ele. — Moreno atacou três presos ontem à noite. Não dá pra você simplesmente entrar lá e seguir sua rotina. Poderia se machucar, entende?

— Já falei com ele — comentou Carolyn, procurando na mesa um comprimido para dor de cabeça. Ainda nem era meio-dia e sua cabeça já estava estourando. Veronica dizia que era por causa dos seus hábitos de alimentação. Nunca tomava o café-da-manhã e freqüentemente, quando estava muito ocupada, nem almoçava.

— Ele falou?

— Falou, sim — confirmou ela, desistindo e fechando a gaveta da mesa. — Estou dando um suadouro nele por algumas horas e logo vou estar com ele de novo. Se os meus instintos não me enganam, há muito mais coisa nessa história além do que está à vista. Ele é um cara repugnante, mas tenho quase certeza de que não é maluco. Pelo contrário. Acho que é inteligente, muito inteligente.

— Você é um espanto — disse o detetive. — Não sei por que diabos ainda continua no departamento da condicional. Venha para cá e eu farei de você uma detetive.

Ele tossiu e acrescentou:

— Estou avisando, Carolyn. Não arrisque a sua sorte com esse cara.

— Vou fazer tudo ao meu alcance para que esse sujeito passe o resto da vida na prisão — disse Carolyn. — Arriscar a nossa vida é o que nos pagam para fazer, não se esqueça. Às vezes, é a única maneira de realizar o nosso trabalho.

— Nós ganhamos apenas alguns dólares a mais do que um gari — argumentou Hank. — Ninguém se importará se arrebentarem a sua cabeça com um tiro ou se algum psicopata como Moreno quebrar o seu pescoço como se fosse um galho seco. Não vale a pena, entende?

— Você não foi aquele cara que saltou do teto de um carro em movimento para dentro de uma lixeira com uma espingarda na mão?

— Mas isso foi diferente.

— Claro que foi — reagiu Carolyn, lembrando-se de umas 15 outras situações de risco em que Sawyer fizera coisas com uma chance em um milhão de dar certo. Ainda hoje, ser uma mulher na força policial não era fácil. A maioria dos policiais mais jovens aceitava as mulheres como suas iguais. Os mais velhos, porém, como Hank Sawyer, tinham outra mentalidade. Para ele, ela não passava de uma garotinha com uma arma perigosa na mão. Não necessariamente uma pistola.

— Divirta-se na festa, Hank. Alguns têm que trabalhar por aqui.

CAPÍTULO 4

Quinta-feira, 23 de dezembro — 16h

A casa de Neil Sullivan ficava no alto de uma colina, com vista para o mar. Ele abriu o porta-luvas da sua Ferrari e retirou de lá um pequeno envelope branco. Pegou um espelho de maquiagem e colocou-o no console central. Separou o pó em duas carreiras finas, usando a lâmina de barbear guardada no cinzeiro. Depois enrolou uma nota de cem dólares e aspirou o pó branco. Era melhor, pensou ele, ficar um pouco recostado no banco do carro.

Depois pôs o envelope de volta no porta-luvas, quando notou que estava vazio. Como podia ter acabado? Ele havia comprado na véspera. Não, pensou ele, deve ter sido anteontem. Então, ele se lembrou de que na hora da compra estava dirigindo a van, portanto só podia ter sido na quarta-feira. Só depois do jantar ele tinha pegado a Ferrari. Alguém descobrira o esconderijo, talvez o manobrista do restaurante em que ele e Laurel haviam ido na noite anterior.

Ele não se drogava regularmente, só quando as coisas davam errado. E hoje tinha acontecido algo terrível.

As imagens fluíam rápido na sua mente. Lembrou-se de que saiu de casa correndo. Tudo antes disso era confuso e estarrecedor. Chegou à conclusão de que ninguém tinha roubado o seu pó. Não era a primeira vez que ele tinha cheirado hoje. O ritual lhe era tão familiar que às vezes cheirava uma segunda vez sem se dar conta. Tinha que parar com isso, mas não agora. Agora não podia. Não era a hora certa para parar de fazer uma coisa de que precisava.

Ao pegar a via expressa, a chuva começou a cair com força no pára-brisa. Ele ligou no máximo o limpador de pára-brisa. Só esperava que a chuva passasse depressa, pois ela o deixava nervoso e ele tinha pela frente uma hora e meia de viagem. Tinha que ver Melody. Não podia ficar sozinho. Estava doidão demais. Por isso mesmo, tinha cheirado duas vezes no mesmo dia. Não queria se perder novamente. Não hoje, não amanhã, nunca mais.

Seus olhos se encheram de lágrimas. Tinha planejado tudo com a maior perfeição. Ele e Laurel tiveram um jantar maravilhoso no seu restaurante francês favorito, o Le Dome, e depois ele a surpreendeu com a Ferrari. Estavam tão felizes os dois. Mas, hoje, no almoço, tudo mudou.

Tirou do bolso o anel de noivado com um diamante de dois quilates. Chegou a levantar a mão para jogá-lo fora pela janela, mas depois pensou no quanto ele poderia receber na casa de penhores. Não era por uma questão de dinheiro, mas sim por uma questão de crédito. A casa de penhores de Al era a sua conexão com a droga. E, além disso, ficava no caminho para a casa de Melody.

E eles viveram "felizes para sempre", pensou ele com amargura, voltando a colocar o anel no bolso. Nada dava certo na sua vida. Mal tinha sentido o gosto da felicidade e logo esse gosto desapareceu. Deus o odiava. Todo mundo o odiava. Seus quadros não vendiam. Laurel, supostamente, devia ter feito tudo direitinho. Em vez disso, fez tudo errado.

Neil reduziu a marcha ao entrar em uma estrada cheia de curvas. Tinha trocado quatro das suas melhores pinturas pela Ferrari vermelha. Já não vendia um quadro havia seis meses. Seu agente,

A JUSTIÇA DE SULLIVAN | 53

Mark Orlando, tinha dito para ele aceitar o negócio. Depois ele poderia vender o carro, se as vendas dos quadros não melhorassem. Mark jurou que só tinha sido produzida uma Barchetta 550 Pininfarina Speciale. Para ele, a mulher que fizera a troca devia ser doida.

Em plena crise de meia-idade, Lou Rainey teve um caso com uma garota de 23 anos. Sua mulher apanhou-o em flagrante e expulsou-o de casa alguns dias depois de ter tomado posse do carro, que valia mais de quatrocentos mil dólares. Por despeito, a Sra. Rainey embebedou-se e, impulsivamente, trocou o carro pelas telas ao visitar uma exposição dos trabalhos de Neil. Mark disse a Neil que uma Ferrari não era um carro para usar todos os dias. Mas quem é que ia querer ter um carro que não podia ser usado todos os dias?

Era uma máquina maravilhosa, pensou Neil, ao sentir o motor engatado no momento em que descia uma estrada traiçoeira. Ele gostaria que as pessoas fossem como as máquinas, que pudessem ser manobradas. Talvez assim elas pudessem servir aos seus objetivos. Ele se considerava um fracassado. Mas os outros eram ainda piores. Todos, exceto Carolyn. Sua irmã era um anjo. Ficou preocupado quando ela ligou para ele da cadeia, em especial quando a ligação caiu. Graças a Deus ela telefonou de volta mais tarde, dizendo que estava tudo bem. Ela parecia tão dura quanto a mãe, mas certa, sempre certa, e sempre pronta para ajudá-lo. As suas primeiras recordações sempre eram relacionadas com Carolyn. Era ela que costumava ficar ao lado da sua cama à noite até que ele adormecesse. Foi ela que o ensinou a andar de bicicleta. Ela lutava por ele em todas as suas batalhas, lia histórias para ele, tomava conta dele sempre que ele adoecia. Não importava o que ele fizesse, ela sempre estava do seu lado. Era o seu porto seguro.

Laurel Goodwin ensinava inglês em uma escola de Ventura. Ele topara com ela na Barnes & Noble seis meses antes. Um amigo em comum confidenciou-lhe que ela estava divorciada e havia voltado para a cidade com a família. Os dois começaram a se ver de vez em quando para almoçar ou ir ao cinema. Quando, finalmente, fizeram amor, Neil teve certeza de que ela era a mulher com quem ele queria passar o resto da vida.

Neil conhecia Laurel desde a adolescência. Teria casado com ela logo depois de se formarem, se o pai dela não tivesse interferido. Ainda hoje o bode velho o desprezava. Stanley Caplin tinha trabalhado por 35 anos como funcionário do governo estadual na área de seguros. Não conseguia entender como um homem que pintava quadros para viver podia ter dinheiro para comprar uma casa de um milhão de dólares.

Laurel riu ao contar-lhe que o pai pensava que ele era traficante de drogas. Neil não achou graça nenhuma. Só porque usava drogas de vez em quando, isso não significava que fosse traficante. A sua droga favorita era a metanfetamina. Viviam em uma sociedade química. Todo mundo precisava de uma droga. Seus amigos que se abstinham de tomar drogas ilegais consumiam antidepressivos, tranqüilizantes, relaxantes musculares, analgésicos, esteróides, ou se afogavam em bebidas alcoólicas. Os fanáticos por saúde seguiam pelo mesmo caminho. Misturavam uma erva com outra no liquidificador e ficavam criticando quem consumia drogas ilegais, enquanto faziam suas corridas exibindo seus falsos bronzeados e barrigas lipoaspiradas. Os médicos, agora, podiam fazer tudo. Não era necessário fazer abdominais. Por cinco mil dólares, qualquer um podia transformar uma barriga de cerveja em uma barriguinha sarada. Mais alguns milhares de dólares, e você podia receber bíceps instantâneos.

As pessoas eram idiotas. De onde elas pensavam que vinham as anfetaminas? E a cocaína? Ele tinha crescido com um engenheiro químico. Se quisesse, podia descer no porão de sua casa e produzir suas próprias drogas.

As anfetaminas ajudavam-no a trabalhar por dias sem fim, pintando um quadro após outro. Seus melhores quadros tinham sido feitos à base de drogas.

Neil tinha estudado nas melhores instituições de arte do mundo, em Roma, Florença e Paris. Tinha até restaurado obras de arte do Vaticano. Quantos artistas tiveram a honra de retocar com seus pincéis uma obra de Michelangelo? Ele ria só de pensar que a Capela Sistina podia ter sido pintada em apenas alguns meses, caso Michelangelo tivesse usado metanfetamina.

Em contraste com a conservadora Laurel, Melody Asher era uma garota sedutora e deslumbrante, extremamente divertida. Herdeira de grande fortuna, podia comprar o que quisesse. Segundo um jornal, ela teria comprado por cinqüenta mil dólares um anel de casamento direto do dedo de uma mulher. Quando entrava em qualquer ambiente, todo mundo parava para olhar para ela. Adorava chamar a atenção. Jamais poderia ser feliz com um único homem.

Neil subiu o caminho de acesso à casa de Melody, de três andares, em Brentwood. Continuava chovendo. Usando um jornal para cobrir a cabeça, correu até a porta da frente. Ao bater, a porta se abriu. Obviamente, ela já estava esperando por ele.

— Melody — gritou ele. — Sou eu, Neil.

Entrando no *foyer*, ele virou à esquerda e passou por uma arcada que dava em um longo corredor. Já podia ouvir a água correndo no banheiro principal.

— Melody, estou aqui! — disse ele de novo, dando uma olhada nos nomes de grifes das sacolas espalhadas pela sala. Melody não usava drogas. Ela lhe dissera que o uísque era o seu remédio preferido. Forte, alta, magra e loura, era o tipo de mulher que podia fazer com que um saco de lixo parecesse ter saído de uma loja cara da Quinta Avenida.

Neil tinha namorado modelos que mal comiam e vomitavam. Costumava chamá-las de mulheres-bastão. Quando fazia sexo com elas, os ossos de suas bacias pressionavam seu abdome. Assim que terminavam, fumavam dez cigarros seguidos. Às vezes seus laxantes faziam efeito cedo demais. Era uma visão e tanto ver uma garota que ganhava mil dólares por hora pular da cama para a privada segurando a bunda.

Neil entrou no banheiro revestido de mármore. E Melody acenou para ele:

— Oi, querido!

Ele virou as costas, dizendo por cima do ombro:

— Vou esperar por você na sala.

A voz dela ecoou do chuveiro:

— Não, não vá embora. Vem cá... Tenho uma coisa importante para lhe dizer.

Quando Neil se aproximou, seus olhos se fixaram no corpo nu atrás do vidro translúcido do boxe. Ela parecia diferente sem maquiagem, mais suave e ainda mais atraente. E ele ficou em silêncio, admirando a figura alta e esbelta, a água descendo em cascatas sobre a sua pele branca. Seus olhos focalizaram a genitália dela. Todos os meses, ela mandava aparar os pêlos pubianos em forma de coração.

Ela encheu de espuma o cabelo louro e deixou que a espuma escorregasse por seu corpo magnificamente bem-proporcionado. Havia um aroma de baunilha por todo o banheiro. Ele sentiu uma sensação de formigamento pelo corpo inteiro. A droga fazia com que ficasse sexualmente excitado. Ao vê-la, a excitação veio instantaneamente.

— O que você está olhando tão fixamente? — perguntou Melody, unindo os joelhos e colocando as mãos sobre o sexo em uma atitude jocosa de vergonha. — Parece até que você nunca viu uma mulher nua.

Neil colocou a mão na cabeça, perturbado.

— É que... Eu vim aqui para...

A JUSTIÇA DE SULLIVAN | 57

— Relaxe — reagiu Melody. — Tudo o que você deve fazer é perder menos tempo pintando aqueles quadros que ninguém parece querer e passar mais tempo comigo. Então, dessa forma, o seu pau não vai se sentir tão sozinho, meu amor. Estarei sempre pronta para você.

— Eu tenho que pintar — argumentou Neil, elevando a voz em uma tentativa de evitar aquilo que suspeitava ser inevitável. Estava chocado pelos comentários dela a respeito do seu trabalho, mas não daria a ela a satisfação de saber disso. — Eu sou artista, certo? É o que eu faço para viver.

— Droga, esqueci o meu roupão — disse Melody, agindo como se nem tivesse escutado as palavras dele. — Você pode pegar pra mim?

Neil suspirou, imaginando se ela transformava todos os namorados em garotos de recado. Quando voltou, Melody abriu a porta do boxe. Ela pegou a mão dele e puxou-o para dentro do boxe, com a água ainda correndo.

— Agora estamos os dois molhados — disse ela, rindo. — Por que não nos divertimos um pouco?

— Não, droga — reagiu Neil. — Não tenho roupa para trocar. Além disso, não vim aqui para ficar de brincadeira. Preciso falar com você. É importante.

— Fique calmo. Deixe que eu seja um alívio para as suas tensões.

Melody se ajoelhou. Desabotoou as calças dele e baixou-as com movimentos rápidos e precisos, expondo a sua sunga branca Calvin Klein. O pênis dele mal cabia na sunga justa. Dali a um momento, ele se sentiu dentro daquela boca quente. Ainda tentou interromper a manobra, mas era tarde demais. Sucumbiu ao prazer. Além disso, ver aquela princesa de joelhos aos seus pés era uma sensação muito gratificante. Melody Asher não se ajoelhava diante de qualquer um.

Em seguida, ela se ergueu devagar, esfregando os peitos no corpo dele e olhando nos seus olhos cheios de desejo. Levantando sua camisa ensopada, ela acariciou seu peito musculoso. Neil rapidamente tirou o resto das roupas e jogou-as dentro da banheira de hidromassagem vazia ao lado do boxe. Os lábios dos dois se uniram. Melody colocou as mãos nas nádegas dele e as apertou. O corpo dele pulsava.

— Acho melhor continuarmos no quarto! — E, dizendo isso, Melody deu uma volta e abriu a porta atrás dele. Neil pisou, cautelosamente no tapete felpudo e achou estranho que ela colocasse a perna direita atrás do corpo dele, provocando a sua queda. Ela ainda o segurou com a mão direita, mas ambos acabaram caindo sobre o tapete, seus corpos colados.

Neil e Melody se enroscavam em busca da melhor posição. Com quase um metro e oitenta, ela forçou-o a ficar de costas no chão e, cavalgando como se montasse um cavalo, fez amor com ele. Neil ficou surpreso diante daquela mulher tão magra e com tanta força. O corpo dela enganava. Seus músculos eram longos e lisos, mas incrivelmente poderosos.

A boca de Melody se abriu ao chegar ao orgasmo.

— Tive uma idéia — sussurrou ela no ouvido dele alguns minutos depois. — Vem comigo.

Neil seguiu-a pelo quarto.

— Não se mexa, preciso posicionar as câmeras.

Ela foi até o outro lado do quarto e abriu uma porta de madeira que ia do chão ao teto. Dentro do armário havia duas câmeras digitais.

— Melody, eu não...

— Cale essa boca e fique aqui em cima de mim — disse ela, se estendendo na cama de pernas abertas.

Neil pensou em ir embora, mas seu corpo não o deixou ir. Ela o estava provocando desde que ele entrara no banheiro. A droga

A JUSTIÇA DE SULLIVAN | 59

atiçava-o. Ele estava vivendo o momento, a sua mente não raciocinava mais. De costas viradas para as câmeras, ele se jogou dentro dela. Ele começou a suar, as gotas de umidade se refletindo nas lentes das câmeras.

Melody gritava:

— Mete... Mete, Richard.

Neil sacudiu a cabeça. Os eventos do dia vieram à tona e ele sentiu um bolo no estômago de raiva. Quem era esse tal de Richard? Neil saiu de dentro dela, foi direto para o banheiro, vestiu-se com as roupas ainda molhadas e voltou, gritando:

— Você não passa de uma vagabunda. Pode ter todo o dinheiro do mundo, mas continuará sendo um lixo. Não entendo como é que eu não vi isso antes.

Melody virou-se de barriga para baixo na cama e botou os braços cruzados sob a cabeça. Sua boca se abriu em um largo sorriso.

— *Tadinho...* — disse ela, imitando a voz de uma criancinha.

— Ah, ia me esquecendo de perguntar: sua irmã ainda está namorando aquele professor de física?

— Não é da sua conta.

Neil olhou para ela fixamente por alguns minutos. Depois, virou as costas e saiu da casa, apressado.

CAPÍTULO 5

Quinta-feira, 23 de dezembro — 15h04

— O nde está o Bobby? — perguntou Carolyn, entrando na recepção da cadeia.

— Espere um pouco — respondeu Joe Powell. — Vou procurar por ele.

Veronica tinha contatado a maioria dos parentes da família Hartfield, exceto a irmã da Sra. Hartfield. No entanto, não tinha feito nenhuma tentativa para completar a parte mais crucial da investigação — o interrogatório de Raphael Moreno. A única explicação em que Carolyn pôde pensar foi que o crime era horrível demais para o estado em que Veronica se encontrava.

Depois de ter informado Brad da situação em que estavam, Carolyn ditou os detalhes dos vários crimes a partir das anotações de Veronica. Essa parte do relatório foi compilada a partir dos registros da prisão, das transcrições do julgamento, das evidências constatadas pelos técnicos forenses e das conclusões da patologia. Em crimes dessa magnitude, um relatório desses podia chegar a cinqüenta páginas. Veronica tinha escrito quatro páginas. Como o acusado confessou-se culpado pelos sete homicídios em segundo grau, não havia transcrições do julgamento. Tudo com que eles podiam trabalhar eram os relatórios da polícia e das evidências. A única maneira de saber o que realmente aconteceu era ouvir o que o próprio acusado tinha a dizer.

Carolyn entendia a posição de Veronica, mas sentia que a amiga tinha sido negligente. O seu desinteresse revelava falta de respeito pelas vítimas. Se ela tivesse tentado interrogar Moreno e falhado, isso seria aceitável. Mas ela nem sequer tentara. Qualquer pessoa incapaz de enfrentar os criminosos e as conseqüências dos seus crimes não tinha condições de ser oficial de justiça que vigia os presos em liberdade condicional.

Depois do almoço, ela falou com Bobby Kirsh. Assim que ouviu o que ele tinha a contar, decidiu deixar Moreno em banho-maria por mais algumas horas.

— Ele não se mexeu? — perguntou Carolyn, logo que a cabeça raspada de Bobby apareceu na janela da recepção. — Durante todo esse tempo não aconteceu nada? Ele não pediu para ir ao banheiro nem pediu alguma coisa para comer? Ele já está lá dentro há mais de cinco horas.

— Eu disse a você que esse cara assusta mesmo. Acho que ele nem sequer pestanejou. Pelo menos, nem sequer mudou de posição na cadeira — disse Bobby.

— Hum — grunhiu Carolyn, pensando no que devia fazer a seguir. — Gostaria de falar com os homens que ele agrediu.

— Impossível — respondeu ele, seus olhos negros brilhando.

— Basta alguns caras criarem confusão e a cadeia inteira enlouquece. O que aconteceu ontem à noite foi um desastre. Se você quiser ver Moreno de novo, eu não posso evitar. Mas não poderá ir além disso, Carolyn. Você não tem nenhum direito legal para falar com os presos que ele atacou.

— Mantenha o cara no gelo, Bobby.

O rosto dele ficou petrificado.

— Não! — reagiu ele. — O que é que há de errado com você, mulher? Está com vontade de morrer ou coisa parecida? Ou você vai vê-lo agora ou nós vamos colocá-lo de volta na solitária.

Carolyn estendeu o braço e tocou o punho da camisa dele.

— Eu estive olhando os relatórios das necrópsias das vítimas durante todo o dia — disse ela, falando com suavidade. — Moreno não vai passar toda a vida na prisão. É a nossa última oportunidade de documentar o seu comportamento e de saber quem são os seus contatos lá fora. Tenho quase certeza de que ele matou a família Hartfield só para segurança própria. Você não entende? Não fomos nós que o prendemos. Foi Moreno que nos prendeu.

— Por que os caras da homicídios não descobriram isso?

— Talvez estivessem perto demais do caso.

— Isso é conversa, mera especulação — concluiu o sargento, fazendo um trejeito nervoso.

Carolyn insistiu:

— Ele não estava com medo dos policiais, Bobby. Alguém estava atrás dele. Quantos assassinos em massa você conhece que tenham levado a polícia até o seu esconderijo?

— Eu nunca conheci nenhum assassino em massa.

— Está conhecendo agora.

— Você tem uma hora.

— Leve-me até ele — pediu Carolyn, dirigindo-se à porta que dava no interior da cadeia.

— Pensei que não quisesse vê-lo agora.

— Eu não quero falar com ele agora, mas isso não significa que não queira vê-lo.

Caminharam em silêncio. Por várias vezes, o sargento olhou para ela e esteve a ponto de falar, mas parava ao perceber que Carolyn estava entregue aos seus próprios pensamentos. Quando chegaram à sala onde Moreno estava, ela bateu com os nós dos dedos no vidro. Moreno olhou para cima. Da sua parte, houve uma centelha de reconhecimento, seguida de uma careta. Ela sorriu, um sorriso aberto. Depois acenou para ele. E viu que havia uma poça do que presumiu ser urina embaixo da mesinha.

Bobby colocou-se no meio do caminho.

— Você está provocando esse homem. Não volte mais aqui. Não vou deixar que você entre aí. Acabou, Sullivan.

Carolyn ignorou o que ele disse, seus olhos procurando em torno.

— Todas as três celas e a sala de interrogatório têm a temperatura regulada pelo mesmo equipamento de ar-condicionado?

— Não — atalhou o jovem oficial Norm Baxter, que estava ao seu lado. — A temperatura na sala de interrogatório é regulada por um termostato separado. Como é uma sala muito pequena, está sempre muito abafado lá dentro.

— Ótimo — disse ela. — Bote o aquecimento para funcionar.

Antes que Bobby pudesse reagir, Carolyn saiu corredor afora. Ao olhar para trás, por cima do ombro, ela ainda viu Bobby abanar a cabeça, enquanto o jovem oficial abria a caixa do termostato na parede.

— Obrigada, Bobby — gritou ela. O fato de ela estar disposta a arriscar a vida para obter mais algumas palavras de um assassino finalmente o havia impressionado.

Decidindo jantar mais cedo, Hank Sawyer estava conversando com a sua garçonete favorita no Denny's, quando um mensageiro veio lhe dizer que ele devia seguir para a Seaport Drive 1003, pois acontecera um homicídio. Aos 46 anos, ele tinha um pouco menos de um metro e oitenta de altura e estava cerca de dez quilos acima do peso, com a gordura acumulada em volta da cintura. Tinha cabelos castanhos e finos e um rosto avermelhado.

O detetive era muito estimado e considerado um investigador perspicaz. Vários anos atrás, conseguira encontrar e prender um assassino e, nessa ação, recebera uma bala no abdome, um dos lugares mais dolorosos do corpo em que podia ocorrer um feri-

64 | NANCY TAYLOR ROSENBERG

mento. No entanto, ele voltara ao trabalho menos de três semanas depois do ocorrido.

Quando Hank chegou à Seaport Drive, havia quatro carros da polícia na cena do crime. Uma multidão de curiosos tinha se formado nas calçadas e gramados por perto. Trevor White e um outro policial, chamado Daryl Montgomery, estendiam uma faixa amarela em volta, presa em suportes especiais colocados no chão.

Ao avistar a detetive Mary Stevens na cozinha, Hank dirigiu-se para lá. Com 36 anos, Mary era uma mulher impressionante. Única mulher na divisão de homicídios, tinha cabelos cor de ébano que lhe caíam pelos ombros em graciosos cachos. Tinha um pescoço longo e elegante, uma pele morena deslumbrante e um corpo estonteante. Vestia jeans e a habitual camiseta vermelha que ela guardava sempre no carro e que chamava de "camisa assassina". Ele tinha de admitir que a cor tornava fácil encontrá-la entre a multidão de curiosos na cena do crime.

— O que nós temos até agora?

— O nome da vítima é Suzanne Porter. Branca, 35 anos, um metro e sessenta de altura, aproximadamente 55 quilos. Foi vista pela última vez por volta da uma hora por um rapaz de 19 anos que mora ao lado. Ao voltar do trabalho, o marido não a encontrou em casa.

Mary interrompeu o relato e gritou para um dos técnicos forenses:

— Recolham todas as peças de prata, pratos, panelas e frigideiras. E não se esqueçam de verificar a lava-louças.

— Que limpinho, heim? — perguntou Hank, olhando em volta da cozinha imaculadamente limpa.

— Extremamente limpo. — Mary tirou um elástico do pulso e juntou os cabelos num rabo-de-cavalo. — E eu estou falando do assassino, não da vítima. Não há sinais de luta. Nem impressões digitais. Deve ter usado luvas e limpou tudo para não deixar pistas. O marido encontrou o corpo dela nos fundos da casa, quando voltou do trabalho às quatro da tarde. Há marca de uma picada no braço esquerdo. A causa da morte pode ter sido uma injeção letal. É claro que não vamos saber antes da chegada do relatório da toxicologia. Nua. Apenas com o sutiã e a calcinha.

— Arrombamento?

— A fechadura da porta externa que dá para a garagem. Muito esperto. A garagem não tem alarme. Pelo que a empresa de segurança me contou, a maioria das pessoas não pede para colocar alarme na garagem.

— Mesmo assim o assassino ainda tinha que entrar na casa — raciocinou Hank.

— Sem problema, se ela estava em casa. Não era ladrão, sargento. O marido disse que, até onde viu, nada foi roubado. Existem por aqui algumas coisas valiosas. Sabe como é, televisões, computadores, jóias, prataria.

— Talvez uma overdose?

— Duvido — reagiu Mary, enquanto massageava o ombro esquerdo. — Ao vê-la, você irá saber por que eu digo isso. Um ferimento só por picada de agulha, lembra? Seria muito difícil me convencer de que essa senhora acordou de manhã e decidiu logo se aplicar com uma dose de droga. O marido disse que ela corria todos os dias. Não fumava, não bebia, não comia demais. Olhe para este lugar, Hank. Nem sequer tinha filhos para tomar conta. Tinha, sim, um marido atraente, bem-sucedido. A maioria das mulheres daria a vida por um casamento assim.

— Outras testemunhas? — perguntou ele.

— Ainda não tivemos tempo para isso. A mulher em frente estava lavando os pratos por volta de 11h e lembra-se de ver um motoqueiro rondando o quarteirão. Acha que a moto era vermelha e preta. Ela não entende muito de motos. Mostramos para ela várias fotos e ela se fixou em uma Yamaha.

66 | NANCY TAYLOR ROSENBERG

— Ela chegou a ver o motoqueiro?

— Vestia roupa de couro preto e usava capacete com visor. Nada de placa. Pode ser de alguém que mora por perto. Não vamos saber antes de fazer uma nova busca. Em muitas casas, os moradores não estavam.

— Você já fez a comunicação pelo rádio?

— Sim — confirmou Mary, seu rosto com sinais de perspiração. — Também avisei Charley Young. O legista deve chegar aqui dentro de meia hora. O que você quer fazer com a imprensa?

— Vamos ganhar tempo, o máximo possível. Onde está o marido?

— Sentado na viatura de Scott Underwood. Quer que o levemos para a delegacia para interrogatório?

— Por enquanto, não.

Hank deu uma saída para olhar o corpo da vítima. Vários policiais estavam em volta do corpo. Ele se abaixou e removeu parte da lona que o cobria. A expressão do rosto de Suzanne Porter era agradável, quase como se ela tivesse sido colocada para dormir. Era uma mulher bonita: cabelos escuros, traços suaves, pele clara. Podia ver agora o que Mary quis dizer. Ela parecia estar em excelentes condições físicas. Hank colocou os óculos de leitura, pegou o braço esquerdo dela com a mão enluvada e observou a picada de agulha. Parecia inofensiva, pensou ele, quase como se fosse a mordida de um mosquito. Da última vez que ele tirara sangue, a enfermeira precisara fazer três furos. Se o assassino lhe administrara uma injeção letal como Mary suspeitava, ele devia saber o que estava fazendo. A não ser por alguns arranhões na testa, não havia nada.

Voltando à residência, o detetive subiu até o segundo andar da casa. Depois de um homicídio, a energia dentro da casa mudava. Tal como a vítima, tudo parecia quieto e sem vida, independentemente de quantos policiais andassem farejando por evidências. Pegou um suporte no banheiro da suíte do casal, depois largou-o em cima da mesa. Parecia ter colado no lugar como que atraído por um ímã. Uma das gavetas da cômoda estava meio aberta. Olhou dentro e viu que estava cheia de lingerie cara, do tipo que ela vestia quando foi encontrada pelo marido. Que mulher andaria pela casa em pleno dia de calcinha e sutiã? Talvez ela estivesse tendo um caso e o maridinho chegou e a surpreendeu. Bom motivo para um crime. Tinha que ficar de olho no marido.

Os outros quartos e salas estavam escassamente mobiliados. Excelente propriedade, pensou ele, para um casal tão jovem. O imóvel devia valer mais de um milhão de dólares. Foi até a janela. A casa ficava do lado errado da rua. Em vez de a frente dar para o mar, tinha vista para um monte de outras casas e para as colinas. Ele baixou o valor do imóvel para oitocentos mil.

Hank entrou novamente no banheiro da suíte. Sentiu cheiro de colônia ou de algum outro tipo de produto de beleza. Dentro do boxe, havia um vidro de xampu KMS Velocity. O cheiro condizia. O crime tinha acontecido há pouco tempo. Ou a vítima ou o assassino tinha tomado um banho e lavado o cabelo. Entrou no boxe e enfiou o dedo no ralo, pegando um chumaço de cabelos escuros e molhados.

Virando-se para a privada, Hank levantou a tampa e olhou dentro. A porcelana cheirava a água sanitária. Seus olhos voltaram-se para o botão da descarga. Sem manchas. Alguma coisa tinha acontecido ali. Ele podia sentir. Enfiando a cabeça no vaso, notou que havia algo verde no canto esquerdo. Ao olhar mais de perto, viu que também havia uma linha de vermelho. Ele correu para fora do banheiro e gritou:

— Venham aqui — ordenou ele a um dos policiais da cena do crime. — Acho que ela vomitou no vaso. Retirem tudo e mandem para o laboratório.

— Parecem restos de uma salada — disse o homem, usando um copo esterilizado.

Hank desceu as escadas e entrou no pátio interno coberto. No entanto a cobertura estava aberta, de modo que o sol e a chuva podiam entrar. Ele viu um objeto no chão e se abaixou para apanhá-lo. Parecia a tampa de alguma coisa.

— Olhe aqui — disse ele, segurando pelo braço um outro técnico. — O que você acha que é isso?

— A tampa de uma lente — disse o policial, estendendo o braço para pegar o objeto. — Deve ter caído da bolsa de alguém.

— Recolha como evidência — instruiu Hank. — Talvez o assassino tenha feito fotos para guardar de lembrança.

Mary apareceu ao seu lado.

— Charley telefonou. Vai chegar aqui dentro de 15 minutos.

Seus olhos escuros varreram o interior da casa através do vidro. O sargento de serviço estava organizando a equipe que ia fazer uma nova busca pelas redondezas.

Hank ficou à sombra no outro extremo da propriedade, para que não fossem constantemente interrompidos pelos outros policiais. Ele retirou um palito da embalagem e botou-o na boca. Já não fumava havia quatro anos, mas ainda não saíra da fase de querer "mastigar". Ele ainda tinha problemas de concentração sempre que não tinha alguma coisa na boca. Fixação oral. Ele não se importaria de manter a boca ocupada com Mary, mas ela jogava em outro time.

— Quer um pouco? — perguntou ela, segurando um copo de papel cheio de café. — Está uma droga, mas é o que temos. E temos muito.

— Dispenso, obrigado — disse Hank, colocando a mão sobre o estômago. — Por favor, diga ao Scott para levar o marido para a delegacia. Vernon é o detetive sênior, você sabe. Você devia pô-lo a par do que está ocorrendo. O capitão Holmes vai querer que ele seja o segundo em comando.

A JUSTIÇA DE SULLIVAN | 69

Mary jogou os braços para os lados enquanto se afastava para dar passagem a Hank que estava voltando para o interior da casa.

— Vernon não está aqui — disse-lhe ela. — Desligou o pager. Que espécie de detetive de homicídios ele é? Além disso, me disseram que ele está tentando conseguir um cargo no FBI. Dê as rédeas ao Vernon e haverá uma caravana de agentes do FBI por aqui amanhã de manhã.

Ela tem razão, pensou Hank. Ele também não gostava de Vernon Edgewell. O cara não tinha motivação. Se ninguém lhe dissesse o que fazer, ele não fazia nada. No entanto, tinha uma dúzia de condecorações dos seus tempos de patrulha. Ser detetive não era coisa para ele. Precisava do imediatismo das ruas. Trabalhar na Homicídios exigia paciência. Ao contrário do que acontecia com esse crime que eles estavam investigando agora, a maioria dos detetives trabalhava a sós, se concentrando em um único caso por anos e anos, até que fosse resolvido ou arquivado. Um detetive desse tipo podia ficar anos fazendo bobagem sem jamais ser apanhado. A única razão pela qual o capitão continuava atribuindo missões a Vernon era para ter a chance de despedi-lo no momento em que ele deixasse a peteca cair.

Vernon era um exemplo lamentável de detetive, mas o FBI tinha recebido uma brilhante recomendação. Era assim que acontecia no serviço público. Qualquer oficial superior podia transferir um oficial incompetente e acabar tendo que fazer o trabalho do incompetente durante intermináveis anos. Passá-lo para outra agência governamental era mais rápido e menos complicado.

Mary, porém, tinha a esperteza das ruas, uma memória quase fotográfica e trabalhava em todos os casos com persistência.

— Você tem garra — disse Hank para ela. — Vou recomendá-la para o capitão. Talvez a gente vá precisar de uma mulher neste caso.

— Que tal uma boa detetive? — disse Mary, dando-lhe um tapinha no ombro. — Um dia destes vou dar umas chicotadas nesse seu rabo branco gostoso.

— É claro que vai — admitiu Hank, já de saída.

CAPÍTULO 6

Quinta-feira, 23 de dezembro — 16h15

Brad Preston apanhou Carolyn no corredor.

— Entre aí — disse ele, apontando para a porta da sua sala. — O que está acontecendo? Você me deve informações há quatro horas. Quero que me entregue o relatório até amanhã às oito horas da manhã.

Carolyn sentou-se numa cadeira em frente à mesa dele. Era como se tivesse sido chamada pelo chefão principal.

— Eu já ditei a maior parte do relatório. E se for necessário, eu mesmo vou digitá-lo hoje à noite em casa.

Brad tirou o paletó e colocou-o nas costas da cadeira.

— Alguém me contou que você conseguiu fazer Moreno falar — disse ele, afrouxando a gravata no colarinho. — Isso é verdade?

— Sim e não — respondeu ela. — Ele falou, mas não abriu nada. Mais uma hora e eu talvez consiga que ele conte alguma coisa.

— Por Deus, mulher, nós não temos mais uma hora. Você vai tentar falar com a irmã da vítima. E eu termino o interrogatório com Moreno.

— Brad, por favor — disse Carolyn. — Eu estou perto de conseguir, muito perto. Se você for lá, tudo o que eu fiz **durante o**

72 | NANCY TAYLOR ROSENBERG

dia fica sem efeito. Deixe que eu consulte os registros e veja se eles localizaram a irmã. Se não conseguiram, tudo o que resta é a declaração de Moreno. Eu disse na cadeia que estaria de volta antes das cinco e meia. Uma vez tendo falado com ele de novo, completarei o relatório.

— Me dê o arquivo — disse Brad, enrolando para cima os punhos da camisa. — Vou pôr esse bebê para dormir. Você pode ficar resfriada ou algo assim. Ronald Cummings e Patty Trenton já foram para casa, hoje, doentes. Não quero que você seja a próxima.

Carolyn estava cansada de lutar contra todos para poder fazer o seu trabalho. Quando Brad botava na cabeça que faria alguma coisa, não havia como pará-lo.

— Como você quiser — disse ela, retirando o arquivo de Moreno de sua pasta. Ficou com as informações de que precisava e o resto deixou em cima da mesa. — Atenção, Moreno é violento. Ele conseguiu arrancar o celular das minhas mãos e esmagou o aparelho em pedacinhos. Eu fiz com que ele pegasse os pedaços, mas é possível que ele tenha escondido algum para servir como arma. Não tente falar com ele frente a frente.

— Por que não? — reagiu ele, jogando o queixo para frente.

— Você fez isso, não fez?

— Isso foi esta manhã — disse Carolyn, suspirando. — Eu o mantenho na sala de interrogatório desde as nove e meia da manhã. Ele não deve estar muito feliz.

— Ele não passa de um criminoso de merda — acrescentou Brad. — Se me der trabalho, vou esfregar a cara dele no chão.

Brad foi seguindo ao lado de Bobby Kirsh, olhando para os prisioneiros no pátio. No que lhe dizia respeito, Raphael Moreno não merecia viver. Os juízes deviam ser autorizados a usar armas de fogo e a abater os assassinos logo no tribunal. Ou isso ou enforcá-los no estacionamento do supermercado mais próximo. As-

A JUSTIÇA DE SULLIVAN | 73

sassinos cruéis como Moreno tinham que pensar duas vezes antes de começar a roubar e a matar pessoas. No momento, o sistema tratava os criminosos com indulgência. Todos tinham direitos, menos as vítimas. A criança de 6 anos que Moreno matou, que direitos ela teve?

Ele deu uma espreitada pela janela, vendo um pequeno hispânico sentado à mesa.

— O que é aquilo no chão?

— Urina — respondeu Bobby, erguendo as sobrancelhas. — Sullivan disse para deixá-lo fritar. Quer que eu mande passar uma água na sala antes de você entrar?

— Não — respondeu Brad, decidindo que era melhor ele tolerar o mau cheiro do que prolongar aquela situação por mais tempo.

Nos círculos de aplicação da lei, Carolyn era famosa. Por alguma razão, sempre que ela aparecia, os prisioneiros falavam. Uma vez Carolyn conseguira que um preso condenado por assalto à mão armada confessasse ter matado a esposa no Alabama. Ninguém sabia exatamente como ela havia conseguido isso.

Brad respirou fundo como se estivesse se aprontando para erguer um haltere de cem quilos.

— Abram a porta.

O cheiro de excremento humano era nauseante. Verificou a cadeira antes de se sentar para ter certeza de que Moreno não havia defecado nela. Depois, retirou do bolso um pequeno gravador prateado, colocando-o no centro da mesa e pressionando o botão de gravação.

— Oficial Brad Preston, CSA do condado de Ventura — disse ele. — O acusado é Raphael Moreno, processo nº A856392.

Olhou para Moreno, esperando para ver se ele ia falar sem ser convocado para isso. Como não falou, Brad começou:

— Quer me dizer por que razão você matou aquelas pessoas?

Os olhos de Moreno se cerraram, virando riscos horizontais. O rosto estava pingando suor. A camisa, ensopada. A sala devia estar a mais de 40 graus de temperatura, pensou Brad, usando a mão para limpar o suor da testa.

— Você não precisa falar, se não quiser — comentou Brad. — Provavelmente pensa que não há razão para cooperar, visto que a sentença já foi determinada. Isso pode não ser verdade. Se não demonstrar arrependimento pelo que fez, é difícil que você volte a sentir o sabor da liberdade. Você ainda é jovem. Ainda existe uma chance de ser libertado dentro de um prazo razoável.

Ele estava tentando imitar o estilo de Carolyn — enganando-o, até que abrisse a guarda. Brad não concordava com ela a respeito de todos esses métodos, de que o conselho da condicional tirava todo mundo da prisão assim que fosse legalmente possível. Mas ela estava certa, no entanto, quando falava a respeito da sentença. Quando sentenciou Moreno a 84 anos de prisão, o juiz errou ao salientar que ele podia ter direito à condicional em menos da metade desse prazo. Se o juiz o tivesse sentenciado simultaneamente em vez de consecutivamente, Moreno poderia estar livre após seis anos de prisão. Os parentes das vítimas deviam ser avisados o mais cedo possível sobre a data em que o criminoso estaria em condições de ser libertado. Mas os tribunais ainda não tinham dado essas informações.

No que dizia respeito a Moreno, mesmo que ele viesse a se tornar um recluso modelo, era duvidoso que o conselho da condicional lhe desse a liberdade. Se tivesse matado uma gangue de rua inteira, poderia ser diferente. A gravidade do crime dependia não só de como a pessoa foi morta, mas também de quem se tratava. Ele não podia contar mais com a mãe e a irmã. Seus parentes mais próximos eram dois primos que residiam em lugar desconhecido no México. Os Hartfield, porém, constituíam uma família de classe média. Seus parentes e amigos iriam aparecer em todas as audiências da condicional.

Brad olhou o relógio, frustrado. Eram quase 16h30 e Moreno não tinha se mexido ou dito qualquer palavra. Carolyn tinha mais paciência do que ele.

— Escute aqui, garoto — disse ele, inclinando-se para a frente para olhar bem nos olhos de Moreno. — Você não merece que eu perca mais tempo. Além disso, cheira mal. O que você fez? Cagou nas calças como um bebê? Suponho que a mamãe não vai poder limpar o seu bumbum porque o menino cortou a cabeça da mamãe.

Como o prisioneiro não reagiu, Brad arremessou a cadeira de plástico contra a parede. Decidido a não perder mais tempo, avançou até a porta, a fim de tocar a campainha para chamar o carcereiro.

Tudo aconteceu de repente.

Moreno pôs-se de pé. Pegou as correntes dos pés, ergueu-as bem alto e, com uma força tremenda, atirou-as no agente da condicional, atingindo-o nas costas.

Brad caiu no chão, seu corpo bloqueando a porta. Estava com dificuldade de respirar.

— Socorro — disse ele, arfando e receando ser atingido de novo. — Tirem-me daqui! Por Deus, tirem-me daqui!

Brad sentiu que alguma coisa o estava empurrando de lado. Os guardas tentavam forçar a abertura da porta. Mas Moreno pulou em cima dele e ficou montado.

— Ninguém fala de minha mãe, compreende? — disse ele, seu corpo tremendo de raiva. Depois, apertou os testículos de Brad. — Se tivesse uma lâmina, cortava as suas bolas e comia. Mas você nem bolas tem. Tudo o que tem é boca.

Bobby agarrou o braço de Moreno, enquanto Norm Baxter disparava contra ele uma arma de choque. O corpo de Moreno entrou em convulsão. Depois ficou mole, sem energia. Os dois policiais levaram-no para fora da sala. O sargento deu instruções para que o trancafiassem na solitária.

Brad usou as mãos para se encostar a um canto. Assim que o prisioneiro foi removido, Bobby ajoelhou-se ao seu lado.

— A ambulância está chegando — disse Bobby, ofegante.
— Onde ele o atingiu?

— Nas costas — respondeu Brad, mexendo os dedos dos pés dentro dos sapatos. Doíam muito, mas, pelo menos, não estavam paralisados. — Como ele conseguiu tirar as correntes?

— O louco deve ser contorcionista — disse o sargento, desviando o olhar para Baxter. Depois pegou as algemas e as correntes das pernas, segurando-as de modo que Brad e o assistente pudessem ver. — As correntes não estão cortadas nem estavam frouxas. Olhem como as aberturas são pequenas para os braços e as pernas dele. Ele deve ter comprimido as mãos para tirá-las.

Um dos assistentes começou a falar rápido, aparentemente fascinado.

— Já vi coisas como essa na televisão. Certas pessoas conseguem até quebrar seus ossos.

Brad não estava achando graça nenhuma.

— Por que ninguém me disse que ele era contorcionista?

— Não sabíamos — atalhou Bobby. — Nunca tivemos nenhum preso que fizesse isso. Como é que vamos poder restringir os movimentos desse cara? Ele poderá se esgueirar para fora de qualquer coisa. Os presos nunca ficam nas celas o tempo todo. Quando necessário, nós os transferimos para o tribunal, para a enfermaria, para a área de visitação. — Ele se calou e devolveu as correntes para Baxter. — Acho que Carolyn tinha razão. Eu estava começando a ficar cansado das histórias dela, mas parece que isso aqui provou que ela estava certa. Ela jurava haver mais coisas que precisávamos saber a respeito desse cara. E que se o pressionasse na medida certa, ele iria falar. Ela deixou o cara aqui o dia inteiro. Até nos pediu para ligar o aquecimento. Se não fosse essa sua garota, Preston, esse maníaco podia ter escapado e voltado para as ruas para matar mais gente. Provavelmente estava planejando fu-

A JUSTIÇA DE SULLIVAN | 77

gir durante a viagem de ônibus para a penitenciária. Você imagina qual a primeira pessoa que ele iria procurar, não é?

— Quem? — perguntou Brad, imaginando quanto tempo mais ele teria que ficar ali deitado no chão, com dores.

— Carolyn Sullivan.

CAPÍTULO 7

Quinta-feira, 23 de dezembro — 22h30

A região de Ventura onde Neil morava estava sujeita a deslizamentos de terra. Se a tempestade não passasse até o dia seguinte, ele talvez tivesse que sair dali. No ano anterior, uma das casas da sua rua caíra num abismo com os donos dentro.

Neil devia ter terminado com Melody meses atrás. Tinha chegado a pensar em fazê-lo pelo telefone, mas decidiu que isso seria uma covardia. Agora estava arrependido.

Virando no caminho de acesso à garagem da sua casa, procurou pelo controle remoto e estacionou a Ferrari ao lado da sua van preta. Carolyn tinha feito uma provocação a respeito da van, dizendo-lhe que era o veículo preferido dos serial killers. Assim que soube da Ferrari, ela garantiu que ele logo iria perder a carteira de habilitação.

Abriu o porta-luvas e retirou de lá um novo envelope branco, recém-comprado no caminho para a casa de Melody. Em vez de separar o pó em carreiras, mergulhou nele o dedo mínimo e levou-o às narinas. Não podia continuar desse jeito. Tinha que abandonar o vício antes que Carolyn viesse a saber. Se não estivesse drogado, não teria perdido o controle e magoado Laurel. A droga fazia com que ele se sentisse bem, mas também tinha a capacidade de deixá-lo louco.

A JUSTIÇA DE SULLIVAN | 79

Ao sair do carro, Neil jogou o resto do conteúdo do envelope na grama molhada, deu mais alguns passos e jogou o envelope na lixeira do vizinho. A casa, antes, era ocupada por um casal, mas o marido havia morrido no ano anterior. A viúva ouvia música country a níveis ensurdecedores durante todo o dia, ficando impossível para ele dormir de dia depois de ter trabalhado a noite inteira em seus quadros. Sempre que precisava dispensar qualquer coisa relacionada com drogas, ele usava a lixeira de Samantha Garner. Jamais tinha arriscado deixar que sua faxineira, Addy, descobrisse qualquer coisa que, supostamente, ela não devia ver. Parte da mística do uso de drogas estava, justamente, em não se deixar apanhar.

Neil abriu a porta de casa com o coração batendo que nem uma máquina a vapor. Começou a digitar a senha do alarme quando compreendeu que o alarme não estava ativado. Então pressionou um botão até que ouviu uma série de bipes confirmando que o alarme estava armado.

Seus caríssimos sapatos de couro, ensopados, rangiam no mármore da entrada. Ele tirou-os e os deixou em cima do tapete, junto da porta. Talvez tivessem que ser jogados fora.

Foi até o banheiro, urinou, tirou as roupas molhadas e pressionou a descarga do vaso. Ocasionalmente, ele dormia no quarto extra porque ficava mais perto da garagem. Quando se drogava demais, ele ficava paranóico e chegava a pensar que ia morrer de ataque do coração. Dar uma volta de carro o ajudava a ficar calmo.

A lavanderia ficava do outro lado do hall. Colocou as roupas molhadas dentro de um cesto. A idiota poderia, pelo menos, ter deixado que ele se despisse, antes de puxá-lo para debaixo do chuveiro. O dinheiro tinha transformado aquela mulher em uma puta de primeira classe.

A família de Melody era proprietária da APC Pharmaceuticals. Neil tinha lido no *Wall Street Journal* que a fortuna líquida dela era estimada em cinqüenta milhões de dólares.

Nunca tinham discutido a esse respeito, no entanto ele suspeitava que o dinheiro era uma das razões pelas quais ela fugia de relacionamentos fixos. Ela não era apenas uma vagabunda, era também egoísta e gananciosa, horrorizava-se com a idéia de ter que dividir seu precioso dinheiro.

Neil cruzou a casa às escuras até chegar ao quarto principal. Depois de vestir um short limpo, foi até a cozinha para pegar uma garrafa de água mineral. Vendo uma mancha na porta da geladeira, foi até o cesto dos materiais de limpeza, embaixo da pia, e começou a limpar a geladeira. Quando, finalmente, terminou, estava de quatro limpando o chão da cozinha.

Antes de deixar a cozinha, ele parou na porta e ficou olhando para verificar se tinha deixado tudo direitinho. Satisfeito com o resultado, apagou a luz, tendo o cuidado de não tocar na placa do interruptor.

Neil andou pelo resto da casa, acendendo as luzes e verificando as salas. Com exceção dos quartos, da cozinha e dos banheiros, a casa se assemelhava a uma galeria de arte. Havia grandes quadros a óleo pendurados pelas paredes. O estilo de Neil era o dos antigos mestres. As salas formais estavam pouco mobiliadas. Ele organizava coquetéis com regularidade, convidando compradores em potencial, assim como patronos estabelecidos. Raramente usava as salas para qualquer outra coisa. Seu estúdio ficava na casa de hóspedes de trezentos metros quadrados, atrás da piscina.

Satisfeito por ver que tudo estava nos seus devidos lugares, foi para o quarto principal e caiu na cama. Teve sorte de ter usado a maior parte da droga no início da noite. A droga podia mantê-lo acordado por dias. Para contornar a insônia, tomava Depakote, outra droga usada para controlar as fases maníacas do transtorno bipolar. A única maneira de conseguir Depakote era consultando o psiquiatra. Os psiquiatras eram todos uns sádicos. Ficavam sentados lá com aquela expressão arrogante no rosto, jogando uma isca até a pessoa dizer alguma coisa que eles pudessem usar para comprometê-la.

Neil não estava se sentindo bem. Começou a entrar em pânico, pensando se o cara da loja de penhores tinha lhe vendido heroína em vez de metanfetamina. A droga andava tão pura que os viciados às vezes cheiravam em vez de se aplicar. Ao parar na loja de penhores, Al não estava lá. Foi atendido por um cara negro chamado Leroy. Se não foi heroína, Leroy podia ter lhe vendido Ajax ou veneno para ratos. Suas narinas ardiam que nem fogo. Levou os dedos ao nariz para ter certeza de que não estava sangrando. Mantinha uma solução salina no banheiro e era com isso que ele enxaguava o nariz antes de ir para a cama. Pensou se as pessoas que caíam nas drogas não estariam, simplesmente, entediadas. Só os rituais causavam exaustão. Embora, ao mesmo tempo, fossem reconfortantes.

A vida social sempre fora difícil para ele. Por ser artista, ele se permitia viver recluso em seu próprio mundo. Com o tempo, porém, ele começara a se sentir só. No passado, todas as suas garotas eram como Melody, bonitas e independentes, e ele podia vê-las sempre que quisesse. A idéia de um relacionamento fixo também lhe causava medo. Ele tinha muita coisa para esconder. E não apenas o seu envolvimento com as drogas.

Com Laurel, tinha sido diferente. Talvez por se conhecerem desde que eram adolescentes. Naquela época, tudo era mais simples. Mas ele se desiludira. Jamais poderia ter dado certo. E quando percebeu quem ele realmente era, ela o abandonou.

Sua cabeça descansou na almofada. Jamais fora para a cama tão cedo, mas parecia que tinha vivido toda a sua vida em apenas um dia. Será que Addy viria no dia seguinte? Ele nem sequer sabia qual era o dia da semana. Em geral, ela vinha às sextas-feiras, mas, ocasionalmente, trocava os dias. Virou-se para o lado e ficou olhando pela porta de vidro. Sua mente estava tão confusa que até tinha esquecido que era quase Natal. Addy estava de férias.

82 | NANCY TAYLOR ROSENBERG

Ele não tinha conseguido providenciar o plano de saúde dela, de modo que, para compensar, lhe dava duas semanas de férias remuneradas por ano.

De repente, um clarão iluminou o jardim. Ele saltou da cama e viu um objeto branco boiando na piscina. A princípio julgou que uma das cadeiras do jardim tivesse voado. Ao ver, porém, que todas as quatro cadeiras estavam no gramado, foi até lá fora, na chuva. O som estridente do alarme explodiu atrás dele.

Ao se aproximar da piscina, Neil verificou que o objeto flutuante era uma pessoa. Sem pensar, mergulhou e nadou na direção do corpo, agarrando-o pelos ombros. Parou de nadar e os dois afundaram na água. Mas voltaram à superfície, com ele já sentindo falta de ar. Depois, içou o corpo para a borda da piscina. Só então ele reconheceu o rosto.

Laurel!

Com o alarme ainda soando e a chuva batendo nos olhos, Neil tentou, desesperadamente, reanimá-la. Vinte minutos depois desistiu, com a certeza de que Laurel já estava morta havia bastante tempo. De joelhos, ao lado do corpo sem vida, ele chorou, soluçando de dor e confusão. Imagens distorcidas atravessaram sua mente. Lembrava-se de vê-la gritando, com um olhar angustiado no rosto. Ela tinha saído correndo para fugir dele. Nunca o tinha visto antes tão louco e estava com medo.

Neil segurava a cabeça de Laurel no colo e, com ternura, afagava os cabelos que escondiam seu rosto, antes tão amoroso, quando viu um homem de uniforme se aproximando. A distância, o corpo parecia estar nu. O sutiã de Laurel tinha caído até os cotovelos. A calcinha branca mal cobria seus pêlos pubianos.

O oficial apontava uma arma para ele.

— Afaste-se ou eu atiro.

Neil ignorou a ordem, seus olhos procurando no jardim pela roupa de Laurel ou por alguma coisa que servisse para cobri-la.

Ouviu o homem chamando a polícia e os paramédicos. Ao olhar de volta para o homem, viu o logotipo da empresa de segurança bordado na camisa branca. Gentilmente, ele baixou a cabeça de Laurel, ficou de pé e levantou os braços. O segurança afastou-o e começou a administrar a ressuscitação cardiovascular.

Neil avançou cambaleante para dentro da casa a fim de telefonar para Carolyn. Suas mãos tremiam tanto que teve de digitar a senha duas vezes para desativar o alarme.

Laurel estava morta e a culpa era toda dele.

— Você sabe que horas são? — disse Carolyn, meio grogue, olhando no escuro. — Você conhece as regras, Neil. Não deve me telefonar depois das dez, a não ser que seja caso de vida ou morte. Já tomei a minha pílula para dormir. Tive um dia terrível. Agora não vou conseguir voltar a dormir.

Carolyn sofria de insônia crônica, um mal de família. Até mesmo seu filho de 15 anos com freqüência tinha dificuldade para desligar a mente. Anos atrás, ela desistira e entrara na medicação. Tomava um Xanax às dez horas da noite e ficava furiosa sempre que o irmão a acordava, o que acontecia com freqüência.

Com receio de que a irmã desligasse, Neil falou abruptamente:

— Laurel está morta. Acho que se afogou na minha piscina.

Seu irmão mais novo tinha um senso de humor drástico. Quando queria chamar a atenção, dizia as coisas mais impensáveis.

— Se isso é uma piada, Neil, é de muito mau gosto.

— Por favor, estou falando sério — disse ele, soluçando. — A polícia vai chegar a qualquer momento.

Meu Deus, não, pensou Carolyn, pulando da cama.

— Você chamou os paramédicos?

— O homem da segurança chamou... Por que ela iria nadar na chuva? — disse ele, a voz entrecortada. — Meu Deus, isto não pode estar acontecendo.

Carolyn pressionou o botão do viva voz para que pudesse continuar falando com ele enquanto se vestia.

— Você estava em casa quando isso aconteceu?

— Não — disse ele. — Pelo menos, acho que não. Eu a vi boiando na piscina depois de ter ido para a cama. Pude vê-la através da porta envidraçada do quarto.

Carolyn tinha que chamar a governanta de Paul, Isobel, para tomar conta de John e Rebecca. Vestiu um par de jeans e um suéter de gola alta, depois meteu os pés num par de tênis.

— Estou indo. Fique calmo. Não faça nem diga nada antes de eu chegar.

— Fiz besteira novamente — disse Neil, sua voz estranhamente calma. — Eu amava Laurel. Eu nunca quis que algo de ruim lhe acontecesse.

Uma sensação de terror atingiu Carolyn.

— O que você está dizendo? O que você fez, Neil? — Ao ver que ele não respondia, ela gritou: — Ah, meu Deus, me responda! O que você fez a Laurel?

Ao não ouvir resposta, ela saiu correndo pela porta. Teria que chamar Paul no caminho, pelo celular. E tinha que chegar à casa do irmão antes da polícia.

Melody Asher estava sentada no escuro, o rosto iluminado apenas pela luz do monitor do computador, se refestelando com um pote de sorvete Dreyers. Seu robe de seda vermelha deslizara por um dos ombros, expondo a atraente nudez da pele do seu colo. Ela era naturalmente magra, uma das razões que levaram as agências de modelos a recrutá-la quando tinha apenas 15 anos. A outra, evidentemente, era sua altura. O sorvete era um luxo a que raramente se permitia, ainda que seus dias de modelo já estivessem no passado e agora ela fosse atriz. De qualquer forma, ainda não podia se permitir ganhar peso. Atrizes gordas não tinham muita procura.

A JUSTIÇA DE SULLIVAN | 85

Melody achou que merecia saciar seu desejo por chocolate com amêndoas e pedaços de marshmallow que derretiam no calor da sua boca. Esta noite, ela daria a Neil uma coisa para ele nunca mais esquecer. Agora ela possuía Neil, assim como possuíra todos os homens que passaram pela sua vida. A sua filosofia em relação aos homens era muito simples: dê a eles algo de chocante para pensar e eles voltarão pedindo mais. Era tudo parte do seu plano de jogo, o controle total ou nada.

Como é que Neil pôde chamá-la de vagabunda? Ele tinha tido o melhor momento da sua vida. Só porque ela ligara as câmeras de vídeo e o chamara pelo nome de outro homem. Ela já o tinha filmado antes e ele nunca reclamara.

Um mês depois de Melody ter começado a namorá-lo, ela invadira o sistema de segurança da casa dele. Para proteger seus trabalhos de arte, ele tinha várias câmeras instaladas em todos os cômodos da casa, assim como nas áreas externas. Sem seu conhecimento, ela fixara um transponder ao sistema principal, juntamente com um receptor de longa distância. Isso tornou possível para ela receber e arquivar vídeos no seu computador em casa.

Depois de fazer sexo com Neil, Melody podia rever tudo à noite. Seus melhores orgasmos surgiam sempre como *voyeuse*. Mesmo depois de terminado o relacionamento com um homem, ela podia rever todos os episódios sexuais com ele sempre que quisesse.

Melody assistia a todos os seus amantes.

A tecnologia tinha trazido o voyeurismo para um patamar inteiramente diferente. No que lhe dizia respeito, todas as mulheres deviam filmar seus homens. O chefe da segurança prevenira-a, dizendo que ela nunca devia dar a chave de casa para qualquer pessoa. Ela sorriu ao relembrar sua resposta. "Oh, entendi, Keith", dissera ela, inclinando-se para a frente, de modo que ele pudesse ver seus peitos. "Você quer dizer que tudo bem se eu quiser abrir as pernas, desde que eu não abra as portas da minha casa? Isso significa que a minha casa vale mais do que a minha vagina?" Ela notara o rosto do homem ficar vermelho feito beterraba. Usando vestido, mas sem calcinhas, ela dera a volta por trás da mesa dele. "Talvez você consiga arranjar um jeito de trancar bem isto aqui!", disse ela, levantando a saia. "Assim, todas as vezes que quiser fazer sexo, você terá que vir à minha casa." O pobre homem ficara tão perturbado que ela receou que ele fosse enfartar. Deixando cair a saia, ela dissera: "Talvez seja melhor eu trocar as minhas fechaduras. Acho que sua mulher não iria gostar de saber da sua vinda a minha casa três ou quatro vezes por dia."

Os homens eram a escória da humanidade. Pensavam com o pau e não com a cabeça. Mas ela tinha o direito de saber se eles estavam de brincadeira com ela. Também não queria contrair Aids ou qualquer outra doença sexualmente transmissível. Vê-los no vídeo era a sua apólice de seguro.

A tecnologia era mole para ela. A maioria das pessoas que conheciam Melody achava que ela não sabia nem ligar uma tomada. Representar a idiota fora seu primeiro papel de estrela. Ela sempre fora uma boa atriz, até mesmo quando criança. Enganar todos era a sua maior diversão. Esse era o sentido da vida no fim das contas, pensou ela, um passatempo até a morte chegar.

Ela não acreditava em Deus. Quando uma pessoa morre, o corpo apodrece. Nunca tinha visto um corpo morto voltar à vida. O certo ou o errado só tinham significado se a pessoa fosse apanhada. A maioria das pessoas religiosas tinha a mente fraca. Eram indivíduos que só existiam se suas vidas fossem guiadas por alguém. Eram fantoches manobrados por cordas. A Bíblia não passava de um best seller, uma obra de ficção medíocre. Mas até que seria uma boa deter os direitos autorais dessa obra, pensou.

Uma das razões que levavam os homens a se apaixonar por ela era a sua fachada feminina de desamparo. Só porque Melody lhes

A JUSTIÇA DE SULLIVAN | 87

pedia para acertar seus relógios ou lhe ensinar como operar um telefone celular, eles a classificavam como uma loura estereotipada e burra. Idiotas, pensou ela. Não que não pudesse lidar com esses aparelhos, ela não queria é ter de fazê-lo. Por que perder tempo, quando podia ter alguém que fizesse isso por ela?

Até mesmo suas amigas ficavam chocadas quando ela mentia dizendo que não sabia mexer no computador. Sua casa tinha aquilo que o corretor de imóveis chamara de cobertura. Na realidade, era uma sala do tamanho de um quarto de dormir médio. A porta da sala tinha sua segurança garantida por trancas Medeco, com chaves quase impossíveis de reproduzir. Só nessa sala havia três monitores de plasma de 50 polegadas, três computadores Dell, um telescópio Atlas 8 EQ com refletor e capaz de tirar fotos, numerosas câmeras digitais de vídeo e uma ilha de edição, similar às usadas pelas grandes empresas de cinema. Essa era a sua sala particular de exibição.

Enquanto suas amigas gastavam o tempo fazendo compras, jogando conversa fora, brincando com jogos infantis e surfando na internet, Melody, estava ou espionando alguém ou expandindo sua base de conhecimentos. Passava horas lendo a respeito do sistema da justiça criminal. O crime e os criminosos eram fascinantes. Chegou mesmo a freqüentar, por pouco tempo, a Universidade John Jay de Justiça Criminal, em Manhattan, e tinha completado quase todo o programa de treinamento de agentes na Academia do FBI até eles descobrirem uma discrepância em seu passado investigativo. Melody chegou a ameaçá-los com uma ação judicial de reintegração, mas o seu advogado a desaconselhou, dizendo que não valia a pena.

Melody tinha uma infinidade de interesses intelectuais. Adorava tecnologia, embora fosse formada em matemática e psicologia. Alguns anos antes, ela se inscrevera na Caltech para aprender física. Os outros alunos ficaram espantados quando a loura de pernas estonteantes, roupas caras e corpo explosivo conseguiu ser a melhor aluna da classe. Os conhecimentos que tinha eram a sua maior arma.

Meses atrás, Melody ficou surpresa ao ver uma mulher, aparentando uns 35 anos, freqüentando a casa de Neil. Não só ele a estava traindo, como chegou a negar tudo, olho no olho. Típico.

Os homens deviam ser tratados como cachorros e ensinados a obedecer às suas donas. Sentar ao serem ordenados para sentar e buscar qualquer coisa quando sob comando. Se saíssem da linha, apanhavam ou passavam a noite do lado de fora, no frio, ao relento. Se ficassem doentes ou deixassem de ser leais, deviam ser postos para dormir. Ela já havia posto para dormir uma fila enorme dos melhores amigos do homem. Afinal, quem é que gostava da vida de cachorro? Talvez eles voltassem reencarnados em mulheres.

Melody tinha visto Neil e a outra mulher nus dentro da piscina. Quando eles faziam sexo, ela se lembrava das noites que ela e Neil haviam passado juntos na casa dele.

Ao abrir um dos seus arquivos, a mão de Melody desceu até suas pernas e a cabeça rolou para trás, enquanto se via na tela com Neil num desses momentos de êxtase. Ela ainda podia sentir o aroma do uísque Glenlivet e ouvir o som dos cubos de gelo tilintando nos copos. Imaginar o rosto de Neil entre suas pernas enquanto a ação se desenrolava no monitor fazia com que ela ficasse excitadíssima.

Naquela noite, Melody suspeitara que Neil fosse terminar com ela. Podia ver isso pela maneira como Neil tocava na outra mulher, indicando o quanto ele estava apaixonado. Que coisinha maldosa de se fazer, pensou ela. O que é que essa filha-da-puta tinha? Usava roupas baratas, ainda por cima. Até a empregada dela se vestia melhor.

A JUSTIÇA DE SULLIVAN | 89

O seu romance com Neil iria terminar quando e como ela quisesse. Não havia como fugir de Melody Asher.

No outro monitor, ela viu que havia muita gente nos fundos da casa de Neil. A colher do sorvete caiu de sua mão sobre o carpete caríssimo. Na tela, as luzes dos veículos de emergência refletiam no chão molhado. Os olhos dela pularam para outro monitor, onde viu o rosto em pânico de Neil entre os policiais.

Seu lábio inferior se esticou para frente, quando ela falou em voz alta:

— Você não vai mais tentar me enganar, Neil. Não depois de eu pagar a fiança para você sair da cadeia.

Melody estava louca para entrar em ação. As notícias eram mais divertidas quando se conhecia os protagonistas. Ela pegou a colher do chão e ficou saboreando seu sorvete até o fim.

CAPÍTULO 8

Sexta-feira, 24 de dezembro — 00h30

Quando Carolyn chegou, a casa de Neil estava cheia de policiais e paramédicos. Tinha saído de casa às pressas e esquecera de trazer o guarda-chuva porque apenas chuviscava. Mas agora voltara a chover a cântaros e ela estava encharcada. Um policial de cabelos escuros de 20 e poucos anos parou-a. A identificação no uniforme dizia Daniel Cutter.

— Esta é a cena de um crime, senhora.

Ela pegou o crachá de identificação na bolsa e colocou-o bem diante dos olhos dele.

— O proprietário desta casa está sob seu controle na condicional?

— Não — disse ela, não gostando nunca de estar do outro lado da cerca. — Ele é meu irmão.

— Tenho que falar com o sargento.

Uma mulher de meia-idade, num roupão de banho branco de flanela, abriu caminho entre os curiosos, colocando-se ao lado de Carolyn.

— Vocês sabe o que aconteceu aqui? — perguntou ela, espreitando por baixo do seu guarda-chuva. — Dizem que uma jovem foi estuprada.

A JUSTIÇA DE SULLIVAN | 91

— Onde você ouviu isso? — reagiu Carolyn, sentindo o estômago revirar.

— Foi o que me disse um senhor ali — disse ela, fazendo um gesto em direção à multidão de espectadores. — Não estou nada surpresa, sabe. O homem que vive aí é muito estranho. Fica acordado todas as noites e dorme durante o dia. Minha filha acha que ele é um vampiro. Bateu na porta dele para vender doces das escoteiras e ele bateu a porta na cara dela. Eram três horas da tarde e ele ficou furioso porque ela o acordou. Acredita? Não vou deixar nunca mais que ela vá até lá, nunca mais. — Ela parou de falar, mas acrescentou, estendendo a mão: — A propósito, sou Joyce Elliot, moro na casa da esquina.

— Desculpe, tenho que verificar uma coisa — disse Carolyn, afastando-se alguns passos. Tenho que me habituar com isso, pensou ela, reconhecendo que Neil tinha um caminho difícil pela frente. As pessoas adoravam a excitação do momento. Era como se a verdade não lhes interessasse. Então, alteravam-na, misturando fatos com ficção.

O pensamento de Carolyn voltou-se novamente para Neil. Ele estava histérico ao telefone. Não sabia o que estava dizendo. Nunca teria feito mal a Laurel. Tinha sido um dia de muito trabalho e ela estava suscetível demais, deixando que sua imaginação ficasse à solta. Claro que a morte da mulher era uma tragédia, mas seu irmão nada tinha feito de errado. Talvez Laurel tivesse bebido demais e caído na piscina por acidente. Talvez não tivesse conseguido nadar. Gente morria todos os dias por afogamento. As piscinas nos fundos das casas sempre lhe davam medo.

Laurel Goodwin era seis anos mais nova que Carolyn, mas ela a conhecia bem. Tinha visto Laurel muitas vezes, assim que Laurel e Neil começaram o namoro. Carolyn também a vira muitas vezes na cidade, durante a época em que ela esteve casada, e sempre achou que ela era feliz no casamento. Emocionalmente era devastador saber que estava morta. Mas era com Neil que estava preocupada. Ele parecia confiante, mas, no fundo, estava abatido. Ele era muito frágil. Pelo fato de os seus rendimentos terem diminuído nos últimos seis meses, tinha começado a fazer mudanças drásticas na vida. Ela só soubera do namoro havia pouco tempo. Carolyn havia avisado o quanto era ridículo ele pedir Laurel em casamento. Mas Neil também sabia ser teimoso. Recusara-se a ouvi-la. Ela não devia ter telefonado para ele ontem da cadeia. Quando telefonou de novo por volta do meio-dia para dizer que estava bem, ele estava com pressa para ir buscar Laurel.

Hank Sawyer colocou a mão no ombro de Carolyn e ela se sobressaltou.

— Acho que você estava certa quando me pediu para não beber hoje à noite. Como está Preston? Ouvi dizer que o nosso garoto Raphael fez dele um palhaço.

— Brad teve uma par de vértebras quebradas — anunciou ela, franzindo o cenho. — Eu o avisei. Moreno é um cara perigoso. Brad pode considerar-se feliz por estar vivo.

Carolyn e Sawyer eram amigos. Ele não era apenas detetive, mas sargento na divisão de homicídios.

— O que você está fazendo aqui, Hank? — perguntou ela, tentando parecer indiferente. — A pobre mulher morreu afogada. Preciso falar com meu irmão. Estava terrivelmente transtornado quando me telefonou.

— Parece que estamos diante de um homicídio — disse ele, continuando a morder o palito.

Carolyn sentiu sua pressão arterial subir. Sabia que estava na hora de manter a boca fechada. Hank tinha de cumprir o seu pa-

A JUSTIÇA DE SULLIVAN | 93

pel. Forçando a passagem por ele, ela viu Neil sentado à mesa da cozinha. Seus cabelos negros estavam molhados de suor, os olhos vermelhos e inchados, e tinha um dos cobertores cinzentos dos paramédicos sobre os ombros. Ela puxou uma cadeira e se sentou ao lado dele.

— O que você quis dizer ao telefone? Aconteceu alguma coisa entre Laurel e você?

— Eu não sei do que você está falando — disse ele. — Voltei para casa e encontrei-a... Ela estava boiando na piscina. — Parou. Enxugou as lágrimas. — Tentei salvá-la. Ela... ela já estava... morta. Por que ela iria nadar à noite, debaixo dessa tempestade? Não faz sentido. Tudo o que ela vestia era calcinha e sutiã. Procurei pelas outras roupas dela, mas não encontrei nada.

— Você estava sozinho quando a encontrou?

— Sim — disse Neil. — Era tarde... Passava das onze. Já tinha tomado o sonífero e fui para a cama. Aí eu vi...

Carolyn virou a cabeça. Viu que Hank conversava com uma detetive negra chamada Mary Stevens.

Ela se inclinou e segredou no ouvido do irmão:

— Não diga nada agora. A polícia está suspeitando de homicídio. Você poderá ser considerado suspeito.

As pálpebras de Neil pestanejaram de medo. Pegou no braço da irmã.

— Isso é ridículo — disse ele. — Eu não a matei. Além disso, estou certo de que ela já estava morta há muito tempo. O corpo dela estava duro e frio... Tão frio... — Escondeu o rosto entre as mãos. Depois, pousou as mãos sobre a mesa. — Eu estive em Los Angeles a maior parte do dia. Eu nem estava aqui. Como é que a polícia pode me acusar de matá-la?

— Fique calmo — insistiu Carolyn. — Iremos até o fim deste caso. Mas você vai fazer exatamente o que eu lhe disser. Não

94 | NANCY TAYLOR ROSENBERG

responda a pergunta nenhuma nem faça nenhuma declaração espontânea.

Neil concordou e Carolyn foi falar com Hank. Mary tinha se afastado para conversar com o legista Charley Young, que continuava examinando o corpo.

— Diga-me o que encontrou, Hank.

Ele estava com um saco plástico na mão e dentro havia uma seringa.

— Encontramos isto na pia do banheiro da suíte principal. Seu irmão é diabético?

— Não — respondeu Carolyn, cruzando os braços no peito.

— Tem algum resto na seringa?

— Parece que sim — informou Hank, apontando para um pouco de líquido amarelo no fundo da seringa. — Claro que só vamos saber quando o laboratório fizer o teste.

— E a hora da morte, já se sabe?

— Charley tem quase certeza absoluta de que a vítima estava na água há pelo menos quatro horas. Seu irmão disse que estava apaixonado por essa mulher. É verdade?

Carolyn sentiu-se mal. Neil tinha telefonado para ela um montão de vezes ultimamente. Por causa do trabalho, ela pudera trocar apenas algumas palavras com ele. Ao chegar em casa naquela noite, por volta das oito, John e Rebecca disseram que não o tinham visto, nem recebido qualquer ligação dele, que tinha prometido passar na sua casa para ver os desenhos de Rebecca. Ele era instável, mas raramente faltava com a palavra.

Ela olhou para o detetive.

— Eles começaram a se encontrar há pouco tempo. No entanto, Neil gostava muito dela. Já notificou a família?

Ele deixou a pergunta de Carolyn no ar.

— Charley encontrou apenas uma picada de injeção no braço esquerdo dela. Saberemos mais quando ele examinar o corpo no necrotério. A chuva não está nos ajudando muito. Qualquer evidência lá fora, é mais do que certo, será inútil.

— Você encontrou sinais de arrombamento?

— Ainda não — disse ele, fazendo uma pausa e olhando para ela. — Você está doente ou coisa assim? Está muito pálida.

Que besteira, pensou Carolyn. Como é que ele espera que eu me sinta diante das circunstâncias?

— Não tive tempo para fazer a minha maquiagem. Você quer continuar conversando sobre a minha aparência ou sobre o crime? Havia impressões digitais nas portas ou nas janelas?

— Nenhuma — disse Hank. — Quem quer que tenha feito isso deixou tudo limpo. A maioria das impressões que encontramos, além das impressões da vítima, provavelmente são do seu irmão. Não conheço nenhum assassino no mundo que tenha deixado tantas impressões. Ele tinha faxineira?

— Sim — respondeu Carolyn. — Não tenho certeza do dia em que ela trabalha. Posso ter um minuto a sós com o meu irmão?

Hank fechou a cara, andando de um lado para o outro na entrada de mármore da casa.

— O pai da vítima, Stanley Caplin, alega que o seu irmão é traficante de drogas. Diz que o viu usar drogas. Os caras da Divisão de Narcóticos disseram que há uma droga muito potente sendo vendida nas ruas. Dois viciados morreram de overdose na semana passada. Talvez ele tenha dado à namorada um bocado dessa heroína assassina.

Hank parecia estar à beira de um colapso. Talvez estivesse estressado, pensou ela. Caso contrário, jamais faria uma afirmação como aquela a respeito de Neil. No entanto, talvez estivesse apenas fazendo uma provocação. Os indivíduos que lidavam com a morte regularmente em geral usavam o humor como um meio de suportar a situação. Ou era isso ou ele estava tentando testar a reação dela.

Carolyn conhecia os pais de Laurel. Ventura não era muito grande e todos eles haviam freqüentado as mesmas escolas.

— O homem está mentindo — reagiu ela. — Neil não usa drogas e muito menos as vende. Ele é um pintor de sucesso.

Ela levantou o braço e apontou para os grandes quadros pendurados nas paredes. Podia entender por que as pessoas não apreciavam arte contemporânea. Seu irmão, porém, aprendera arte clássica e suas telas eram famosas.

— Suas obras são vendidas por dez a vinte mil dólares. Alguns anos atrás, uma delas foi vendida por cinqüenta mil.

— Pensei que fossem reproduções como essas que são vendidas nas lojas dos museus.

Hank olhou para os quadros, os corpos bem-proporcionados, as vestes delicadamente retratadas, o cenário elegante.

— Quando é que Caplin viu Neil usando drogas?

— Eu não perguntei — confessou o detetive. — O cara tinha acabado de saber que a filha tinha morrido. — Hank respirou fundo, antes de continuar. — Vou dar-lhe dez minutos, Carolyn. Preciso tirar o seu irmão daqui, de um jeito ou de outro. Acabei de mandar um dos meus homens buscar os pais para identificarem o corpo.

— Por que fazê-los passar por isso? — perguntou ela, passando as mãos pelos cabelos ainda molhados. — Neil já a identificou. Eu conheço Laurel, se você quiser uma segunda identificação. De qualquer forma, esta é supostamente a cena do crime.

— Você não tem pena dessas pessoas?

— Claro que sim — respondeu ela, com uma expressão amarga no rosto. — Eu vou falar com Neil na garagem. — E ela começou a se afastar, mas parou. — Aconteça o que acontecer, não se esqueça de que ele é meu irmão.

— Se ele for inocente, não tem nada a temer.

— Pare com essa conversa — Carolyn atirou de volta. — Eu conheço muito bem como o sistema funciona. Neil estava no lugar errado, na hora errada. Ele não é o seu assassino.

CAPÍTULO 9

Sexta-feira, 24 de dezembro — 01h15

Neil estava encostado à parede da garagem aberta. Um dos policiais tinha trazido para ele uma calça jeans e um suéter branco de manga comprida, encontrados na lavanderia.

Enquanto os técnicos faziam o trabalho de coleta de evidências dentro da residência, Carolyn passava em revista a situação com Neil, perguntando-lhe se tinha visto Laurel mais cedo.

— É isso que me preocupa — disse ele, baixando a cabeça. — Ela veio aqui e nós dois almoçamos. Eu a pedi em casamento.

— Ela aceitou?

— Não — respondeu ele, engolindo em seco.

— Para seu próprio bem, nunca mais repita isso — disse a irmã, com voz abafada. — Se o fizer, estará dando à polícia um motivo.

— Entendo — reagiu Neil, fungando. — Nós acabamos discutindo. Você sabe como eu odeio ser rejeitado. Ela disse que podia explicar tudo, mas eu já estava sem condições de escutar. Essa... essa foi a última vez que a vi com vida.

Agora ela entendia o comentário dele a respeito de ter estragado tudo. Embora se controlasse na maior parte do tempo, Neil era impulsivo e conhecido por seu temperamento. Tinham tido uma discussão. Provavelmente, ele lhe dissera coisas de que se arrependeu, coisas realmente impensadas.

— Você a deixou aqui na sua casa? Sozinha?

— Eu não pensei que ela fosse se matar.

— Aonde você foi?

— Fiquei andando de carro à toa por cerca de uma hora. Depois decidi ir à casa de Melody. Eu não esperava que Laurel estivesse aqui quando eu voltasse. Achei que ela iria ligar para alguma amiga e pedir para vir buscá-la.

Carolyn olhou fixamente nos olhos dele. Suas pupilas estavam dilatadas e seus movimentos eram desajeitados, quase frenéticos.

— Você está tomando seus remédios?

— Eu não preciso de lítio — disse Neil, batendo os braços nas coxas. — Você sabe que eu não consigo pintar quando tomo essa merda. Quantas pílulas para dormir *você* está tomando? Vai arrumar uma outra overdose, como a do verão passado? Pare de controlar a minha vida, Carolyn. Você já tem problemas demais para controlar a sua.

Ela tentou reagir, mas parou. Quando a crítica era merecida, não tinha o direito de protestar. Uma vez ela pegara um dos presos em liberdade condicional que ela supervisionava comprando cocaína e acabara torcendo o pescoço na tentativa de prendê-lo. O médico havia lhe receitado um relaxante muscular chamado Soma. Por engano, ela pensara que o remédio nada mais era do que uma aspirina. Numa manhã, cheia de dor de cabeça, havia tomado vários comprimidos de Soma. Quinze minutos depois, estava fria e estendida no chão da sala de estar. Seu filho, John, chamara uma ambulância. Mais 15 minutos, e teve uma parada cardíaca. Se o coração tivesse parado fora da sala de emergências, teria morrido.

O peito de Neil arfava. Carolyn aproximou-se e colocou a mão no centro das costas dele.

— Tente relaxar. Tudo vai acabar bem. E tudo o que você tem a fazer é ajudar-me a imaginar o que aconteceu. Por que razão você foi para a casa de Melody? Eu achei que tivesse rompido com ela.

— Laurel não me queria. Você estava ocupada demais para falar comigo. Eu pensei que, depois de várias horas dirigindo na chuva, se eu terminasse meu caso com Melody, seria o final perfeito para um dia miserável. — Ele olhou, então, para o rosto dela. — Não se preocupe, está tudo acabado. Tudo o que ela queria de mim era sexo. Não vou vê-la de novo.

— Você dormiu com ela?

Os olhos de Neil se encheram de lágrimas.

— Laurel está morta. Por que continua falando de Melody?

— Nada que você ou eu possamos fazer vai trazer Laurel de volta, Neil — disse Carolyn. — Quer você queira ou não, a polícia vai acusá-lo de homicídio. Por quanto tempo você esteve com Melody? Você passou em outro lugar? Vocês dois estiveram com outras pessoas? Nós precisamos provar onde você estava na hora do crime.

Neil voltou-se para a porta que dava para a casa. Ele odiava confrontações. Na maior parte das vezes, ele simplesmente se afastava. Provavelmente era isso que ele tinha feito com Laurel, pensou Carolyn.

— Escute aqui! — gritou ela, uma linha de suor surgindo na sua testa. — Você vai ser interrogado. Eu preciso saber em que pé ficamos. Temos que decidir se vamos contratar um advogado.

Neil virou-se novamente, encarando-a.

— Eu viajei para LA por volta das três horas da tarde.

Carolyn colocou as mãos na cintura.

A JUSTIÇA DE SULLIVAN | 101

— O que eu estou tentando saber é se Melody poderá dar consistência ao seu álibi. Vocês saíram para jantar?

— Não — disse ele. — Nós ficamos na casa dela em Brentwood. Eu saí de lá por volta das nove horas, talvez um pouco antes. Carolyn tinha visto Melody Asher em numerosas ocasiões. A mulher tinha até passado o dia de Ação de Graças com eles. No começo, Neil estava louco por ela, alardeando que ela tinha o rosto e o corpo de um anjo. Embora ela fosse um pouco espalhafatosa demais para a cidade de Ventura, com seus cabelos louros, roupas de alta-costura e dirigindo um Porsche, Melody tinha se imposto como uma jovem que, genuinamente, podia cuidar do seu irmão. Até um mês atrás, Carolyn considerava-a como uma ex-modelo que procurava uma chance para seguir a carreira de atriz. Quando Neil lhe disse que sua namorada valia mais de cinqüenta milhões, ela ficara espantada. A partir de então, passara a sentir-se desconfortável na presença de Melody. Seus estilos de vida eram radicalmente diferentes. Melody tinha apenas 27 anos de idade. Carolyn não conseguia imaginar o que significava ser jovem, bonita e ultrajantemente rica.

As mulheres sempre tinham sido um enxame à volta do seu irmão. Aos 32 anos, Neil era um homem atraente e cativante. Sob vários aspectos, Melody e Neil formavam um belo casal. Seu irmão tinha talento e era encantador. Também sabia ser divertido e brincalhão. No entanto, ele estava mudado. O mercado de arte havia encolhido, provocando em Neil um princípio de insegurança. Como todo artista, ele não sabia lidar com dinheiro, só sabia gastá-lo. Ela tinha a sensação de que, antes que tudo terminasse, a Ferrari que estava na garagem ao lado passaria a ser parte do passado.

Carolyn receava por ele. Ela não estava gostando nada do rumo que as coisas estavam tomando.

— Melody sabia que você estava vendo Laurel?

— Não — disse ele, abanando a cabeça. — Por que eu contaria a ela uma coisa dessas?

Hank Sawyer e o policial Cutter entraram na garagem.

— Nós precisamos falar com ele, Carolyn — disse o detetive, com uma expressão solene no rosto. — Podemos fazê-lo aqui ou na delegacia.

— Por favor, dê-nos mais cinco minutos, Hank. — Ela respirou fundo. Estava habituada a lidar com criminosos. A idéia de que seu irmão um dia viesse a ser considerado suspeito de homicídio nunca passara por sua mente. Por causa do Natal, o caso ficaria em suspenso por vários dias. Eles tinham que usar esse tempo a seu favor. Uma amante rejeitada seria um suspeito viável, mas, pelo que Neil dissera, Melody não sabia nada a respeito do seu relacionamento com Laurel.

Agora que ela sabia que Neil pedira Laurel em casamento e ela recusara, seu irmão estava incluído nessa mesma categoria. A outra possibilidade o magoaria mais ainda do que ser acusado de homicídio. Laurel podia ter descoberto seu caso com Melody. Esse podia ser o motivo de ela ter recusado a proposta de casamento. Mas ela também podia ter recusado mesmo sem saber de nada. Era cedo demais para um casamento. O relacionamento dos dois tinha pouco tempo. Laurel ainda não tinha se recuperado do divórcio. Carolyn voltou-se para Hank.

— Você tem que desconsiderar a hipótese de suicídio.

— É impossível uma pessoa se matar e depois se jogar na piscina.

Carolyn sentiu um calor na nuca. Fique calma, disse a si mesma. Seja racional.

— Você encontrou uma seringa, certo? Talvez Laurel tenha morrido de overdose e alguém a tenha jogado na piscina para simular um afogamento.

— Depende do que houver na seringa — reagiu Hank, olhando fixamente para Neil.

Ele estava tentando entrar na mente de Neil, concluiu Carolyn. Ela tinha ficado surpresa pelo fato de Hank não os ter expulsado da cena do crime, não lhes dando a chance de, eventualmente, vir a contaminá-la. Ele chegara mesmo a ponto de discutir as circunstâncias do crime com a pessoa que poderia ser enquadrada como suspeita. Ele era astuto e sensato, e Neil, ingênuo. Sawyer queria observar Neil, ouvi-lo falar, ver como ele reagia. Carolyn precisava saber se Hank acusaria seu irmão. Ou se ele seria seu aliado.

— Laurel não era de usar drogas — interferiu Neil, o rosto ficando vermelho. — Ela era professora. Pelo amor de Deus, não estraguem a reputação dela.

— As pessoas nem sempre são como a gente pensa que são, entende o que eu quero dizer?

— E quanto ao ex-marido? — sugeriu Neil. — Ele era fuzileiro ou coisa parecida.

— É da Marinha, capitão-de-corveta. O Sr. Caplin informou que ele estava num navio no meio do Atlântico.

Carolyn abriu a boca para dizer alguma coisa. Hank falou antes:

— Não se preocupe, vamos verificar onde ele estava por meio dos canais competentes.

— Neil tem câmeras de segurança em todas as salas — disse ela, animada. — Talvez você consiga encontrar o criminoso nas fitas gravadas.

— Já verificamos — informou o detetive. — Não vimos nada, a não ser uma casa vazia. — E virando-se novamente, perguntou: — Houve algum problema com o seu sistema de segurança?

— Sim — respondeu ele. — O gravador começou a fazer um ruído estranho, então eu desliguei.

— Isso foi há quanto tempo?

— Há uns três meses, mais ou menos.

Eles voltaram para dentro de casa. Para evitar que interrompessem o trabalho dos técnicos na cena do crime, Hank pediu ao policial Cutter para esperar com Neil no quarto de hóspedes.

Carolyn seguiu Hank até a cozinha. Pela janela, ela viu o legista ainda inclinado sobre o corpo de Laurel. A chuva não havia amainado e o carpete branco estava coberto de pegadas lamacentas. Os policiais usavam capas de chuva com a inscrição DEPARTAMENTO DE POLÍCIA DE VENTURA nas costas em amarelo fluorescente.

— Gostaria de ver o corpo — disse ela. — Talvez seja alguém que se parece com Laurel. Está bastante escuro lá fora, mesmo com todas as luzes acesas.

Hank abriu a porta da cozinha e saiu na companhia de Carolyn. O ar frio e úmido fez com que ela se arrepiasse.

— Coloque isso sobre os ombros — disse ele, despindo a capa e estendendo-a para Carolyn.

— Obrigada — disse ela, colocando-a no corpo.

Charley Young era um dos melhores patologistas forenses do condado. Era um homem baixo, com seus 30 e tantos anos, já com alguns fios brancos no cabelo. Ele olhou por cima das lentes grossas dos seus óculos. Carolyn já tinha trabalhado com ele num caso de homicídio anos atrás. Ele falava com um ligeiro sotaque coreano.

— Ouvi dizer que esta casa é do seu irmão. Ele conhecia a vítima?

— Sim — disse Carolyn, olhando o rosto de Laurel Goodwin. As lágrimas afloraram aos seus olhos. Ela já tinha visto muita gente morta, mas na maior parte eram pessoas que não conhecia. Lembrou-se, então, da adolescente Laurel, bonita, sempre sorrindo, vibrante e alegre. Agora não estava mais tão bonita.

Outras lembranças passaram pela sua mente. Carolyn se lembrou de ter acordado uma noite e de ter visto Neil e Laurel abraçados no sofá da sala de estar. Laurel não se dava muito bem com os pais. Por isso passava muito tempo na casa dos Sullivan. Quando ficava para jantar, ela sempre insistia em lavar a louça e limpar a cozinha.

— É ela — confirmou Carolyn, incapaz de desviar o olhar. Haviam colocado um grande guarda-chuva sobre o corpo. As lanternas permitiam que ela visse o corpo com razoável clareza. A pele dela estava com uma sombra azulada e seus membros permaneciam numa posição anormal. O rosto apresentava uma contorção estranha. Carolyn não era perita no assunto, mas tinha visto muitas fotos de necropsias. Aquilo a que o pessoal se referia como máscara da morte não era uma imagem agradável. O sutiã ensopado de Laurel tinha sido rasgado nas tentativas dos paramédicos de ressuscitá-la e os eletrodos ainda estavam colados em seu peito inerte. A calcinha de algodão tinha descido um pouco, deixando à mostra parte dos seus pêlos púbicos. Ainda que o assassino, ao que parecia, não a tivesse torturado, Laurel Goodwin não havia morrido com dignidade.

— Hank disse que você encontrou apenas uma picada de agulha — disse Carolyn, voltando-se para o legista.

— Quando a examinar no laboratório, pode ser que eu encontre mais picadas — informou Charley Young. — Vê esta contusão na testa dela? Suspeito que tenha caído de frente sobre alguma superfície sólida, talvez uma mesa. Talvez tenha desmaiado depois do conteúdo da seringa ter entrado no seu corpo ou o assassino talvez a tenha derrubado antes da injeção.

Carolyn voltou para dentro da casa, enquanto o detetive se demorava um pouco mais. Laurel podia ter sido morta pela namorada rica de Neil. Ela pediu ao policial presente para deixá-los a sós e sentou-se na cama, em frente do irmão, no quarto de hóspedes.

— Melody tinha a chave de sua casa?

— Não — respondeu Neil. — Ninguém tem a chave desta casa, a não ser você e Addy.

Como Melody tinha passado algum tempo naquela casa, Carolyn sabia que ela podia ter apanhado as chaves de Neil e mandado fazer cópias enquanto ele estivesse dormindo ou pintando. Ela não perguntou nada a respeito do código de segurança do alarme, mas qualquer pessoa que entrasse e saísse com o seu irmão poderia ter visto os números que ele pressionava no quadro.

O fato de Laurel ser professora não significava que ela vivesse imaculadamente. E Neil só recentemente tinha voltado a vê-la. Eles tinham que verificar a hipótese de seu ex-marido ou outro amante ter descoberto o relacionamento com Neil e ter ficado furioso, a ponto de matá-la, montando a cena para que o seu irmão parecesse ser o responsável.

Até o momento, eles ainda não sabiam que tipo de droga ela tinha tomado, nem sequer se essa fora a causa da morte. A picada de agulha podia ser proveniente de um exame de sangue que Laurel tivesse feito por razões médicas.

Quando Hank se aproximou, Carolyn disse para Neil dar a ele o telefone e endereço de Melody, assim como informá-lo de que ele estivera com ela a maior parte da tarde e da noite anterior.

— Quanto vezes você foi hoje à piscina?

— Uma única vez — respondeu Neil, com uma expressão neutra no rosto.

— E você estava de cuecas, certo? Você estava na cama quando viu o objeto boiando na piscina.

— Sim — respondeu ele. — Eu já lhe contei tudo isso antes. Qual é o problema?

Carolyn interrompeu o detetive antes que ele continuasse a fazer mais perguntas. Ele estava tentando pescar alguma coisa, mas nem ela imaginava o que a roupa de Neil tinha a ver com o caso. De qualquer forma, estava na hora de fechar a boca de Neil.

— Lamento, Hank, mas você vai ter que interrogá-lo na presença de um advogado.

Hank ficou quieto por um momento. Ela podia ver que ele ainda não tinha condições de pedir a detenção de Neil. Ela compreendia a posição de Hank. Ele precisava de mais informações. Recusar-se a cooperar com a polícia também era considerado um sinal de culpa. Carolyn reconheceu vários repórteres aguardando no gramado da frente, atrás da fita amarela colocada pelos policiais.

— Por favor, nos desculpem — disse Hank, puxando Carolyn para o banheiro e fechando a porta. — Registramos um outro homicídio esta tarde... A três quarteirões daqui.

— Meu Deus, Hank — exclamou Carolyn. — Por que você não me disse nada?

— Eu não tive tempo de lhe contar — retrucou ele. — Além disso, estamos tentando manter a imprensa fora disso o máximo possível. Não repita nada do que eu lhe contei, entende? — Ele fez nova pausa, depois acrescentou: — Existe uma forte possibilidade de os dois crimes estarem relacionados.

O queixo dela caiu. Ia começar a gritar, mas refletiu. Não queria que Neil também ouvisse:

— Então, por que razão você está tratando o meu irmão como se fosse suspeito?

O detetive abanou a cabeça, se recusando a responder.

Carolyn entrou em erupção, batendo os pés no chão como se fosse uma criança.

— Não se atreva a jogar essa droga para cima de mim. Você pode ter um serial killer em mãos. Por que colocar Neil na berlinda? Ele talvez tenha informações que o ajudem a relacionar os dois casos. Além disso, eu achava que nós éramos amigos. Você acha que eu o trataria dessa maneira se *o seu* irmão encontrasse a namorada morta na piscina? Neil já está suficientemente desesperado. Ponha-se no meu lugar, droga.

Hank foi até a pia e jogou um pouco água no rosto.

— Você acha que eu não estou sob pressão? — disse ele. — Raphael Moreno matou sete pessoas no mês passado. Agora temos dois homicídios no mesmo dia.

— Essa não é a questão — reagiu Carolyn, fechando a tampa do vaso e se sentando em cima. Ficava difícil raciocinar sentindo o cheiro da colônia Fendi do irmão, uma mistura rica de couro, limão e almíscar. Era fácil reconhecer esse cheiro. Ela lhe dera um vidro desse perfume no aniversário dele. Os dois estavam no banheiro dos hóspedes, perto da garagem. Provavelmente, Neil tinha passado por ali para verificar sua aparência no espelho antes de sair. Ela olhou para os detalhes em dourado da torneira, a cabeça de um leão. O talento de Neil lhe proporcionava uma vida de rico, muito melhor do que a dela, no que dizia respeito a bens materiais. No entanto, ela nunca se ressentira do sucesso dele e ele sempre fora generoso com ela.

— Talvez eu esqueça o advogado se você me contar o que está acontecendo — disse ela. — Não estou escondendo nada, Hank. Só não quero ver o meu irmão acusado por um crime que não cometeu.

— Não vou negar que existem similaridades entre os dois casos — confessou Hank, enxugando as mãos na toalha de riscas marrons e douradas. Ele endireitou o corpo contra a parede, focalizou o olhar num lugar acima da cabeça de Carolyn e começou a resumir os fatos, sem qualquer emoção: — O nome da outra vítima é Suzanne Porter. Achamos que morreu com uma injeção letal. Charley disse que não existe nenhuma outra causa aparente para a sua morte. Algumas contusões na testa, mas não tão graves quanto no caso de Laurel Goodwin. Os crimes ocorreram na mesma área geográfica. Ambas as vítimas foram encontradas usando apenas sutiã e calcinha. Ambas as cenas dos crimes foram limpas, não existem quaisquer evidências ou impressões digitais. O assassino não é do tipo vulgar de assaltante de jardins. Ele é ritualista, metódico e limpo. Não existem, também, quaisquer sinais de que as vítimas tenham sido estupradas. O que é estranho, considerando a sugestão que as roupas podiam oferecer. Mary Stevens acha que o assassino pode ter usado as duas como modelos antes de matá-las.

— Então, eu estava certa — disse Carolyn, juntando as mãos.

— Existe a possibilidade de *ser* um serial killer. Meu Deus, Hank, do jeito que esse maníaco vai, ele poderá matar mais cinco mulheres até amanhã de manhã. Você precisa avisar as pessoas. Peça ajuda a outras instâncias.

— Essa é uma das razões por que eu não lhe contei nada antes — disse ele, respirando fundo. — Nós não podemos nos apressar e colocar a cidade em pânico justo na véspera de Natal. O chefe quer que a gente seja discreto até sabermos, exatamente, com o que estamos lidando. Pode não ser o mesmo assassino. Você entende? Estamos procurando por similaridades. Mas todos os assassinatos são similares, de um jeito ou de outro.

— O que não dá para entender — disse Carolyn — é o fato de o assassino ter deixado uma seringa no banheiro de Neil.

— Quer saber o que mais me mete medo?

Um músculo no rosto de Carolyn deu a entender que queria.

— Sinto que estou na casa do assassino — continuou Hank. — Ambas as vítimas parecem ter saído de uma das telas do seu irmão. A mesma estrutura óssea, a mesma conformação corporal. Esta casa está limpa demais, estéril demais. Parece uma sala de cirurgia. É bastante estranho que o seu irmão não saiba nada a respeito da seringa. Assassino ou não, ele tinha que ter visto a seringa. Seu irmão não escova os dentes antes de ir para a cama? Não dá uma mijada? Os nossos homens dizem que as impressões na seringa parecem ser iguais a todas as outras encontradas aqui na casa. — Hank parou por momentos, olhando de frente para Carolyn. — Pelo que sabemos, seu irmão matou as duas mulheres.

— Tem que haver uma explicação — disse ela, sentindo-se estremecer. — Ele tem uma empregada. O fato de estar tudo limpo não significa que ele seja o assassino.

— Isso não é apenas o trabalho de uma faxineira — insistiu ele. — Até mesmo o estúdio dele me dá arrepios. Os tubos de tinta estão alinhados com perfeição. Os pincéis, dispostos por tamanho. A empregada vem apenas uma vez na semana. Seu irmão deve tomar banho e se vestir nos outros dias, certo? Por que razão não existem toalhas pelo chão, xícaras de café na pia da cozinha, jornais e correspondência espalhados por alguns lugares? Não venha com conversa-fiada para cima de mim, Carolyn. Você sabe muito bem que ele é um perfeccionista e o assassino, nos dois casos, também.

Neil sofria um pouco de transtorno obsessivo-compulsivo. Hoje, pensou Carolyn, davam-se nomes novos para tudo. No passado, o apego à ordem por parte do seu irmão era considerado um atributo em vez de uma doença. Portanto, que mal havia no fato de ele gostar de ordem? Por causa dos seus dois filhos, a casa dela era uma bagunça. Essa poderia ser uma das razões por que Neil nunca se casara. O pai dela agia da mesma maneira. Uma vez ela deixou uma mancha de sorvete no balcão da cozinha e, quando o seu pai chegou em casa e viu isso, ele explodiu numa crise de raiva e jogou todos os talheres no chão.

Havia coisas mais graves em relação a Neil que podiam vir à tona. Ela seria capaz de esconder da polícia esses detalhes? Não se eles continuassem investigando a morte das duas mulheres. As paredes pareciam estar se fechando sobre ela. Ao tentar engolir, ela sentiu alguma coisa presa na garganta.

— Eu preciso... eu preciso de ar.

Hank colocou as mãos no seu ombro e obrigou-a a virar-se.

— Quando as coisas saem mal para um perfeccionista, nada bate. Foi isso que aconteceu com seu irmão. Ele tentou controlar a situação, mas não conseguiu. Depois de matá-la, entrou em parafuso e passou a cometer erros. Mesmo se fosse um viciado em heroína, um cara organizado como ele jamais deixaria uma seringa na pia do banheiro.

— Deixe-me ir, Hank — disse ela, afastando-se dele. — O assassino deixou essa seringa aqui, não o meu irmão. Você vai saber a verdade quando o relatório do laboratório chegar. Neil nunca tocou nessa seringa.

— Ele mentiu para nós, Carolyn.

Ela colocou a mão sobre o peito, apoiando-se na porta do banheiro. Era como se ele a tivesse esbofeteado.

— O que... o que você quer dizer com isso?

— Ele nos contou que tinha estado uma única vez na piscina hoje. Você estava lá quando eu fiz essa pergunta a ele. Ele estava usando uma cueca quando o segurança chegou aqui. Nós encontramos roupas molhadas na lavanderia. E não me diga que ele estava lavando roupa. Estamos falando de uma camisa de seda e uma calça chique. Encontramos tudo dentro de um cesto. Ele deve ter tido a intenção de se desfazer das roupas, mas se esqueceu. Ao disparar o alarme, ele deve ter metido os pés pelas mãos. Deixou de seguir o seu plano. Talvez tenha pensado em meter as roupas na mala do carro, junto com o corpo. Depois de disparar o alarme, deve ter mergulhado o corpo na piscina.

— Não faz sentido — reagiu Carolyn, sacudindo a cabeça negativamente. — Quando uma pessoa dispara o alarme, a empresa de segurança telefona antes de mandar alguém. Tudo o que Neil tinha a fazer era dar a eles a senha.

— Como ele explicaria que o alarme disparou? Ele sabia que nós iríamos entrar em contato com a empresa de segurança. Há um corpo morto boiando na piscina, mas ele, calmamente, diz à empresa que está tudo bem. Eles mantêm a gravação dessas chamadas.

— Você continua jogando verde para colher maduro! — gritou ela. — Eu disse para você parar com isso, Hank.

— Ele não chamou os paramédicos, Carolyn. Foi o segurança que fez isso. Ele pode ter matado Goodwin durante o dia, antes ou depois de ter matado Suzanne Porter. E foi então que ele pensou em jogá-la na piscina, tentando fazer crer que se tratava de suicídio.

— Quanto às roupas — disse Carolyn, ignorando as suposições de Hank —, Neil andou na chuva. As minhas roupas também ficaram encharcadas. Só porque você encontrou as roupas molhadas, isso não significa que Neil mentiu.

Hank enfiou a mão no bolso e tirou a carteira. Depois tirou um sapato do pé. Mostrou ambos para ela e continuou falando:

— Andei a noite inteira na chuva. A minha carteira está molhada? Os meus sapatos estão arruinados? Nós encontramos a carteira do seu irmão no banheiro, a menos de um metro da seringa. Também encontramos um par de sapatos de couro, da melhor qualidade, que parecem ter passado pela máquina de lavar roupa. Aliás, o couro é um bom repelente da água.

— E isso é importante por quê? — Carolyn e o detetive estavam frente a frente. O hálito dele cheirava a alho. Ela sentiu náuseas. Conhecendo Hank, ele devia estar louco de raiva por ter deixado que ela falasse com o legista, quando ela, agora, o havia proibido de fazer perguntas ao irmão. Ele não a deixaria ir embora até que plantasse todas as sementes da dúvida. Lamentavelmente, já tinha cumprido essa missão.

A JUSTIÇA DE SULLIVAN | 113

— Seu irmão pode ter aplicado a injeção em Goodwin e, depois, ter lutado com ela, caindo ambos na piscina. Depois foi até o banheiro, onde deixou a carteira para secar. E, acidentalmente, tocou na seringa que caiu na pia. Tirou as roupas molhadas, colocou-as no cesto e voltou à piscina de cueca. Ele deve ter pensado que era arriscado demais dar sumiço no corpo. Além disso, como é que ele ia conseguir dar sumiço também no corpo de Suzanne Porter? Dar sumiço em dois corpos ao mesmo tempo era demais, especialmente no curto período de oito horas. Então, resolveu disparar o alarme, intencionalmente, sabendo que a empresa iria mandar um homem. A partir desse momento, ele conseguiu uma testemunha que o viu soluçar, amparando o corpo da vítima, e nos fez presumir que um maníaco andava à solta na vizinhança, matando mulheres.

O maníaco a que ele se referia era o irmãozinho dela. Carolyn achou que fosse desmaiar. Ela tinha amado e protegido Neil desde a infância. Os pais não tinham planejado ter mais filhos depois dela. Eram pessoas estudiosas que queriam ter tempo para si mesmas. Mas ela pedira aos pais, queria ter uma irmã ou um irmão. Ao voltar do hospital para casa com Neil, a mãe o colocara nos braços de Carolyn. As outras meninas tinham bonecas, Carolyn tinha Neil. Ele se transformou num menino adorável e rechonchudo, correndo atrás das pernas da irmã e seguindo seus passos por toda a casa como se fosse um cachorrinho.

Carolyn pôs o passado de lado e levantou os olhos para o detetive.

— Vamos esquecer que Neil é meu irmão. Como é que um assassino tão metódico como o que você acaba de descrever iria deixar para trás uma seringa? Mesmo que tivesse tocado nela por acidente, fazendo com que caísse na pia, ele verificaria toda a casa antes de montar a cena na piscina.

— Ele esqueceu — disse Hank, dando de ombros. — Quando o alarme disparou, ele já tinha matado outra mulher. Mas desta vez não foi como da primeira. Suzanne Porter era uma estranha. Pelo menos é o que nós presumimos. Matar uma estranha não é a mesma coisa que matar alguém que você conhece, alguém especial, uma namorada. Ele estava perturbado. Por isso se perdeu nos detalhes. Tinha muito o que fazer e o relógio estava correndo. Tenho quase certeza de que o assassinato de Goodwin foi fruto de um gesto impulsivo. Ela fez alguma coisa que o enraiveceu. Deve ter batido nela e ela caiu se ferindo na testa. Foi nessa hora que ele entrou em pânico e injetou-lhe a droga. — Parou, coçando o queixo e pensando. — Há um outro cenário ainda mais sinistro. E se o seu irmão começou a se encontrar com Laurel preparando-a para ser uma futura vítima? Uma professora insignificante. Quem iria se importar com o seu desaparecimento?

Carolyn tentava conter as lágrimas, a luta para se manter racional quase se desintegrando.

— Da próxima vez que você quiser platéia para as suas especulações grosseiras, vá procurar outra vítima.

O policial Cutter bateu à porta.

— O legista quer permissão para remover o corpo.

O detetive ignorou-o.

— Você sabe que eu não devo discutir o caso fora do departamento. Quer queira, quer não, estou tentando apenas prepará-la para o pior.

— Muito bem — disse Carolyn, num tom jocoso.

— Contrate um advogado — insistiu Hank, os olhos frios feito mármore. — Seu irmão vai precisar. E se você tiver pelo menos um pouquinho de consideração pelas mulheres que perderam a vida hoje, fique de olho nele. Acredite, se ele matar de novo, você vai lamentar muito.

Antes de irem embora, Neil deu à detetive Stevens as informações necessárias para contatar sua faxineira, Addy Marshall. Ele queria telefonar para Melody, mas a irmã convenceu-o a não fazê-lo. Nas circunstâncias, era melhor que a polícia tratasse do assunto.

Carolyn perguntou a Hank se eles podiam sair pelos fundos, a fim de evitar os repórteres. A pequena casa atrás da piscina também estava isolada pela polícia.

Assim que eles abriram o portão que dava para a alameda, uma repórter do *Ventura Star* colocou um microfone no rosto de Neil. Um homem com uma câmera apareceu por trás do ombro dela e começou a filmar. Instintivamente, Neil levantou as mãos.

— Você conhecia a vítima? Era sua namorada? Há quanto tempo se conheciam?

— Ele não tem nada a declarar — disse Carolyn, colocando-se na frente de Neil.

O carro dela estava estacionado na rua da frente. Ela puxou o irmão para que a seguisse. Os dois correram por uma passagem lateral e se esconderam atrás de duas grandes caçambas de lixo. Depois que os repórteres passaram, eles ainda esperaram um tempo para, finalmente, correr para o Infiniti branco de Carolyn. Uma vez no carro, deram a partida rapidamente e desceram a rua.

Na manhã seguinte, Neil Sullivan seria mais famoso por razões que iam além do seu talento artístico.

CAPÍTULO 10

Sexta-feira, 24 de dezembro — 2h30

Carolyn vivia em uma casa modesta, perto da Universidade de Ventura, a léguas de distância do casarão do seu irmão com vista para o oceano Pacífico. As paredes externas eram pintadas de branco, com persianas azuis, e a calçada que levava à porta de entrada era ladeada por canteiros de rosas. Era seu filho John, de 16 anos, que tomava conta do jardim em troca de dinheiro para a gasolina e seguro do carro.

Ao entrar em casa com Neil, ela encontrou seu namorado, Paul Leighton, roncando no sofá. Com um metro e setenta e cinco de altura, ele não era tão musculoso quanto Brad. No entanto, suas roupas lhes caíam perfeitamente no corpo. Vestia uma camisa pólo e jeans, e os seus cabelos grisalhos estavam puxados para trás das orelhas. Ele os secava todas as manhãs, mas quando a atmosfera ficava úmida, os cabelos se encaracolavam, formando anéis na nuca e na testa. Como não passava muito tempo ao sol, sua pele era branca como cal. De brincadeira, Paul costumava dizer que a pele lhe dava um ar de fantasma. Mas ela achava que a pele dele criava um interessante contraste com os cabelos escuros que ainda tinha. Os olhos eram azuis, de um azul tão pálido que chegava ao cinza quando exposto à luz.

A JUSTIÇA DE SULLIVAN | 117

Inclinando-se, ela sacudiu suavemente seu ombro para acordá-lo.

— Paul, por que não chamou Isobel?

— Não quis incomodá-la — respondeu ele, bocejando. — Que horas são?

— Quase três horas da manhã — respondeu ela. — John e Rebecca acordaram?

— Não — disse ele, desviando o olhar para Neil. — Acho que vou para casa. Tenho certeza de que vocês dois precisam conversar. Se houver alguma coisa que eu possa fazer para ajudar, você sabe onde me encontrar.

A cada dia Carolyn se sentia mais atraída por ele. Além de seu amante, Paul era o tipo de pessoa sempre disposta a dar uma ajuda. Talvez por essa razão ele tenha se tornado professor em vez de querer um cargo bem-remunerado no setor privado. Um dos seus colegas na Caltech dizia que ele não era um desses professores que só pensavam em si, como muitos outros; antes, parecia dedicado à formação pessoal e profissional dos jovens físicos. Tirara um ano sabático para escrever um livro. Seu objetivo era desmistificar a física para o público leigo. A fim de se distanciar da universidade, tinha deixado sua casa em Pasadena e alugado outra, a pouca distância da casa de Carolyn.

— Falo com você na cozinha em cinco minutos — disse ela ao irmão, parando para desligar a iluminação da árvore de Natal.

— Pegue uns biscoitos e um copo de leite. Isso vai fazer você se sentir melhor.

Saindo para a rua com Paul, Carolyn colocou-o a par dos acontecimentos da noite. A chuva tinha parado, mas a atmosfera era úmida e fria. Ela ficou esfregando as mãos uma na outra para aquecê-las. Ele tirou o casaco e colocou-o sobre os ombros dela. Ergueu o queixo dela com um dedo e beijou-a.

— Parece que você andou passeando pelo inferno — disse ele, suas mãos cingindo a cintura dela. — Eu também tive um dia daqueles. Não se preocupe, eles vão encontrar o filho-da-mãe que fez tudo isso. Você sabe muito bem que o seu irmão não está envolvido.

Os comentários dele não conseguiram acalmar seus nervos. O que nem Paul nem Hank sabiam era que Neil tivera um grave esgotamento nervoso cinco anos antes. Estava namorando uma divertida jovem irlandesa que conseguia agüentar a bebida muito mais do que qualquer homem. Depois de uma noite no pub, os dois discutiram. Neil ficou furioso e deu-lhe um murro na cara, quebrando três dos seus dentes. Megan O'Connor concordou em não apresentar queixa desde que Neil fizesse um tratamento num hospital psiquiátrico. Ao ser liberado, ele conseguiu reorganizar a vida. Enquanto se concentrava na pintura, tudo corria bem. Mas em situações de estresse, ele tinha tendência a ficar descontrolado.

Deixando Neil um pouco de lado, Carolyn lembrou-se de que iriam festejar a ceia do Natal na casa de Paul. A filha dele, Lucy, tinha a mesma idade de Rebecca. John queria estudar no MIT e formar-se em física. Adorava a companhia de Paul, que tinha substituído a figura do pai para os dois filhos dela. Frank, seu ex-marido, finalmente, tinha saído, do período de recuperação. Escritor de talento, acabara se viciando em drogas logo depois de o seu primeiro romance ter sido um fracasso. Um homem como Paul, que escrevia livros técnicos, pertencia a um mundo completamente diferente daquele de um romancista, e por isso ela se permitira um relacionamento com Paul. Ter um artista por perto já era mais do que suficiente.

— Já que entramos pela madrugada adentro — disse Carolyn, dando uma olhada para a porta —, acho que já estamos, oficialmente, no Natal. Tem certeza de que quer que a gente vá passar a

A JUSTIÇA DE SULLIVAN | 119

festa do Natal com você hoje à noite? Talvez não sejamos a companhia ideal no momento.

Paul segurou as mãos dela e disse:

— Traga o Neil, evidentemente. Quanto às crianças, elas poderão vir assim que acordarem. Isobel vai fazer uns waffles para todos. Eu sei que você vai ter que trabalhar. Por isso, certamente só vai chegar mais tarde.

— Feliz Natal, Paul — disse Carolyn, se despedindo e acenando, enquanto ele seguia caminhando para casa. Não queria estragar as coisas, mas se Neil não quisesse ir, ela não teria outra escolha senão ficar com o irmão. Recentemente, ela tinha notado um sinal de descontrole no olhar dele, igual ao que tinha visto na época do esgotamento nervoso. O psiquiatra havia diagnosticado Neil como maníaco-depressivo e receitara lítio. Embora pensasse que era mais seguro se ele tomasse o medicamento, ela, pessoalmente, achava que o médico estava errado. Ninguém deixa de ter uma crise nervosa, de ter um momento na vida em que faz alguma coisa que normalmente não faria. Parecia que qualquer pessoa que passasse algum tempo no hospital psiquiátrico acabava sendo diagnosticado como maníaco-depressivo ou esquizofrênico. O fato de os especialistas terem tão poucas opções de diagnóstico fazia com que ela duvidasse da sua credibilidade. Era como se houvesse apenas dois tipos de crimes. Personalidades múltiplas tinham praticamente desaparecido, sendo encontradas, aparentemente, apenas no cinema e não na realidade. Ah, ela quase tinha esquecido. Neil não era apenas meticuloso. Ele também tinha sido diagnosticado, segundo um outro rótulo, como portador de transtorno obsessivo-compulsivo. Muitos solteirões com a idade dele também tinham fixação em limpeza. Ela achava que o seu desejo de ver tudo organizado era uma das razões que os levavam a ficar solteiros.

Independentemente do que achasse, Carolyn tinha que perguntar a si mesma: a recusa de Laurel em casar com ele teria provocado o seu descontrole a ponto de querer matá-la? Varreu esse pensamento de sua mente e entrou em casa, trancando a porta. Ela se sentia culpada só de pensar que o irmão pudesse ser um assassino. Como Paul dissera, eles iriam encontrar o assassino e tudo voltaria a ficar bem.

Até mesmo na véspera do Natal, ela não podia se afastar do trabalho, especialmente agora que Brad estava no hospital e vários dos seus principais investigadores estavam doentes. O relatório sobre Raphael Moreno tinha que ser concluído antes da audiência naquela manhã. Carolyn tinha que estar de pé dali a umas três horas. O sono não iria ser um luxo para ela nessa noite.

Após a audiência, teria de passar pelo hospital e ver Brad. Ao falar com o médico da emergência, ficara sabendo que iria demorar seis semanas para Brad poder voltar ao trabalho. Por que razão ele insistira em interrogar Moreno? Por ciúmes, decidiu ela. Ele podia ser o seu supervisor, mas a sua reputação como interrogador não era tão boa quanto a dela. Brad era também cabeçadura. Ao lidar com criminosos, a atitude de Brad freqüentemente causava problemas.

Carolyn sentia-se responsável pelo que acontecera. Tinha levado Moreno a um ponto de ruptura. O seu plano era voltar e fingir-se de escandalizada por ele ter sido mantido na sala por tanto tempo. Talvez até lhe levasse alguns cigarros, doces, chicletes, na esperança de amansar a fera e levá-la a se abrir. Mas agora eles jamais iriam saber o que o levara a cometer os crimes ou, mais importante ainda, se tinha ou não um cúmplice.

Ao entrar na cozinha, Carolyn encontrou Neil sentado à mesa no escuro. Acendendo a luz, perguntou:

— Quer que eu prepare um sanduíche para você? Que tal ovos com bacon?

— Como é que eu posso comer a uma hora destas? — inquiriu Neil de volta.

Carolyn resolveu se ocupar enchendo a lava-louças, pensando ao mesmo tempo que o nervosismo de Neil era compreensível. Rebecca estava agora com 13 anos de idade e, supostamente, devia ajudá-la nas rotinas domésticas. Tinha que falar com ela. Era o terceiro dia seguido que chegava em casa e via a pia cheia de louça suja.

— Vou ter que fazer o trabalho de Brad enquanto ele estiver se recuperando — disse ela, abrindo a geladeira e retirando um refrigerante.

— Quando é que eu vou poder voltar para a minha casa? — perguntou Neil, ignorando seus comentários.

— Não sei — respondeu Carolyn, abrindo a lata de Coca. Desde a sua recuperação, Neil tinha se comportado muito bem. Enquanto ela vivia fazendo malabarismos para cuidar dos filhos, trabalhar e freqüentar a faculdade de direito, tudo com que ele tinha de se preocupar era com o que ia pintar e com que mulher devia ir para a cama. Ela se lembrava daquele menino magricela tiranizado pelos colegas de escola. Antes de começar a namorar Laurel no colégio, havia rumores de que seu irmão era gay. Neil não tinha interesse por esportes ou por outros chamados interesses masculinos. Tudo o que ele sempre quis foi pintar e desenhar.

A tragédia acontecera no pior momento possível. Neil já estava caindo em depressão por causa das suas finanças. Reatar o relacionamento com Laurel, segundo o irmão, era a única coisa boa na sua vida. Ela não entendia a razão de ele estar tão por baixo. Só a casa dele valia quase um milhão de dólares e Neil já havia pago a hipoteca vários anos antes. Quando o irmão perguntara se ela achava que ele tinha dinheiro suficiente para sustentar uma família, Carolyn chegara a rir na cara dele, dizendo que podia, sim, sustentar a mulher e uma dúzia de filhos. Neil ainda tinha uma boa carteira de ações, um bom estoque de quadros e uma Ferrari novinha em folha. Seu irmão tinha mais dinheiro do que aquilo que uma pessoa normal poderia ganhar a vida inteira. Em uma noite, porém, tudo tinha mudado. Se a promotoria o processasse por homicídio, seus bens começariam a desaparecer.

— Você pode ficar aqui pelo tempo que quiser — disse Carolyn. — Por que não tenta dormir um pouco? A cama no quarto de hóspedes está pronta. A televisão que você deu para John está instalada no quarto, caso você queira assistir a algum programa. Desde que recebeu a carteira de motorista, ele não pára em casa o suficiente para ver TV.

— Obrigado — disse Neil, sua voz se elevando um pouco pela primeira vez naquela noite. — Duvido que possa dormir.

— Você precisa descansar — insistiu ela. — Hank Sawyer quer que você vá à delegacia, assim que contratar um advogado.

— Carolyn... — retorquiu Neil, com uma expressão estranha no olhar. — A resposta é sim.

— Sim, o quê?

— Sim, eu dormi com Melody esta noite.

O irmão achava que essa declaração ia resolver o seu problema. Ao contrário, isso ia acrescentar mais um nível de complexidade ao caso. Enquanto ele estava na cama com a amante, a outra amante boiava, morta, na sua piscina. Certamente, ele não ia ser um réu simpático. As mulheres iriam odiá-lo e os homens, invejá-lo.

— A polícia vai considerá-lo como suspeito, Neil, pelo menos num primeiro momento.

— Mas eu acabei de dizer que estive com Melody — insistiu Neil, com uma expressão de perplexidade no rosto. — Tenho um álibi perfeito.

— Errado — disse ela, amassando a lata na mão. — Assim que trouxerem Melody para interrogatório, ela vai dizer que vocês dois são amantes. E, então, o seu álibi não vai servir para muita coisa.

— Não entendo.

— Como é que eles podem ter certeza de que Melody está dizendo a verdade? Você poderia tê-la convencido a mentir. A polícia vai pensar que ela confessou por amor.

— Eu sou inocente — proclamou Neil, virando-se de lado no assento para não ter que encará-la. — Eu não matei Laurel.

— Nós estamos falando de leis e tribunal. — Carolyn sabia que tinha de ser sincera com ele. A situação era grave demais para falsos otimismos. — A sua inocência deve ser consubstanciada por fatos. Como é que você acha que o júri vai encará-lo quando souber que você estava dormindo com duas mulheres ao mesmo tempo? A única maneira resolver essa situação é fazer o verdadeiro assassino sair da toca. Laurel tinha inimigos?

— Ela era professora — disse ele, apoiando o queixo na mão. — Era a pessoa mais linda que eu encontrei na vida. Todo mundo gosta... gostava dela. Não posso nem imaginar que exista alguém que lhe quisesse fazer mal.

— Exceto Melody.

— Não seja ridícula, Carolyn — argumentou Neil, insistindo. — Melody não sabia sequer da existência de Laurel. Como é que ia matar uma pessoa que nem conhecia? De qualquer forma, como disse antes, Melody estava comigo quando Laurel morreu.

— Nós só vamos saber a hora da morte quando o legista completar o seu relatório — explicou Carolyn. — Você contou que deu umas voltas de carro antes de tomar o caminho de Brentwood. Melody pode ter cometido o crime e ter tido muito tempo ainda para voltar para casa antes de você chegar.

— Ela estava tomando banho quando eu cheguei — argumentou Neil. — Deve ter ido fazer compras no shopping. Eu vi sacolas de diferentes lojas e toda a espécie de roupas ainda com as etiquetas penduradas. Eu fui lá para terminar o nosso relacionamento. As coisas escaparam do meu controle.

— Tomando banho, hein? — perguntou Carolyn, batendo com as unhas no tampo da mesa. — Se tivesse acabado de matar alguém, qual seria a primeira coisa que você faria? Pense nisso, Neil. — Como o irmão só ficou olhando para ela, Carolyn continuou: — Lavar as evidências do crime, talvez?

— Laurel morreu afogada — disse ele. — Que espécie de evidências teria ela que tirar do corpo? Não houve sangue, nada. Melody nunca mataria ninguém. Mesmo que viesse a saber de Laurel, ela não se importaria. Nos círculos que ela freqüenta, a única coisa para que eu servia era para dar umas boas risadas e fazer sexo recreativo. Pelo que sei, ela dorme com dezenas de caras. Chegou mesmo a se trair e me chamou de Richard.

Meu Deus, pensou Carolyn, ele ainda é mais ingênuo do que eu pensei.

— Só porque o corpo de Laurel foi encontrado na piscina, isso não significa que o assassino mergulhou com ela. Provavelmente, houve luta. Laurel pode ter arranhado quem a matou. Tudo o que o laboratório precisa é de uns poucos cabelos, um pingo de sangue ou um pedacinho de pele debaixo das unhas. Melody pode ter chegado em casa minutos antes de você. Aliás, você parou em algum lugar?

Neil ficou agitado, gesticulando com as mãos.

— Parei para abastecer o carro, certo? Não havia jeito de ela chegar antes de mim. Eu estava dirigindo a Ferrari.

— E ela dirigindo um Porsche — salientou Carolyn, bebendo mais um gole de uma outra Coca. — Você se lembra de ter excedido o limite de velocidade?

Neil ficou olhando fixamente para o tampo da mesa.

A JUSTIÇA DE SULLIVAN | 125

— Não, não atingi muita velocidade. Não gosto de pagar multas. Além disso, estava chovendo e as estradas estavam muito escorregadias. Eu nem pensava em usar a Ferrari, mas a bateria da van pifou e eu não queria perder tempo com a troca.

— Melody pode não ter sido tão cautelosa. Além disso, existe a possibilidade de ela ter contratado alguém para fazer o serviço. Com o dinheiro que tem, poderia até contratar um exército de assassinos. Com que freqüência você a via?

— Uma vez por semana — disse Neil, impaciente. — Não era muito fácil para a gente ficar junto. A viagem para Brentwood é longa.

— Você pode significar mais para ela do que imagina — disse Carolyn, encarando-o persistentemente. — Neil, essa garota pode ser louca por você e você nem notou.

— Acho que não, especialmente depois do que aconteceu essa noite. Eu a chamei de vagabunda. Como eu disse, ela se traiu e mencionou o nome de outro homem enquanto fazia sexo comigo. Ela não podia ter sentimentos sérios a meu respeito. Você acha que ela pode ter estado em minha casa antes, durante o dia. O mais provável é que tenha passado o dia na cama com o tal de Richard.

Estaria ele dizendo a verdade? Sua linguagem corporal sugeria que estava mentindo. Talvez estivesse apenas irritado. Tinha que pressioná-lo.

— Você me contou que ficou furioso quando Laurel recusou a sua proposta de casamento. Você bateu nela? Ela bateu com a cabeça em alguma mesa ou qualquer outra coisa e você entrou em pânico, então, e tentou fazer com que parecesse ter sido outra pessoa a matá-la?

Neil levantou-se, jogando a cadeira contra a mesa.

— Você não é minha irmã — gritou ele, furioso. — Como é que pode acusar seu próprio irmão? A não ser Megan, eu nunca bati em ninguém na minha vida. Meu Deus, ela veio para cima de mim com uma faca de açougueiro na mão. Ninguém acreditou em mim. Tive que passar seis semanas num hospício ou a promotoria me processaria. Na época você também não acreditou em mim. Sou sempre aquele que leva porrada. Lembra-se de quando era criança? Chad e Bolly Cummings bateram em mim até dizer chega. E eu apenas fiquei estendido no chão, apanhando.

— Estou tentando prepará-lo — retrucou Carolyn. — Esse é o tipo de pergunta que a polícia vai fazer.

— Por favor, não me prepare, tá bem? — disse Neil, tirando a camisa e jogando-a na direção dela. — Se queria fazer com que eu suasse, você conseguiu. Agora não tenho mais roupa para usar.

Ela avançou para ele.

— Eu estou do seu lado, Neil. As roupas são a última coisa com que nós precisamos nos preocupar agora, não acha? De qualquer maneira, poderá vestir algumas roupas de John.

No momento em que ele se preparava para sair da cozinha, ela deu meia-volta e segurou-o pelos ombros.

— Fique longe de Melody. Ela é problema. Você deve fazer aquilo que eu digo, entende? Essa garota pode ser uma assassina. Se ela souber que está tentando jogar a culpa para cima dela, você poderá ser a próxima vítima.

CAPÍTULO 11

Sexta-feira, 24 de dezembro — 7h00

Incrivelmente bonito e atraente, John Sullivan tinha um metro e oitenta, espessos cabelos escuros e olhos luminosamente verdes. Seu corpo era musculoso e de uma tonalidade bronzeada pelo sol. Quando Carolyn se divorciou do pai dele, ela readotou o nome de solteira. John e Rebecca tinham lamentado o fato de não terem o mesmo nome da mãe, o que, por vezes, confundia as pessoas. Quando Frank, seu ex-marido, começou a não pagar direito a pensão das crianças, Carolyn teve um bom motivo para mudar os nomes dos filhos também para Sullivan.

O adolescente abriu a porta do quarto da mãe e encontrou-a dormindo ainda vestida, com um monte de papéis no chão ao seu lado.

— Mamãe... — exclamou ele. — Já passa das sete horas! Não está ficando tarde para ir ao trabalho?

— O quê? — disse Carolyn, com uma voz rouca, ainda sonolenta. — Esqueci... esqueci de colocar o despertador. Onde está Rebecca?

— Ela está se arrumando — respondeu o rapaz. — Você não se lembra? Você me pediu para levar Rebecca hoje para a casa da vovó. Estou indo à praia com Turner. Por que o Neil está aqui?

— Ele mandou dedetizar a casa dele — mentiu Carolyn, sentando-se e esfregando os olhos. Ela tinha que lhes contar a verdade, mas no momento não estava com tempo para isso.

— Você falou com ele?

— Não — respondeu John. — Ele ainda está dormindo. Você perguntou a ele por que não apareceu para ver os desenhos de Rebecca?

Ignorando a pergunta do filho, Carolyn saltou da cama e correu para o banheiro. Como é que ela pôde dormir tanto? Se John não tivesse mencionado a avó, ela pensaria que a noite passada tinha sido um pesadelo. *O que eu vou dizer a ela? Feliz Natal, mamãe, seu precioso filho talvez vá parar na prisão.*

Vestindo um conjunto preto e uma camiseta branca, Carolyn calçou os sapatos e se dirigiu para o quarto da filha. Rebecca tinha 13 anos, mas parecia ter 20. John já a havia avisado de que a irmã ia dar problemas. Com cabelos longos castanhos e uma pele sedutora, Rebecca tinha crescido e se tornado uma bela jovem. As tendências da moda do momento estavam transformando as adolescentes em provocativos objetos sexuais. Na semana anterior, Rebecca aparecera à mesa do café-da-manhã usando um top curto e um jeans de cintura baixa, expondo toda a barriga e até um pouco da calcinha. Carolyn achava que atualmente as lojas de roupas para adolescentes pareciam só vender roupas para dançarinas exóticas.

Rebecca estava com o cabelo preso em um rabo-de-cavalo no alto da cabeça. Pelo menos nenhuma parte do seu corpo estava à mostra. Toda vestida de preto e calçando botas militares de couro que tinha comprado de segunda mão, ela impressionava.

— Oi, querida — disse Carolyn, dando um beijo no rosto da filha. — É Natal, filha, não é Halloween. Vê se você consegue vestir alguma coisa mais alegre.

A JUSTIÇA DE SULLIVAN | 129

— Nós já conversamos sobre isso uma dezena de vezes — disse Rebecca, segurando um espelho de bolso para aplicar o batom. — Por favor, não me aborreça por causa das minhas roupas.

— Tudo bem — falou Carolyn, não querendo discussões. E saiu pelo corredor em direção à cozinha, pegando várias barras de cereais, uma garrafa de água e uma maçã. Jogou tudo num saco de lona. John já estava lá fora, cuidando do seu Honda Civic vermelho, de 1992.

— A que horas devemos estar hoje à noite na casa de Paul?

— Esqueci — disse Carolyn, sua mente disparando em uma dezena de direções. — É para jantar. Telefonem para Paul e depois me digam a hora. Ele também convidou vocês para o café-da-manhã. Ah, John, não corra muito com o carro quando levar a sua irmã. — Ela pressionou o botão para abrir o seu Infiniti. — Mais uma coisa, não se esqueça, John, a partir do próximo ano você passa a pagar o seguro.

Cumpridos os seus deveres domésticos, Carolyn partiu para o trabalho. Seu celular pessoal tocou quando ela estava virando para o desvio da rodovia 101. Respirou fundo ao ver que era o número de telefone da sua mãe.

— Mamãe — ela disse a Marie Sullivan.

— Você viu os jornais de hoje?

— Ainda não — respondeu Carolyn —, mas já sei do que estão falando. Não leve tudo a sério nem fique doente por causa disso, mamãe. Estou com tudo sob controle. — Quem dera isso fosse verdade, pensou ela. — Neil está na minha casa no momento. Vai haver uma investigação.

— Ele está desequilibrado de novo? — perguntou a Sra. Sullivan. — Estou preocupada. Ele não me pareceu muito bem na última vez que nos vimos. Continuava reclamando de uma mulher. Foi ela que morreu assassinada?

— O nome dela é Laurel Goodwin. Lembra-se dela? Neil namorou com ela nos tempos de colégio. A situação é difícil para ele, mamãe. Para ser franca, não vai ser fácil para nenhum de nós.

— Ela era uma moça bonita. — A Sra. Sullivan ficou em silêncio por um momento. — Foi ele que fez isso, Carolyn? Por favor, me diz que ele não é responsável pela morte da pobre menina.

Carolyn engoliu em seco. Se sua mãe se sentia forte o suficiente para falar das suas suspeitas, certamente seus próprios medos tinham alguma base.

— Acho que não — respondeu ela, honestamente. — Ou, pelo menos, foi isso o que Neil me contou.

— Se ele não a matou, quem fez isso?

— Essa é a grande questão — disse Carolyn, entrando na vaga do estacionamento do centro governamental. — Por favor, não comente nada com seus netos. Ainda não tive tempo para falar do caso com eles. Amanhã voltaremos a falar sobre o assunto. Eu vou passar aí para apanhá-la e levá-la para jantar, um jantar natalino.

Carolyn cruzou com o chefe da agência, Robert Wilson, no corredor que levava à sua sala. Já tinha notado os olhares furtivos dos seus colegas de trabalho e um estranho zunzunzum de pessoas falando baixo ao mesmo tempo.

Depois de Neil ter ido para a cama, ela concluíra o relatório sobre Raphael Moreno e ditara-o pelo telefone. O texto estaria transcrito por completo até as 9h45, dando a ela 15 minutos para entrar no tribunal. O relatório, supostamente, devia ser entregue às várias partes pelo menos uma semana antes da audiência para o julgamento final. Pelo fato de o bebê de Veronica ter chegado sete semanas mais cedo, o juiz havia esperado o tempo exigido pelas circunstâncias. Moreno, porém, não estaria no ônibus a caminho da prisão, pelo fato de ter que enfrentar novas acusações agravantes por agredir um oficial.

Wilson aproximou-se dela e conduziu-a até sua sala.

— Eu li o jornal.

— Quem não leu? — retrucou Carolyn, tomando assento diante da mesa dele, aguardando que ele trouxesse duas xícaras de café, uma para ela e outra para ele.

Sendo o chefe, certamente tinha as suas intenções, pensou ela, soprando o café quente. A sala de Wilson era do tamanho da sua sala de estar. Havia uma mesa de reuniões no lado esquerdo da sala. No lado direito, viu um minicampo de golfe que ele usava para treinar. As cadeiras eram de couro verdadeiro e a estante de livros ia de um lado ao outro da sala. Em vez da vista para o estacionamento, Wilson tinha vista para as montanhas. Sua mesa não estava coberta de pastas. As únicas coisas que se viam em cima da mesa eram um caderno amarelo para anotações, um estojo para canetas, um grampeador e um jornal fechado. O computador ficava às suas costas, em cima de uma bancada. O protetor de tela mostrava um golfista fazendo um *swing* com um taco de golfe. Ela se perguntou o que ele fazia o dia inteiro, além de praticar golfe. Ela lembrou daquelas escolas em que o professor não fazia nada, a não ser ficar sentado e, ocasionalmente, responder a alguma pergunta.

Wilson tinha uns 50 e tantos anos, quase um metro e oitenta e, a não ser pela gordura acumulada em volta da cintura, parecia estar em boa forma. Costumava vestir-se com esmero e naquele dia estava usando uma camisa azul-clara de colarinho branco, uma gravata vermelha e um terno azul-marinho de listras finas em vermelho. Seus cabelos escuros estavam bem cortados e a pele, bem bronzeada pelo sol. Gostava de contar piadas e freqüentemente era confundido com o ator Gene Hackman. Em vez de dizer a verdade às pessoas, ele preferia tirar proveito do equívoco, chegando mesmo a dar autógrafos.

132 | NANCY TAYLOR ROSENBERG

No momento em que se recostou na cadeira, ele jogou um jornal na frente dela.

— Que história é essa do seu irmão? Eu tinha planejado passar o Natal com a minha família.

— Por que eles colocaram a minha foto na primeira página? — explodiu Carolyn. Seus olhos estavam tão cansados que ela mal conseguia ler a legenda embaixo da foto. — A mulher foi encontrada morta na piscina do meu irmão, não na minha.

— Sabe como é a imprensa — disse Wilson, fazendo estalar os nós dos dedos. — Todo mundo gosta de ler quando os mocinhos viram bandidos. O negócio é vender jornal.

— Houve dois homicídios, lembre-se. Pelo que o detetive Sawyer me contou ontem à noite, os dois crimes estão relacionados. Talvez se trate de um serial killer. Por razões óbvias, eles ainda não querem se manifestar oficial e publicamente sobre o assunto.

— Tomei conhecimento de que houve um outro assassinato — disse Wilson, com um arrepio na voz. — A irmã dessa mulher, Porter, não trabalha no meu departamento. Como agente de condicional, você tem acesso aos registros confidenciais do tribunal. Mas estou mesmo interessado é no seu irmão. O que você acha que vai acontecer?

— Não faço idéia — disse ela, fechando os dedos em volta da boca. — Eu sei que Neil não a matou. Ele a amava. Começaram a namorar na faculdade. Quando ele foi para a Europa para estudar arte e pintura, ela acabou se casando com um oficial da Marinha.

— Ah — exclamou Wilson, bebendo mais um gole de café.

— Então a vítima era uma antiga paixão. Também já trabalhei com um caso como esse. Só dão problemas. Se o seu irmão estava apaixonado por... — ele esticou o braço e abriu o jornal na página da notícia — essa Laurel Goodwin, por que ele estava em Los Angeles com a tal de Asher? Será que ela queria comprar alguns dos seus quadros?

A JUSTIÇA DE SULLIVAN | 133

Carolyn não respondeu. Fez menção de pegar outra xícara de café, mas decidiu que já estava agitada demais.

— Quem é que você acha que é o melhor advogado de defesa do condado? Vincent Bernini?

— Se puder pagar uma boa grana. Claro que você precisa de um bom profissional — disse ele, mudando a posição da sua xícara de café para mais perto. — A polícia ainda não acusou seu irmão de nada. Se a notícia se espalhar de que você contratou Vincent Bernini, todo mundo vai pensar que ele é culpado.

— Eu sei — concordou Carolyn, a testa se enrugando só de pensar no assunto. — Mas Neil tem dinheiro para pagar um advogado decente, pelo menos para os primeiros passos. Para o julgamento, bem, espero que não cheguemos a isso. Estou começando a suspeitar de que alguém está armando contra ele.

— Como assim?

— De várias maneiras, mais do que você possa imaginar — disse Carolyn, abrindo bem os olhos.

Wilson levantou-se da cadeira e pegou um taco de golfe para se exercitar.

— Posso imaginar qualquer coisa, mas, em geral, costumo limitar minhas fantasias ao golfe e a acertar na loteria. Eu recebi uma ligação do conselho de supervisores esta manhã. Quero saber o que está acontecendo, Carolyn.

Ele a estava deixando nervosa. Carolyn pensou em ir embora. O que acontecera com seu irmão poderia ter acontecido, facilmente, com Robert Wilson ou Brad Preston. O chefe era um notório mulherengo. Brad freqüentava vários círculos, ainda assim era aquilo que as pessoas consideravam um solteirão empedernido. Ela pensou em Paul que, certamente, não poderia ser classificado como tal. O professor de física era brilhante, estável, e os filhos dela adoravam-no. Tinham um relacionamento agradável, confortável. Brad havia sido uma montanha-russa emocional. Por mais que fosse um homem atraente, ela se sentia aliviada pelo fato de o caso entre eles ter terminado.

— Por que o conselho de supervisores está interessado no assunto? — perguntou ela, com um tom de preocupação na voz.

— Não estou diretamente envolvida. Enquanto estiver cumprindo com minhas obrigações, não posso ser considerada um problema.

— Esqueça. Eu posso controlar a situação — disse Wilson, errando o alvo. — Brad me contou que a designou para um caso de lesão física. Sabia que há muito tempo não temos um caso dois-zero-cinco? Quando apareceu aqui, eu nem reconheci o código.

— É um caso de lesão corporal com agravante — esclareceu Carolyn. O crime era de mutilação ou desfiguração intencional. A sentença era de prisão perpétua com possibilidade de condicional. Neste caso, a vítima fora atacada com um facão, que lhe cortara o braço direito na altura do ombro. — O acusado, Tupua Mea'ole, é de Samoa. Não fala inglês. Estou aguardando um intérprete.

— Qual é o estado da vítima?

— Está vivo — esclareceu Carolyn, puxando o cabelo para trás da orelha. — Estão arranjando uma prótese para ele. O nome da vítima é Harold Jackson. Ele tem uma extensa folha de crimes. Ficou preso cinco anos em Folsom por assalto a mão armada. É suspeito, também, de um tiroteio no Departamento de Polícia de Los Angeles, há três meses. Mas não conseguiram provas suficientes para acusá-lo. Como ele perdeu um braço, a promotoria decidiu arquivar o processo dele.

— Parece que devíamos dar uma medalha para o nosso samoano — disse Wilson, sorrindo. — Será que Jackson não estava querendo estuprar a mulher dele?

— Isso foi um mal-entendido — esclareceu Carolyn, suspirando. — A mulher não era esposa dele. É uma prostituta. Ela alegou que Jackson estava batendo nela. O acusado morava na porta ao lado. Ouviu o tumulto e foi defender a mulher com o facão. O defensor público tentou alegar legítima defesa, mas a promotoria não aceitou. Só porque a vítima é um criminoso, isso não muda os fatos. Ninguém pode cortar o braço de outro quando este não empunha uma arma.

Wilson voltou para a mesa.

— Você poderá responder pela unidade durante algumas semanas?

— Algumas semanas? — reagiu Carolyn, abanando a cabeça.

— Disseram-me que Brad vai ficar de licença por no mínimo seis semanas.

— Os médicos são uns idiotas — disse ele, sorrindo e enrugando os pés-de-galinha em volta dos olhos. Depois, virou-se para o monitor do computador. — É Tiger Woods, você conhece? — Mas Carolyn ignorou a pergunta e, com isso, ele virou-se novamente para frente. — Provavelmente, o médico com quem você falou era o assistente. Eu passei no hospital esta manhã, antes de vir para cá. A radiografia mostrou que se trata apenas de uma vértebra quebrada. Brad não é um maricas. Não vai deixar que uma coisinha de nada o jogue para escanteio.

Carolyn baixou a cabeça, pensando. Se ela ficasse como supervisora, seus casos pendentes teriam que ser repassados a outros. Esse caso de lesão física era um pesadelo. Devido aos problemas de idioma e da imigração, a investigação iria tomar o dobro do tempo. Assumir o lugar de Brad iria aumentar as suas responsabilidades. Por outro lado, poderia tornar mais fácil a sua posição atual. Não precisaria lidar com prazos, vítimas ou acusados. Acima de tudo, daria a ela mais tempo para ajudar Neil.

— Então? — continuou Wilson. — Aceita substituir Brad ou não? Você sabe, com a situação do seu irmão...

— Sim, aceito — respondeu ela, confiante, decidindo aproveitar o lado bom da situação. — O que eu posso fazer? Sabe como é, eu não posso fazer nada a não ser tentar manter o ânimo dele o mais elevado possível.

— Parece bom.

Carolyn já se encaminhava para a porta, quando resolveu parar.

— Diga-me uma coisa, Wilson, por que promoveu Brad em vez de mim? Obviamente, você acha que eu tenho todas as qualificações para o cargo; caso contrário, não estaria me pedindo para substituí-lo.

— Agora você me pegou de calças curtas — disse ele, apontando o dedo em riste na direção dela, mas rindo. — Droga, você é boa mesmo. Brad me avisou a seu respeito.

— Você não respondeu à minha pergunta — prosseguiu Carolyn, tentando imaginar o que Brad teria dito a ele.

— Os homens não dão à luz nem têm TPM — disse ele, coçando o nariz. — Minha esposa quase me deixa louco. Eu preferia não ter que lidar com esses problemas femininos também no escritório.

Carolyn ficou sem fala.

— Ei — disse ele, ao ver uma expressão de choque no rosto dela. — Daqui a três meses estarei fora daqui. Faça um bom trabalho enquanto Brad estiver se recuperando e eu irei promovê-la antes de sair. Odeio ter que admitir isso, mas um dia, certamente, uma mulher como você vai assumir este posto e dirigir este departamento. — Ele disse isso sorrindo, enquanto fingia tremer. — Só o pensamento me mete medo. Ainda bem que não vou estar aqui para ver.

Carolyn podia ver por que Brad se sentia tão tranqüilo no posto. O chefe do departamento tinha preconceito contra as mulheres. O homem era um dinossauro, pensou ela, olhando-o fixamente com repulsa. Se estivesse com tempo, iria denunciar os dois por causa disso.

— Ah, a propósito — disse Wilson, os olhos pestanejando com malícia. — Tudo o que eu disse aqui foi uma piada. Pensei que você também gostasse de dar uma boa risada. Brad disse que você tinha espírito esportivo. Feliz Natal!

— Não sei como — disse Carolyn, desaparecendo pela porta.

Lawrence Van Buren estava bebericando o seu café no restaurante do hotel Biltmore, em Santa Barbara, apreciando a vista para o mar. O dia estava tão claro que se podiam ver todas as cinco ilhas Channel. Quando o tempo permitia, as ilhas podiam ser vistas também de Ventura. O Parque Nacional das Ilhas Channel englobava uma área de mais de oitocentos mil metros quadrados, metade dos quais debaixo d'água. Havia na área mais de duzentas espécies de plantas e animais, sendo que 145 delas eram únicas das ilhas e não podiam ser encontradas em qualquer outra parte do mundo. Seus recursos arqueológicos e culturais compreendiam um período de mais de dez mil anos.

Fazendo parte da estrutura histórica de Santa Barbara, com os seus estuques externos, o hotel Biltmore tinha portas no estilo das antigas missões espanholas da Califórnia, passagens em forma de arco, pisos de lajotas escuras e um serviço excelente. Todo mundo afluía aos seus restaurantes, e o seu *brunch* aos domingos era um dos pontos altos da cidade.

A decoração do hotel para o feriado estava deslumbrante. A árvore de Natal na entrada era enorme, com uma iluminação feérica. Havia um trenó cheio de pacotes brilhantes a alguns metros de distância, puxado por renas de tamanho natural e completado com um Papai Noel bem animado. Ouvia-se uma suave música natalina ao fundo, e a lareira crepitava forte, aquecendo o ambiente. Ao contrário de Los Angeles, Santa Barbara tinha as suas estações bem marcadas. A atmosfera lá fora era suficientemente fria para exigir o uso de roupas de inverno. Van Buren estava ali para se sentir bem no espírito da época.

Seu filho Zachary, de 8 anos, correu para ele.

— Mamãe precisa de dinheiro — disse ele, excitado. — Vamos fazer compras. Ela disse que podíamos escolher dois brinquedos. Eu quero uma roupa de Homem-Aranha e aquelas luvas colantes que ele usa para eu subir pelas paredes. Felicity quer mais uma daquelas barbies idiotas. Ela já tem centenas delas. Assim que ganha uma, corta a cabeça dela.

— Como é que você anda por aí sozinho? — disse Van Buren, erguendo as sobrancelhas. — É perigoso para um garoto da sua idade. Este é um lugar público. Onde estão sua mãe e sua irmã?

— Na loja de presentes.

— Diga a ela que pode usar o cartão de crédito.

— Mas... ela precisa de dinheiro para o táxi e coisas assim.

O pai enfiou a mão, relutantemente, no bolso e retirou três notas de cem dólares, que colocou na mão estendida do filho. Sua mulher era uma perdulária. Ele preferia usar dinheiro para não deixar rastro. O único problema era que ele não sabia se ela ia gastar o dinheiro com algum vagabundo de praia ou algum professor de tênis. A vida sexual dos dois estava uma maravilha, mas um homem tinha que manter sua esposa sob vigilância, em particular uma tão bonita quanto Eliza. Afagando os cabelos do filho, ele disse:

— Vá embora agora, campeão. Papai tem uma reunião de negócios. Diga a sua mãe para estar de volta para o almoço. Temos que evitar o trânsito na hora do rush. Não vai querer perder a visita do Papai Noel, não é?

— Eu não sou nenhum bebê, papai — disse o garoto, tentando parecer durão. — Eu sei que o Papai Noel é a mamãe. Não se preocupe. Não vou dizer nada para a Felicity.

A JUSTIÇA DE SULLIVAN | 139

Depois de o filho ter ido embora, Van Buren viu uma loura, alta e deslumbrante, avançar rapidamente na sua direção. Seus movimentos eram duros, quase robóticos. Ela andava ligeiramente inclinada para a frente e sua cabeça girava de um lado para o outro, observando o ambiente constantemente. Ele gostaria que seus homens fossem tão observadores quanto ela. Se tivessem mantido os olhos abertos, ele não estaria numa situação tão difícil. Ele se levantou e afastou uma cadeira para ela.

— Você gostou do novo helicóptero?

— É ótimo — disse ela, sentando e cruzando as pernas esbeltas. — Teria sido melhor se tivesse marcado encontro comigo na cidade, Larry. Obrigar-me a viajar para este buraco na véspera de Natal é burrice, para não dizer inconveniente. Eu tenho família, sabe, e os últimos dias não foram nada agradáveis.

Em todos esses anos que ele a conhecia, Van Buren nunca tinha visto um sorriso naqueles lábios. Ela era a mulher mais fria que havia conhecido. Olhar para ela era como olhar para um bloco de concreto. Nada de emoções, de medos, de humor, de compaixão, basicamente nenhuma característica humana. Como é que ela podia ter uma família? A idéia em si era um absurdo. O seu trabalho, porém, era excelente e os seus serviços, muito requisitados. Ela trabalhara na Rússia, Irã, China, África e por toda a Europa. Não importava o quanto o serviço fosse difícil, ela sempre se saía muito bem, sem cometer erros. No entanto, dessa vez havia fracassado. Mas não por culpa sua. Ele ficara acordado a noite inteira para decidir se devia ou não autorizá-la a continuar. O que ele lhe pedira para fazer era muito simples, quase ridículo tendo em vista o alto grau dos seus talentos. Era isso que tornava a situação insuportável. Demiti-la seria criar uma situação embaraçosa. Os nervos obrigaram-no a começar falando de coisas sem importância.

— Você ainda mora em Las Vegas?

140 | NANCY TAYLOR ROSENBERG

— Não — disse ela de supetão. — Eu nunca morei em Las Vegas.

— O que você tem contra Santa Barbara? Todos os anos passamos o Natal aqui. A maioria das pessoas acha que aqui é o paraíso. Sem violência, praias limpas, até um campo de pólo. Olhe só para este lugar — disse Van Buren, gesticulando. — O ambiente é magnífico. Não se consegue encontrar isso em Los Angeles.

Ela fez sinal para um dos garçons e pediu um suco de laranja. A expressão de seu rosto sinalizava a Van Buren que ele tinha cometido mais uma gafe ao não perguntar se ela queria alguma coisa.

— Eu não moro em Los Angeles — respondeu ela.

— Oh — disse ele. — Quando você mencionou este lugar para nos encontrarmos, eu presumi que...

Ela o interrompeu.

— Não presuma nunca. E o lugar onde moro é confidencial. Não é uma brincadeira, Larry. Você conhece as regras.

— Claro — disse Van Buren, receando que ela se zangasse e o jogasse longe no salão. Ela era tão forte quanto a maioria dos homens, mas se vestia como se tivesse saído de um estúdio fotográfico. Uma vez ela lhe dissera que as mulheres não ganhavam tantos músculos quantos os homens, por mais que fizessem musculação e levantassem pesos. A única oportunidade em que as mulheres mostravam os seus músculos era quando os flexionavam. A maioria das mulheres que faziam musculação tomava esteróides. Mesmo assim elas se assemelhavam a mulheres normais sempre que se vestiam com roupas sociais.

Ela bebeu o suco de laranja de uma vez, batendo o copo em cima da mesa.

— Eu não tenho tempo a perder. Diga o que quer que eu faça.

— Nada — disse ele, dando de ombros. — Tudo deu errado, portanto é o fim. Eu vou continuar procurando uma solução, evidentemente, mas para você é o fim. Terminou. Não estou insatisfeito, embora tivesse sido muito melhor se as coisas tivessem acontecido como o planejado.

Ele deixou cair a mão para o lado e fez escorregar uma fina pasta de couro para o lado dela.

— Eu precisava encontrar esse material rapidamente — acrescentou ele. — Mas jamais teria chegado a esse extremo se não tivesse sido colocado contra a parede. Como eu disse, a culpa não foi sua.

O garçom aproximou-se e colocou a conta em cima da mesa. Van Buren assinou seu nome e escreveu o número do quarto. Ao olhar de novo para o lado, a pasta e a mulher tinham desaparecido.

CAPÍTULO 12

Sexta-feira, 24 de dezembro — 10h

Hank Sawyer entrou na sala dos detetives do Departamento de Polícia de Ventura, a fim de verificar se a detetive Mary Stevens estava na sua mesa. Quando não estava de serviço, a detetive usava saias curtas e suéteres bem justos no corpo, provocando nos homens da unidade o desenvolvimento suspeito de protuberâncias na parte inferior dos seus corpos. Ela devia se dar bem com Carolyn, pensou Hank. Ele tinha certeza de que a agente da condicional acabaria por se machucar um dia desses.

Antes de falar com Mary, ele parou junto à cafeteira, pegou um copinho de plástico e encheu-o, primeiro, até metade com leite e três pacotinhos de açúcar. O café, provavelmente, já estava ali desde as sete horas da manhã e Hank precisava do leite para cobrir as paredes do estômago.

Ele tinha ficado pasmo ao lhe descreverem como Carolyn havia escarnecido de Raphael Moreno, falando pelo celular e menosprezando-o até que ele lhe arrancara das mãos o telefone e o esmagara no chão. Ele tinha, porém, que lhe dar um crédito. Ela havia conseguido que Moreno falasse, embora não tivesse dito nada de grande importância, até que Preston estragou tudo. Hank adorava Carolyn, mas ela assumia riscos demais no desempenho das suas missões. Ela manipulava e jogava iscas para os mais perigosos dos criminosos com uma regularidade impressionante. Muitas vezes, entrava na cadeia com os peitos quase pulando para fora e uma saia que mal cobria o bumbum. Um dos policiais jurava que uma vez ela apareceu sem calcinha e abriu as pernas na frente de um estuprador. Hank duvidava que Carolyn tivesse chegado a esse ponto. Com Carolyn, contudo, tudo era possível. Os advogados de defesa sabiam que no momento em que seus processos caíam nas mãos de Carolyn, seus clientes seriam condenados a passar o dobro do tempo na prisão. Os advogados bem que instruíam os clientes para não falar, mas ela era daquelas que conseguiam fazer com que até um doberman deixasse cair da boca um bife aos seus pés. Ela não só conseguia aumentar a sentença de prisão dos réus violentos com suas técnicas nada convencionais de interrogatório, como também fornecia informações vitais para a solução de dezenas de crimes considerados insolúveis. Se Carolyn estava disposta a arriscar a vida e deixar que os criminosos desfrutassem da visão do seu corpo com a finalidade de apanhá-los na rede, Hank achava difícil acusá-la por isso.

Mary também se vestia daquele jeito para provar determinado ponto de vista. No passado, muitos estupradores foram inocentados porque alegaram que suas vítimas estavam vestidas provocantemente na hora do crime. Mary achava que as mulheres deviam poder andar nuas nas ruas sem medo de serem sexualmente molestadas. Hank era da velha guarda. Para ele, quando a mulher usava pouca roupa para sair na rua, estava procurando problemas.

Formada em biologia pela UCLA, Mary trabalhava em uma empresa de pesquisas médicas antes de entrar para a Academia de Polícia, depois da morte do pai em serviço. O trabalho de policial estava nas suas veias. Além do pai, dois dos seus tios também eram detetives em Los Angeles.

A filha venerava o pai. Não admira, pensou Hank. Jim Stevens era um policial condecorado. Estava atrás de uma quadrilha de assassinos quando foi morto. Mary fez uma investigação por conta própria e acabou descobrindo o assassino de seu pai. Essa foi a principal razão para largar o emprego e decidir se alistar na força policial.

— O que você tem para mim? — perguntou Hank, metendo a cabeça pela abertura do seu cubículo.

— Uma ressaca filha-da-mãe — disse ela, massageando as têmporas. — Fui a uma festa depois do trabalho no caso Goodwin. Péssima idéia.

— Não vai ter tempo para curtir essa ressaca, menina — rebateu Hank. — Termine o que está fazendo e venha até a minha sala.

— Pelo menos não tivemos outro crime — exclamou ela. — Eu receava que já tivéssemos três a esta hora.

— Ainda é cedo.

O local de trabalho de Hank era uma divisória como o de Mary, só que consideravelmente maior. Além disso, tinha uma janela. São as recompensas depois de 23 anos na polícia, pensou ele, com amargura. Assim que Mary apareceu, ele pegou uma pasta e jogou-a para ela.

— Enquanto você se divertia na festa, fiquei acordado a noite inteira organizando as particularidades desses crimes. Pensei que você quisesse ser a maior investigadora do pedaço. Se me dessem uma chance como essa, eu ainda estaria bisbilhotando nas cenas dos crimes.

Mary agachou-se e pegou os papéis do chão. Vernon Edgewell passou por perto, assoviando.

— Vernon, onde está o relatório preliminar do laboratório sobre Suzanne Porter? — rosnou Hank. — Vá para o laboratório e fique lá sentado até lhe darem esse relatório, entendeu? E da próxima vez que mandarmos uma mensagem para o seu pager e você não responder, garanto que ficará desempregado antes do fim da semana. Depois disso, poderá dizer adeus à sua grande carreira no FBI. — Logo em seguida, Hank voltou sua atenção para Mary. — E você pare de usar essas saias curtas. O chefe já notou isso há uns dias e me pediu para ter uma palavrinha com você.

Os ombros de Mary despencaram.

— Acho que vamos cancelar o Natal.

— Que merda — reagiu Hank, deixando-se cair na cadeira e afrouxando o nó da gravata.

Ela sentou-se tranqüilamente.

— Já acabou de cuspir lava ou quer que chame Bender para que você salte em cima dele? É o único que resta na sala.

Os outros detetives estavam buscando pistas, interrogando testemunhas e pesquisando as cenas dos crimes. O departamento não era muito grande e, com o feriado, os dois homicídios eram um verdadeiro pesadelo.

— O que você tem sobre Suzanne Porter?

Mary fechou a pasta e deixou-a balançando no colo.

— Não tanto quanto temos sobre Laurel Goodwin.

— Fale — disse ele, engolindo todo o café e jogando o copo de papel vazio no cesto de lixo.

— O laboratório confirmou haver impressões digitais de Neil Sullivan na seringa. Só para que você saiba, apanhei o relatório hoje às cinco horas da manhã.

— Incrível — disse Hank, abanando a cabeça, incrédulo. — Toda a história dele era um blefe.

— Mais ainda — continuou ela, clareando a voz. — A substância encontrada na seringa era uma mistura de heroína, cocaína e estricnina. Parece que estamos diante de um crime daqueles.

Essas coisas não costumavam acontecer em Ventura, pensou ele.

— Suzanne Porter recebeu a mesma substância?

— Ainda não sei — disse Mary. — O assassino não deixou pistas, temos que aguardar a necrópsia.

— Você teve alguma sorte com a outra mulher, a Asher?

— Não. Deixei três mensagens na secretária eletrônica dela. Acho que está nos evitando. Só porque encontramos as impressões digitais de Neil Sullivan na seringa, isso não quer dizer que temos o caso solucionado, sargento. Ele pode ter voltado para casa tarde, entrado no banheiro para escovar os dentes sem acender a luz e, então, tocado na seringa sem dar por isso. Você nunca entrou no banheiro para escovar os dentes sem acender a luz?

Sua mente voltou-se para os dias em que costumava beber além da conta. Muitas vezes entrava no banheiro no escuro, às vezes tão bêbado que nem acertava o vaso.

— Não temos base para uma acusação — admitiu ele, esfregando o rosto. — Mas dá para justificar a prisão. Eu não aceito todos esses acidentes e coincidências. Isso é coisa para os advogados. Se começa a pensar como advogado de defesa, vai voltar a vestir o uniforme de policial.

Mary passou para ele várias folhas de papel.

— Aqui está o que temos até o momento — disse ela. — Foi encontrado um roteador sem fio Siemens na casa de Neil Sullivan. Evidentemente, estava conectado ao sistema de segurança. O dispositivo permite que uma pessoa desconhecida veja Sullivan em qualquer lugar da casa que tenha uma câmera, inclusive no jardim dos fundos, onde o crime, mais do que certo, aconteceu. Por causa dos seus quadros, havia câmeras por toda a parte. Como você sabe, não havia nada gravado nas fitas de vigilância. Sullivan deve ter desligado. A última data de gravação foi em novembro.

Hank recostou-se na cadeira. Quando um homicídio era recente, ele se alimentava de raiva e adrenalina. Antes de resolvê-lo, porém, ele precisava entendê-lo. Isso significava uma mente clara, focalizada.

— Não tenho certeza de como esse dispositivo funcionava — continuou Mary. — Nossos técnicos acham que alguém devia estar espionando Neil Sullivan. Possivelmente, o assassino.

— Eu não entendo — disse Hank. — Esse roteador, ou seja lá que nome tenha, não faz parte do sistema de segurança?

— Não. Eu telefonei para a empresa de segurança esta manhã. Não faz parte do equipamento deles.

— Interessante — disse ele, com os braços sobre a mesa, escutando com a máxima atenção. Em casos graves como esse, o tempo era curto. Era melhor memorizar as informações do que se arriscar a perdê-las mais tarde. A nova geração de detetives usava Palm Pilots e laptops. Quando perdiam os aparelhos ou os computadores pifavam, eles ficavam sem nada. A única coisa que ele se preocupava em não perder era a mente.

— Infelizmente — disse Mary — o roteador foi limpo, como tudo o mais na casa. Nós temos, sim, impressões digitais não-identificadas, é claro, mas pouquíssimas. Temos as impressões de Carolyn em arquivo, mas só encontramos uma seqüência delas na casa. — Ela ficou alisando com a mão o colarinho do seu suéter enquanto lia o resto do relatório.

— Pare de fazer isso — exclamou Hank, seus olhos fixos nos peitos dela.

— O quê? — perguntou Mary, erguendo o olhar para ele.

— Esquece...

— Você não acha estranho que a irmã do cara tenha deixado só algumas impressões digitais na casa? Seria de se supor que suas impressões estivessem por toda parte.

— Ele limpou tudo.

Mary sorriu e acrescentou:

— Se eu um dia precisar de faxineira, já sei quem contratar. Algumas das impressões são da vítima. As outras impressões provavelmente pertencem à empregada e a Melody Asher. Há também outra série que pode ser ou não do assassino. Se forem do assassino, não estão nos nossos arquivos. É difícil de acreditar, mas estamos lidando com um criminoso de primeira viagem.

— Não existem criminosos de primeira viagem — corrigiu ele. — Existe o criminoso preso pela primeira vez.

— Amém — disse ela, enroscando uma mecha de cabelos no dedo. — Estou realmente curiosa para saber o que Melody Asher tem a dizer a respeito de Sullivan. Em particular, a respeito do seu álibi.

— Eu também — disse Hank, colocando os pés em cima da mesa cheia de papéis.

— Eu saí da cena do crime antes de o pai de Laurel Goodwin chegar ontem à noite. Ele lhe disse alguma coisa que valha a pena?

— Stanley Caplin? — perguntou ele, coçando a orelha esquerda. Ele nunca tinha lidado com um serial killer antes, por isso estava ansioso. Por enquanto, os dois crimes tinham que ser tratados em separado. Uma boa noite de sono colocaria tudo em perspectiva. — Ah, o papai alega que Sullivan é traficante de drogas. Talvez o nosso playboy artista tenha dado uma volta nos seus fornecedores para poder comprar aquela fantástica Ferrari. O fato de o cara dormir com um mulherão que tem mais dinheiro que o próprio Deus e querer casar com uma simples professora não dá pra entender. Fale mais a respeito desse roteador.

— Como ainda não tivemos oportunidade de interrogar Neil Sullivan — disse Mary —, temos que considerar a hipótese de o laboratório estar errado e de ele próprio ter colocado o roteador. Ele passa a maior parte do tempo naquela casa da piscina que transformou em estúdio. Talvez ele quisesse vigiar dali o res-

A JUSTIÇA DE SULLIVAN | 149

to da propriedade. O problema é que não encontramos nenhum computador ou monitor na propriedade que estivesse ligado ao roteador.

Hank não podia descartar a possibilidade de a morte de Laurel Goodwin ser resultado de ações indiretas de Neil. Os traficantes podiam tê-la matado como aviso. Ele trabalhara certa vez em um simples caso de tráfico de drogas que tinha dado errado. Quando chegara à cena do crime, o chão estava coberto de sangue e de corpos. Da próxima vez, poderia ser Neil.

— Há uma outra possibilidade — disse ele. — O divórcio de Laurel Goodwin ainda não tinha sido concluído. O pai declarou que o marido tinha telefonado para ela dias antes para saber se ela iria assinar o acordo da divisão de bens. Ela não estava, de modo que foi o pai que falou com ele. O marido pode ter sabido a respeito de Sullivan e resolveu matá-la.

— Por que matá-la? — raciocinou Mary, batendo com a caneta nos dentes. — Se o cara estivesse com ciúmes, iria atrás de Sullivan.

— Ela pode ter tido dezenas de amantes. Foi o marido que pediu o divórcio, não ela. Na grande maioria dos casos, é a mulher que pede o divórcio. E, segundo o pai, Jordan Goodwin estava num navio no meio do Atlântico.

— Você confirmou isso? — perguntou Mary, fazendo algumas anotações na pasta que ele lhe tinha dado.

— Ainda não — respondeu Hank. — Fizemos contato com a marinha, mas eles ainda não responderam. O que precisamos fazer é mapear o que os dois crimes têm em comum. Não havia roteador na propriedade de Suzanne Porter. Também não deixaram nenhuma seringa. Alguém removeu a fechadura da porta da garagem dos Porter, mas ninguém forçou a entrada no caso de Laurel Goodwin. A questão da piscina, realmente, não interessa, visto que os Porter não têm piscina. Mas o corpo de Suzanne foi arrastado para fora, pois, ao que parece, o crime ocorreu dentro da casa.

Mary chamou a atenção dele.

— É a mesma coisa, não vê? Ele acha que a água destrói as evidências. Jogou uma vítima na piscina e deixou a outra na chuva.

— O pessoal da Narcóticos disse que há uma droga muito potente sendo vendida nas ruas. A heroína na seringa era muito pura?

Ela folheou as páginas da pasta:

— Sim. E a cocaína também.

— Muito bem — disse ele, esfregando as mãos. — Agora estamos chegando a algum lugar. As duas mulheres eram viciadas. Podem ter começado a cheirar cocaína para ficar magras e, antes de se darem conta, se viciaram. O avião é o cara da motocicleta. Mulheres da alta como essas não sabem como injetar a droga. O cara da moto faz uma visita e acaba vendo que a droga as matou.

— Isso não faz sentido — argumentou Mary. — Se ele aplicou a droga na primeira e ela morreu, por que razão ele iria aplicar na segunda?

— Digamos que ele aplicou na primeira vítima. Nós não temos certeza de quem morreu primeiro. Sabemos apenas a hora em que os crimes foram comunicados. Ele se afasta da primeira e continua a sua rodada de entregas para a próxima cliente. Ela morre. Aí ele faz o possível para limpar os seus rastros. Ele volta à casa da primeira cliente e a encontra morta também. — Hank sorriu. — O que você acha disso?

— É possível. Mas ainda temos as impressões digitais de Sullivan na seringa.

— Vamos usar o seu cenário e admitir que ele tocou na seringa sem perceber. Fazemos da Goodwin a primeira a morrer. — Ele olhou para as manchas de umidade no teto. — Ele injeta a droga nela no banheiro. Ela morre. Ele entra em pânico e deixa a seringa

A JUSTIÇA DE SULLIVAN | 151

na pia. Depois de atirá-la na piscina para simular um afogamento, ele pega a moto e volta para a casa de Suzanne Porter. Ele retira a fechadura da porta da garagem e entra na casa. Ela está morta no banheiro. Ele joga o corpo no gramado e faz uma limpeza geral no lugar, sabendo que não nos poderá enganar dizendo que as duas mortes foram acidentais.

— Isso faz sentido — disse Mary. — Ele teria apenas que forçar a entrada em uma das casas, já que as vítimas o conheciam.

— Em algum lugar no meio desta confusão toda está a chave do que realmente aconteceu. De momento, nós vamos seguir com o que temos. Vou telefonar para Kevin Thomas, na promotoria... para ver se ele acha que temos o suficiente para deter Sullivan. Ele mentiu a respeito das roupas molhadas, e isso vai contra ele. E a seringa, quase com certeza, é a arma do crime.

— Esqueci de dizer a você — interrompeu Mary, envergonhada. — Se ele entrou na piscina duas vezes naquela noite, ele não o fez com as roupas que encontramos na lavanderia. Nelas, havia apenas leves traços de cloro, do jeito que se encontra na água de beber e não na água das piscinas.

O que ele esperava?, pensou Hank, apoiando a cabeça na mão. Resolver o caso logo no primeiro dia?

— Então, duvido que a gente consiga uma ordem de prisão. O chefão lá é Sean Exley. Segundo Thomas, se existir um chance mínima de o estado não conseguir uma condenação, Exley não vai autorizar a expedição do mandado de prisão.

— Exley é um porre — disse Mary, franzindo o cenho. — Está com receio de não ser reeleito. O meu voto é que ele não vai ter. Prefiro ver um burro ocupando o cargo do que ver Sean Exley lá tirando vantagem.

— Quando voltar ao trabalho, quero que você vá interrogar o diretor da escola onde Laurel Goodwin ensinava. Tente saber quem eram os seus amigos e ouça o que eles dizem a respeito dela.

152 | NANCY TAYLOR ROSENBERG

Veja também quantos dias ela ficou doente no ano passado. — Ele parou, tomando fôlego e tentando lembrar se havia mais alguma coisa para ela fazer. — Veja o que aconteceu com as roupas e o carro dela. Ela não deve ter ido a pé para a casa de Sullivan de sutiã e calcinhas.

— Não estamos pondo todas as nossas energias no homicídio da Goodwin e negligenciando a Porter?

— Não — replicou Hank. — Tenho quatro homens trabalhando no caso Porter. Até agora não conseguiram nenhuma pista. Resolva o caso Goodwin e você resolverá o da Porter. Se não for um serial killer, do jeito que as coisas se apresentam, ambas as mulheres foram mortas pela mesma pessoa. Neil Sullivan estava namorando duas mulheres ao mesmo tempo. Por que não três? Tente saber se ele conhecia Porter.

— Entendo — disse ela. — Vamos ter um tribunal cheio na hora de enfrentar a imprensa. Quem é que vai falar com Melody Asher?

— Eu mesmo vou ter que falar com ela — disse Hank, mexendo em alguns papéis espalhados pela mesa.

Mary levantou-se, pronta para sair.

— Tenho certeza de que você fará isso — disse ela, disfarçando um sorriso. — Se não o fizer, conheço cinco caras que ficariam muito satisfeitos em desempenhar essa missão por você.

CAPÍTULO 13

Sexta-feira, 24 de dezembro — 10h15

Neil estava bebendo uma xícara de café na cozinha de Carolyn quando alguém bateu à porta. Hesitou, tentando decidir se devia atender ou não. Olhando pelo visor da porta, viu Melody. Sua pulsação acelerou. As palavras de Carolyn, recomendando cuidado, ressoavam em seus ouvidos.

Embora fosse a última pessoa que gostaria de ver, ele não poderia deixá-la parada ali. Assim que ele abriu a fechadura de segurança, Melody entrou e abraçou-o.

— Ouvi o que aconteceu pela televisão — disse ela, com uma grave intensidade na voz. Estava usando jeans, um suéter rosa de cashmere e um casacão comprido combinando. Calçava tênis cor-de-rosa. Os cabelos louros estavam amarrados em uma trança e o rosto, sem maquiagem.

— Fiquei a noite inteira tentando telefonar para você. Onde é que você esteve? Por que não atendeu no seu celular?

— Estive com a polícia. — Entraram na sala de estar e Neil deixou-se cair num sofá, com as mãos fortemente entrelaçadas no colo. Melody continuou andando e foi ver as fotos de família no consolo da lareira. Como é que ele podia explicar o que havia acontecido com Laurel? Estava desgostoso consigo mesmo.

— Olhe aqui a sua irmã, a famosa oficial de condicional. — Ela segurava uma moldura prateada. — Como vai o namorado dela?

— Bem, obrigado — respondeu Neil, tentando imaginar como poderia obrigá-la a ir embora.

— O jornal diz que essa tal de Laurel era sua namorada. Isso é verdade?

Ouvir Melody dizer o nome dela era estranho. Sentiu uma onda de emoção. Laurel tinha sido o amor da sua vida. Aquela mulher na sua frente era repulsiva.

— Acho que você devia ir embora.

— Eu irei assim que você responder às minhas perguntas — disse Melody, com uma expressão diabólica no rosto. — Quem era essa mulher? Ela era ou não sua namorada?

— Eu... ela era uma amiga minha desde os tempos do colégio. Nós nos víamos de vez em quando. — Neil não conseguia dizer-lhe a verdade. Ele nunca a tinha visto antes tão zangada. Suas narinas se alargavam, os lábios se comprimiam e os movimentos eram desajeitados, impulsivos. Era uma pessoa completamente diferente, nada atraente. Talvez fosse essa a sua imagem verdadeira. Era tudo uma ilusão. E os seus olhos, realmente, lhe metiam medo.

— Ela estava dando em cima de você ou coisa parecida?

— Nada disso — disse Neil, procurando pelas palavras certas.

— Então, o que era? — disse Melody, jogando a pergunta na cara dele. — Você estava dormindo com ela?

— Bem... hum...

— Você estava trepando com ela — disse Melody, olhando de frente para ele com um olhar gelado. — E você teve a coragem de me chamar de vagabunda ontem à noite. Todo mundo sabe que é socialmente aceitável para o homem dormir com várias mulheres ao mesmo tempo. Mas se a mulher faz isso, ela é vagabunda. Você acabou não respondendo à minha pergunta. Dormia com ela?

— Sim.

— Droga, eu sabia.

— Nós éramos amantes.

— Essa é boa! Agora a polícia está atrás de mim — disse Melody, andando de um lado para o outro, na frente dele, com os braços cruzados à frente do peito. — Eles devem pensar que eu a matei num rompante de ciúme. Eu não a matei. Você a matou.

— Você não está dizendo coisa com coisa — reagiu Neil. — Sente-se. Deixe que eu explique a nossa situação.

— Não, deixe que eu explique a *sua* situação! — disse Melody, quase gritando. — Esse problema é seu, não meu. Você é que andava dormindo com outras nas minhas costas. Foi você que encontrou sua amante morta na piscina. — Ela fez uma pausa e, apontando com o dedo para o peito, acrescentou: — Você acha que eu vou ser o seu álibi? Pode esquecer.

— Mas eu estava com você ontem à noite.

— Quem disse isso?

— O que você quer dizer? — retrucou Neil, chocado. — Você chegou até mesmo a fazer um vídeo de nós dois.

— Eu não sei do que você está falando — disse Melody, agora com voz baixa, controlada. — Eu estive com Richard ontem à noite. Você deve ter tido um novo ataque de depressão, Neil. Você já contou à polícia que esteve em tratamento num hospital psiquiátrico? Eles devem saber que o seu principal suspeito tem um histórico de violência contra mulheres. Eles vão acabar descobrindo isso, sabia?

Neil sentiu vontade de cortar o pescoço dela.

— Eu não matei Laurel. Eu a amava.

156 | NANCY TAYLOR ROSENBERG

— Amor, hein? — contestou Melody, dando-lhe uma palmadinha. — Muito bonito da sua parte me dizer isso, Neil. O que é que você ia fazer? Convidar-me para o casamento?

— Você estava comigo ontem à noite, não com esse tal de Richard.

— Ah, é? Mesmo? — disse ela, franzindo o cenho. — Você conheceu Richard Fairchild, louro, mais ou menos da sua altura e com o seu corpo. Claro, ele é mais jovem e mais bonito. A foto dele saiu na capa da *Esquire* ano passado. Richard não é um zero como você. Você não consegue nem vender os seus quadros. — Ela parou, fez uma pausa e, então, gritou para ele: — Eu me recuso a ver o meu nome manchado. Não quero me envolver.

Neil ficou de queixo caído.

— Você não vai contar a verdade para a polícia?

— De jeito nenhum, pelo menos por enquanto. — Melody sorriu afetadamente, satisfeita com a reação dele.

De repente, tudo fazia sentido. Melody insistindo em filmá-los, chamando-o de Richard.

— Melody, então você sabia que eu estava saindo com Laurel. Por isso jogou-a na piscina para que a polícia pensasse que eu fiz isso.

— Essa é a diferença entre mim e você — insistiu Melody, a apenas alguns centímetros do rosto dele. — Você está tão acabado que nem sequer se lembra do que fez ontem. Não consegue nem controlar a própria vida. Eu estou sempre controlada. Posso fazer o que eu quiser. Você não consegue nem atravessar a rua sem se perder.

— Você a matou, não foi?

— Não, você a matou! — gritou ela. — Você a matou antes de ir para a minha casa. Eles vão detê-lo e, quando o fizerem, vão descobrir o seu pequeno problema com as drogas.

Ele a agarrou pelos ombros e sacudiu-a.

— Não vou deixar que você arruíne a minha vida.

A JUSTIÇA DE SULLIVAN | 157

— Calma, calma — disse Melody, com ironia. Quando ele afrouxou a pressão, ela o empurrou com força. Ele perdeu o equilíbrio e caiu de novo em cima do sofá.

— Você está derrotado, tanto mental como fisicamente. Quer jogar duro? Você não faz nem idéia de com quem está se metendo.

Hank recebeu um telefonema do policial de plantão, avisando-o de que havia um problema na casa de Carolyn. Ao entrar em contato com a oficial de condicional por telefone, ele confirmou que Neil estava em sua casa. Agora ele sabia por que a imprensa estava acampada no gramado dela. Decidiu passar por lá e tentar afastar os repórteres. Não queria que o suspeito entrasse em pânico e deixasse a cidade. O advogado dele poderia requerer uma mudança de foro, alegando que seu cliente não poderia ter um julgamento imparcial no condado de Ventura.

Neil Sullivan devia ir para trás das grades, caso fosse culpado. Os fatos não mentiam. A verdade faria justiça por ele, independentemente dos seus sentimentos em relação a Carolyn.

Quando chegou à casa de Carolyn, Hank viu pelo menos dez repórteres aguardando na calçada, ardendo na expectativa de obter quaisquer informações. A história esquentou mais quando vazou do departamento de polícia que Neil tinha um relacionamento amoroso com Melody Asher. A imprensa ligou os fatos e chegou à conclusão de que tinha em mãos uma história sensacional. E o rumor se espalhou como fogo de palha. As manchetes dos jornais matutinos diziam: PROFESSORA MORRE EM TRIÂNGULO AMOROSO. Outro jornal declarava: HERDEIRA MELODY ASHER ENVOLVIDA EM HOMICÍDIO. Se a imprensa fosse juiz e júri, com base nos artigos escritos, Neil seria condenado à pena de morte.

Ironicamente, quem quer que tivesse matado Laurel Goodwin e Suzanne Porter talvez viesse a ter um destino igual: morte por injeção letal. Pessoalmente, Hank preferia a convulsiva morte na cadeira elétrica. Aplicar uma injeção em um criminoso cruel e drogado e vê-lo morrer pacificamente não era satisfação suficiente. Martha, sua ex-mulher, chamava-o de sádico até que ele lhe mostrou as fotos de uma linda menininha que fora estuprada por cinco membros de uma gangue e retalhada como uma melancia.

Ao se aproximar do gramado da frente, a porta da casa se abriu e de lá saiu uma mulher. Seus cabelos louros brilhavam ao sol da manhã. E quando a porta se fechou, Hank conseguiu ver de relance a figura do irmão de Carolyn. Os repórteres envolveram a mulher como um enxame de abelhas. Ela levantou os braços, com uma expressão de aborrecimento, e disse alguma coisa que ele não conseguiu escutar.

Os flashes das câmeras e o vozerio dos repórteres não constituíam problema para o detetive. Hank forçou a passagem, quase derrubando uma das repórteres. Chegou no meio do grupo e pegou no braço de Melody Asher.

— Quem você pensa que é? — gritou ela, tentando soltar o braço.

— Escute aqui, madame — disse Hank —, você quer sair daqui? Ou será que devo deixá-la aqui para ser retalhada por esses abutres? Não sou um deles.

— Ótimo — disse ela, seguindo-o.

— Você é a outra namorada de Neil Sullivan? — perguntou um dos repórteres de óculos.

— Melody Asher, você estava com... — perguntou atabalhoadamente um outro repórter.

— A Srta. Asher não vai responder hoje a nenhuma pergunta — disse Hank, escoltando-a até junto do carro da polícia. Ele abriu a porta e ela entrou no veículo, voltando seus olhos azuis para ele. Ele pensou ter visto um soslaio de gratidão nos olhos dela, mas logo chegou à conclusão de que era apenas o olhar de uma bela mulher.

A JUSTIÇA DE SULLIVAN | 159

— Já ouvi falar bastante de você — disse Hank, dirigindo o Crown Victoria para a estrada principal. — Muita grana, boa aparência e um namorado que está bem encrencado.

— Ah, é. E o que isso tem a ver com você?

— Eu sou Hank Sawyer, do Departamento de Polícia de Ventura, Divisão de Homicídios — revelou ele. — Por que você estava na casa de Carolyn Sullivan?

— Estava pagando um boquete em Neil — disse Melody, sorrindo, enquanto esperava por uma reação. — Sabe, você não é nada feio. Quando foi a última vez que a sua mulher cuidou direitinho de você? O casamento é ruim para a vida sexual. É por isso que eu sou solteira.

— Muito engraçado — disse ele, com um falso sorriso nos lábios. — Você é realmente uma boa comediante.

— Não acho que o meu comentário tenha sido engraçado de jeito nenhum — disse Melody, com uma expressão estóica no rosto. — Foi apenas a verdade.

— Muito bem. Mas você teve mesmo um relacionamento com Neil Sullivan?

— Não exatamente. Estava fazendo sexo com ele. Se você chama isso de relacionamento, então... Acho que a resposta é sim.

Fez-se um grande silêncio dentro do carro e Hank sentiu ganas de agarrar a mulher a seu lado. Como é que alguém parecida com qualquer Miss América podia ter uma mente tão deturpada? Se ela fosse sua filha, independentemente da idade, ele a trancafiaria no quarto em regime perpétuo para ver se ela aprendia alguma coisa da vida.

O testemunho de Melody seria crucial, mas extrair dela informações não seria fácil. Ele ainda não tinha dado muito crédito à idéia, mas existia a possibilidade de ela ter matado Laurel Goodwin por ciúme. Depois, podia ter dado uma volta de carro procurando por mais uma vítima, alguém que se parecesse com

160 | NANCY TAYLOR ROSENBERG

Goodwin, a fim de levar a polícia a acreditar que estava lidando com um serial killer. Agora, pensando bem no assunto, o cenário não era assim tão estranho. Suzanne Porter tinha dado a sua corrida. A roupa que usara ainda estava úmida quando eles chegaram à cena do crime. Nenhuma das duas mulheres tinha qualquer ferimento substancial. Os homens, em geral, gastam algum tempo punindo suas vítimas antes de as matarem, especialmente no caso de crimes sexuais. Nada excluía a possibilidade de os crimes terem sido cometidos por uma mulher. Qualquer agulha era uma maneira bem desinfetada de tirar a vida de alguém. Um método preferido por uma assassina. Ela não se arriscaria a ficar ferida e não haveria sangue espalhado pelas suas roupas. Hank olhou para Melody no seu traje cor-de-rosa e se perguntou se não estaria sentado ao lado de uma assassina. Havia muito mais assassinas do que se poderia imaginar. Elas não eram presas simplesmente porque ninguém procurava por elas.

Motivo, muito bem, não era o problema. Pelo que Neil tinha dito, ele estava apaixonado por Laurel Goodwin. Se a mulher ao seu lado tivesse descoberto isso... Os olhos dele desviaram-se para o suéter rosa que cobria os seios pequenos. Hank poderia jurar que ela não usava sutiã, pois os mamilos eram visíveis. Ela fazia com que se lembrasse das irmãs Hilton: ricas, jovens, esbeltas e mimadas.

— Onde você esteve ontem à noite? Esteve com Neil?

— Acho que esse assunto não lhe diz respeito — disse Melody, colocando a mão na coxa dele.

Alguma coisa brilhou e o detetive olhou para baixo. Ela estava usando o que devia ser uma esmeralda de cinco quilates na mão esquerda, dando a entender aos possíveis pretendentes que ela era solteira e rica. As unhas revelavam bom trato e estavam pintadas de rosa, combinando com o suéter. Decadência gostosa, pensou ele, se esforçando para manter os olhos na estrada. Nesse momento, ele não queria saber se ela era ou não uma assassina. O que ele queria era lamber aquele corpo como se fosse uma casquinha de sorvete. Inspirou fundo o perfume dela, sabendo que o cheiro estava impregnando o tecido do seu paletó. Havia uma essência de laranja no perfume. Não, pensou ele, inspirando de novo. Pode ser chocolate ou baunilha. Mary costumava usar o mesmo perfume. Dizia que se chamava Angel. Mary era de pôr qualquer um a nocaute. Mas essa mulher ao seu lado era de fazer qualquer defunto ter uma ereção.

— Nós podemos resolver o assunto de uma maneira agradável — disse Hank, com firmeza — ou eu posso arrastar o seu belo e pequenino traseiro para a delegacia.

— Olhe só para você — reagiu ela, num arrulho. — Esse trabalho de policial já o colocou à beira de uma explosão. Um pouco de atividade extracurricular nunca fez mal a ninguém. Não quer se divertir um pouco?

— Fique fria! — exclamou Hank, mais para si mesmo do que para ela. Tinha que manter uma atitude profissional. Tossiu. — Há quanto tempo você está se encontrando... ah... dormindo com Neil Sullivan?

— Há cerca de um ano — disse Melody, recolocando a mão no colo. — Artistas como ele são grandes amantes. Neil é um mestre numa rapidinha.

— Você conhecia Laurel Goodwin?

— É essa, realmente, a pergunta que você quer me fazer? — disse ela, virando o corpo na direção dele e olhando-o de frente. — Você quer é saber se eu a matei, certo?

Hank viu o sorriso sedutor no rosto dela. Seus dentes brancos e certinhos cintilavam. Ela estava usando uma manobra evasiva, pensou ele. Queria que ele suplicasse por uma resposta.

— Muito bem, matou?

— Claro que não — disse Melody, enfaticamente. — Eu só mato as pessoas quando estou diante de uma câmera. Sou uma atriz, caso você não saiba. — Ela colocou as mãos atrás da nuca e suspirou. — Agora que já nos entendemos, queira me levar de volta para o meu carro. Senão, vou chamar o meu advogado.

Hank pegou o primeiro retorno e voltou para a casa de Carolyn. Melody não era do tipo de sentir ciúmes. Pelo menos, não a ponto de matar para se livrar da concorrência. Com a sua aparência e dinheiro, ela podia ter quem quisesse. Seguramente, não era a assassina que procuravam. A mulher estava tão entediada que parecia até pronta para dormir. A questão era saber se ela podia dar informações incriminadoras contra o irmão de Carolyn.

— Você acha que Neil está mentalmente bem? Sabe, ele poderia ter enlouquecido e matado a namorada? O que você pensa disso?

O rosto de Melody mudou para traços mais duros. De súbito, veio à superfície o seu autocontrole. E disparou um novo sorriso sedutor.

— Neil sempre foi instável. É o tipo de homem que eu gosto. De certa forma, é uma excitação a mais. Você nunca teve uma garota doidona, detetive? Sabe, uma garota que faça você se sentir como nunca se sentiu antes. Estar à beira da insanidade faz com que o predador sexual se sinta livre. Neil nunca falhou.

— Alguém já disse a você que tem idéia fixa? — perguntou Hank, farto daquelas insinuações sexuais. — Por favor, tente me dar uma resposta direta. Você acha que ele matou Laurel Goodwin?

Melody olhou para ele, direto nos olhos.

— Claro.

CAPÍTULO 14

Sexta-feira, 24 de dezembro — 11h30

O pronunciamento da sentença contra Raphael Moreno decorreu sem incidentes. Depois da ocorrência com Brad, Moreno não estava presente no tribunal. Assistiu aos procedimentos por meio do circuito interno de televisão.

Depois de avisar a telefonista para passar as chamadas para ela, Carolyn seguiu para a sala de Brad. Sentando-se à mesa, pegou as pastas que estavam na caixa de entrada. Apenas sete casos, pensou ela. Cobrir a ausência de Brad seria fácil. Verificou a lista de oficiais de condicional para ver a relação dos casos já despachados. Depois ergueu os olhos. Alguém estava entrando na sala.

— O que aconteceu com Preston? — Era uma funcionária, de cabelos curtos e ruivos, pegando uma boa quantidade de pastas. — Alguém me disse que um preso quebrou as costas dele. É verdade?

— Não exatamente — respondeu Carolyn, vendo a mulher colocar mais pastas na caixa de entrada. Contou-as rapidamente. Tinha acabado de receber 17 novos casos para distribuir. — Isso é normal? Quero dizer, chegam sempre tantos casos assim?

— Isso não é nada — disse ela. — O normal são vinte. Às vezes, chegam a trinta.

Carolyn abriu a boca.

— Todos os dias?

— Isso mesmo — confirmou a funcionária. — A remessa é baixa hoje por causa do feriado.

Carolyn colocou a cabeça entre as mãos. Devia ter pesquisado o que o trabalho envolvia antes de concordar em substituir Brad. E se Wilson estivesse errado e Brad não voltasse dentro de seis semanas? Tinha que analisar a carga de trabalho de cada funcionário, assim como a capacidade de cada um. Além disso, tinha que ler todos os relatórios e aprovar as recomendações dos oficiais antes de eles as apresentarem. Brad tomava as decisões em instantes. Ela era muito mais meticulosa. Lidar com a vida das pessoas era um assunto sério.

Ver Brad não era tão importante, pensou Carolyn, sentindo-se esmagada. Brad tinha os seus amigos das corridas e as suas garotas. Era a véspera de Natal. Tinha que passar algum tempo com Paul e as crianças. Daria mais um dia a Brad, esperando que ele pudesse fazer parte do trabalho enquanto em recuperação. Ainda por cima, teria que fazer um bom trabalho. Se fosse malsucedida, estaria jogando fora as chances de ser promovida.

Carolyn telefonou para a sala de Vincent Bernini e falou com a secretária dele. A mulher informou-a de que não devia esperar por uma resposta antes de passar o feriado. Colocando o máximo de pastas dentro da maleta, ela decidiu ir para casa e fazer uma tentativa para salvar o Natal.

Alguns minutos depois das oito, Carolyn, John, Rebecca, Paul e a filha dele, Lucy, de 13 anos, estavam reunidos em volta da árvore de Natal. Depois do confronto com Melody e a imprensa pela manhã, Neil partira para passar a noite com a mãe deles, em

A JUSTIÇA DE SULLIVAN | 165

Camarillo. A polícia confiscou a Ferrari e não permitiu a volta de Neil à sua propriedade para pegar a van. Foi Paul que lhe emprestou o seu carro extra, um velho BMW azul.

As crianças não queriam esperar até a manhã de Natal para abrir os presentes. O chão ficou cheio de papéis de embrulho e de caixas.

Rebecca ganhou um suéter vermelho feito com um tecido que imitava pele de raposa.

— Mamãe, que presente lindo — disse ela, vestindo-o para ver se estava do tamanho certo. — A maioria das coisas que você compra para mim são hediondas.

Dentro de uma outra caixa estava um par de botas altas, até a canela, da mesma cor vermelha.

Carolyn deu a John um laptop de segunda mão.

— Bem que eu precisava de um computador — disse ele, dando-lhe um beijo na face. — Vamos ter banda larga?

— Não — respondeu a mãe, deixando-se cair no sofá. Não importava o que ela desse aos filhos, eles sempre queriam mais. Lucy nunca pedia nada. Quando Carolyn chamou a atenção de Rebecca para esse fato, a filha chiou como se fosse uma gata enfrentando um cachorro.

— E por que razão ela faria isso? Ela tem tudo. Tem até cartão de crédito próprio, American Express.

Carolyn voltou a atenção de novo para o filho.

— Você teve sorte de eu ter encontrado um computador que pude comprar. A banda larga iria custar quinhentos dólares por ano. Isso é mais do que o nosso orçamento permite. Fica para quando você arranjar um emprego.

A ceia foi maravilhosa. Isobel, a empregada de Paul, fez um peru e, de sobremesa, assou dois bolos, um de chocolate e outro de nozes. Por volta das nove horas, Lucy convidou Rebecca para dormir na casa deles. John já tinha feito planos para ficar na casa de Turner Highland.

Logo que as meninas foram para a cama e o lixo foi recolhido, Paul se aproximou e abraçou-a.

— Por que não vamos para a sua casa? — perguntou ele, ao mesmo tempo que afastava com a mão uma mecha de cabelos da testa dela. — Seus filhos não estão lá. Teremos a casa só para nós.

Carolyn estremeceu.

— Você sabe o que eu penso a esse respeito, Paul. Nós não podemos fazer amor na minha casa. John ou Rebecca podem voltar para casa por alguma razão e deparar conosco. Temos que ser ainda mais cuidadosos agora que John está de carro.

— Calma, calma. Eu não vou mencionar isso de novo. Vamos para a minha casa em Pasadena. Se sairmos agora, vamos chegar lá dentro de uma hora. Podemos passar a noite lá e voltamos amanhã de manhã. As garotas já abriram seus presentes. E Lucy me contou que vão dormir aqui.

Carolyn estava mais do que pronta para ter uma noite de prazeres. Nem ela notou que estava afagando o mamilo com o dedão. Tinha passado tempo demais.

— O que vamos dizer a Isobel?

— Ora, querida — contestou Paul, franzindo o cenho. — Você age como se nós ainda fôssemos adolescentes. — Ele pegou a mão dela e levou-a para a cozinha. — Nós vamos dar uma volta, Isobel. Se quiser entrar em contato conosco, é só telefonar para o meu celular.

— O quê? — disse ela, colocando as mãos nos largos quadris.

— Eu acabei de botar para funcionar o telefone fixo da casa de Pasadena.

O rosto de Carolyn ficou vermelho de vergonha, e ela se escondeu atrás de Paul. Isobel já trabalhava para o professor havia

19 anos. Era a dona da casa e não se daria o trabalho de esconder sua opinião. Tendo passado, recentemente, dos 60 anos, ela era uma negra alta e forte, com uma mente tão afiada quanto a do patrão. Tal como Paul e sua filha, Carolyn já a considerava uma segunda mãe. Como é que ela sabia que eles iam para Pasadena?

— Do que você está se escondendo, mulher? — perguntou Isobel. — Você acha que eu não sei qual é a intenção de vocês dois? Eu gostaria era de não ser tão velha. Senão, também iria procurar por um pouco de amor. E agora saiam daqui antes que eu os mande lavar a louça.

Andando de um lado para o outro apenas de sutiã e calcinha, Melody respirava lentamente. Pegou uma garrafa de uísque, viu que estava vazia e deixou-a cair no chão. Sua vida estava fora de controle e não havia ninguém por perto para ajudá-la. Ninguém para acolhê-la nos braços e fazer com que a dor fosse embora.

Foi até a cobertura e pegou uma caixa grande, dentro da qual havia duas menores, uma com peças de Lego e a outra com uma pulseira de prata. Seu nome verdadeiro estava gravado no pingente em forma de coração: Jessica Graham.

Jeremy estava morto.

A jóia foi o último presente que Jeremy lhe deu naquela noite terrível antes do Natal. Ela adorava o irmão, o único homem que verdadeiramente a amava. Melody e Jeremy eram mais do que parentes. Eram amigos de verdade. Ele tinha sido o seu porto seguro em uma infância instável e desprovida de emoções. Dezoito longos anos haviam se passado desde a sua morte. Os olhos dela encheram-se de lágrimas. Sozinha, pensou ela. Sozinha na véspera de Natal, mais uma vez.

Todos os anos ela pegava a pulseira para examiná-la nas mãos. Afagar o coração prateado e brilhante entre os dedos fazia com que sentisse como se Jeremy ainda estivesse vivo. Ele havia prometido comprar para ela mais corações para colocar na pulseira. Toda vez que olhava para o coração prateado, lembrava-se de que não ganharia mais nenhum. O pai tinha levado Jeremy para longe dela. A polícia contou-lhe que o pai chegara a abrir o peito dele na tentativa de salvá-lo. Quando o pai disparou o revólver contra a mãe num ato de selvageria, Jeremy foi atingido por engano. O irmão morreu tentando proteger a mãe.

Ela retirou as peças de Lego da caixa e começou a construir um castelo, ainda soluçando. Ao contrário da última noite em que ela e o irmão estiveram juntos, ela agora tinha todas as peças. Assim que terminou, levantou-se e deu um pontapé no castelo, espalhando as peças por toda a sala. Sua vida estava arruinada. Assim como o castelo, todas as vezes que ela o reconstruía, logo o destruía, repetidamente, numa seqüência sem fim. Atravessando a sala, ela bateu numa cesta de lixo e quase caiu.

Seu relacionamento com Neil tinha se fortalecido pelo fato de ela reconhecer que ele era um irmão maravilhoso para Carolyn. Melody começara a ver nele uma versão mais velha de Jeremy. Seu irmão Jeremy sempre tinha olhado por ela, sempre a protegendo quando a mãe ia para a farra, sempre disposto a escutar os seus medos e os seus sonhos. Ela pensara que Neil poderia substituir Jeremy em seu coração e fazê-la feliz.

Como todo mundo, Neil também a abandonara. Os únicos que haviam ficado com ela eram os homens que estavam a fim do seu dinheiro. Ela conseguia divisar suas intenções antes mesmo de eles abrirem a boca. Quando era mais jovem, deixava que eles tirassem vantagem dela. Agora, porém, insistia para que a tratassem como qualquer outra mulher. Se a convidassem para jantar, tinham que pagar a conta. Viajando juntos, as despesas eram divididas ao meio. Se reclamassem, ela os mandava passear. Por que ela deveria assumir as despesas? Só porque era rica? Não, ela não seria vale-refeição para ninguém.

Melody odiava o relacionamento próximo entre Carolyn e Neil. Os ciúmes desse relacionamento enraiveciam, profundamente, a sua alma. De muitas maneiras, Carolyn era aquilo que ela poderia ter se tornado se não tivesse acontecido a tragédia que levara seu irmão e destruíra sua família.

Neil falava das horas que ele e Carolyn passavam juntos. A irmã sempre estava por perto quando ele precisava. E vice-versa. Por que ele tinha que ficar tanto tempo com a irmã e os filhos dela? As prioridades dele estavam todas erradas. Ele precisava passar mais tempo com ela.

Os Sullivan eram uma família perfeita, algo que Melody jamais conseguiria ter. Até a mãe deles era inteligente. Marie Sullivan tinha doutorado em química. O pai tinha morrido, mas eles ainda guardavam boas lembranças dele.

A infância de Melody fora feita de solidão e de imagens de violência. De novo, ela se agachou sobre o carpete da sala e, com as lágrimas escorrendo pelo rosto, ficou apanhando as peças do Lego e colocando-as, novamente, na caixa. A mãe dela passava os dias sob o efeito nebuloso das bebidas alcoólicas. O pai tinha sido um homem bom, um médico. Tudo mudou quando ele atirou na mãe e acertou no irmão. Foi condenado a trinta anos de prisão. Ela nunca se comunicou com ele. Como poderia? Ele tinha tentado pôr toda a culpa nela. No que lhe dizia respeito, ela não tinha pai. Ele foi para a cadeia e acabou sendo solto. Ela não. Tinha sido sentenciada a uma vida miserável, dormindo com demônios que, continuamente, a tentavam.

Melody pegou a garrafa vazia e, de repente, caiu, a sala rodando à sua volta. Suas pálpebras pestanejaram, enquanto ela se sentia voltando no tempo. Dezoito anos desapareceram e ela se encon-

170 | NANCY TAYLOR ROSENBERG

trava na casa fria e assustadora da sua infância. Mas quando viu o rosto de Jeremy, ela se encheu de alegria.

— Onde está o resto das peças? — perguntou o irmão, olhando para o castelo, parcialmente construído, que ele estava erguendo para a irmã. Ouviu-se uma seqüência de insultos vinda do quarto dos pais. Aos 15 anos, Jeremy podia escapar e passar a noite em casa dos amigos. Mas Jessica tinha apenas 9 anos. Embora pudesse passar o tempo em casa das amigas durante o dia, ela não tinha permissão para dormir fora. Odiava o momento em que o irmão ia embora, especialmente quando a mãe e o pai continuavam discutindo.

Ela estava vestindo um pijama de flanela rosa, com uma gola bordada de seda. O pijama estava pequeno para ela, mas Jessica se recusava a usar os novos pijamas porque não eram tão macios. Estendida no chão de barriga para baixo, ela pedalava com os pés no ar. Tinha herdado da mãe os cabelos louros, o nariz e as faces manchadas de sardas. Havia lembranças vagas de um tempo em que sua mãe tinha sido bonita. Sem dúvida, agora ela não era mais tão bonita. Seus olhos estavam sempre inchados e vermelhos, o rímel derretido, o hálito fedendo a álcool. Jessica amava a mãe, mas ultimamente começava a desprezá-la.

Ela rolava uma peça do Lego entre os dedos.

— A mamãe deve ter jogado fora algumas peças do castelo — disse ela a Jeremy, descansando a cabeça na mão dele. — Ela se zangou comigo ontem porque eu não guardei todas as peças na caixa.

— Por que ela fez isso? — perguntou Jeremy, aborrecido. — A mamãe nos ensinou a deixar os brinquedos pelo chão. Nós somos ricos demais para arrumar as coisas. Isso é trabalho da Sra. Mott. Até papai diz o mesmo. Tudo o que ele quer é que nós estudemos. O dinheiro não compra inteligência.

A JUSTIÇA DE SULLIVAN | 171

— De qualquer maneira eu não me importo com o castelo. Nós já vivemos num castelo idiota.

— Agradeça por ter um teto para morar e comida para comer. Pense em todas as crianças que vivem cheias de frio e morrendo de fome.

Ela caiu em silêncio por alguns momentos, roendo a pele em volta das cutículas.

— Os pais de Melody não vão deixar que ela volte aqui nunca mais.

— Pensei que você não gostasse dessa garota.

— Mel só fica contando vantagem — desabafou ela. — Mas ainda continuo brincando com ela. Todas as outras crianças moram longe demais. — Ela parou de falar e colocou a mão por dentro da cintura apertada do pijama. — As pessoas sabem que a mamãe não está passando bem, Jeremy. Papai acha que não, mas estão sabendo sim.

As crianças da cidade consideravam que eles eram arrogantes e mimados. Jessica gostaria mais de viver numa cabana, uma casinha pequena e aconchegante, com uma mãe que fizesse a comida, lavasse a roupa e amasse os seus filhos mais do que a bebida. Jessica tentara tirar a garrafa das mãos dela uma vez, e a mãe a deixou estendida no chão com um tabefe.

Seis meses antes, o pai ordenara que os criados deixassem a casa por volta das seis horas. Os Graham eram gente da alta sociedade. Ele não podia deixar que os empregados vissem a esposa bêbada. Até a Sra. Mott fora proibida de brincar com Jessica. Ela não se importou. Estava certa de que a babá era uma bruxa que fazia feitiço contra a mãe e a punha doente.

— Vá para a cama — disse Jeremy, pondo-se de pé. — Já passam das nove.

Dois olhos azul-claros olharam para ele, suplicantes.

172 | NANCY TAYLOR ROSENBERG

— Não tem escola durante o Natal, lembra? A mamãe disse que eu poderia ficar de pé até tarde, se eu quisesse.

— Faça o que eu estou dizendo — exclamou Jeremy, apontando para o seu peito. — A mamãe não está bem, certo? Poderia dizer para você saltar de um precipício ou meter a cabeça num forno. Escute apenas o que eu ou o papai dissermos.

Não importava o quanto seus pais brigassem, as crianças nunca se acostumaram com isso. Era véspera de Natal e eles estavam brigando novamente. O quarto ficou em silêncio. Jessica estava com lágrimas nos olhos. O irmão colocou a mão no ombro dela para confortá-la.

— Desculpe se fui duro. Quer ver um filme? Você gosta de *A felicidade não se compra*, aquele filme antigo que eles apresentam sempre na época do Natal. Nós temos a fita. Podemos subir e vê-lo no telão.

— Você sabe que o terceiro andar me mete medo — disse ela. — Alguma coisa terrível aconteceu lá. O papai me disse que se eu for até lá novamente, ele vai me mandar embora para sempre. — Então ela foi até a cômoda e tirou de lá uma caixa envolta com uma fita dourada e cheia de barras de chocolate suíço.

— Por que você conta tantas mentiras, Jess? — comentou o irmão, o som da briga entre os pais ficando cada vez mais alto. — É por isso que você não tem amigas.

Jessica se recusou a responder. Já tinham falado sobre o assunto dezenas de vezes. Como sua mãe mentia, ela achava que estava tudo bem.

— Acho melhor a gente ver o filme aqui mesmo.

A casa era tão grande quanto um hotel, mas eles todos viviam na ala esquerda do segundo andar. O quarto de Jessica tinha sido o da mãe quando criança. Ficava ao lado do quarto dos pais. Com exceção dos poucos anos em que freqüentou a faculdade, Phillipa

A JUSTIÇA DE SULLIVAN | 173

Grace Waldheim Graham nunca tinha vivido em outro lugar a não ser naquela casa.

— Nós nem temos árvore de Natal — disse ela. — Você acha que eles compraram presentes para nós?

— É claro — disse Jeremy, embora a expressão do seu rosto dissesse que não tinha certeza.

O pai, cardiologista, trabalhava longas horas em Manhattan. Ela sabia que ele tinha esquecido de comprar os presentes. De qualquer forma, eles já tinham tudo.

— Eu trouxe um presente especial para você — disse o irmão. — Você quer que eu lhe dê o presente agora?

— Sim — disse Jessica, sorrindo e batendo palmas. — Mas eu não comprei nada para você. Pedi à mamãe para me levar a uma loja, mas ela disse que estava frio demais e que não queria que eu apanhasse um resfriado.

— Espere aqui — disse Jeremy, saindo para o seu quarto.

Ao voltar, trazia uma pequena caixa que deu a ela. Ficou olhando, enquanto ela rasgava o papel do embrulho. Dentro havia uma pulseira, um fio só com um coração de prata.

— É linda — disse ela, com o rosto brilhando de alegria. — Os corações significam amor.

— Olhe atrás.

A menina virou o coração e viu o seu nome gravado na prata.

— Você é o irmão mais maravilhoso do mundo — disse ela, correndo para ele e abraçando-o. — Eu te amo taaanto!

— Eu te amo muito também, Jess. Eu vou lhe dar novos corações todos os anos.

Passados alguns minutos, o cheiro de chocolate chamou a atenção dela. Jessica começou a desembrulhar, metodicamente, as barras de chocolate, seus dedos finos tão ágeis quanto os do pai. A ênfase do Dr. Graham na importância dos estudos tinha dado

174 | NANCY TAYLOR ROSENBERG

resultado. Ela já freqüentava o curso secundário e estava acima da média em disciplinas como matemática e ciências. O pai já tinha dito várias vezes que ela um dia poderia se tornar uma grande cirurgiã como ele.

Ela colocou pedaços de chocolate um ao lado do outro, como se fossem tijolos de vários tamanhos.

— Viu só? — disse ela, lambendo os dedos com restos de chocolate. — Se não tivesse derrubado o castelo, agora nós podíamos tê-lo terminado com isto.

Alguma coisa pesada bateu do outro lado da parede. A mãe deve ter atirado algum vaso. Jeremy colocou a fita no videocassete e aumentou o volume para abafar o barulho.

Até onde ela sabia, o pai nunca tinha batido na mãe. A não ser quando ela ficava bêbada e passava a ter um comportamento agressivo, o Dr. Graham era um pai amoroso e de fala mansa, um homem que faria tudo pela família.

Quando ela ouviu outro baque surdo contra a parede, Jeremy pressionou a tecla mudo no controle remoto. Parecia que a mãe estava gemendo. Ele disse a Jessica para ficar sentada, mas ela se recusou. Os dois deixaram o quarto para ver o que estava acontecendo. Ao chegar ao quarto dos pais, viram que a porta estava trancada. Jeremy bateu na porta com os punhos. Como não houve resposta, o irmão insistiu para que voltassem para o quarto dela. Nesse momento, o silêncio pairou. Jeremy comentou com a irmã que a discussão tinha terminado ou a mãe tinha desmaiado.

Trinta minutos mais tarde, eles voltaram na ponta dos pés, a fim de ver se podiam falar com o pai e saber se estava tudo bem. Desta vez, viram que a porta do quarto dos pais estava aberta. No meio do quarto havia uma garrafa quebrada e uma mancha no carpete onde o seu conteúdo se tinha espalhado. A mãe estava deitada de costas na cama, os olhos fechados e os braços esticados ao lado. Estava usando uma camisola preta e seu pé esquerdo pendia ao lado, fora do colchão. O pai estava afundado numa das cadeiras de veludo azul, olhando o vazio.

Jeremy mandou Jessica ir para a cama e foi falar com o pai. Em vez de fazer o que ele mandou, Jessica ficou atrás da porta, escutando.

— Você está bem, pai? — perguntou o irmão.

O Dr. Graham era dez anos mais velho do que a esposa. Com quase um metro e noventa, era uma figura imponente. Phillipa Graham era uma mulher do tipo mignon. Jeremy e Jessica herdaram a altura do pai. Jeremy já estava com quase um metro e setenta e Jessica já era a mais alta da sua turma na escola.

— Meu filho, a sua mãe está doente — disse o Dr. Graham.

— Se não parar de beber, ela vai morrer. O fígado dela já não agüenta mais.

— O que vamos fazer?

— Eu já tomei as providências para ela seguir um programa de desintoxicação numa das melhores clínicas do país. — O Dr. Graham fez uma pausa, esfregando as têmporas. — Era por causa disso que estávamos brigando. Agora ela usa tranqüilizantes para se recuperar da bebida. Ou comprou os tranqüilizantes na rua ou uma das amigas no clube os deu para ela. Passei instruções para todos os médicos da cidade para que não receitem medicamentos para ela sem a minha autorização.

— Mas, pai, você trabalha até tarde ou tem que ir para o hospital no meio da noite — protestou Jeremy. — A casa mais próxima da nossa fica a mais de um quilômetro e meio daqui. Como é que eu vou ter tempo para estar com os meus amigos? Tenho que deixar a Jess sozinha. Eu mereço viver, não? E se acontece alguma coisa? Eu sei que a mamãe fica quase o tempo todo bebendo, mas é bom ter um adulto por perto.

— Não se preocupe — atalhou o pai. — Vou pedir à Sra. Mott para se mudar para cá assim que sua mãe começar o tratamento.

Antes do que você imagina, ela voltará para casa e tudo ficará bem outra vez.

Jessica correu para o seu quarto, soluçando. Agora ela odiava o pai tanto quanto a mãe. Ela não poderia ficar naquela casa grande sozinha. A casa estava cheia de fantasmas e a Sra. Mott era uma bruxa. Ela queria que a mãe e o pai estivessem mortos. Assim, lhe dariam novos pais que iriam amá-la e protegê-la.

CAPÍTULO 15

Sexta-feira, 24 de dezembro — 22h45

Quando chegaram à casa de Paul em Pasadena, Carolyn seguiu para o banheiro para tomar uma ducha rápida. Tentou manter o assassinato de Laurel longe da mente com a ajuda da água quente que descontraía os seus músculos. Encostando a testa no azulejo, ela rezou para que seu irmão não fosse o responsável pela morte de Laurel. Depois, pediu perdão por ter pensado que o irmão pudesse praticar um ato tão terrível.

Saindo do chuveiro, ela se enxugou com uma grande toalha branca. Quando estava em Pasadena, ela entrava no mundo de Paul. A casa nunca fora reformada, apenas meticulosamente conservada. Nunca tinha visto uma casa que refletisse tanto o gosto e a personalidade do dono. Paredes revestidas de madeira de cerejeira, cores fortes californianas, teto de madeira, elegantes candelabros de cristal — e nem uma única almofada fora do lugar. E muito distante daquele caótico mundo adolescente em que ela vivia. Havia também um delicioso aroma que ela não conseguia definir. Seria de cedro? Devia ser um cheiro permanente e natural, caso contrário Paul não permitiria a sua existência.

Abrindo o armário de remédios, ela ficou espantada com o perfeito alinhamento dos vidros e tubos. A pasta de dentes não só tinha a tampa no seu devido lugar, como também estava devidamente compactada. Ela fechou a porta do armário com força demais e o vidro de anti-séptico bucal acabou caindo na pia. Paul logo perguntou do quarto se estava tudo bem.

Ela riu alto, mas colocou a mão na boca para que ele não escutasse. Na primeira noite que passara na casa, ela também tomara banho e se perfumara toda. Paul entrara no banheiro, olhando para ela, como se ela tivesse inundado o banheiro de perfume. "O que você fez?", dissera ele, passando-lhe um sermão como se ela fosse uma criança. Depois disse que levaria semanas para que o cheiro desaparecesse da casa. Foi quando ela descobriu que Paul tinha aversão a odores.

O problema dela era ter dois loucos por organização na sua vida — Neil e Paul. Era até engraçado que Hank suspeitasse do seu irmão por ele não ser porco. Milhares de pessoas precisavam de ordem para viver, o que não significava que fossem assassinas. Talvez Paul fosse obsessivo-compulsivo como Neil. Não, pensou ela, ele é apenas um cientista, um físico.

Abriu o gabinete de baixo e viu cinco vidros de loção neutra Lubriderm que Paul tinha estocado desde o desastre com o perfume. Depois de umedecer a pele, ela vestiu uma das suas camisolas brancas sobre o corpo nu.

Ao chegar à sala de estar, a visão e o cheiro da lenha queimando e estalando despertaram seus sentidos. Paul estava esperando por ela. Havia estendido uma grossa manta branca no chão em frente à lareira e a aguardava com duas taças em uma das mãos e uma garrafa de Merlot na outra. Colocou a garrafa em cima do consolo da lareira depois de encher as duas taças.

— Como é que você pôde me fazer esperar tanto tempo? — disse Paul, fazendo um gesto para que ela se aproximasse. — Você é cruel, Carolyn.

A JUSTIÇA DE SULLIVAN | 179

Ela deu uma risadinha ao vê-lo sentado como um índio sobre a manta. Estava usando um short preto de seda cheio de corações estampados, que ela lhe dera no dia dos namorados. Embora não fosse fisicamente atraente, sua mente o tornava irresistível. Era também o homem mais sensual que conhecera na vida. Nem todas as mulheres concordariam com isso, só as que tivessem ido para a cama com ele.

Carolyn deixou-se cair no chão, aceitando a taça de vinho que ele lhe estendia.

— Gosta de viver perigosamente, é? — provocou ela. — Vinho tinto em uma manta branca...

— Bem... *é* Natal! — disse ele, sorrindo.

Ela se sentiu inundada de prazer. Era como se os dois fossem adolescentes, prontos para fazer amor pela primeira vez. A energia era eletrizante.

— Feliz Natal, meu bem — disse Paul, fazendo um brinde, tocando a sua taça na dela. Depois de terem bebido um pouco, ele a puxou para o seu colo, carinhosamente, e disse:

— Eu te amo, sabe?

— Você está dizendo isso porque não quer que eu pegue no sono no seu colo — disse ela, puxando o elástico do short dele.

— Não estou, não — protestou ele. — Eu te amo mesmo, Carolyn. Este foi o ano mais feliz da minha vida. Não só eu te amo, como Lucy também te ama. Ela me disse numa dessas noites que gostaria de tê-la como mãe.

— Eu adoro a Lucy — disse ela, olhando fixamente nos olhos ternos dele. Depois beijou a barriga dele, enfiando a língua no umbigo.

— Está na hora de termos uma conversa séria, garota. Isso é tudo o que você quer de mim, sexo?

— Às vezes — reagiu Carolyn, mas logo assumiu um tom grave na voz: — Eu também te amo, Paul.

Ele se inclinou para a frente e a beijou, afastando uma mecha de cabelos da testa dela.

— Não imagina quanto tempo eu tive de esperar para ouvir você dizer isso.

Paul pegou suas mãos e fez com que ela endireitasse o corpo. Lentamente, desabotoou a camisola e a abriu, fazendo com que descesse dos ombros e deixasse à mostra um par de seios magníficos. Carolyn livrou-se da camisola, jogando-a sobre a manta. Ao passar a mão pela manta, ela achou-a extraordinariamente macia, como se fosse veludo.

— Por que você não passa a mão no meu corpo em vez de na manta? — perguntou ele de brincadeira, pressionando suavemente o bico de um dos seus seios. — A manta é de cashmere. Presente de uma das minhas alunas. Gostei tanto que lhe dei logo a nota máxima.

— Mentiroso — atalhou Carolyn, deitando de lado e apontando uma mancha na manta. — Essa aluna também lhe deu algo mais em cima desta manta?

— Claro que não — reagiu Paul. — Espere um pouco. Vou dar um pulo no banheiro. Volto em um minuto.

Carolyn sabia que ele não aceitaria presentes de alunos. A sua ética era impecável. Entretanto, já que o relacionamento entre eles estava ficando mais sério, era a hora de se perguntar se estaria disposta a viver com ele. Às vezes, ele a irritava por motivos frívolos. Quando combinavam de ir ao cinema, ele fazia questão de chegar, pelo menos, uma hora antes. Para garantir que pegassem os melhores lugares, ele pedia a ela para comprar os ingressos enquanto ele ficava tentando arranjar uma vaga perfeita para estacionar. Se houvesse outro carro atrás deles, ele a despejava na porta do cinema. Além da inconveniência para a pessoa que vinha atrás, uma vez ela quase fora arrastada pelo carro, pois ficara presa na maçaneta. As manias dele eram de enlouquecer, mas ela o adorava mesmo assim.

Ela rolou pela manta, sorrindo ao lembrar de algumas cenas do seu relacionamento com Paul. Carolyn tinha o mau costume de segurar a borracha que vedava a janela do carro. Na semana anterior, Paul pressionara o botão para fechar os vidros elétricos e quase prendera os dedos dela. Depois, passara-lhe um sermão de meia hora a respeito do assunto. Ela tivera de cerrar os dentes para não dizer que era ele que tinha que tomar cuidado antes de fechar os vidros.

Tudo tinha que estar limpo, sem manchas. Ele passava o tempo todo procurando por partículas de comida e de sujeira na cozinha dela. E quanto à roupa, ele era fanático. Usava as calças com a cintura quase na altura do peito, parecendo um debilóide. Quando ela sugeriu que ele usasse uma camiseta solta por fora das calças, em vez de aceitar a sugestão, ele olhou para ela como se tivesse ficado louca. Não importava o quanto pesasse, ele sempre comprava roupa do mesmo tamanho. Tudo nas suas gavetas era dobrado com precisão. Ela tinha certeza de que ele media cada item do vestuário a fim de verificar se as dimensões estavam certas. E ele jamais usava o mesmo item duas vezes. Havia pilhas de meias cinzentas bem dobradas, cuecas brancas, também bem dobradas, e só usava um estilo específico de calças. Passavam horas nas lojas de departamentos e, normalmente, saíam sem comprar nada. Ele podia levar meses visitando dez lojas diferentes antes de, finalmente, se decidir onde comprar um artigo de cinqüenta dólares. Ela se perguntava se todos os físicos eram assim, tão minuciosos.

Pessoalmente, ela duvidava que ele um dia fosse concluir o seu livro. Seu ex-marido, Frank, era escritor. Paul não tinha o tipo de mente para escrever livros, até mesmo sobre física. Sua cabeça vivia abarrotada de números. A maior parte do que aprendera na área de matemática ela já tinha esquecido, enterrada entre montanhas de questões legais. Suspeitava que a cabeça dele produzia séries de equações mesmo quando estava dormindo.

Paul voltou para a sala e deitou ao lado dela. Ela ergueu o braço, admirando o relógio Cartier que ele lhe dera de presente.

— O relógio é lindo, Paul, mas deve ter custado uma fortuna. Não posso aparecer na cadeia com um relógio desses. As pessoas vão pensar que estou traficando drogas ou que sou cúmplice de algum ladrão de banco.

— O que eu paguei pelo relógio daria para comprar um anel de noivado — disse ele. — Falando sério, quando é que você vai querer se casar comigo?

A princípio, ela achou que ele estivesse brincando. Mas ele falava sério.

— Você está mesmo me pedindo em casamento?

— Não planejei para esta noite — admitiu ele. — Comprei o relógio em vez do anel. Mas é tão bom quando estamos juntos, como se já estivéssemos casados. Você se casaria comigo nas circunstâncias certas?

— Não sei — respondeu ela, jogando os braços em volta do pescoço dele e beijando-o ternamente. — Você não é um cara dos mais fáceis de se conviver, sabe? Eu poderia fazer coisas terríveis... como deixar as cascas do abacaxi no lixo ou vaporizar a casa com um spray perfumado.

— Então, está feito — disse ele, abraçando-a fortemente. — Você é minha. Vamos acertar a data mais tarde.

Ela sussurrou no ouvido dele.

— Vamos seguir "O Livro" esta noite?

— Não precisamos usar "O Livro". Acho que posso improvisar.

Quando começaram a dormir juntos, Carolyn ficara espantada com o desempenho de Paul na cama. Meses mais tarde, ela havia encontrado um livro sobre sexo no quarto dele ao lado de outro sobre cálculo e um terceiro sobre buracos negros. Paul confessou que há anos não dormia com uma mulher e que, por isso, decidiu estudar sexologia para não decepcioná-la. Em vez de folhear o livro como a maioria dos homens, ele tinha estudado o livro como se fosse um texto didático de física. Carolyn achava que todos os homens deviam fazer o mesmo.

Todas as vezes que faziam amor, Carolyn e Paul tentavam diferentes técnicas e posições. O código secreto deles para sexo era "O Livro". Dias antes, durante o jantar, John perguntara-lhes que livro era aquele de que eles tanto falavam, e ambos começaram a rir.

— Depressa — exclamou Carolyn. — Se não começarmos, vai amanhecer e teremos que voltar para casa. Eu preciso de mais do que algumas horas. Ultimamente, tenho estado sob muito estresse, de modo que vou ter que pagar por um tratamento completo.

— Pensei que estivesse dura.

— Eu não ia pagar com dinheiro, bobão. Que tal fazer uma troca?

Paul jogou a cabeça para trás e riu muito.

— Você é um caso sério. Talvez por isso eu goste tanto de você.

Ele encheu de novo as taças, que ambos levaram à boca ao mesmo tempo, bebendo vários goles. Depois, ele mergulhou o dedo no vinho e com ele começou a tocá-la entre as pernas, nos lugares certos. Ela começou a respirar acelerado ao sentir dentro de si os dedos dele.

— Meu Deus, como isso é gostoso. — Mais alguns minutos, e ela teve o seu primeiro orgasmo.

Ainda ofegante, ela percorreu o corpo dele com a língua, demorou um pouco no umbigo e desceu para o membro, que chupou suave e vigorosamente. Ele gemia de prazer. Quando estava quase explodindo, ele a deitou de costas.

— É a minha vez — disse ele, as pálpebras pesadas de desejo. Ele a beijou. Depois, admirou o corpo dela à luz da lareira. — Meu

Deus, como você é linda — disse ele, espalhando os cabelos dela pela almofada. — Você parece um anjo.

— Pensei que não acreditasse em Deus ou em anjos.

— Agora que conheço você, talvez precise rever a minha posição. Você é a mulher mais excitante do mundo. Se eu soubesse que os anjos eram tão sensuais, jamais teria sido agnóstico. Chega de conversa. Deixe eu amar você.

Paul não só sabia o que fazer na cama, como sabia o que dizer. O ex-marido dela jamais tinha entendido de anatomia feminina e muito menos de psicologia feminina. Nunca havia preliminares. Nunca ele dizia qualquer palavra de agrado ou que a amava. Tudo o que saía da sua boca eram grunhidos. Gostava do sexo oral, mas nunca a chupava.

Os músculos dela se contraíram. E ela gritou:

— Oh, meu Deus... Oh, meu Deus...

O som da lenha estalando combinava com os movimentos da língua dele, provocando nela um novo orgasmo, maior e mais intenso do que o primeiro. Ela sentia como se estivesse nadando em líquido quente. Empurrou-o, obrigando-o a se deitar de costas e montou em cima dele, fechando os olhos e imaginando que estava cavalgando em direção a uma luz branca, brilhante. Depois, deslizou para o lado e puxou-o pelos braços para cima dela.

— Venha.... Agora... Paul, por favor... Não posso esperar mais.

Alguns minutos depois, ela sentiu uma nova onda de prazer. Os problemas com Neil, com o trabalho, suas crianças — tudo desapareceu, exceto a intensidade daquele momento. Nem mesmo Brad a tinha feito sentir dessa maneira.

Rapidamente, Paul penetrou nela. Seus corpos suavam. Ela ouviu o ruído gostoso do movimento ritmado dos dois corpos entrando em transe. O ritmo era perfeito e correspondia às investidas dele.

A JUSTIÇA DE SULLIVAN | 185

Quando ele gritou, ela o abraçou com força, pressionando a cabeça dele contra o seu ombro. Uma vez relaxada, ela, ainda ofegante, perguntou:

— O quanto você me ama?

— Mais do que todo o universo.

— Como é que eu posso querer mais do que isso? — disse ela, sorrindo, deliciada. Como é que um homem podia ser mais romântico do que uma mulher? Quando ele disse que estava ocupado escrevendo, ele devia estar ocultando algum tipo de informação. Seria poesia ou letras de música? Ela procurou em sua mente algo mais para dizer. — Eu te amo mais do que a mim mesma — confessou ela com orgulho.

Carolyn ficou olhando as sombras do fogo da lareira dançando no teto da sala. Ouviu um som e achou que Paul estivesse murmurando alguma coisa magnífica, tão magnífica quanto as coisas que tinha dito antes. Ao virar a cabeça, porém, abriu a boca de espanto. O Homem Maravilha estava roncando, e não era pouco. Deitado de costas, a boca aberta, roncava suficientemente alto para acordar até os vizinhos. Ela tentou dormir, mas o ronco era irritante demais. Ela colocou uma almofada sobre o ouvido. Algumas horas mais tarde, viu o sol nascer penetrando pela janela.

CAPÍTULO 16

Véspera de Natal — Dezoito anos antes

Como Jeremy não voltou do quarto dos pais, Jessica decidiu procurar pela casa para o caso de os pais, afinal, terem comprado os presentes de Natal. Verificou a maioria dos armários dos dois andares de baixo. No primeiro andar, o térreo, havia uma cozinha moderna, uma enorme sala de jantar, uma sala de estar formal e uma ampla área de circulação ao pé da escada que dava acesso aos andares superiores. Sempre que a mãe e o pai realizavam festas em casa, usavam essa área como pista de dança.

Além da sala de cinema, sete dos 15 quartos ficavam localizados no terceiro andar. Houve uma época em que os quartos do terceiro andar eram ocupados por criados. Jessica tinha pesadelos com o terceiro andar. No ano anterior, a mãe tinha decidido mandá-la para um psicanalista, um velho rabugento que não fazia outra coisa senão olhar fixamente para ela. Então ela passou a ter pesadelos com o psicanalista. Hoje, porém, ela tentava ser corajosa.

Jessica resolveu ir até a garagem. Depois de dar uma olhada em volta, ela viu uma caixa no alto de um dos armários. Seu pai gostava de tudo bem arrumado. Quase tudo dentro da garagem ficava organizadamente guardado nos armários brancos. Os olhos dela se fixaram na caixa. Perto dali havia uma escada de alumínio que era pesada demais para ela levantar. Por isso, ela se encostou na escada e empurrou-a, os pés da escada arranhando o chão de cimento. Quando conseguiu colocar a escada junto ao armário, subiu até o alto, mas ainda assim não conseguiu ver o que estava dentro da caixa de papelão. Na ponta dos pés, sentiu que a caixa era comprida e estreita, semelhante às de bonecas. Incapaz de levantá-la, ela resolveu abri-la e enfiar a mão para ver o que havia dentro. Seus dedos envolveram um objeto frio.

— Legal — exclamou Jessica, admirando um longo rifle marrom em suas mãos, enquanto tentava manter os pés firmes na escada. Há muito tempo Jeremy queria ter uma arma. Alguns dos seus amigos iam caçar patos com os pais todos os anos. Excitada, ela mal podia esperar para mostrar ao irmão o que tinha encontrado.

Segurando o rifle na mão direita, desceu rapidamente a escada. Encontrar presentes de Natal era um jogo divertido todos os anos. Assim que descobriam onde estavam, ela e Jeremy iam brincar secretamente com eles e, depois, voltavam a colocá-los no mesmo lugar. Os empregados sempre passavam a véspera do Natal embrulhando presentes e preparando a ceia. Não chegavam a notar se alguns deles já tinham sido abertos. Este ano, os empregados não estavam. O pai disse que iam fazer a ceia de Natal no clube.

Ao passar pelo corredor do segundo andar, Jessica viu o irmão inclinado sobre a mãe. Seu olhar desviou-se um pouco para a esquerda e ela viu o pai na porta do banheiro. De repente, uma expressão dura assomou no rosto dele.

— Me dê isso aí agora.

A única vez em que o pai tinha gritado com ela antes foi quando ela o encontrou no terceiro andar. Ele pegou o rifle enquanto ela virava as costas para sair correndo. Ela ainda se lembrava da expressão de horror do pai e dos seus olhos assustados, quando ouviu a explosão.

O sangue jorrou das costas do irmão. O cheiro de pólvora pairou no ar. Ela ainda viu o pai levantar o corpo do irmão de cima da mãe e colocá-lo no chão. O sangue também saía da testa da mãe. Jessica arrastou-se pelo chão e encolheu-se a um canto. Quando viu o pai abrir o peito de Jeremy, ela gritou e continuou gritando até não poder mais respirar. Então, tudo ficou escuro.

Melody levantou-se de um pulo, seus olhos vagando em volta sem saber onde estava. Suava muito, estava encharcada. Jogou a garrafa vazia de uísque contra a parede e jurou que nunca voltaria a beber. Costumava-se dizer que as crianças sempre imitavam os pais. Se viesse a ser como a mãe, ela se mataria.

Os pesadelos sempre terminavam abruptamente. Tinha sonhado com os tiros de novo. Quando acordou, tudo de que se lembrava eram fragmentos desconexos. Chegara a tentar a hipnose. O psiquiatra dissera que a tragédia daquela noite estava enterrada tão profundamente no seu subconsciente que talvez nunca chegasse a voltar à superfície.

Depois que seu pai foi para a prisão, ela foi viver com a família do tio, irmão do pai. Ao acusar o tio de ter abusado sexualmente dela, ela foi mandada para um lar adotivo em Manhattan. Fugiu aos 14 anos. Aos 15, já era uma das maiores top models do país. Um homem de 29 anos de idade, chamado Rees Jones, tornou-se mais tarde o seu pai substituto. Ele era um estilista de alta-costura. Seu estilo moderno e original fizera dele um dos grandes na indústria da moda. Quando ela fez 17 anos, usando uma falsa carteira de identidade, os dois se casaram. Dois anos mais tarde, Rees foi encontrado morto no banheiro. A morte foi considerada suicídio. Sua fortuna caiu nas mãos da sua jovem e bela viúva.

A JUSTIÇA DE SULLIVAN | 189

Não era justo que Neil e a irmã tivessem tudo e ela, nada, a não ser dinheiro. Neil tinha de ser seu. Pela primeira vez depois da morte do irmão, Melody havia se permitido amar um outro ser humano. Não amara Rees. Sabia que Rees a tinha explorado, usando o seu rosto e o seu corpo para promover os seus vestidos. Como tinha apenas 17 anos, ela não tinha permissão para gastar um centavo sem antes falar com o contador e obter a sua aprovação. Uma vez pediu dinheiro para comprar absorventes e Rees disse para esperar até segunda-feira pela volta do contador. Durante todo o fim de semana, ela teve que usar panos dentro da calcinha.

Ela só teria autorização para ver o testamento da mãe depois do seu décimo oitavo aniversário. Quando soube que ficara rica, ficou furiosa por ter casado com Rees. O casamento, no entanto, era apenas de fachada, nada mais.

O vestido de noiva que ele confeccionara para ela custara vinte mil dólares. Ao ser diagnosticado como portador da Aids, ele havia se matado. Pessoas como Rees achavam que podiam enganar a morte. Ele nunca modificou o seu testamento, de modo que Melody pôde, felizmente, juntar a fortuna dele à da sua mãe.

Se Neil parasse de desperdiçar o seu tempo com a pintura e a família, ele perceberia o quanto ela precisava dele. Ele tinha de preencher o vazio deixado pelo seu irmão, Jeremy. Ela jamais deixaria que qualquer coisa os separasse, nem mesmo a irmã, Carolyn.

Neil estava histérico hoje. Continuar representando por muito mais tempo seria perigoso. Ela precisava providenciar um álibi para ele. Senão, ela o perderia. Expor-se demais também não era uma opção. Carolyn era inteligente. Se Melody não tomasse cuidado, acabaria na prisão.

— Preciso de mais uísque! — gritou ela, irritada por não ter mais empregada na casa. A última era muito metida. Que ironia. O pai dela dispensava os criados todas as noites, às seis horas, para

190 | NANCY TAYLOR ROSENBERG

que não vissem as explosões de raiva da sua mãe bêbada. Agora ela fazia a mesma coisa.

Melody sentou-se na poltrona de couro. Sua mente desviou-se para o ex-amante, professor de física na Caltech. Chegou a se perguntar o que ele estaria fazendo na véspera de Natal. Havia meses que ele não voltava à casa de Pasadena. Depois que havia montado o seu sistema lá, não valia a pena correr o risco de voltar para desmontá-lo. A não ser que alguém mexesse ou tropeçasse no seu transponder escondido no sótão, seus amantes continuariam a diverti-la enquanto vivessem.

Normalmente, ela via tudo escuro ao abrir a janela que exibia a casa dele. Sua pulsação acelerou. Viu a forma de dois corpos em frente à lareira. Ela sabia que ele estava de namoro com Carolyn, mas ver um desses encontros era bem diferente. Ela se afastou, tentando evitar uma nova explosão emocional. Mas seu olhar foi atraído de volta para a tela. Parecia um motorista desacelerando na estrada para ver melhor um acidente. Mesmo sabendo que seria perturbador ver pessoas mortas ou gravemente feridas, ninguém conseguia evitar uma olhada para o local da tragédia.

Ela assistiu ao momento em que os corpos de Paul e Carolyn se juntaram. Era quase como se ela estivesse assistindo a tudo em câmara lenta. O toque dele era gentil. A experiência de Melody com ele tinha sido muito diferente — satisfatória, mas dura e rápida. Aquilo que ela estava testemunhando era amor de verdade. O seu nível de excitação disparou. Neil tinha feito amor com Laurel dessa mesma maneira. Os parceiros sexuais de Melody não a tratavam dessa maneira porque não a amavam. Ninguém nunca a havia amado, exceto Jeremy.

Paul Leighton tinha sido seu professor quando ela freqüentara a Caltech. Não era atraente como Neil, mas ela não se sentira atraída por ele por sua aparência. Para seu desapontamento, o caso

A JUSTIÇA DE SULLIVAN | 191

durara apenas três semanas. Apenas o tempo suficiente para ela montar o seu equipamento na casa de Pasadena.

Quando ela aparecera para a ceia do dia de Ação de Graças na casa de Carolyn e vira Paul sentado à mesa, sentira vontade de estrangulá-lo. Chamando-o de lado, perguntara por que tinha parado de atender às suas ligações. Ele apenas dera de ombros e voltara para a mesa. Ela agüentara a noite inteira sem revelar o relacionamento deles. Idiota.

As mãos dela se crisparam de ódio. As veias nos braços saltaram com a força do furioso bombeamento do sangue. Ela bateu na mesa e a tela de plasma estremeceu. Naquela noite e em todas as noites Paul estava com Carolyn.

Deu as costas para o monitor e olhou para um outro, maximizando a janela que mostrava a casa de Neil. Vendo que não tinha sinal nenhum, percebeu que a polícia devia ter encontrado o seu roteador. Teria que se livrar do seu equipamento depois do Natal. Tinha certeza de que receberia visitas da polícia num futuro bem próximo.

Melody voltou para a tela que exibia imagens da casa de Paul em Pasadena.

— Parem com isso! — gritou ela, vendo-os se enroscando cada vez mais.

Estava na hora de acabar com a alegria desse romancezinho de Carolyn.

Abriu um armário contendo inúmeros CDs. Cada um com uma data e um nome. Escolheu o que mencionava o nome de Paul e colocou-o no drive. Depois procurou o e-mail de Carolyn em sua lista e enviou o arquivo do vídeo como anexo. Perturbar a cabeça das pessoas ajudava a afastar os seus demônios. Por que eles podiam ser felizes, enquanto ela continuava sozinha e infeliz? Jogou a cabeça para trás e riu, imaginando a reação de Carolyn.

— A verdade dói, boneca — disse Melody, pressionando a tecla para enviar a mensagem.

CAPÍTULO 17

Sábado, 25 de dezembro — 9h05

Paul deixou Carolyn na casa dela por volta das nove horas da manhã do dia de Natal. Eles haviam telefonado para Isobel ainda da estrada e ela lhes dissera que Rebecca e Lucy ainda dormiam. Como John provavelmente não chegaria antes da hora do almoço, Carolyn ligou o computador para ver a caixa de e-mails. Tinha uma mensagem de Melody Asher, que abriu.

> *Oi , Carolyn*
> *Paul não é quem você pensa que é. Ele gosta de fazer sexo com as alunas. Por que você acha que ele comprou uma casa em Ventura? Talvez porque tenha ficado quente demais em Pasadena.*
> *Feliz Natal,*
> *Melody*

Os dedos de Carolyn tremiam tanto que ela teve problemas para abrir o anexo. Quando o vídeo começou, ela viu imediatamente que era Paul. Reconheceu a marca de nascença no ombro esquerdo. Ver aquele homem que ela pensava amar trepando com a namorada do seu irmão dava nojo. Teve de ir rápido para o banheiro para vomitar. Depois de lavar a boca, ela olhou para a sua imagem no espelho.

— Idiota — gritou ela, despedaçando o vidro com a escova de dentes elétrica. — Quantas mulheres mais existem na vida dele? Como é que eu pude ser tão idiota?

O mínimo que Paul podia ter feito era contar a ela que tinha tido um caso com Melody. Os dois estavam juntos no dia de Ação de Graças. O vídeo devia ter sido feito alguns anos antes, já que Paul aparecia mais magro e com o cabelo mais curto. Durante o ano sabático, enquanto se concentrava no livro de física que estava escrevendo, ele havia deixado crescer o cabelo vários centímetros abaixo das orelhas.

Carolyn colocou a mão na testa, sentindo o pulsar do coração nas veias. Ela jamais gostara de Melody, mas também não a considerava diabólica. Como é que ela podia ter feito uma coisa assim tão cruel, principalmente no Natal?

O que ela estava pensando? Qual era o motivo dela? Certamente aquela manobra não iria trazer Paul de volta correndo para os braços dela, se foi essa a sua intenção. Quando ele soubesse, iria ficar furioso. Aquilo não tinha a ver com Paul, concluiu Carolyn. Melody mandara o vídeo para atacá-la diretamente.

— Por quê? — gritou ela. — O que eu fiz para você me odiar tanto? Será você a assassina? Você matou Laurel?

Tudo agora parecia claro. Melody Asher estava disposta a destruir a vida de Neil, matando todos aqueles que ele amava. Seria Carolyn a próxima da lista?

Ela voltou para o quarto e telefonou para Paul.

— Preciso vê-lo.

— Acabei de sair do chuveiro — disse ele. — Aconteceu alguma coisa? Você parece irritada. É algum problema com Neil?

— Não — respondeu Carolyn, terminantemente. — Venha aqui agora.

Paul não fazia idéia do que havia de errado com Carolyn. A noite anterior fora maravilhosa, um dos melhores Natais de sua vida. Lucy a adorava, e ele tinha se tornado grande amigo de Rebecca e John. Lucy sempre quisera ter um irmão mais velho, alguém que pudesse tomar conta dela.

Após o divórcio, ele procurara por uma mulher como Carolyn: inteligente, corajosa, atraente e, ao mesmo tempo, uma mulher que ele respeitasse o bastante para que tomasse conta de Lucy. Já tinha até planejado o futuro deles. Assim que terminasse o livro, eles se casariam e iriam morar em Pasadena. O pai dele tinha lhe deixado algum dinheiro. Seus investimentos haviam triplicado nos últimos cinco anos, portanto não haveria necessidade de Carolyn continuar trabalhando. O salário de Isobel era apenas alguns dólares a menos do que o que Carolyn ganhava como oficial de condicional. Além disso, o trabalho dela era perigoso. No ano anterior, um dos condenados tinha tentado matá-la. Se Brad não tivesse ido até a cadeia para entrevistar Raphael Moreno, talvez agora Carolyn estivesse no hospital no lugar dele.

Ele vestiu rapidamente uma calça jeans e um suéter verde. Depois foi ver Rebecca e Lucy. Lucy tinha mudado muito. Era incrível que ela fosse sua filha. Era alta e magra como a mãe. Os cabelos louros e lisos já chegavam no meio das costas. Sua menina tinha desaparecido, substituída pelo corpo florescente de uma jovem mulher. Por enquanto, Lucy ainda não tinha interesse pelo sexo oposto. Ele sabia que isso ia mudar. A imagem da sua filha preciosa saindo de casa com um cara pronto para pular em cima dela era aterradora. Talvez ele pudesse enviá-la para uma escola só para meninas.

Isobel estava encolhida no sofá lendo um livro.

— Vou estar na casa de Carolyn. Telefone para mim assim que as meninas acordarem.

A JUSTIÇA DE SULLIVAN | 195

— Não vou preparar almoço — reagiu a empregada. — Vou tirar o dia de folga, lembra? Sobrou comida na geladeira. Se quiser algo especial, vai ter que ir a um restaurante.

— Você é durona, Isobel — disse Paul, aproximando-se e dando-lhe um beijo no rosto. — A propósito, Feliz Natal. Gostou do roupão que eu lhe dei?

— Estou usando, não reparou? — disse ela, olhando para os pés. — Eu precisava de chinelos. Mas até que este ano você acertou. No ano passado, me deu de presente um conjunto de potes e frigideiras. Havia algum motivo para eu precisar de mais potes e frigideiras? Já tenho além do suficiente para limpar. — Isobel viu a expressão no rosto dele e começou a rir. — Venha cá e me dê mais um beijo. Você pode ser um gênio, mas eu consigo provocar você.

Paul aproximou-se mais uma vez e deu-lhe outro beijo.

— Eu gosto muito de você, Isobel. Você sabe disso, não é? Tudo o que você tem a fazer é pedir e eu comprarei o que quiser.

Isobel puxou a cabeça dele para baixo com ambas as mãos e plantou-lhe um sonoro beijo na testa.

— Você já comprou tudo — brincou ela. — Esta casa, embora pequena, é um lar perfeito para uma aposentada como eu. Tem apenas que se lembrar de pôr a escritura em meu nome quando se mudar de volta para Pasadena.

— Você... você não pode se aposentar agora, Isobel — gaguejou Paul. — Como é que nós poderíamos passar sem você? Você prometeu ficar conosco até que Lucy fosse para a universidade.

— Eu não vou a lugar nenhum — comentou Isobel, rindo. — Você não vai se livrar de mim tão cedo. — E com isso voltou a colocar os óculos no nariz. — Vá, vá embora, para que eu possa terminar este livro. Você devia fazer o mesmo. Quando é que vai terminar o livro que estava escrevendo? Eu não tenho visto você trabalhando ultimamente. Em compensação, para namorar...

Paul percorreu a pé a curta distância que o separava da casa de Carolyn. Isobel estava certa. Ele tinha ficado tão absorvido com a vida de Carolyn que esquecera até da própria vida. Ajeitou os cabelos e tocou a campainha.

— Chegue aqui — disse Carolyn, pegando-o pelo braço.

— O que aconteceu?

Ela o empurrou pelas costas até a mesa da cozinha.

— Sente-se — disse ela, pondo as mãos nos ombros dele e obrigando-o a obedecer. — Isto foi o que eu tive que ver justo no dia de Natal. Um presente da sua ex-namorada, Melody Asher.

— Oh — disse Paul, estremecendo. — Ela contou para você, presumo eu. Eu ia contar tudo. Isso aconteceu há vários anos, Carolyn. Pensei nisso e decidi ficar quieto. Afinal, ela estava namorando o seu irmão.

— Ela não me contou nada — contestou Carolyn, andando de um lado para o outro. Então ela clicou o mouse duas vezes para abrir o arquivo.

O sangue desapareceu do rosto de Paul.

— Meu Deus, essa mulher é maluca. Eu não lhe dei permissão para me filmar. Fizemos sexo apenas algumas vezes. Ela deu em cima de mim. Chegou até a inventar uma história, oferecendo-se para fazer o jantar se eu a ajudasse num problema. A física é difícil, você sabe.

— Difícil, hein? — disse Carolyn, o sangue fervendo. — Não parece que ela tenha tido qualquer dificuldade, Paul. Com quantas alunas você já dormiu? O que você está fazendo, se escondendo em Ventura? O que você pensa que eu sou, alguém com quem se diverte enquanto a poeira não baixa na Caltech?

A JUSTIÇA DE SULLIVAN | 197

— Pare com isso, Carolyn — disse Paul, levantando a mão.
— Nós éramos adultos. Claro que não fica bem para um professor namorar uma aluna. Mas eu não pensava em Melody como aluna. Ela estava assistindo às minhas aulas sem direito a crédito. Acabei dando a ela uma nota porque achei que ela tinha potencial.

— Aposto que ela tem um grande potencial, sim — disse ela, enchendo um copo de água e bebendo tudo de uma vez. — Parece mesmo que ela tem um grande potencial, Paul, entre as pernas.

— Eu não sou obrigado a ouvir isso — disse ele, levantando-se para sair. — Eu te amo, Carolyn, mas não mereço ser acusado por uma coisa que fiz anos antes de te conhecer.

Carolyn percebeu que estava sendo irracional, mas não conseguia parar. Ver o homem que ela amava na cama com outra mulher era devastador. E Melody era anos mais jovem e muito mais atraente do que ela. O vídeo já tinha acabado, mas a última imagem continuava na tela. Era a mesma manta!

— Maldito, aquilo que você disse ontem à noite a respeito de uma aluna ter lhe dado a manta era verdade. E você deu a Melody a nota mais alta, um dez, como você disse? Quantas mentiras mais você disse para mim, Paul?

— Esqueci que foi Melody que me deu a manta, está bem?

— Não está bem, não. Nada bem. Saia da minha casa — intimou Carolyn, andando em círculos. — E toma aqui — disse ela, retirando o Cartier do pulso e jogando-o na direção dele. — Leve esse seu presente de Natal. Melody gosta de coisas caras. Dê para ela!

Querendo falar com Isobel antes de Paul chegar em casa, Carolyn digitou o número de telefone dele quase quebrando as teclas do aparelho.

— Ele está aí?

— Não — respondeu Isobel. — Pensei que estivesse com você.

— Escute — exclamou Carolyn, falando rápido. — Surgiu um problema no trabalho. Diga a Rebecca que vou voltar para casa na hora do almoço e que estou no celular. — Ia desligar, mas continuou: — Não diga a Paul que eu telefonei para você.

— O que está acontecendo?

— Confie em mim, Isobel. É melhor você não saber.

Ela telefonou para a casa do amigo de John e disse ao filho de que estava indo ao hospital para ver Brad. Depois correu para o carro e partiu. Pensou em Veronica. Carolyn sabia o que ela iria dizer: corte o testículo esquerdo dele e dê para o seu cachorro. Ela precisava falar com alguém. E, nas circunstâncias, pensou que seria melhor falar com um homem.

Carolyn chegou ao hospital antes das dez, carregando o seu laptop na mochila. Ao entrar no quarto de Brad, encontrou-o dormindo.

— Feliz Natal — anunciou ela, conseguindo esboçar um leve sorriso. — Como é que está se sentindo?

— Como se tivesse sido atropelado por um trem. Amanhã vão me colocar numas muletas e me mandar para casa. Dizem que posso voltar ao trabalho dentro de três semanas. — Ele olhou fixamente para ela e suspirou. — Acho que devia ter escutado o que você disse a respeito de Moreno. Veio aqui para se regozijar? Por que não está com a sua família?

— Nós celebramos o Natal ontem à noite — disse ela, puxando uma cadeira para junto da cama. — Eu pressionei Moreno até o ponto de ruptura, Brad. Ele chegou a destruir o meu celular. Eu pedi ao Bobby para mantê-lo na sala durante todo o dia, sem água, sem comida e sem o privilégio de ir ao banheiro. Desculpe. Acho que não falei disso porque pensei que você queria tentar me desmoralizar. Tinha certeza de que Moreno iria ceder e me contar tudo.

A JUSTIÇA DE SULLIVAN | 199

— Não se menospreze — disse Brad, fazendo uma careta de dor. — O cara iria escapar. Ele assassinou sete pessoas, pelo amor de Deus. Sem dúvida, ele vai matar de novo. Aposto que ia tentar fugir no ônibus para Chino. Da cadeia, não é fácil fugir.

— Wilson me colocou no comando da unidade — comentou Carolyn, esfregando as mãos nos seus jeans. — Achei que ia ser fácil, mas depois vi que os casos chegam aos borbotões todos os dias. Se eu soubesse disso antes, não teria aceitado.

— Você vai dar conta — disse Brad. — De qualquer forma, Wilson tem intenção de passar o meu lugar para você quando ele se aposentar.

— E para onde você vai?

— Subchefia.

— Ótimo — disse ela, coçando o nariz com o dedo.

— Você falou com Hank esta manhã?

— Não — disse ela, curiosa. — Já sabem de mais alguma coisa?

— Nós não falamos a respeito de Neil — explicou Brad. — Parece que o nosso garoto Raphael tem contatos perigosos. Hank acha que é com a máfia mexicana. Eles ofereceram meio milhão a um agente secreto do FBI para entregá-lo. Acho que você estava certa ao dizer que ele se escondeu na casa dos Hartfield. Cacete, uma vez eu vi um cara ser esfolado vivo por essa gente. — Brad tentou ajeitar a almofada para posicioinar melhor a cabeça. Carolyn levantou-se e o ajudou. — De qualquer forma — continuou ele —, como é que você está? Passou bem o feriado? Como está o cara da física? Ainda estão juntos?

— Aconteceu um problema — confessou Carolyn, nervosa. Depois, clareou a voz: — Paul e eu tivemos uma briga e eu o expulsei de casa.

— O que foi que ele fez? Pensei que fosse o Príncipe Encantado.

— É melhor eu mostrar para você — disse ela, retirando o laptop da mochila e colocando-o na bandeja à frente dele. — Posso levantar o seu encosto da cama?

— Não — disse Brad, retraindo-se. — Estou bem assim. Consigo ver daqui. Vá em frente e mostre o que tem para eu ver.

Ela ligou o computdaor e abriu o arquivo. Os olhos dele ficaram grudados no monitor.

— Puxa — exclamou ele —, essa gatinha é quente. Que traseiro magnífico. Esse é o meu presente de Natal?

— Não a reconheceu? É Melody Asher, a mulher que Neil estava namorando.

— A mulher de um milhão de dólares?

— De cinqüenta milhões, meu querido.

— Puxa, eu serviria a ela de graça — disse Brad, sorrindo. — Todo esse dinheiro e um corpo desses, minha nossa. E quem é que está com ela? Não parece ser Neil.

— É Paul Leighton — admitiu ela, depois de respirar fundo.

— Está brincando...

— Ele mesmo — disse Carolyn, baixando os olhos.

— Ele é que é feliz — disse Brad. — Você me deixou por um homem que faz filmes pornôs. Foi um golpe baixo, Carolyn. E ele está transando com a namorada do seu irmão pelas suas costas. Puxa, é um feito e tanto!

— Você não entendeu — disse ela. — Este vídeo foi feito há vários anos. Melody Asher mandou-o para mim por e-mail. Paul diz que dormiu com ela apenas algumas vezes. Jura que nunca deu a ela permissão para filmá-lo. Eu virei uma fera quando vi isso. Você acha que exagerei na reação?

Brad ficou em silêncio, pensando.

— Por mais que eu goste de ver você dar o fora nesse cara, não tenho certeza de que deva fazer isso por causa desse vídeo.

Quando você e eu começamos a namorar, você sabia que eu tinha estado com outras mulheres. Dê a ele uma chance. Ele é homem. Ele não traiu você. Pelo que eu li a respeito dessa Asher, ela é uma putinha de primeira classe. Provavelmente, ela o seduziu só pelo prazer de seduzir. — Ele voltou a observar o monitor e sorriu.

— Pensando bem, ele não é lá essas coisas. Não posso acreditar que você esteja caída por ele. Ele me lembra o Mr. Rogers, aquele reverendo que apresentava um programa infantil.

Carolyn fechou o laptop e recolocou-o na mochila em cima da cadeira. Voltando ao assunto, reclamou:

— Falando sério, estou muito irritada. É como se quisesse dar-lhe uma surra. Que Natal, hein? Meu irmão é suspeito de dois homicídios e tive que ver meu namorado transando com uma mulher cujos sapatos são mais caros do que o meu guarda-roupa inteiro. Eu o odeio.

— Dá um tempo — disse Brad, afagando a mão dela. — Não o aceite de volta antes que eu melhore.

O quarto ficou em silêncio. Carolyn se aprontou para sair, mas os olhos dele fizeram com que ela se voltasse.

— Nós passamos uns bons tempos juntos, você e eu — disse ela, ternamente. — Talvez porque trabalhássemos juntos. Sabe como é, nós sempre tínhamos algo do que falar no fim do dia. Eu não entendo nada do trabalho que Paul faz. E ele não se interessa muito pelo que eu faço. Na maior parte do tempo, falamos de filhos, política, coisas assim.

— Esqueça o vídeo. Você ainda o ama?

— Não sei mais — disse ela, enxugando uma lágrima na face. — Achei que o amava ontem à noite. — As recordações afloraram a sua mente: a proposta de casamento, o amor tórrido que fizeram, Paul e ela. Agora, porém, tudo parecia nojento, como se tivesse acordado depois de fazer sexo com um estranho. A manta no chão era o pior. A única coisa em que pensava agora era na bunda de Melody rolando em cima da mesma manta branca. Os homens eram hediondos.

No momento, o vazio de um relacionamento rompido fazia com que Brad parecesse mais atraente. Mas, ao mesmo tempo, ele era muito pior do que Paul jamais poderia ser. Só Deus sabia o que ele *tinha feito* no passado. Apesar disso, ela queria tê-lo de volta. Outro homem era a única cura. Essa era uma verdade básica que todas as mulheres conheciam.

— Baixe a grade lateral.

Carolyn hesitou.

— Essas grades estão aí para evitar que você caia da cama.

— Por favor! — disse ele, puxando a mão dela.

— Tudo bem — concordou ela, abrindo o fecho das grades.

— Agora venha cá, incline-se. Quero lhe dizer uma coisa.

Quando Carolyn se inclinou sobre ele, Brad segurou o rosto dela com as duas mãos e levantou a cabeça da almofada alguns centímetros, querendo dar-lhe um beijo. Ela resistiu, mas, ao mesmo tempo, sentiu que precisava desse beijo. Já podia sentir o vazio dentro do seu ser. Os lábios dele ficaram pressionados, ternamente, contra os seus. A pele dele cheirava bem, fresca e saudável. Mesmo naquelas condições, o corpo dele parecia ressurgir com força e energia. Ao terminar o beijo, a cabeça dela parecia estar voando. Levantou a cabeça, fixando o olhar naquele corpo musculoso, naqueles olhos azuis fantásticos, naqueles cabelos louros.

— Eu me arrependo todos os dias de tê-la deixado partir — confessou Brad, no momento em que ela voltava a colocar as grades no lugar. — Desde o meu encontro com Moreno, fiquei com tempo para repensar tudo. Se quiser continuar a ver esse tal professor, não há nada que eu possa fazer para evitar. Mas acho que ele não vai fazê-la feliz. Ele não é o homem da sua vida. Você é obrigada a esconder parte da sua personalidade para acompanhá-lo. Se ele vir quem você realmente é, vai subir pelas paredes.

A JUSTIÇA DE SULLIVAN | 203

— Bobagem! — disparou ela de volta. — Não finjo ser alguém que não sou.

— Finge, sim — insistiu Brad. — Você não é uma dona-de-casa passiva que faz tudo que o marido lhe diz para fazer ou fica horas arrumando gavetas. Esse cara não é nada mais do que uma curiosidade. Por trás, você fica rindo dele. E por que não? Você arrisca a vida todos os dias, lidando com assassinos e estupradores, examinando fotos de pessoas mortas. E ele fica enfileirando lápis. Uma equação nunca salvou a vida de ninguém. Mas você salvou, Carolyn. Acredite em mim, você vai comer esse cara vivo.

Carolyn ficou de boca aberta, tentando digerir as palavras de Brad.

— E não é só isso — continuou Brad. — Esse pateta, que se acha tão inteligente, nem sequer acredita em Deus. E você sabe que é um fato: Deus existe. Nós podemos passar por ocasiões em que achamos estranho Ele ter se distraído, mas não duvidamos da Sua existência. Quando eu estou na pista de corrida, eu sei quem está olhando por mim. Deus permite que eu sinta isso, certo? É a recompensa que recebo por mandar a escória como Moreno para o inferno.

O estômago de Carolyn estava borbulhando de azia.

— Onde estava Deus quando o filho da Sra. Moreno a decapitou?

— Você sabe que eu não consigo responder a isso — disse Brad. — Tudo o que sei é que viver sem Deus é o mesmo que dirigir um carro sem rodas. Se quiser seguir esse seu amigo nessa estrada para o abismo, fique à vontade.

Carolyn ficou olhando para Brad. Depois, voltou-se para sair.

— Tenho que visitar minha mãe. Daqui a alguns dias, telefonarei para você.

CAPÍTULO 18

Sábado, 25 de dezembro — 9h45

— Como pôde terminar tão rápido? — perguntou Eliza ao seu marido, com um forte sotaque sulista.

— Eu não sei do que você está falando — disse Lawrence Van Buren, refestelado no sofá diante da árvore de Natal.

Ela olhava as duas empregadas que viviam na casa retirando o vendaval de papéis e caixas deixados pelas crianças na sala.

— Fiquei fazendo compras desde o dia de Ação de Graças e eles levaram menos de 15 minutos para abrir os presentes, recolher tudo e correr para os quartos. Todo o meu tempo e esforço gastos e consumidos em míseros 15 minutos.

— Eu tenho que sair — disse ele, pondo-se de pé.

Eliza ficou amuada.

— É Natal, Larry. Por favor, não saia. A minha família está chegando para o jantar.

— Eles não vão chegar antes das três horas — disse ele. — A essa hora já estarei de volta. Você sabe, não tenho escolha, querida. O crime não pára só porque é Natal.

Subindo a escada para o quarto principal, ele despiu o pijama e entrou no closet, escolheu uma camisa creme, um paletó Armani e uma calça cinza Calvin Klein. Sentando na cama, colocou nos pés um par de mocassins Gucci.

Antes de descer a escada, parou para dar uma olhada na mulher a quem chamava de esposa. Ela havia trocado de roupa, exibindo agora um vestido de tricô branco bem justo no corpo. Estava de pé diante do espelho, mas Larry só via o reflexo do seu rosto. Eliza era uma loura platinada. Ela descoloria os cabelos, mas Larry não se importava. Os olhos dela brilhavam como se fossem duas safiras de cinco quilates. Ela se virou de lado, expondo a silhueta dos seus seios delicados e a curva dos quadris. Os seios e os quadris tinham, exatamente, a mesma medida, destacando a sua cintura fina.

Desde a adolescência, Van Buren havia sonhado em se casar com uma garota americana de cabelos louros. Eliza era perfeita. Nenhum macho heterossexual podia olhar para o corpo dela sem se sentir sexualmente excitado. Ex-Miss Alabama, ela tinha cerca de um metro e setenta e, com saltos, ficava mais alta do que Larry. E ele também não se importava com isso.

Todos os homens que os viam juntos ficavam cheios de inveja. À noite, ele faria sexo com ela, mas de dia tinha que tratar de negócios.

Van Buren começou a descer a escada. Eliza veio ao seu encontro e deu-lhe um beijo nos lábios.

— Se me atrasar, eu telefono.

— Gostaria de não ter casado com um agente da CIA.

— Já disse para não falar isso na frente das crianças — rebateu ele, zangado. — Eu tenho inimigos, Eliza. Todos na agência têm inimigos. Você quer que esses animais que perseguimos descubram onde eu vivo e venham aqui matar os nossos filhos? — O filho surgiu descendo a escada, fantasiado de Homem-Aranha, quase derrubando a mãe no chão.

— Olhe por onde anda, campeão — gritou ele, enquanto o garoto desaparecia de vista, entrando na sala de estar.

Eliza acompanhou o marido até a porta para a garagem.

— Você deve estar trabalhando em alguma coisa muito importante, querido — disse ela, acariciando o peito dele. — Deve estar exausto, física e psicologicamente. Posso sentir o seu coração acelerado. Quanto tempo isso vai durar? Não temos feito sexo há semanas. — Ela cerrou os lábios. — Eu quero o meu maridinho de volta.

— Tivemos alguns problemas — disse ele, puxando a maçaneta da porta. — Se tudo correr bem, vamos resolver tudo até o fim de semana. É melhor que você aproveite bem para dormir. Assim que eu resolver este caso, vou fazer amor com você 24 horas seguidas.

— Promessas, promessas — disse Eliza, dando uma risadinha. — Eu vou levar Felicity e Zachary ao zoológico amanhã. Você não é o único que é obrigado a trabalhar, sabe? Tente acompanhar uma menina de 8 e um menino de 3 anos durante o dia todo. Caçar criminosos vai parecer moleza.

Ele deu um beijo rápido na face da esposa e entrou na garagem, assumindo o volante do seu Mercedes branco. Eliza questionava havia anos o estilo de vida opulento que levavam. Ele explicava que isso era necessário porque precisava se misturar com os criminosos de alto nível que a agência estava tentando prender. Era espantoso quantas mentiras um homem podia inventar para uma mulher, pensou Van Buren, olhando no retrovisor antes de dar a ré para sair da garagem. Eliza tinha sido avisada, repetidas vezes, de que falar para os parentes, amigos e conhecidos a respeito do que ele fazia era colocar em risco a vida deles. Como disfarce, ele dizia que trabalhava com exportação de carros de luxo para clientes ricos no exterior.

A JUSTIÇA DE SULLIVAN | 207

Pressionando um botão, ele falou para um microfone:

— Alô, Leo. — Um minuto mais tarde, Leo estava respondendo, com voz rouca. — Onde está Dante? — gritou Van Buren, segurando o volante com tanta força que os nós dos dedos chegaram a ficar brancos.

— De pé, aqui ao meu lado — respondeu Leo Danforth. Leo era um homem alto, de físico fortemente desenvolvido, cabelos longos e louros amarrados em um rabo-de-cavalo. — Ele quer falar com você.

— Está muito frio, Larry — reclamou Dante. — Nós não podíamos nem esperar dentro dos malditos carros. Por que diabos tínhamos que nos encontrar num cemitério numa manhã de Natal? Tivemos que escalar um muro de pedra de quase dois metros de altura.

— É mais seguro, idiota — disse Van Buren. — Você quer que os policiais apareçam? Já temos problemas demais do jeito que as coisas estão. Surgiu uma nova pista ontem. Vamos discutir isso assim que eu chegar aí. Estou a uns vinte minutos de distância.

Van Buren pisou fundo no acelerador. Ninguém era enterrado no cemitério de Shady Oaks desde 1983. O dinheiro para pagar um zelador já tinha acabado havia muitos anos, e a casa mais próxima ficava a uns dois quilômetros. Mais uma segurança: o muro de pedra evitava que eventuais visitantes entrassem com seus carros. Era um local perfeito para o que ele pretendia fazer.

— Deve haver um funeral hoje — disse Dante, tentando conversar sobre qualquer coisa antes da chegada de Van Buren. Debruçou-se sobre uma sepultura aberta, a alguns metros de onde estavam. — Quem gostaria de ser sepultado aqui neste brejo? Eles não tiram nem o mato.

— Estou ouvindo — disse Leo, vendo as luzes do carro de Van Buren se aproximando ao longe. Ele rapidamente se colocou na frente de Dante para bloquear a sua visão. Com 47 anos, Dante Gilbiati tinha sido mais um criminoso da família Gambino. Quando os federais foram atrás deles, ele fugira para Los Angeles, onde, de algum jeito, conseguira evitar a prisão. Tinha músculos salientes e o rosto com marcas de acne. Parecia não ter feito a barba há dias e seu cabelo preto tinha um aspecto desgrenhado. Vestido com um agasalho azul-claro de corredor, ele deu mais um trago no cigarro, jogou-o no chão e pisou-o com o tênis.

Depois de parar o carro, Van Buren abriu a mala e pegou uma escada, que colocou contra o muro. Subiu até o topo e pulou para o outro lado, feliz por ainda ter tempo para fazer academia em plena crise. Ao avistar os dois homens, ele avançou na direção deles com passos rápidos e decididos. Assim que chegou, pigarreou, e esse era o sinal para Leo entrar em ação. Rapidamente, Leo postou-se atrás de Van Buren, abriu o casaco e sacou a pistola do coldre de ombro.

Dante estava segurando uma garrafa térmica com café em uma das mãos e puxando com os dentes um novo cigarro do maço. O vapor saía da garrafa aberta para o ar frio da manhã. Antes que Dante se desse conta do que estava acontecendo, Van Buren já tinha sacado sua Ruger de nove milímetros, apontando-a para ele. Leo deu um passo à frente e fez o mesmo.

— Mantenha as mãos levantadas e à vista — gritou Leo, fazendo pontaria contra ele.

— Que merda é essa? — perguntou Dante, cuspindo o cigarro e erguendo as mãos acima da cabeça. Depois, fixou o olhar em Leo. — Você armou pra cima de mim, seu filho-da-mãe! Eu devia ter desconfiado quando você me trouxe para este maldito cemitério. — Ele olhou em direção à sepultura aberta atrás dele. Tornou a olhar para os dois homens, os músculos do rosto contraídos pelo medo.

— Você gosta de matar crianças, não é? — gritou Van Buren, uma rajada de vento frio atingindo seu rosto. A despeito da temperatura, ele já estava suando. Odiava suar, tanto quanto odiava aquele homem na sua frente. Em geral delegava a execução de animais fora de controle como Dante a homens como Leo Danforth. Mas, naquele caso, queria ver Dante sofrer. Não queria matá-lo de uma vez ou bater nele até que perdesse a consciência. Homens como Dante Gilbiati não mereciam perdão. — Por acaso, eu lhe dei permissão para assassinar crianças?

— Aquele anão filho-da-puta não saía da casa — disse ele.

— O que é que eu podia fazer, ligar o carro e ir embora? Pensei que tínhamos encontrado. Se não estava lá, por que ele não saía? Como é que eu podia saber que tinha gente lá dentro? — De repente, ele jogou a garrafa térmica com toda a força no rosto de Leo. Depois se agachou e avançou contra o corpo de Van Buren como se fosse um jogador de futebol americano.

Van Buren disparou, atingindo-o no braço esquerdo. O disparo foi abafado pelo silenciador, mas o cheiro de pólvora passou por suas narinas. A face direita de Leo estava queimada pelo café. Ele apontou a arma, pronto para disparar, quando outra bala passou por ele.

— Você vai pagar por isso — gritou Dante, a arma voando de sua mão esquerda ensangüentada. Com a mão direita ele pressionava a ferida aberta no braço esquerdo e uma outra bala abriu nele outro buraco. Mais sangue jorrando, ensopando o seu agasalho azul. Ele caiu no chão, gemendo de dor. — Não me mate — apelou Dante. — Por Deus... Larry, eu farei tudo o que você quiser. Uma palavra sua e eu matarei até o presidente.

— Você é grande, Dante — disse Van Buren, incrédulo. — Por que não mata o papa, já que está disposto a tudo? É pena que madre Teresa já tenha falecido. Caso contrário, você poderia acabar com ela também. Para dizer a verdade, você é estúpido demais para continuar vivendo. — Ele sacou uma faca e atirou-a, sabendo que atingiria o alvo: os testículos de Dante. Mais sangue jorrando do corpo de Dante. Seu rosto já tinha perdido toda a cor e seus olhos se fecharam. Van Buren avançou e deu um pontapé nele para ver se ainda estava consciente. O sangue não era pouco. Ele boiava em sangue. Vendo Dante pestanejar, Van Buren voltou-se para Leo que estava usando um lenço sobre a face queimada. — Por quanto tempo você acha que ele agüenta?

— Talvez trinta minutos, uma hora no máximo — informou Leo. — Se os ferimentos de bala não o mataram, ele vai sangrar até morrer. Acho melhor a gente sair daqui, chefe.

Van Buren tirou do bolso uma barra de chocolate e desembrulhou-a.

— Desculpe — disse ele, sorrindo para Dante —, só comprei uma. Sei o quanto você gosta de chocolate. Aposto que aquelas crianças tinham alguns doces. Ah, sim, provavelmente você ficou comendo os doces enquanto as crianças estavam no chão, morrendo.

Dante gemeu de novo. Quando tentou se levantar, Van Buren virou-se para Leo.

— Pode enterrá-lo.

Dito isto, virou-se e começou a andar em direção ao muro. Leo foi atrás dele, correndo.

— Mas ele ainda não está morto, Larry. Não podemos correr o risco de ele sobreviver. Você não quer que eu acabe com ele?

— Eu não falei nada sobre acabar com ele — disse o chefe. — Duas daquelas crianças ainda estavam vivas quando Dante deixou a casa. Um dos nossos contatos no Departamento de Polícia disse que elas morreram ao lado dos corpos dos pais. Você também tem filhos, Leo. O que você faria se Dante os matasse?

Os olhos de Leo brilharam, e ele falou sem qualquer traço de emoção na voz:

— Está certo. Vou enterrá-lo.

— Ah... — exclamou Van Buren. — Antes dê um pontapé nele para que fique consciente. Quero que sinta a terra suja batendo no rosto. Além disso, a morte por sufocamento demora mais tempo. Precisa de pá?

— Não — disse Leo, enquanto se encaminhava para a sepultura aberta.

CAPÍTULO 19

Domingo, 26 de dezembro — 9h40

Carolyn estacionou o carro na frente da casa da mãe em Camarillo, uma cidadezinha localizada perto da rodovia 101, ao norte de Ventura. Depois de visitar Brad no dia anterior, ela resolvera tirar uma soneca antes de viajar para Camarillo. Quando acordou, o relógio já marcava seis horas e havia anoitecido. Presumiu que Neil ainda estaria na casa da mãe. Ao telefonar, porém, a mãe contou-lhe que Neil tinha ido embora assim que ela foi para a cama, na véspera de Natal.

As pessoas ligadas ao mundo das artes costumavam circular por Brentwood, Melrose ou Santa Barbara. Neil tinha toneladas de amigos em Los Angeles que, na sua maioria, Carolyn nem sequer conhecia. Ele estava com o seu celular, mas só o ligava quando queria fazer alguma chamada. Ela só esperava que ele não tivesse procurado se esconder na casa de Melody Asher, pelo menos por respeito a Laurel. Se estivesse com ela, não havia nada que Carolyn pudesse fazer. Tinha cuidado dele desde criança, dando-lhe cobertura a vida inteira. Desta vez a situação era tão complicada que ela, talvez, não fosse capaz de consertar.

Assim que soube que a mãe estava sozinha, Carolyn pediu a John para ir visitá-la e prometeu que passaria o dia seguinte com

A JUSTIÇA DE SULLIVAN | 213

ela. Estava na hora de cumprir a promessa. Rebecca estava com Lucy num shopping e, como sempre, John tinha saído com os amigos. Contando que ele voltasse para casa antes das dez horas da noite e mantivesse uma boa média nas notas, Carolyn achava que ele merecia a sua independência. Antes de ganhar o carro, ele passava a maior parte de seu tempo livre tomando conta da irmã mais nova. Ela duvidava que ele tivesse ficado satisfeito quando ela lhe pedira para visitar a avó, no entanto, não reclamara.

Vestida com um suéter vermelho estampado de árvores de Natal, Marie Sullivan tinha cabelos grisalhos naturalmente encaracolados, uma pele suave e era mignon como a filha.

— Desculpe pelo que aconteceu ontem, mãe — disse ela, abraçando-a logo que entrou na casa. — Eu queria vir, mas esse problema do Neil... Acho que fiquei exausta. Gostou da visita do John?

— Oh, sim — exclamou ela. — Ele é um garoto maravilhoso. Embora tenha ficado apenas alguns minutos. Disse que tinha de ir a uma festa.

Carolyn tinha dado dinheiro a John para levar a avó para jantar fora e, depois, ao cinema. Ele não havia mencionado nada a respeito da festa. Ao voltar para casa, ia ter uma palavrinha com ele.

Marie Sullivan vivia em um condomínio fechado de aposentados chamado Village Lazer, mais conhecido como Village Recolher, já que dificilmente se passava um dia sem que alguém fosse recolhido por um carro de funerária ou por uma ambulância. O Village Lazer tinha sido projetado para idosos ativos, e a maioria dos residentes tinha por volta de 60 anos de idade. Na propriedade havia uma piscina, várias quadras de tênis e um campo de golfe de nove buracos. As únicas coisas que o condomínio não oferecia eram refeições e transporte. A mãe de Carolyn tinha quase 70 anos e problemas de audição. Possuía aparelho, mas recusava-se a usá-lo.

— Mãe, eu não posso conversar com você se não colocar o aparelho de surdez! — gritou ela. — Vou pegar os seus presentes de Natal no carro. Um deles é uma caixa de doces. Se quando eu voltar você não tiver colocado o aparelho no ouvido, vou dar os doces para as crianças.

— Eu não gosto dos ruídos — disse a Sra. Sullivan, franzindo o cenho. — Fica difícil até pensar. E aquela coisa horrorosa fere os meus ouvidos.

— Então, vou ter que ir embora — disse Carolyn, falando alto. — Vou perder a minha voz. Mãe, eu te amo muito, mas não posso ficar gritando o dia inteiro.

Carolyn voltou com uma caixa grande embrulhada em papel laminado. Dentro havia um casaco leve, cor de pêssego. Ela pôs a caixa de doces em cima da mesa do café. A paixão da mãe por chocolate era maior do que a sua aversão pelo aparelho de surdez.

— Que casaco lindo — disse ela, vestindo o casaco e indo até o quarto para se ver no espelho. Ao voltar, ela sorriu para a filha. — Está na medida certa, querida. Eu também comprei um presente para você, mas esqueci onde o coloquei. Você se importaria de verificar no armário do corredor? Talvez tenha caído atrás da caixa onde guardo as decorações do Natal.

Carolyn viu a mãe levar a mão ao ouvido esquerdo. Agora que já tinha recebido os doces, ela ia tentar passar a filha para trás e tirar o aparelho do ouvido. Carolyn preferiu ficar onde estava.

— Vamos encontrá-lo um outro dia.

— Acho que sei onde ele está — disse a Sra. Sullivan, reconhecendo que a filha a estava vigiando. — Espere aqui que eu já vou trazê-lo. — Ela voltou alguns minutos depois, trazendo uma sacola da Nordstrom. — Espero que você não se importe, mas não tive oportunidade de embrulhá-lo.

Carolyn retirou da sacola uma echarpe de seda bordada com rosas pequeníssimas. Cheirava a Chanel nº 5, a fragrância que era a assinatura da mãe. Todos os anos, Marie dava a John e a Rebecca mil dólares para ajudar nos estudos. Sua filha sempre ganhava uma echarpe. E tinha sorte de ganhar alguma coisa. Neil era para a mãe o Michelangelo contemporâneo, mas não ganhava presente nenhum desde a infância, provavelmente porque a mãe não tinha no armário roupas ou acessórios de homem. Na realidade, Carolyn não se importava com isso. Ao usar qualquer das echarpes dadas pela mãe, não precisava pôr nem um pingo de perfume.

Foram almoçar no restaurante Coco's e, depois, voltaram para casa. A mãe parecia cansada.

— Acho que vou para casa — disse Carolyn, afagando carinhosamente os cabelos da mãe. — Tenho passado pouco tempo com John e Rebecca.

— Não vá embora já — pediu a Sra. Sullivan, com um leve tremor na voz. Sentando-se na beirada do sofá de veludo azul, acrescentou: — Tenho que contar uma coisa para você.

Carolyn sentou-se ao lado dela e pegou sua mão.

— O que é que há, mamãe?

— Eu já devia ter lhe contado — começou ela, depois de clarear a voz. — Mas pensei... Bem, você sabe, era doloroso para mim tocar no assunto. Neil decidiu limpar as gavetas do quarto de hóspedes ontem à noite e retirar tudo o que havia dentro. Estava disposto a ficar aqui até que essa confusão com a polícia fosse esclarecida. E, então, ele encontrou uma coisa que eu até já tinha esquecido que estava lá. Como ele agora já sabe, acho que você também deve saber. Tentei explicar para ele, mas não quis escutar. Ficou irritado e foi embora. Estou com medo de que ele faça uma besteira contra si mesmo. Ele é tão parecido com o pai.

A Sra. Sullivan levantou-se e foi até o quarto de hóspedes. Ao voltar, carregava uma caixa grande de plástico que costumava usar para guardar suéteres durante o verão. Respirou fundo e voltou a sentar-se no sofá. Já recomposta, confessou:

216 | NANCY TAYLOR ROSENBERG

— Seu pai não morreu de ataque do coração. Ele se matou.

O rosto de Carolyn congelou de espanto. Como é que a mãe tinha deixado de contar algo tão grave assim?

— Está inventando isso agora?

— Não — replicou ela, apertando a caixa contra o peito. — Depois que se aposentou como professor, seu pai ficava envolvido dia e noite com a matemática. O vizinho tinha um doberman que latia o tempo todo. Isso o deixava maluco. Normalmente, esse tipo de coisa não o incomodava, mas ele já não dormia direito e também não comia bem.

Ela passou a caixa para Carolyn, dizendo:

— Eu vou descansar no quarto. Quando estiver pronta para falar, venha me chamar.

Carolyn tirou a tampa e viu vários documentos. Um deles era a certidão de óbito, na qual se lia que o pai tinha morrido em conseqüência de um ferimento auto-infligido na cabeça por arma de fogo. Outro documento era um boletim do departamento de polícia de Camarillo. Ela começou a chorar. Depois de uma discussão com o vizinho, ele virara a arma para si mesmo e estourara os miolos.

Ela verificou a data, seis anos atrás. A mãe tinha lhe dito que o pai morrera de ataque de coração. O funeral fora realizado com caixão fechado, de modo que não se visse o ferimento. Na época da morte do pai, Neil estava na Europa e Carolyn estava se divorciando de Frank. A confusão era total. Seu estado emocional era precário por causa do divórcio e piorou diante da morte repentina do pai. A mãe nunca havia mencionado os problemas do coração do pai antes de ele morrer. Agora sabia a razão.

Involuntariamente, a mão de Carolyn abriu e o boletim da polícia caiu no chão. Na maioria dos casos, os suicídios não eram anunciados, a não ser que envolvessem um crime. A única pessoa que sabia da verdade era a sua mãe. Por que razão ela não havia contado nada para eles antes? Carolyn pegou a caixa e colocou-a em cima da mesa. Sentiu o estômago revirar. O que tinha levado seu pai a se matar? Ele era o homem mais gentil e amoroso que tinha conhecido. Não era de falar muito, mas quando falava, em geral dizia coisas que valiam a pena escutar.

Após a aposentadoria, tinha se recolhido para um mundo todo seu. A mãe ainda continuou a dar aulas de química na faculdade de Ventura até a morte do marido.

Carolyn trouxe de volta as últimas lembranças do pai. Tinha retornado para a casa dos pais por um breve período depois de dar início ao processo de divórcio. Assim que o tribunal lhe deu a posse da casa, ela e as crianças regressaram a Ventura. Isso aconteceu alguns meses antes da morte do pai.

Ao acordar às quatro horas da manhã de um certo dia, ela fora até a cozinha para beber um copo de leite. O pai estava trabalhando, sentado a uma mesa, com montes de papéis na frente, todos cobertos de equações complexas. Ele costumava ficar tão intensamente concentrado no que fazia que quando ela e Neil ainda eram crianças, os dois ficavam disputando para ver quem conseguia distraí-lo. Punham o som do rádio alto, gritavam perto dele que alguém estava invadindo a casa, mas ele continuava trabalhando como se ninguém estivesse ali.

Nessa manhã em particular, Carolyn ficara surpresa quando o pai pousou o lápis, tirou os óculos e pediu a ela para se sentar, a fim de conversarem.

— Você não dorme muito, não é? — Quando ela admitiu que sofria de crises de insônia, ele perguntou: — Isso te incomoda?

— Bem, sim, me incomoda — disse ela, surpresa com o fato do pai falar de um assunto tão pessoal.

— Por quê?

— Não sei — respondeu Carolyn, sorrindo. — Não quero ficar cansada no dia seguinte, acho eu. Além disso, todos os outros estão dormindo.

— E fica cansada no dia seguinte?

— Na realidade, nem tanto — replicou ela, não tendo pensado nunca sobre o assunto.

— Nem eu — acrescentou o pai. — As pessoas desperdiçam a vida dormindo. Eu durmo umas três ou quatro horas por noite. Ninguém imagina o que pode ser feito durante a noite. Sem interrupções. Sem barulhos. É ótimo, sabe? Pare de tentar ser como qualquer mortal. Você tem uma mente brilhante e um corpo cheio de energia. Minha mãe também era assim. Costumava ficar fazendo palavras cruzadas a noite inteira e depois trabalhava dez horas por dia.

Carolyn recolocou os papéis na caixa. Depois foi até o quarto da mãe. A Sra. Sullivan estava sentada numa cadeira de balanço, as mãos cruzadas sobre o colo.

Havia uma foto de Neil sobre a mesa. Não era de admirar que ele tivesse ido embora no meio da noite. A crise nervosa do irmão agora tinha um motivo. Se a polícia viesse a saber, e provavelmente viria a saber, dessa crise, isso iria dar credibilidade à suspeita de ele ser o assassino. Acabariam sabendo, também, do período em que ele estivera internado num hospício para evitar um processo por agressão.

Carolyn apoiou-se no umbral da porta.

— Sinto muito, mamãe, deve ter sido um fardo terrível de suportar. Mas qual a razão que levou papai a se matar por causa de um cachorro que latia muito? Quando se concentrava em alguma coisa, ele se fechava e não ligava para nada.

— Ao parar de lecionar — explicou a Sra. Sullivan —, Peter ficou convencido de que estava prestes a resolver a hipótese de Riemann, um famoso enigma da matemática. Ficava acordado dias seguidos. Em diversas ocasiões, ele pediu ao Sr. DiMaio para tomar uma providência em relação ao cachorro. DiMaio era um homem grandalhão, com um temperamento detestável. Naquela noite, Peter foi até a casa dele para conversar. DiMaio deu um murro nele, que o derrubou, e ainda ameaçou matá-lo. Seu pai voltou para casa e pegou a arma. Eu peguei os papéis dele e os rasguei em pedaços, gritando para que parasse de desperdiçar anos de vida com um problema que não conseguiria resolver. Ele me deu uma bofetada e saiu pela porta afora com a arma. — Marie Sullivan colocou as mãos sobre o rosto, sacudindo os ombros, soluçando. — Eu não podia deixar que ele matasse alguém. Tinha que fazer alguma coisa. Talvez se eu não tivesse rasgado seus papéis, ele não tivesse feito o que fez. Eu sempre pensei que nos reuniríamos no céu quando eu morresse.

Ela deve ter perdido a sua fé católica pelo caminho, pensou Carolyn. De acordo com a Igreja, o pai teria ido para o inferno. Talvez depois fosse parar no purgatório. Depois de éons, talvez fosse admitido no céu. O suicídio era um pecado capital.

— Papai talvez já estivesse pensando em suicídio há algum tempo. Quando se aposentavam, especialmente os homens da geração de papai, eles se sentiam inúteis, achavam que a vida tinha terminado. A maioria das pessoas não se mata, mesmo em situações acaloradas. Você não podia evitar o que aconteceu, mamãe.

— Isso não é verdade — disse a Sra. Sullivan, pegando um lenço para assoar o nariz. — Eu chamei a polícia. Estou certa de que ele não teria se matado, se eu não tivesse ligado.

— Numa situação como essa, não se tem certeza de nada. As coisas poderiam ter acontecido do mesmo jeito, independentemente do que você fez.

A Sra. Sullivan ficou olhando para o vazio, rememorando os acontecimentos daquela noite.

— Eu estava apenas a alguns passos de distância quando ele disparou. Ao ver os policiais, ele olhou diretamente para mim. Eu pude ver nos seus olhos que ele achava que eu o havia traído. Depois colocou o cano da arma na boca e puxou o gatilho. — Ela parou e respirou fundo. — Ele foi o único homem que eu amei na vida. Fiquei encharcada com o seu sangue. O seu cérebro... Ah, meu Deus, foi horrível...

Carolyn aproximou-se e ajoelhou-se, afagando ternamente o braço da mãe.

— Tudo bem. Está tudo bem, mamãe. Você não tem que falar mais sobre isso.

— Tenho, sim — disse ela, apanhando um envelope embaixo da cadeira. — Até na hora da morte, eu o lesei.

— Não entendi.

— Ele resolveu o problema! — disse Marie Sullivan. — Eu colei de volta todos os papéis que havia rasgado. Ele só tinha mais um passo a dar, que eu completei consultando as suas anotações. O seu pai solucionou a hipótese de Riemann, o problema mais importante da matemática. Se eu não tivesse feito o que fiz, ele teria ganhado o Prêmio Nobel de matemática.

— Mamãe, você deve estar enganada — disse ela. — Já mostrou o trabalho do papai para alguém? Há muita gente tentando resolver esse problema. Algumas dizem que é insolúvel.

A Sra. Sullivan teve uma atitude de desafio.

— Ele resolveu, sim, Carolyn. Está aqui. Não me trate como se eu estivesse louca, porque eu não estou. Os seus conhecimentos de matemática não são suficientes para entender tudo, mas é inegável. Como é que eu posso tornar público o trabalho do seu pai? Eu teria que contar para o mundo que eu roubei isso do meu marido. E, depois, ainda o empurrei para o suicídio. Aqui está — disse ela, dando a Carolyn uma chave. — Os documentos do seu pai estão guardados num cofre no banco. Assim que eu morrer,

A JUSTIÇA DE SULLIVAN | 221

você poderá mostrá-los para quem quiser. Tenho certeza de que o seu amigo físico poderá confirmar o que eu lhe disse. A não ser que outra pessoa venha a resolver o problema nos próximos anos, eles podem dar a Peter, postumamente, o prêmio Nobel. Você e o seu irmão podem dividir o dinheiro do prêmio.

Carolyn devolveu a chave do cofre para a mãe, beijou-a na face e levantou-se para ir embora. Seus pensamentos estavam divididos: primeiro, Neil, depois, Paul, depois, Brad, e agora isso. Ela sabia o que acontecia quando um homem disparava uma arma na cabeça. Ela viu o rosto terno do pai, mas logo surgiu uma outra imagem grotesca. Era uma nova morte. Ela teve a mesma sensação quando a mãe telefonou para o seu trabalho e lhe disse que o pai tinha sofrido um ataque fatal de coração e que ela precisava comprar um caixão e telefonar para os parentes. Teria que sofrer novamente.

— Eu não estou interessada em dinheiro nem em matemática, mamãe. De momento, só quero ter certeza de que você não tem mais histórias na sua caixa de segredos. Se tiver notícias de Neil, diga-lhe que eu preciso vê-lo. A polícia poderá expedir um mandado de prisão se ele deixar a cidade. Além disso, será uma demonstração de culpa. E Neil já tem provas suficientes contra ele do jeito que as coisas estão.

— Feliz Natal — disse a mãe, totalmente prostrada. — Não foi minha intenção estragar a sua festa.

— O Natal foi ontem — disse Carolyn, forçando um sorriso.

— De qualquer forma, alguém já tinha estragado o meu Natal muito antes da senhora. Acha que vai ficar bem, sozinha aqui? Quer ficar conosco por alguns dias? Temos um quarto extra.

— Não, não — respondeu ela. — Tome conta do Neil, minha querida. Ele está terrivelmente fragilizado. Os grandes artistas têm temperamentos delicados. A única pessoa que ele escuta é você. Seja forte para poder ajudá-lo.

— Não foi o que eu fiz sempre?

Carolyn jogou o suéter por cima do ombro e dirigiu-se para a porta da frente. Uma das razões de Neil se sentir tão abalado era a sua mãe. Ela tentara empurrá-lo para o mundo das ciências e da matemática, quando tudo o que ele queria era dedicar-se à arte. Quando começou a ganhar dinheiro e elogios com os seus quadros, ela começou a falar para os amigos que Neil era o Michelangelo contemporâneo. Mas antes a mãe só o tratava como um fracassado.

Pobre pai. Se o que a mãe lhe dissera era verdade, ele trabalhara a vida inteira por nada. Como é que Marie pôde rasgar o trabalho dele? Diante da situação, porém, talvez ela fizesse o mesmo. Se pudesse escolher, Carolyn ainda assim gostaria de ficar com os pais que teve e de deixar as coisas do jeito que aconteceram, com exceção da trágica morte do pai. Pensou em John e Rebecca. Precisava dar mais atenção a eles, para ter certeza de que não havia problemas ocultos. No mundo de hoje, os jovens enfrentavam muitos perigos e os pais nem sempre ficavam atentos. Como é que ela poderia ser tudo para todo o mundo? Poderia dormir menos, mas lembrou-se do que acontecera com o pai. Seria a falta de sono uma circunstância que contribuíra para a tragédia? Pelo que sua mãe dissera, sim. Tudo o que ela sabia a respeito do pai mudara em poucas horas. E, agora, ela ia levar horas sem fim reproduzindo todos os momentos passados juntos, analisando e considerando. Por baixo do seu comportamento tranqüilo, o pai fora um homem difícil e atormentado.

Ao abrir o carro e sentar-se atrás do volante do seu Infiniti, Carolyn viu que o pára-brisa estava imundo. Como é que não tinha notado isso antes? Saiu novamente e limpou a sujeira com o suéter.

Como é que o pai poderia parar no inferno, se durante toda a vida não praticara qualquer imoralidade ou crueldade? Os en-

A JUSTIÇA DE SULLIVAN | 223

sinamentos da Igreja, de repente, pareciam bárbaros, pensou ela, jogando o suéter no banco traseiro e dando a partida. Era uma idiotice acreditar na existência do inferno. Mas, no que lhe dizia respeito, já estava vivendo nele.

Carolyn sempre reverenciou o pai pela sua inteligência — com o tempo, iria colocar de lado a questão do suicídio —, mas tinha aprendido uma lição amarga. Depois de quase quarenta anos de casamento, sua mãe ainda não conhecia o marido. Se conhecesse, não teria rasgado seus papéis. Carolyn não podia permitir-se cometer o mesmo erro com o irmão.

O que ela não sabia a respeito de Neil?

CAPÍTULO 20

Domingo, 26 de dezembro — 15h15

Hank não tinha nada para fazer em casa, de modo que resolveu ligar para a casa de Charley Young. A Sra. Young atendeu e informou que o marido tinha ido trabalhar. Durante os feriados, o IML ficava congestionado. Raramente se passava um Natal sem, pelo menos, um suicídio. O número de homicídios, em geral, também subia. Este ano, a avalanche era maior. A contagem dos mortos já chegava a dois dígitos. Enquanto o resto do mundo se divertia no longo fim de semana, os policiais, os bombeiros, os médicos-legistas e as pessoas que mantinham o condado funcionando estavam trabalhando.

Em vez de telefonar para Charley, Hank decidiu visitá-lo pessoalmente. As chamadas freqüentemente eram ignoradas, até mesmo as dos policiais. Era mais difícil dizer não para uma pessoa que estivesse na sua frente. Além do mais, ele e Charley eram amigos.

Como não havia ninguém na recepção, Hank dirigiu-se ao telefone montado na parede, perto da porta, e discou o ramal de Charley. Ninguém atendeu e ele foi sentar-se numa cadeira, na esperança de não ter perdido a viagem. Alguns minutos mais tarde, Charley apareceu.

— Venha comigo — disse o pequeno coreano, espreitando o detetive por cima dos óculos. — Chegou na hora certa. Estou trabalhando no caso Goodwin esta manhã. Estava saindo agora para pegar qualquer coisa para almoçar.

Seguiram por um longo corredor. Hank olhou pelo vidro para dentro das salas de autópsia.

— Ao que parece, vocês estão com a casa cheia — comentou.

— Tem sido um pesadelo — disse Charley, abrindo a porta da sua sala. — Tivemos que armazenar alguns corpos na funerária local. Não ficávamos sem espaço desde a virada do milênio.

Hank olhou para o corpo nu de Laurel Goodwin, colocado sobre a mesa de aço. Era como se ela tivesse sido virada pelo avesso.

— O que é aquilo? — perguntou Hank, apontando para alguns órgãos na balança.

— Pulmões — informou o patologista, colocando na cabeça um capacete de plástico transparente que cobria os olhos e a boca. — Encontrei evidências de edema pulmonar. No afogamento clássico, o fluido do edema, branco ou hemorrágico, está presente nas narinas, na boca e nas vias respiratórias. A compressão do peito obriga esse fluido a sair. No entanto, o edema pulmonar não é específico. O indivíduo morto por overdose com drogas também pode sofrer de edema pulmonar.

— E foi isso que aconteceu aqui?

— Deixe que eu explique uma coisa — disse Charley, levantando a proteção do rosto. — O afogamento é um diagnóstico de exclusão. A primeira coisa que fazemos aqui é descartar todas as outras causas da morte. Mesmo assim, nunca podemos estar certos. Olhe para as mãos dela. É o que chamamos de mãos de lavadeira.

— Quer dizer que ela morreu afogada, certo?

— Tudo o que isso significa é que o corpo ficou na água, pelo menos, de uma a duas horas. Pelo aspecto das mãos dela, eu diria que ela ficou na água de três a seis horas.

226 | NANCY TAYLOR ROSENBERG

— Espere um minuto — disse o detetive, sua voz grave ecoando pelas paredes. — Você sabe que temos dois homicídios. A hora da morte vai ser crucial. Na hora de testemunhar, declarações vagas como essa resultam em absolvição.

O patologista colocou as mãos nos quadris.

— Você já trabalhou em algum caso de morte por afogamento antes?

— Um só — respondeu Hank. — Um idoso tomou soníferos demais e morreu afogado na banheira. Na época não tivemos escolha a não ser considerar o caso como homicídio. Perda de tempo.

— Deixe que eu explique com mais clareza — insistiu Charley. — Na maioria dos casos, tudo o que, honestamente, podemos dizer é que *nós presumimos* que a pessoa morreu afogada. E a única maneira de chegar a essa conclusão é por meio de exclusão, ou seja, excluindo quaisquer outras causas possíveis. Se esta mulher morreu afogada, nós sabemos que não foi por acidente. O laboratório enviou o exame de toxicologia. Está em cima da mesa, atrás de você.

Hank pegou os documentos e voltou a colocá-los sobre a mesa.

— Já li o relatório preliminar. Estava com esperança de que eles conseguissem reconhecer as impressões digitais não-identificadas. Uma delas deve ser a da faxineira. As outras pertencem a alguém que está fora do sistema. — Ele abafou o riso. — Nós devíamos contratar essa faxineira. Ela trabalha melhor do que muitos dos nossos investigadores da cena do crime.

Charley passou a lente de aumento pelo corpo sobre a mesa.

— Veja aqui estas escoriações embaixo dos braços. Ou ela estava incapacitada de andar sem ajuda ou estava inconsciente e alguém teve que carregá-la. Acho que ela foi assassinada em outro lugar e depois foi jogada na piscina.

O detetive tirou os óculos do bolso.

— E a respeito das drogas? Foi isso que a matou?

— Provavelmente — disse Charley. — Nunca vimos uma heroína tão pura quanto essa. É cinqüenta por cento mais forte do que o fentanil. Está misturada com cocaína.

— A clássica *speedball*?

— Não há nada de clássico nesta mistura. Também encontramos uma boa quantidade de estricnina. Não são muitos os traficantes hoje em dia que misturam coca com estricnina. Acredite ou não, nós já vimos isso antes. É raro, mas já vimos, principalmente no LSD. Garanto, no entanto, que não foram os traficantes que misturaram a estricnina. Teriam problemas demais para arranjar o produto.

— A estricnina é usada em pesticidas, certo? — perguntou Hank. — Pode ser comprada em qualquer lugar.

— Não é o caso desta — disse Charley, arqueando uma sobrancelha. — Esta aqui tem um grau de pureza muito mais elevado do que a estricnina comercial e nenhum dos outros aditivos usados nos pesticidas foram usados. Esta estricnina veio do chamado feijão Santo Inácio. O nome vem dos jesuítas, mas foi descoberta por dois químicos franceses do século XIX. É muito usada na China como medicamento. — Ele se inclinou e pegou o cérebro de Laurel Goodwin. — Aqui encontramos um outro ingrediente muito interessante, Novantrone. Demorou bastante para o laboratório identificar, por isso não foi mencionado no relatório preliminar.

— O que é esse Novantrone?

— É um medicamento injetável usado no tratamento de esclerose múltipla. Outra coisa estranha é que, se reduzirmos drasticamente a dosagem e eliminarmos algumas das substâncias controladas, esta mistura pode ser considerada medicinal.

— Está brincando! — disse Hank, achando que o patologista havia perdido o juízo.

— Por favor, acompanhe o meu raciocínio. Vamos supor que o assassino sofra de esclerose múltipla. O tratamento tradicional não funciona. O médico prescreve Novantrone para evitar o avanço da doença, mas a pessoa que toma o remédio fica cada vez mais incapacitada, a cada dia. A heroína ajuda a tirar a dor. A morfina tem um efeito quase semelhante ao da heroína, mas a pessoa não consegue obtê-la, a não ser que fique hospitalizada. A cocaína dá-lhe mais energia e também serve como analgésico. De certa forma, ela acha que a estricnina também poderá ajudá-la.

— Quer dizer que você acha que o assassino talvez tenha esclerose múltipla?

— Talvez — insistiu Charley. — Mas para usar isso por razões médicas, ele precisaria de um químico ou de um farmacologista para preparar a composição para ele. Como evidenciado no caso da Srta. Goodwin, a composição errada é letal. — O seu celular vibrou.

"Eu já vou — disse Charley para sua mulher, andando para um canto da sala. — Mas eu disse que ia buscar Kelly por volta das três. Tudo o que você precisa fazer é dar-lhe o dinheiro para entrar no rinque de patinação no gelo. Eu esqueci de novo de ir ao caixa eletrônico.

Hank encerrou a conversa com o patologista. Alguma coisa rodava em sua mente instigada pelas conclusões do patologista. Quem encheu a seringa foi o verdadeiro assassino? Essa seria uma suposição racional, mas nada nesses crimes era racional.

Dentro de quatro anos, o detetive chegaria aos 50. Fora a questão do fígado e os dez quilos a mais que carregava, ele estava em boas condições físicas. Não fazia sexo desde o dia em que a esposa se divorciara dele. De vez em quando, alugava um filme pornô e se masturbava, para ter certeza de que a coisa ainda funcionava. Estava se encontrando com uma bonita mulher que trabalhava de garçonete no Denny's. Embora ainda não tivessem dormido juntos, as chances eram boas. Iam dançar todas as noites de sábado, a

A JUSTIÇA DE SULLIVAN | 229

não ser que o trabalho, por acaso, os impedisse. Betty estava zangada pelo fato de ele a ter deixado na mão por três vezes seguidas. A mulher não conseguia entender como era a vida de um detetive de homicídios, o mesmo problema que ele tivera durante o casamento. Na semana seguinte, planejava comprar-lhe um telefone celular para que ele pudesse avisá-la sempre que ficasse indisponível. Ela o atormentava por causa da sua barriga, dizendo que, se fizessem sexo, ele teria um enfarte.

O maior problema era a sua memória. E a situação agora era a pior possível. A maioria dos detetives andava de Palm Pilot na mão. Muitos chegavam a ter computadores nos carros. E o condado também tinha colocado à sua disposição um desses aparelhos, mas ele não tinha tempo nem para aprender como funcionava. Ao lado do seu computador, havia uma velha máquina de escrever Smith Corona. Quando os computadores dos outros pifavam ou ficavam infectados com vírus, Hank regozijava-se ao ver seus colegas xingando e correndo de um lado para o outro, como doidos, tentando encontrar um técnico disponível.

O "velho Hank", como eles o chamavam, não tinha que se preocupar com esse tipo de problema. Dentro dos seus armários de arquivos, havia relatórios escritos à máquina, documentos originais, cópias de registros de prisão, assim como o histórico completo de todos os casos em que havia trabalhado durante toda a sua carreira de policial. Embora, supostamente, ele não estivesse autorizado a retirar certos documentos do prédio da polícia, uma vez por ano ele colocava o excedente em caixas que levava para sua garagem, onde ficavam guardadas.

O patologista tinha voltado para o seu lugar junto à mesa. Afastou uma parte do equipamento, a fim de que o detetive pudesse ver melhor o corpo de Laurel.

— Muito bem, vamos continuar. Como eu lhe disse na cena do crime, tenho quase certeza de que a sua vítima já estava morta quando foi jogada na água. O assassino arrastou-a de bruços, com a cabeça pendente, para a piscina. Deve ter sido nessa hora que conseguiu esse arranhão na testa. Procurei por ferimentos em todos os lugares imagináveis, mas só encontrei esta picada de injeção. — Ele colocou a lente na veia do braço esquerdo da vítima. — Ela não mostra sinais de ser viciada em drogas. Olhe para ela. Era uma mulher saudável. Seus músculos são bem robustos. As batatas das pernas, comparando com os braços e o tronco, indicam que ela devia andar bastante de bicicleta ou fazer caminhadas. A vítima Suzanne Porter também tinha excelentes condições físicas. O assassino deve ter atração por mulheres atléticas. — O patologista fez uma pausa e bebeu alguns goles da lata de Coca-Cola sobre a mesa, perto de bisturis e serras. Ao lado havia também um sanduíche de carne assada, parcialmente desembrulhado e comido.

— A vítima Suzanne Porter também foi injetada com a mesma substância?

— Sim — respondeu Charley. — Fizemos nela um exame preliminar de toxicologia, mas ainda não tivemos tempo para começar a autópsia. Com Goodwin foi rápido porque tínhamos a amostra da substância na seringa.

— Então, as duas mulheres foram mortas pela mesma pessoa.

— Parece que sim — respondeu ele, despreocupadamente. — Claro que ainda não podemos excluir a hipótese de overdose. É como naquele caso dos doces envenenados do Halloween quando nós ainda éramos crianças, lembra? Os pais deixaram que a gente fosse de porta em porta, mas proibiram que comêssemos os doces. Agora todos os doces têm que vir lacrados, senão as crianças nem sequer podem colocá-los nos cestos. Depois, quando as coisas começavam a voltar ao normal, os pais começaram a encontrar lâminas de barbear nos doces.

— Por que estamos falando de Halloween? — perguntou Hank, colocando um palito na boca.

A JUSTIÇA DE SULLIVAN | 231

— Como você é grosso, Hank — reagiu Charley, ferido em seus sentimentos. — Estou aqui trabalhando no seu caso no dia de Natal, e você nem sequer tem a cortesia de me ouvir. Vocês são todos iguais.

Hank juntou as mãos em prece.

— Por favor, me perdoe, ó deus dos mortos! Prometo não interrompê-lo novamente...

— Onde é que eu estava mesmo? — murmurou Charley, pressionando um pedal no chão, a fim de rebobinar a fita de gravação que fazia o registro das suas conclusões durante as autópsias.

— Doces de Halloween?

— Muito bem — disse ele, pressionando o botão de parar antes de voltar a gravar. — Algum louco decide matar gente e resolve medicar aquilo que a atual geração entende como doce, isto é, narcótico. O traficante pode não saber o que entrava na composição.

Hank estava confuso.

— Mas você disse que nenhuma das duas vítimas era usuária de drogas.

— Não da espécie que a gente normalmente, considera — explicou ele. — Alguém pode ter vendido para elas uma composição para emagrecer. Ambas as mulheres queriam continuar em forma, o que é evidenciado pelas suas condições físicas. Digamos que elas engordaram e um amigo lhes indicou alguém a quem elas pagavam para vir em casa e dar-lhes uma injeção. Essa pessoa poderia ser um médico, ou uma enfermeira ou ainda alguém com pose de profissional. O departamento de saúde tem toda espécie de problemas com essas clínicas de emagrecimento. Assim que fecham uma delas, uma nova surge no mercado. O pessoal dessas clínicas nem sempre tem as habilitações necessárias. Por isso, algumas delas agem na clandestinidade. — Ele olhou para o corpo e suspirou. — Acho que devíamos nos voltar para a necropsia Tenho certeza de que você precisa ir a algum lugar.

— Não — disse Hank, puxando o avental de Charley. — Isso que você está dizendo parece verossímil, Charley. Por favor, continue.

Charley tirou as luvas e deixou-se cair numa cadeira. Depois, fez um gesto para que Hank fizesse o mesmo. Uma vez sentados, Charley inclinou-se para a frente, os olhos brilhando.

— A minha mulher quer que eu escreva um romance policial. O que você acha? É preciso ter muita imaginação, não?

— Apenas continue o raciocínio — declarou Hank, arrepiado.

— A pessoa diz a elas que o tratamento está em fase experimental, mas que será aprovado em breve pela FDA. As mulheres da classe alta de repente se sentem aliviadas e animadas. Elas começam a perder o apetite sem saber que estão tomando metanfetamina. Se a medicação for ocasional, a picada da injeção desaparece rápido. Como você sabe, as picadas só deixam traços quando a pessoa as recebe regularmente. E, então, chega um maníaco que resolve matar todas as mulheres bonitas, envenenando o remédio. — Charley apanha o sanduíche e dá mais uma mordida. — Desculpe, mas você quer que eu peça um almoço para você?

O detetive gemeu, lamentando-se por encorajar Charley a fazer teorizações. Era duro ver alguém comer um sanduíche de rosbife enquanto os pulmões de Laurel Goodwin continuavam em cima da balança, a uma distância de apenas alguns centímetros.

— Quem envenenou a medicação?

— Talvez a mulher do médico tenha ficado com ciúmes.

— Beleza, Charley — disse Hank, pondo-se em pé e puxando as calças para cima, na cintura. — Nós vamos dar a você uma medalha, se estiver certo. O que eu preciso é de algo que me ajude a encontrar o filho-da-mãe. Se souber de alguma coisa mais a respeito de Laurel Goodwin, por favor, fale agora. Estou a fim de ir embora. Ou faço isso ou, então, vomito. Me dá isso aí — ordenou Hank, tirando o sanduíche das mãos do patologista e colocando-o

A JUSTIÇA DE SULLIVAN | 233

de volta no suporte de plástico. — Termine o seu almoço mais tarde.

Charley riu e depois se voltou para o cadáver.

— Não encontrei nada no estômago dela. Esse é mais um fator que leva a acreditar em overdose. As pessoas normalmente vomitam quando tomam uma dose de heroína pela primeira vez. A Novantrone avisa que um dos efeitos colaterais do remédio pode ser a náusea. Mas os caras que vistoriaram a cena do crime não encontraram nenhum vestígio de vômito. Eu localizei vestígios de comida vomitada alojados entre os seus dentes e na queixada inferior. Um dos ingredientes era aveia. Outro, açúcar. Provavelmente, restos do que ela comeu no café-da-manhã. Ela deve ter morrido antes da hora do almoço. Ou, então, não comeu por alguma razão.

— Qual é a hora da morte que você calcula como a mais provável?

— Eu já disse a você que não posso determinar a hora exata — disse Charley, elevando o tom de voz. — Vocês ficam sempre pedindo coisas que nós não podemos fazer. Acredito que ela morreu de duas a seis horas antes de ser encontrada. Presumo que Sullivan é suspeito.

— Um deles — informou Hank.

— Você já botou as algemas nele?

— Não.

— Isso foi um erro.

— Eu sei — admitiu Hank, pegando o relatório e amarrotando-o na mão. — Ele é irmão de Carolyn Sullivan.

— Carolyn é uma boa pessoa — disse o patologista, erguendo os olhos. — Achei estranho que você a deixasse andar pela cena do crime do jeito que andou. Mas quem sou eu para saber das coisas? Tudo o que sei fazer é cortar cadáveres e separá-los em postas. Carolyn é bonita. Você está só, não está? Por que não a convida para jantar? Vocês não trabalham no mesmo departamento.

Hank sentia-se atraído por Carolyn, embora não quisesse admiti-lo. Por que ela iria querer um velho como ele? Se desse uma cantada nela, isso poderia arruinar a amizade deles.

— Algum sinal de esperma?

— Nada — respondeu Charley. — De qualquer forma, duvido que isso provasse alguma coisa. Afinal, a vítima e o suspeito estavam namorando. Logo, é mais do que natural eles fazerem sexo. Vai esvaziar a piscina?

— Sim — disse o detetive, virando-se e abrindo a porta. Depois, deu uma última olhada para o que restava de Laurel Goodwin. Ele iria deixar os sentimentos de lado e evitar que a oficial de condicional toldasse o seu julgamento do caso. Aquela mulher em cima da mesa, com as tripas removidas, merecia justiça. Dali em diante, ele iria exercer mais pressão ao falar com Carolyn.

Hank já estava a meio do caminho no corredor quando resolveu voltar e entrar na sala novamente.

— Ah, você sabe se o laboratório já chegou a alguma conclusão sobre os carros apreendidos nas garagens de Neil Sullivan e de Suzanne Porter?

— Duvido. Mas você vai ter que telefonar para eles. Tal como nós, estão até com falta de espaço. Almocei há dias com Harold Sagan. Estava furioso. Parece que há rumores de que o orçamento deles vai ter um corte novamente este ano. Ele alega que o conselho de supervisores não consegue entender que as vítimas e os criminosos têm carros que devem ser examinados para se colherem evidências. Eu vou telefonar a Sagan e dar um empurrãozinho a seu favor. Provavelmente, vão pegar esses veículos depois, ainda nesta semana. Por causa do valor, Sagan guardou a Ferrari em um dos nossos depósitos. Você já a viu?

— Sim, já vi — murmurou o detetive. — Um dos caras lá do laboratório provavelmente anda rodando com o carro por aí. E é por essa razão que eles estão demorando com o relatório.

A JUSTIÇA DE SULLIVAN | 235

— Não fique irritado com tudo — aconselhou Charley. — Considere o que já tem. As pessoas não estão demorando com as coisas. Esses homicídios aconteceram apenas há poucos dias. Imagine se você tivesse seis cadáveres não-identificados aqui no necrotério, não seria pior?

Hank ouviu apenas algumas das palavras do patologista. Sua mente já estava tentando localizar qualquer coisa relacionada com um profissional de química, um químico. Ele agradeceu a Charley e foi embora. De repente, lembrou-se. A mãe de Carolyn era professora de química na universidade.

Dirigiu-se ao seu Crown Victoria preto no estacionamento. Ao entrar no carro, recordou-se de fragmentos da sua infância. Viu a si mesmo numa tarde ensolarada, olhando pela janela e observando os garotos vizinhos brincando lá fora. E ele, sentado ao piano, tentando, desesperadamente, com os dedos grossos e pequenos, fazer sair música do instrumento. Sua mãe tinha sido uma pianista de renome. Os pais sempre achavam que os filhos podiam fazer qualquer coisa que eles quisessem, desde que se esforçassem. Ele então imaginou se a mãe de Neil Sullivan teria agido da mesma maneira, querendo ensinar química ao seu filho.

CAPÍTULO 21

Domingo, 26 de dezembro — 18h15, horário do leste

O Dr. Michael Graham já tinha voltado a ser um homem livre havia dois anos. Ele estava na varanda da frente da casa do irmão no Brooklyn, após passar o Natal com ele e sua família. Elton sugeriu que conversassem do lado de fora da casa, antes que sua mulher, Sally, o mandasse lavar a louça. O chão estava coberto de neve e o ar era gélido.

— Mulheres — queixou-se Elton, puxando a gola para cima e esfregando as mãos para aquecê-las. — Sally só sabe me dar ordens como se eu fosse um dos seus filhos. É uma merda. Tenho sido tratado como cachorro por tanto tempo que até já comecei a urinar no jardim.

Alto e magro, o Dr. Graham tinha o aspecto humilde e a palidez de alguém que passou 16 anos de trabalhos forçados atrás dos muros da prisão. Seu irmão era mais baixo e ganhara 15 quilos desde a última vez que Michael o tinha visto.

— Tenho que ir embora, Elton — anunciou ele. — Vou ter que trabalhar no turno da noite no hospital.

Já tinha anoitecido. Elton olhou para o céu. A noite estava encoberta e não se viam as estrelas. Vivia em uma casa geminada,

A JUSTIÇA DE SULLIVAN | 237

apenas com uma linha de separação da casa seguinte. Ao ver o seu vizinho saindo de carro, ele gritou:

— Ei, Jimmy, eu estou com uns pneus de neve formidáveis para você. Passe lá pela loja na hora do almoço na próxima semana. Vou vendê-los para você a preço de custo.

— As coisas estão agitadas lá no trabalho, Elton — respondeu o vizinho. — Falo com você outra hora.

Quando ele se afastou, Elton voltou-se para o irmão e disse:

— Esse sujeito é um idiota. Acha que é um alto executivo só porque foi promovido a assistente do gerente no banco. Seus filhos acabaram de se formar e já estão trabalhando no mesmo ramo. Mas estão melhor do que os meus. Eu odeio vender essas drogas de pneus.

— Não há chance de você conseguir de volta o seu lugar de professor? — perguntou o Dr. Graham.

— Eu fui condenado por abuso sexual, Mike. A minha carreira de professor pertence ao passado. Depois de todos estes anos, ainda não posso esquecer o que aconteceu à nossa família. Você era o meu herói. Eu me lembro do dia em que você se formou em medicina. A mamãe estava tão orgulhosa. Estou feliz por ela não ter vivido para ver o dia em que você foi para a prisão. Isso partiria seu coração. Claro que ela me renegaria. Você sempre foi o filho favorito. Ser professor não pagava muito, mas, pelo menos, eu ganhava um pouco de respeito por parte dos alunos. E tudo aconteceu por causa das mentiras daquela filha-da-mãe. Aposto que você preferia que ela nunca tivesse nascido.

— Ela é minha filha, Elton — contestou Michael, de coração apertado. — Além disso, eu é que fui negligente. Escondi o rifle carregado onde os meus filhos podiam encontrá-lo. Jessica tinha apenas 9 anos. O estado não puniu um inocente. Eu sou culpado, não entende? Eu disse a ela que a responsabilidade era minha. Foi por isso que ela contou à polícia que eu atirei em Phillipa e Jeremy.

— Essa não é a minha situação — insistiu Elton. — Eu não fiz nada de errado. Eu nunca forcei nenhuma mulher a fazer sexo comigo, muito menos uma criança. De qualquer forma, isto aqui está uma geladeira. Podemos continuar a conversar no porão. É o único lugar onde eu tenho alguma privacidade, com exceção do banheiro. Tem uma coisa que eu queria que você visse.

— Eu preciso de pão e leite — disse Sally, em tom de desafio, quando os dois homens entraram na cozinha. — Você tem que ir ao mercado. E não pense que vai se esquivar das suas rotinas domésticas, Elton. Eu também trabalho, sabe? Amanhã à noite, você vai fazer o jantar.

— Sim, sim, sim — respondeu o marido. — Logo mais passo na padaria. — E, então, ele pegou no molho de chaves que tinha à cintura e abriu a porta que dava para o porão. Ao entrar, acendeu a luz e começou a descer a íngreme escada.

O odor acre de mofo dentro do porão fez o Dr. Graham se lembrar do centro correcional Arthur Kill, em Staten Island, onde estivera encarcerado. Havia duas cadeiras reclináveis de vinil já esfarrapado em volta de uma mesa de carvalho salpicada de tinta.

— Sente aí — disse Elton, ligando um aquecedor portátil. Depois, retirou um maço de papéis da gaveta da mesa.

— O que é isto? — perguntou ele em tom de brincadeira, ao pegar da prateleira uma régua com três furos. — Uma das suas ferramentas de trabalho no colégio, suponho.

— Era... — respondeu o irmão. — Suponho que você não tem acompanhado as notícias ultimamente.

— Não tenho televisão e raramente leio os jornais — admitiu o Dr. Graham, sentando-se em uma das cadeiras reclináveis e colocando a régua em cima de uma caixa que o irmão usava como mesa auxiliar. — Acho que perdi o interesse pelo que se passa no mundo desde os tempos da prisão. Também estou trabalhando muito, fazendo horas extras. Os aluguéis em Manhattan são

A JUSTIÇA DE SULLIVAN | 239

exorbitantes. Tenho que fazer mais plantões ou me mudar para longe.

— Por quê? Você ainda tem dinheiro na poupança.

— Eu preciso desse dinheiro para o meu futuro — disse o Dr. Graham, olhando para as mãos.

No passado um cirurgião renomado, era agora um homem triste, de meia-idade, obrigado a limpar comadres só para poder trabalhar dentro de um hospital. A prisão mudava as pessoas para sempre, chegando muitas vezes a tirar-lhes a vontade de viver. Ele ansiara pelo dia em que seria libertado, mas, nos últimos dois anos, tinha se sentido perdido, achando difícil agüentar as pressões do mundo cá fora. Mutilara o polegar esquerdo na máquina de passar da lavanderia da prisão. Elton não sabia disso, pois parara de visitá-lo na prisão, embora Staten Island não ficasse muito longe. Ele tinha aprendido a disfarçar sua deformidade, provavelmente mais em causa própria do que por causa dos outros. Antes seus dedos eram longos e hábeis, as ferramentas perfeitas para um cirurgião. O irmão não iria notar nada. Elton era um homem egocêntrico, que raramente olhava para ele.

— Se eu vier a receber de volta a minha licença de médico, vai custar uma fortuna abrir consultório próprio — continuou o Dr. Graham. — Nenhum médico vai admitir que eu trabalhe com ele, não com os meus antecedentes. E talvez eu tenha que voltar para a faculdade de medicina. Já se passaram 18 anos desde que deixei de exercer a medicina, Elton. Tentei me manter em dia com o progresso da medicina, lendo as revistas especializadas enquanto estava na prisão. A medicina avançou em quase todas as áreas. Nunca mais poderei operar novamente. Isso, no entanto, não importa. Já ficaria feliz se pudesse exercer a clínica geral.

Depois de condenado pelos assassinatos da mulher e do filho, a licença do Dr. Graham para exercer a medicina no estado de Nova York tinha sido revogada. Logo que saiu sob condicional, ele preenchera uma petição para reavê-la. A gravidade dos crimes que cometera tornava as suas chances de exercer a medicina praticamente inexistentes. Por ter algum dinheiro acumulado antes da morte da mulher e do filho, quisera estudar, depois de libertado, em tempo integral, talvez até voltar à faculdade. Seu oficial de condicional, porém, frustrou esses planos. Independentemente da sua situação financeira, nos termos da condicional, ele era obrigado a manter um emprego em tempo integral.

Até mesmo um médico de talento teria dificuldade para conseguir emprego depois de passar uma temporada na prisão. Era o crime em si, todavia, que fazia com que todas as portas se fechassem para ele. Não eram muitas as empresas dispostas a contratar um assassino, mesmo por um salário irrisório.

O Dr. Graham precisara então visitar uma das pessoas que lhe deviam favores. Thelma Carrilo era agora chefe do departamento pessoal do Hospital St. Anthony, em Manhattan. O filho dela, aos 10 anos de idade, precisara de um transplante de coração logo depois de ela ter sido contratada como funcionária. O Dr. Graham dispensara o pagamento de honorários. Desde então, ela lhe escrevia duas ou três vezes por ano, agradecendo por ele ter salvado a vida do filho e mantendo-o informado sobre a saúde do rapaz. Tinha ficado triste ao saber que o médico tinha sido preso, mas continuou a corresponder-se com ele.

— O emprego não está à sua altura, Dr. Graham — dissera Thelma. — Tem certeza de que quer aceitá-lo? Vai ter que limpar o chão e esvaziar comadres.

— Eu limpava o chão na prisão — respondera ele. — Pode acreditar, não há humilhação maior do que ser preso.

Agora seus pensamentos foram interrompidos pela voz do seu irmão.

— Sua filha está em apuros novamente... até as orelhas — disse Elton, dando a ele vários recortes de jornais. — Sally quis que eu prometesse que não falaria disso com você. No entanto, eu decidi que você deveria saber. Talvez agora eles consigam jogar o traseiro de Jessica na prisão. Vingança justa, não acha?

O Dr. Graham olhou para a foto no jornal e, depois, deu uma lida rápida no texto.

— Esta não é Jessica. Eu conheço essa garota. Melody Asher cresceu em Tuxedo Park. Phillipa e eu éramos amigos dos pais dela. Melody costumava nos visitar para brincar com Jessica.

— Oh, não, essa é mesmo a Jessica — disse Elton, se esticando na outra cadeira. — Eu segui os passos dela durante anos. Não me diga que não reconhece a sua própria filha.

Graham leu todos os outros artigos. Uma das matérias trazia as fotos das duas assassinadas, Laurel Goodwin e Suzanne Porter, e também da mulher identificada como Melody Asher. Ele aproximou o jornal do rosto, imaginando se os seus olhos o estavam enganando. Sua filha era ruiva e Melody Asher era loura, mas, olhando aquele rosto atentamente, ele teve certeza de que era mesmo a sua filha Jessica. Ela tinha o queixo e as maçãs do rosto da mãe e também o nariz pequeno dela. Mas eram seus olhos que a tornavam inquestionavelmente distinta e reconhecida como sua filha. Ele deixou cair os jornais no colo, horrorizado pelo fato da filha estar envolvida nesses crimes terríveis.

— Você está certo — disse ele. — É Jessica mesmo. Ela deve estar vivendo em Los Angeles. Foi por isso que não consegui encontrá-la. Os jornais não dizem nada a respeito de ela ser considerada suspeita. Ela estava namorando o homem que era dono da casa onde uma das mulheres foi assassinada. E é tudo. Você tem que abandonar essa raiva que sente por Jessica. Eu aprendi isso na prisão. Não muda nada para a pessoa que você odeia. E tudo o que faz é você sentir-se miserável.

— Deixe que eu lhe diga uma coisa — pediu Elton, com um tom amargo na voz. — Eu sigo os passos dela desde que ela inventou essa história de eu ter feito sexo com ela. Jessica casou com um estilista de moda, homossexual, há cerca de dez anos. Já trabalhava como modelo na época. Suas fotos estavam por toda parte. Eu receava que, se lhe contasse que a estava vigiando, você pudesse pensar que fazia isso por alguma razão doentia. Também não estava bem certo de que lado você se encontrava durante o meu julgamento. Você disse que acreditava em mim quando eu lhe contei que Jessica estava mentindo, mas que ela era sua filha.

Não admirava que Elton tivesse parado de visitá-lo.

— Eu tentei ficar do seu lado — assegurou o Dr. Graham.

— Eu estava preso. Não havia nada que eu pudesse fazer. Jessica nunca respondeu às minhas cartas. E você nunca a levou para me ver.

— Espere aí — interrompeu o irmão, na defensiva. — A filha-da-mãe é que nunca quis ir. O que esperava que eu fizesse? Tentei dar a ela um lar decente. Eu não faço idéia do que a levou a contar para o professor aquelas mentiras a meu respeito. O meu analista disse que, provavelmente, ela fez isso para chamar a atenção. Você sabe, habituou-se àquilo de todos publicarem coisas a respeito dela durante o seu julgamento. E ela também sentia ciúmes de Dusty e Luke. Os garotos tentaram ajudá-la e ganhar a confiança dela, mas jamais conseguiram substituir Jeremy.

Graham se emocionou. Jessica e Jeremy eram inseparáveis.

— Pouco depois de ela se casar com esse tal de Rees Jones — continuou Elton — eu li nos jornais que o cara bateu as botas. Disseram que foi suicídio. Talvez ela o tenha matado e conseguido escapar. A polícia diz que essas mulheres de Los Angeles foram mortas com algum tipo de substância venenosa. Quando Jessica se mudou para nossa casa, depois que você foi preso, ela nos levou a comprar um brinquedo, um kit de médico. Reclamou porque as agulhas não eram afiadas. Disse que você a ensinou a dar injeções, treinando com uma laranja.

A JUSTIÇA DE SULLIVAN | 243

O Dr. Graham lembrou-se de como Jessica estava sempre pronta para aprender. Queria ser médica como ele e o importunava a toda hora para que ele a ensinasse. Estava certo de que ela se tornaria cirurgiã.

— Eu tenho que encontrá-la — disse ele. — Se eu conseguir que Jessica refaça o seu testemunho na frente do conselho de medicina, talvez eu possa receber de volta a minha licença. Você sabe onde ela vive? Los Angeles é uma cidade muito grande. Tenho certeza de que o seu nome não está na lista telefônica.

— Telefone para a polícia — aconselhou Elton. — Eu perdi a pista dela anos atrás. Garanto que a polícia sabe onde encontrá-la. — Ele se levantou e pegou os recortes. Depois, foi até a mesa e colocou os óculos de leitura. — Aqui está, Mike. Telefone para a polícia de Ventura e peça para falar com o detetive Hank Sawyer. Diga que você tem informações importantes a respeito desses assassinatos. Ah, e o que aconteceu com a verdadeira Melody Asher, hein? A sua garota não é apenas mentirosa, ela pode ser uma assassina. Ela é carne da sua carne, sangue do seu sangue. Você vai deixar que ela continue a matar gente ou você vai pará-la?

Uma hora mais tarde, o Dr. Graham estava no metrô de volta para Manhattan, ainda tonto com a conversa que tivera com o irmão. Achava uma ironia Jessica usar o nome da amiga de infância, Melody Asher. Ela sempre sentira inveja de Melody. O irmão, Jeremy, contara a ele que ela dera o nome de Melody a uma das suas bonecas. Depois arrastara a boneca pelo quarto e acabara pisando-a violentamente. Nessa época, ver uma menina de 9 anos agindo como se a boneca fosse de vodu valeu umas boas risadas à mesa do jantar. Mas Jessica sempre foi um problema. Sempre foi uma criança manipuladora, exigente. A única pessoa com quem se dava bem era o irmão, Jeremy.

As lembranças do passado atravessaram sua mente. Ele bloqueou a imagem das pessoas à sua volta, o som dos trilhos, das vozes, para relembrar aquela noite horrível de 18 anos atrás.

As pessoas que conheciam a verdade chamariam a isso de acidente, mas estavam erradas. As circunstâncias são sempre similares, mas, no entanto, ninguém sabia. O pior era que não se tratava de um problema sem solução. As pessoas, na sua maioria, lêem as matérias nos jornais e logo esquecem o que leram. Só passam a entender as coisas quando estas acontecem com elas. E elas acontecem. A quase todas as horas do dia, pessoas irresponsáveis provocam a morte dos filhos e dos seus entes mais queridos.

Ele jamais poderia esquecer. Jeremy não permitiria que ele esquecesse. Como no romance de Charles Dickens sobre o Natal, o fantasma do seu filho morto o visitava todos os anos. Ele olhou pela janela do trem para a escuridão da noite, vendo a filha de 9 anos de pé na porta com o rifle nas mãos. Jeremy estava debruçado sobre a mãe, Phillipa. Ele tentou tirar a arma das mãos de Jessica, mas foi tarde demais.

— Oh, meu Deus! — gritou o Dr. Graham, retirando o corpo do filho de cima da mãe. O garoto estava dando à mãe um beijo de boa-noite. A bala atravessara o seu corpo e se alojara na testa da mãe. — Aperte o botão vermelho da emergência no telefone. Depressa, Jessica! Faça isso, agora!

O Dr. Graham sabia que não podia administrar a ressuscitação cardiopulmonar a duas pessoas ao mesmo tempo. Devido à quantidade de álcool e de tranqüilizantes que Phillipa tinha ingerido, ela estava em estado de quase coma quando a bala abriu um buraco no seu cérebro. No momento, estava prestes a ter uma parada cardíaca. As chances de ela sobreviver a esse grave ferimento naquelas condições eram mínimas.

Colocando o filho no chão, o Dr. Graham deu início ao procedimento.

A JUSTIÇA DE SULLIVAN | 245

— Vamos lá, Jeremy! — gritou ele. — Não desista, filho. Lute.
Lute pela vida.

Onde, em nome de Deus, estão a polícia e a ambulância? O
suor pingava do rosto de Graham. Ele tinha de fazer alguma coisa
rápido ou seu filho morreria.

Pelo canto do olho, o Dr. Graham viu Jessica se comprimin-
do contra a parede. Um dos músculos do seu rosto estremecia,
contraindo-se. Seus olhos estavam bem abertos. Ela estava, obviamente, em estado de choque. O rifle permanecia no chão, a pouca
distância dela.

Não admira que ninguém chegasse. Sua filha não chamara
ninguém. Ele não podia pensar nisso na hora. Pegou uma maleta
de couro marrom muito batida, que antes tinha pertencido ao
seu pai. Para que as crianças não tropeçassem nela por acaso, ele
a mantinha guardada em um esconderijo dentro do seu closet. Se
ele ao menos tivesse colocado o rifle nesse mesmo lugar. Pegou
um bisturi e cortou a cartilagem, seus dedos agarrando a parte
interior da caixa torácica para abrir o peito do filho. Gritou para
Jessica várias vezes, rezando para que a menina reagisse e obti-
vesse ajuda. Ele não podia chamar ninguém. Estava segurando o
coração do filho nas mãos.

A luz parecia ter diminuído de repente. As tentativas do Dr.
Graham para salvar o filho tinham fracassado. Ele olhava fixamente o rifle, vendo-o tal como era na realidade, uma máquina
de matar hedionda.

Certa época ele fora associado em um clube de tiro. Um dos
seus tios tinha feito aquele rifle de dois quilos e meio. Seu pai o dera
de presente para ele no dia em que completou 10 anos. Ao chegar
à conclusão de que o mundo ficaria melhor sem armas de fogo, ele
vendera toda a sua enorme coleção. Vendera todas as armas menos
o rifle leve, uma das poucas lembranças que o ligavam ao pai já falecido. Jeremy devia ter usado o rifle sem sua permissão, deixando-o,
irresponsavelmente, carregado com uma bala na agulha.

Depois da correria, um silêncio lúgubre dominava o quarto. A morte tinha vencido. O Dr. Graham sentia-se como se, de alguma forma, estivesse fora do mundo. Beijou a esposa pela última vez e puxou o lençol para cima, cobrindo sua cabeça. Removendo a colcha manchada de sangue, retirou os cabelos da testa de Jeremy e, depois, cobriu também o rosto do filho.

Pegando Jessica no colo, saiu carregando a filha escada abaixo para a sala de estar e, gentilmente, colocou-a num sofá.

— Jessica — disse ele, com tremor na voz. — Você pode me ouvir? Sou o papai. Ninguém vai fazer mal a você, minha querida. A culpa foi minha, entende? O papai jamais devia ter deixado a arma num lugar em que você a pudesse encontrar.

O Dr. Graham chamou-a pelo nome de novo, depois passou a mão na frente dos olhos dela para um lado e para o outro. Vendo que ela não piscava, ele abriu seu pijama e examinou-a, a fim de ter certeza de que não estava ferida. Ele não podia se lembrar da seqüência precisa dos acontecimentos. Seu cérebro estava um lixo. Seu coração, partido. Os ombros, sacudidos pelo choro convulsivo.

Avançou para a cozinha, a fim de chamar a polícia. Depois voltou para a escada que levava ao quarto principal. Sua filha tinha testemunhado um acontecimento tão devastador que sua mente se fechara. Talvez não se recuperasse nunca mais. Seu corpo saudável poderia continuar a crescer dentro do confinamento de um hospital, a mente fechada em estado catatônico. Durante o período em que trabalhou como interno, ele tinha visto crianças ficarem congeladas que nem estátuas.

— Meu Deus, leve a mim — gritou ele, caindo de joelhos e levantando as mãos para o céu. — Faça com que um raio me mate. Por favor, por favor, por favor, tudo menos a minha preciosa menina.

Que razões tinha ele para viver? Seu consultório médico estava arruinado, a esposa e o filho ficariam apodrecendo nas sepulturas, e a filha talvez não se recuperasse jamais. A pessoa que ela amava acima de tudo no mundo era o seu irmão.

A JUSTIÇA DE SULLIVAN | 247

Sem pensar, o Dr. Graham pegou no rifle e levou-o para a garagem, colocando o cano dentro da boca. Recuou, no entanto, do desejo de se matar. Jogou, então, o rifle no chão de concreto e retirou as cápsulas, metendo-as no bolso. Depois, pegou uma marreta em um dos armários e bateu com ela no rifle, com todas as suas forças, emitindo um grito martirizado a cada golpe.

Um policial grandalhão com um rosto em formato de pizza veio por trás e jogou-o no chão. Ele viu outro policial, mais baixo, de cabelos escuros, perto de Jessica. Viu, depois, esse policial se abaixar e pegar na mão dela. Quando o Dr. Graham tentou falar, o primeiro policial botou o pé no pescoço dele.

— O que aconteceu por aqui, minha querida? — perguntou o policial menor, com uma voz gentil. — Pode nos contar quem atingiu as pessoas lá em cima?

Com o pijama rosa ensopado de sangue e um traço de chocolate no canto da boca, Jessica levantou o braço e apontou um dedo acusador na direção do pai.

— Foi ele.

— Quem é esse homem?

— O meu pai.

— Tem certeza, querida? — continuou o policial, trocando olhares com o parceiro. — Você o viu disparar a arma? Como é que pode ter certeza de que foi o seu pai que fez isso?

A menina olhou para o policial com um olhar vazio, sem emoção. Ao falar, sua voz tinha um som arrepiante, quase como se fosse outra pessoa, ou uma máquina, falando por ela.

— Eu sei que foi ele — disse Jessica. — Eu sei que foi ele porque ele próprio me contou que era o culpado. Será que ele vai me matar também? Não me deixem aqui sozinha com ele!

Depois que Hank deixou a sala do patologista, comprou um cheeseburguer com fritas e engoliu tudo já dentro do carro. Pou-

248 | NANCY TAYLOR ROSENBERG

co depois, estava tocando a campainha da porta da residência de Stanley e Jane Caplin. O dia estava nublado e o ar, cortante. A casa deles ficava situada na marina e havia um barco junto do deque. A propriedade aparentava ser modesta vista do lado de fora, mas só o terreno valia quase um milhão de dólares.

A Sra. Caplin manteve a corrente no lugar ao abrir a porta, espreitando para ver quem era.

— Sou o detetive Sawyer — disse ele. — Posso entrar?

— Sim — respondeu ela, com uma voz que era quase um sussurro. — Stanley está esperando pelo senhor.

Jane Caplin era baixa, talvez um metro e sessenta. O corpo era magro e os cabelos castanhos e secos fizeram com que o detetive pensasse em vítimas de câncer. A dor dela era tão intensa que ele teve de desviar o olhar. As mães pareciam ser aquelas que mais sofriam. Havia duas maneiras de lidar com uma tragédia dessa magnitude: ou encontrar um escape através da raiva ou se deixar cair em desespero. Com o correr do tempo, os mais fortes chegavam a um nível de aceitação. A julgar pelo seu olhar angustiado, ele duvidava que a Sra. Caplin viesse a se recuperar da morte da filha.

Eles devem ter comprado a propriedade há uns vinte anos, pensou Hank. A mobília parecia da época e o chão estava coberto de tapetes já bem gastos. Não havia árvore de Natal, nem quaisquer outras decorações natalinas. Mas notou que havia algumas agulhas de pinheiro espalhadas pela entrada. Eles deviam estar montando a árvore, mas depois tiraram tudo, ao saber que Laurel tinha sido assassinada. Não havia nada a celebrar nessa casa. Nas circunstâncias, a árvore de Natal teria sido uma afronta.

À medida que o detetive seguia a Sra. Caplin pelo corredor que levava ao estúdio, a vida de Laurel Goodwin ia passando retratada em fotos pelas paredes. Viu a garota traquinas na piscina, a adolescente vestida para a sua primeira comunhão, a orgulhosa jovem formada, a noiva radiante e, finalmente, a professora amorosa rodeada pelos alunos que a adoravam. E naquela hora, para Hank, ela deixou de ser um corpo dissecado, jazendo no necrotério. Era Laurel.

De repente, não havia mais fotos. Tal como a vida de Laurel, as fotos terminavam abruptamente. Havia um enorme espaço vazio antes de se chegar ao estúdio. A Sra. Caplin deve ter guardado esse espaço para os seus futuros netos. Segundo o detetive tinha ouvido falar, quando uma pessoa morria assassinada, era um mundo inteiro que se acabava. Todas as gerações seguintes deixavam de existir.

Hank sentiu uma sensação estranha no estômago. O suor se acumulou na testa. As paredes eram de madeira escura e o corredor era estreito, confinado. Em sua opinião, a parede de fotos da Sra. Caplin tinha se transformado em uma parede de tristezas.

Stanley Caplin tinha mais ou menos um metro e setenta e pesava mais de cem quilos. Vestia uma camisa marrom e calças escuras. Havia um charuto aceso no cinzeiro, ao lado da sua cadeira reclinável. Não admirava que se sentisse enjoado, pensou Hank, apertando a mão do homem na sua frente. Estava tão distraído, acompanhando a Sra. Caplin e vendo as fotos, que nem notara como a casa estava fedendo a charuto.

— Podemos conversar lá fora? — perguntou ele, puxando um lenço e colocando-o sobre o nariz e a boca.

— Oh — reagiu o Sr. Caplin. — Não se preocupe. Vou apagar o charuto. Está frio demais lá fora e, além disso, podem aparecer aqueles caçadores de notícias.

Relutantemente, Hank sentou-se no sofá, dobrando o lenço e colocando-o de volta no bolso. O homem achava que resolvia o problema ao apagar o charuto. Para acabar com o mau cheiro na casa, seria preciso derrubá-la e reconstruí-la.

Hank presumiu que a Sra. Caplin o seguiria e ficaria no estúdio, mas ao olhar para trás verificou que ela havia desaparecido.

— Sua esposa não quer estar presente?

— Janie não está bem — disse o homem, coçando o queixo por barbear há pelo menos um dia. — Ela tem ficado de cama a maior parte do tempo desde que soubemos do assassinato de Laurel. É uma mulher maravilhosa. Laurel era a nossa filha única. Janie tinha problemas nas trompas de Falópio. Passou por dez anos de tratamento e duas cirurgias para poder engravidar.

Hank colocou um minigravador sobre a mesa de centro.

— A minha memória já não é mais a mesma. Espero que não se importe.

— Não — disse o Sr. Caplin, cerrando os olhos escuros. — Já prenderam o tal sujeito, o Sullivan? Assassino, filho-da-mãe. Segundo ouvi dizer, ele matou também Suzanne Porter. O marido dela me telefonou de novo ontem à noite. Ainda é jovem, está sofrendo muito. Nós esperamos que esse Sullivan seja sentenciado à pena de morte.

O problema, no caso de Suzanne Porter, era que não havia pista nenhuma, pensou Hank. O marido estava no escritório, com dez outras pessoas. A casa estava impecavelmente limpa. E os amigos do casal e os parentes disseram que eles dois viviam como recém-casados. Além de uma carteira de ações de seis dígitos e de um monte de lingerie sensual, a mulher não tinha nada a esconder. Não havia ex-amantes, nem inimigos, nada de abuso de álcool ou drogas. Eric Rittermier, o filho do vizinho, a princípio parecera ser um dos suspeitos. Tinha até uma motocicleta, mas sua namorada jurou que estava transando com ele no quarto na hora em que Suzanne Porter foi assassinada. Hank acabou voltando-se para Stanley Caplin.

— Por favor, fale sobre o relacionamento de sua filha com Neil Sullivan.

A JUSTIÇA DE SULLIVAN | 251

— Na primeira vez ou na segunda? — perguntou Caplin, inclinando-se para a frente na cadeira.

— Comece pelo princípio.

— Laurel era uma boa aluna. Começou a namorar Neil logo no primeiro ano do secundário. Não ficamos muito contentes, na verdade, com a situação. Isto é, com o namoro. Mas o garoto vinha de uma família respeitável, portanto achamos que estava tudo bem. Além disso, o garoto era muito pudico. Janie achava que talvez fosse gay.

— O que aconteceu? — Perguntou Hank, tirando do bolso um palito que pôs na boca. — Por que eles terminaram?

— Eu apanhei o filho-da-mãe fumando maconha no jardim da nossa casa — disse Caplin. — Ele estava dando drogas para a minha filha. As notas de Laurel começavam a baixar. Nós não sabíamos o que estava errado, até que eu vi tudo com os meus próprios olhos. — Suspirou, sua mente voltando ao passado. — Acabei com o namoro. Proibi Laurel de ver Neil de novo ou, então, eu o denunciaria à polícia. Ela voltou a se aplicar nos estudos e se formou em primeiro lugar.

— Quando ela começou a ver Sullivan de novo?

— No ano passado, acho eu — respondeu Caplin, dando de ombros. — Minha mulher e eu não sabíamos de nada.

— Você acusou Sullivan de traficar drogas. Tem alguma prova disso?

— Prova — disse o homem, com voz elevada e abrasiva. — O senhor está me pedindo uma prova? Não encontrou uma seringa no banheiro dele? Da última vez que falei com o senhor, me contou que o médico-legista tinha encontrado uma picada de agulha no corpo de Laurel e que podia ter sido isso que a matou. O filho-da-mãe deu-lhe uma injeção com alguma porcaria. O homem vive numa casa de um milhão de dólares e dirige uma Ferrari. O senhor acha que ele ganhou tudo isso vendendo os quadros que

252 | NANCY TAYLOR ROSENBERG

pinta? Esse lado artístico é apenas um disfarce. Ele é traficante de drogas, sim. De que mais provas precisa?

— Nós estamos investigando todas as atividades de Neil Sullivan — reagiu Hank. — Se ele está vendendo drogas, nós vamos acabar sabendo. Sullivan disse que ela vivia aqui, é verdade?

Caplin respirou fundo várias vezes antes de voltar a falar.

— Ela se mudou para cá depois que o marido a expulsou de casa. Não posso dizer que eu o culpo por isso. Eu teria feito a mesma coisa, se fosse ele.

— Poderia explicar melhor? Não tenho certeza se entendi bem.

— Laurel o traía — respondeu Caplin, em voz baixa. — Nunca contei nada para a minha mulher.

Ora, ora, pensou Hank, o caso tomava outro rumo. Historicamente, o adultério era uma das causas mais freqüentes de homicídio.

— Sabe o nome desse amante?

Caplin ficou olhando para o chão, perdido em seus pensamentos. Hank esperou alguns minutos. Depois, insistiu:

— Senhor, eu lhe perguntei...

— Eu escutei — confirmou Stanley Caplin, pegando o charuto e mordendo-o. — Eu não sei quem é. Vai ter que perguntar ao Jordan. Tudo o que sei é que ele era muito jovem, jovem demais. Uns 18 ou 19 anos.

— Há quanto tempo Laurel lecionava? Era professora do secundário, não era?

— Sim — respondeu Caplin, expelindo as palavras entre os dentes e o charuto. — Eu sei em que está pensando, que o cara era ex-aluno dela ou coisa parecida. Já ouvi mais do que queria ouvir. Em se tratando de sexo, um homem não quer saber o que a sua filha está fazendo. Jordan vai ter que lhe explicar o resto.

— Na noite do crime — continuou Hank — o senhor me contou que o ex-marido de Laurel tinha telefonado recentemente. O senhor se recorda de como a conversa transcorreu?

A JUSTIÇA DE SULLIVAN | 253

— Em primeiro lugar — disse Caplin —, Jordan ainda era o marido dela. Eles se separaram há dois anos, mas o divórcio ainda estava em andamento. Laurel se recusou a assinar os papéis do acordo. Ela achava que deviam dividir tudo. Eu lhe disse que isso não ia acontecer. Mas ela não me ouvia.

Hank levantou-se, sentindo que ia sufocar se não saísse da casa. Precisava voltar para casa e trocar de roupa.

— Preciso entrar em contato com o marido dela — disse ele. — Também preciso saber qual foi a data e a hora exata em que ele lhe telefonou.

Stanley Caplin acompanhou-o até a porta.

— Foi cerca de três dias antes de ela... — Ele parou e enxugou os olhos. — É difícil. Nunca pensei que teria de enterrar a minha filha. Quando é que vocês vão liberar o corpo?

Podia ser difícil, pensou Hank, mas aquele homem na sua frente possuía força suficiente para tocar a vida. O detetive escutava bem cada palavra que saía da boca das pessoas que interrogava. No espaço de alguns minutos, Caplin tinha passado de se referir à filha como Laurel até aquilo que ela era, agora, nada mais do que um corpo sem vida.

— As coisas estão atrasadas por causa do feriado — respondeu o detetive. — Estive com o patologista hoje de manhã. Em minha opinião, acho que a liberação será feita até quarta-feira. Telefonarei assim que souber ao certo. Quanto à ligação...

Caplin interrompeu-o.

— Jordan não estava zangado, nada disso. Tudo o que ele queria saber era se Laurel tinha assinado ou não os papéis.

— Ele lhe deu um número de telefone para que ela pudesse entrar em contato? — perguntou Hank. — Nós entramos em contato com a marinha várias vezes. Não estão sendo muito cooperativos.

— Um oficial como Jordan poderia estar em qualquer lugar. Com todos esses problemas com a Coréia do Norte e o Iraque, a sua localização provavelmente é sigilosa.

— Suponhamos que ele não estivesse em alto-mar — disse Hank, movendo o palito na boca de um lado para o outro. — O senhor acha que existe alguma chance de ele ter matado Laurel?

— Não — respondeu Stanley Caplin, abanando a cabeça. — Não faz sentido. Jordan nem sequer lhe deu uma bofetada quando descobriu que ela estava dormindo com esse garoto idiota. Por que razão ele iria machucá-la agora?

— Talvez ele quisesse casar de novo e ela estivesse retardando o divórcio.

Caplin olhou diretamente nos olhos de Hank.

— O assassino é Neil Sullivan. Se ele não estiver na cadeia até o final desta semana, vou matá-lo com as minhas próprias mãos.

— Não acho que queira fazer isso — falou Hank. — Se o fizer, não será uma pessoa muito diferente daquela que matou a sua filha.

Caplin olhou ferozmente para ele e, depois, fechou-lhe a porta na cara. Hank ainda ficou na varanda por alguns minutos. E deu um pontapé num caracol que passeava no lugar. Não era incomum os parentes das vítimas fazerem comentários como Caplin tinha feito. Na maioria dos casos, nada acontecia. Mas existiam casos, também, em que as pessoas cumpriam as suas ameaças. Hank só esperava que Caplin não fosse um desses.

CAPÍTULO 22

Segunda-feira, 27 de dezembro — 14h

Neil desaparecera.

Carolyn já estava trabalhando desde as oito horas da manhã. Era difícil se concentrar, pois não falava com o irmão desde a véspera de Natal. Tinha passado de carro pela casa dele no caminho para o escritório. Vários carros da polícia e um caminhão da Leslie's Pool Service estavam estacionados na frente. Ao tentar entrar na casa, um dos policiais disse a ela para ir embora. Ainda assim, ela contornou a casa pela lateral e foi até os fundos, na esperança de que Neil estivesse escondido na casa da piscina. Um outro policial também a mandou embora, dizendo que ainda estavam coletando evidências. Antes de voltar, Carolyn viu que havia um técnico da cena do crime dentro do estúdio de Neil.

Ela marcou um encontro no fim da tarde, às seis horas, com o advogado de defesa, Vincent Bernini. E continuou enviando mensagens para a caixa eletrônica de Neil até que ficou cheia.

Carolyn não deixou a sala de Brad, a não ser para ir ao banheiro. Pastas e documentos estavam espalhados por todo o lugar. Quando um funcionário entregou em sua mesa mais vinte casos para serem despachados, ela ficou a ponto de gritar e explodir

Engolindo mais uma xícara de café frio, continuou designando casos para todos os investigadores o mais rápido possível. Não tinha tempo para pensar em todos os processos. Se os investigadores tivessem problemas, que viessem até ela. E se desse a um deles mais do que aos outros? Afinal, ela sempre tinha recebido o dobro de casos durante anos.

Carolyn tentou focalizar a atenção no trabalho, mas não conseguia parar de pensar em seu pai. Lembrou-se de como seus seios pareciam ter dobrado de tamanho quando ela completou 12 anos. E não eram aquelas protuberâncias inchadas como na maioria de suas amigas. Eram grandes e redondos, enfatizados pela sua estatura reduzida. A mãe concluía um mestrado em química e vivia ocupada demais para lhe dar atenção. Ela era demasiado tímida para pedir à mãe um conselho. E os garotos começavam a provocá-la, à medida que seus seios sobressaíam nas camisetas.

Os sutiãs da mãe não serviam e ela também tinha receio de que a mãe desse por falta se usasse um deles. Ficou tão desesperada que roubou uma cinta-liga da gaveta da mãe e costurou ela mesma um sutiã. A mãe já não usava mais esse tipo de liga, apenas meia-calça. Foi razoavelmente fácil. Tudo o que ela fez foi cortar os fechos que prendiam as meias e juntar as pontas, invertendo a posição do elástico. Nas costas, a improvisação parecia mesmo um sutiã. Na frente, o único problema era o tecido muito fino.

O pai de Carolyn ensinava matemática na escola e voltava para casa todos os dias por volta das quatro horas. Uma tarde, ele a levou à loja Robinson´s e colocou na mão dela uma nota de vinte dólares, dizendo que podia comprar o que quisesse. Depois, disse para que ela o encontrasse na seção de roupa masculina, onde ele pretendia comprar uma gravata de que estava precisando. Na época, o dinheiro era curto e o pai raramente usava gravata para ir ao colégio. Carolyn sabia que ele estava mentindo. Quando voltou com a compra feita, dois sutiãs brancos de algodão dentro de uma sacola, ela ficou temerosa de que o pai perguntasse o que havia comprado. Mas ele não perguntou nada, nem pediu o troco de volta. Ao voltar de carro para casa, ela olhava para ele, esperando que o pai dissesse alguma coisa. Tudo o que ele fez foi tocar a mão dela e perguntar se queria um sorvete. Ela nunca amaria tanto outra pessoa como amou o pai nesse dia.

Hank Sawyer surgiu na porta da sala de Brad, tirando Carolyn dos seus pensamentos.

— Não posso falar agora — disse ela para Hank, voltando para o computador e tentando se lembrar de onde tinha parado.

— Há novidades no caso Goodwin — disse ele. — Pensei que gostaria de saber.

— Feche a porta e sente-se aí. — Ela abriu os braços para os lados. — Olhe para esta confusão. É o primeiro dia de trabalho e já estou atrasada. Não posso trabalhar deste jeito, Hank. Isso me deixa exausta, física e emocionalmente.

O detetive assumiu um ar de superioridade.

— Falei com um homem há cerca de uma hora que jura que Melody Asher é uma impostora. Mas você está ocupada demais, portanto virei... — Ele deu meia-volta, pronto para sair.

Ao ouvir o nome de Melody, Carolyn teve um acesso de raiva. Quando Hank chegou à porta, ela gritou:

— Volte aqui agora e bote o traseiro outra vez na cadeira!

— Sim, senhora — disse ele, sentando-se. — Um homem chamado Michael Graham telefonou para mim de Nova York. Ele jura que a mulher que nós conhecemos como Melody Asher é sua filha, Jessica Waldheim Graham.

— Espere aí — disse Carolyn, tentando absorver o que acabava de ouvir. — O homem deve ser maluco, Hank. Você não verifica as ligações desse tipo de gente?

— Não se engane tão facilmente — advertiu ele. — Tudo o que Graham queria era o endereço e o número de telefone da filha. Ele foi condenado a trinta anos de cadeia por causa dela. Ele acha que ela pode ajudá-lo a obter de volta a sua licença de médico. É por isso que está tentando encontrá-la. Ele era médico, cardiologista, antes de ir parar na prisão. Nós confirmamos tudo, fazendo uma consulta ao conselho de medicina de Nova York.

— Existem muitos médicos na prisão — disse ela, aborrecida por ele estar desperdiçando o tempo dela com bobagens. — Eu estou com trabalho até a raiz dos cabelos, Hank. Vá contar as suas histórias para outro.

— Pelo amor de Deus, vai me escutar ou não? — disse o detetive. — Esse sujeito não é nenhum vigarista.

— Você está querendo me dizer que considera Melody como suspeita só porque essa pessoa lhe disse que é?

— Isso é justamente o que estou tentando dizer a você — afirmou Hank, agora falando rápido. — Estou pagando a passagem de avião para Graham chegar aqui amanhã. Até mesmo o pai admitiu que ela poderá matar de novo. Eu vou buscá-lo no aeroporto e depois vou levá-lo à casa de Melody Asher para realizar a identificação positiva.

Carolyn girou na cadeira de modo a ficar olhando pela janela. O nevoeiro não se dissipara, e ela já podia ver algumas nuvens ameaçadoras. A qualquer momento, pensou ela, vai começar a chover de novo. Esperava que John fosse buscar Rebecca na escola. Também ainda não tinha contado a Hank sobre o vídeo que Melody enviara. Era embaraçoso e ela achava que não tinha nada a ver com o caso.

— Eu não acredito nisso — disse ela, girando na cadeira de volta. — Melody Asher é famosa. Será que a verdadeira Melody não saberia que alguém está usando a sua identidade? E a imprensa? Já foram escritos dezenas de artigos a respeito dessa mulher.

A JUSTIÇA DE SULLIVAN | 259

— Graham contou que a filha quando menina achou um rifle carregado na garagem e, por acidente, disparou a arma e matou a mãe e o irmão. Depois, mentiu e contou para as autoridades que ele, o pai, é que tinha atirado. Ela tinha apenas 9 anos na época. Parece mesmo uma coisa que Melody Asher faria, não acha? Ela também acusou o irmão de Michael Graham de abuso sexual, coisa que o acusado alega ser infundada.

— Conte mais — disse Carolyn, intrigada com o que agora estava ouvindo com toda a atenção.

— Muito bem. Jessica Graham cresceu em uma região privilegiada de Nova York. Já mandei um dos meus homens fazer umas pesquisas antes de vir para cá. Tuxedo Park é uma espécie de esconderijo para ricos e famosos. Foi fundada há mais de cem anos por um barão do tabaco de nacionalidade francesa. Por ser uma cidade incorporada, eles têm o seu próprio departamento de polícia. Ninguém mais tem jurisdição sobre a área. Graham afirma que poderiam existir corpos enterrados por toda parte. As casas têm jardins imensos ficam longe umas das outras. Além disso, a maioria dos residentes é formada por grandes ícones.

— E o que isso pode ter a ver com o homicídio de Laurel Goodwin?

— Espere até ouvir o resto. — Os olhos de Hank brilhavam de excitação. — Melody Asher também cresceu em Tuxedo Park. De acordo com o Dr. Graham, as duas meninas eram amigas. Mas Jessica sempre teve inveja de Melody. E essa é a parte assustadora. A verdadeira Melody Asher desapareceu não muito depois de fazer 18 anos. Como você sabe, ela é a única herdeira da APC Pharmaceuticals. O que eu quero dizer é que essa mulher pode ter desenvolvido um gosto por matar. Jessica Graham pode ter matado três pessoas antes de chegar aos 19 anos. — E ele contou nos dedos. — A mãe, o irmão e a verdadeira Melody Asher.

260 | NANCY TAYLOR ROSENBERG

— Inveja — disse Carolyn, começando a pensar que esses novos dados poderiam ajudar o seu irmão. — Talvez a verdadeira Melody Asher tivesse roubado o namorado de Jessica ou coisa parecida. Isso poderia ser comparado com a situação de Neil e Laurel. No entanto, como é que ela podia ter posto as mãos no dinheiro dos Asher? Uma fortuna grande como essa devia estar protegida por dezenas de advogados.

Hank levantou e tirou o paletó, que jogou na cadeira, passando a andar em volta da sala.

— Essa é a beleza da história. Jessica também era herdeira de uma boa fortuna. Não era tão rica quanto Melody, mas milionária.

Carolyn respirou fundo e expirou lentamente. Sua cabeça latejava, o estômago rosnava, e ela tremia toda por causa da cafeína.

— Você acha que Melody matou Laurel?

— Jessica — corrigiu Hank. — Ela não é apenas uma pessoa invejosa, segundo o próprio pai, mas uma mentirosa patológica. Em vez de dizer às autoridades a verdade, ela deixou que o pai fosse parar na prisão. Por tudo o que sabemos, a verdadeira Asher pode estar enterrada em algum lugar em Tuxedo Park. O pai disse que as duas meninas eram altas e se pareciam uma com a outra. Jessica deve ter pintado os cabelos de louro para se parecer ainda mais com Asher. O pai disse que Jessica era ruiva. — O detetive então contou sobre a conversa que havia tido com Stanley Caplin.

Carolyn ficou chocada.

— Mas Laurel parecia uma mulher tão doce.

— E as pessoas doces não dormem com qualquer um? — perguntou Hank, com um olhar desafiador. — O meu pai era capitão do exército. Ele batia em mim e na minha irmã. Jordan Goodwin é capitão da marinha. Sujeitos como eles não vão embora quando descobrem que suas mulheres freqüentam a cama de outros homens. Não estou dizendo que foi o marido que a matou, mas

A JUSTIÇA DE SULLIVAN | 261

também não estou dizendo que não foi ele. A primeira coisa que temos a fazer é encontrar o cara.

Ela fixou o olhar nele, colocando a mão sobre o peito.

— Você considera Jordan Goodwin também um suspeito?

— Ele tem um motivo — disse Hank, sorrindo. — A boa notícia é que Kevin Thomas acha que devemos recuar em relação a Neil por enquanto. Se você tem rezado por isso, suas orações estão dando certo.

Carolyn andava de um lado para o outro na recepção da firma de advogados de Vincent Bernini. Deixou mensagens na casa de Neil, assim como no celular. A consulta deles estava marcada para as seis e já eram seis e trinta. As novas pistas do caso eram promissoras, mas ela ainda tinha que proteger o irmão. As coisas podiam mudar.

Sentando-se, ela passou a folhear uma revista. Depois, nervosa, jogou-a na mesa. Voltou a repassar o dia anterior, na visita que havia feito à mãe. Como é que ela podia ter guardado aquele segredo por tanto tempo? O pai tinha sido um homem humilde. Lembrou-se de como os sapatos dele eram gastos, como ele não gastava dinheiro consigo mesmo. Ele lhe fizera uma surpresa, visitando-a no escritório, não muito antes da sua morte. Ela estava tão preocupada com o divórcio que nem apreciara muito a visita do pai. Pior ainda foi a vergonha que ela sentiu pela aparência maltrapilha dele. Uma dor de culpa abateu-se sobre ela. Será que essa visita tinha sido na mesma época em que realizara o seu sonho de uma vida inteira — a solução da hipótese de Riemann? Ele poderia ter vindo para compartilhar esse momento especial. As lágrimas assomaram aos seus olhos. Ela não podia deixar de pensar em como ele devia estar feliz. Mas ele não dissera nada. O que fazia dele um grande homem era a sua humildade. Ela duvidava até que sequer tivesse pensado em ganhar o prêmio Nobel.

Essa conclusão a fez pensar: ele talvez tenha se matado porque realizou o maior objetivo da sua vida. Talvez aquele almoço, que tinha significado tão pouco para ela, tivesse sido uma forma de seu pai se despedir.

Carolyn escutou a jovem recepcionista loura falando e puxou um lenço de papel para assoar o nariz. Uma tabuleta sobre a mesa dizia WENDY FITZGERALD.

— O Dr. Bernini teve que sair. Gostaria de marcar uma nova data?

— Sim — disse ela, pegando sua pasta. Com o movimento, seu casaco se abriu e os olhos da recepcionista viram logo a arma.

— A senhora é da polícia?

— Não, sou oficial de condicional.

— A senhora já matou alguém?

— Não — respondeu ela. — Por que não nos concentramos na escolha de uma nova data?

— A primeira data que temos em aberto é quatro de fevereiro, às dez horas da manhã — disse a mulher, com um sorriso artificial nos lábios. — Está bom para a senhora?

— Não, não está nada bom — disse Carolyn, a voz mais brusca do que pretendia. — Desculpe. O dia para mim foi muito cansativo. Não tem nada antes?

— O Dr. Bernini vai estar muito ocupado durante janeiro com um julgamento — explicou Wendy. — A única razão que o levou a recebê-la hoje foi por conhecê-la pessoalmente. Talvez possa telefonar e falar com ele outro dia.

O escritório de Bernini ficava em Sherman Oaks, uma cidade nos arredores de Los Angeles. Carolyn saiu e chamou o elevador. Depois de entrar, ligou para a mãe pelo celular.

— O Neil apareceu por aí?

— Não — respondeu Marie. — Quer dizer que você ainda não se encontrou com ele? Ah, minha nossa, agora vou ficar preocupada. O meu coração está batendo rápido demais. Vou ter que chamar os paramédicos.

— Calma, mamãe! A senhora está bem. Tem marcapasso, lembra-se? Já chamou três vezes os paramédicos no mês passado e não havia nada de errado.

— Mas Neil... ele é... ele é o meu menino.

— Neil acaba de entrar pela porta — mentiu Carolyn. — Nós estamos na sala do advogado. Eu telefonarei mais tarde, hoje à noite. Vai ficar bem ou quer que eu chame a Sra. Bentley da porta ao lado? Ela poderia ficar com você durante algumas horas.

— Aquela velha bruxa — reagiu ela. — Por que eu deveria deixar que aquela bruxa fique andando pela minha casa? É uma ladra, sabia? Ela roubou a minha bolsa quando deixei a porta aberta um dia.

— Ela não roubou a sua bolsa, mãe — corrigiu Carolyn, suspirando. — Nós a encontramos debaixo da cama. Talvez esteja na hora de reconsiderar aquela casa de repouso perto da minha casa. Eles vão fazer as suas refeições, lavar as suas roupas, e têm uma van para conduzi-la onde for necessário. As crianças e eu poderíamos passar mais tempo com você se viesse morar em Ventura.

— De jeito nenhum! Eu estou bem. Esse lugar aí é para velhos.

Carolyn sorriu ao desligar. Lidar com as pessoas nesse estágio da vida nunca foi fácil. A mãe tinha ficado mais carente ultimamente. De certa forma era engraçado, quase como se estivessem em um novo tipo de jogo. Quando Marie Sullivan queria chamar a atenção, fingia que estava tendo um enfarte ou inventava uma história qualquer. Mas bastava falar da casa de repouso e ela logo, milagrosamente, se recuperava.

Carolyn então ligou outra vez para o celular de Neil. E, novamente, ouviu a mensagem de que a caixa eletrônica estava cheia. Seguiu de elevador para o andar do estacionamento e correu para o carro. Paul havia emprestado o seu BMW para Neil, de modo que ele podia estar em qualquer lugar. Melody era a melhor aposta. Agora que Laurel não existia mais, ele precisava de um ombro para encostar a cabeça. Ela tinha que encontrar o endereço de Melody. Abriu o porta-luvas e tirou uma série de envelopes, na maioria cartões de Natal. Para poupar tempo, ela lia a correspondência na hora do almoço.

— Ótimo — disse ela, ao encontrar o cartão de Melody.

Trinta minutos mais tarde, tocava à campainha da casa de Melody em Brentwood.

Melody veio abrir a porta vestindo uma malha de ginástica bem colada ao corpo. Ela sorriu como se nada tivesse se passado entre as duas.

— Onde está o meu irmão?

— O que eu pareço? Uma babá? Acho que você deve ter recebido o vídeo que mandei. O Paul é um merda, *não é não?* E agora que já tiramos tudo a limpo, entre, por favor. Vou preparar um drinque para nós.

Como alguém podia ser tão insensível?, pensou Carolyn ao segui-la e entrar na casa. A vida era apenas um grande jogo para Melody. Desta vez, no entanto, ela estava jogando com uma profissional. Se Carolyn podia ficar frente a frente com um assassino violento como Raphael Moreno, decidiu ela, também podia fazer picadinho dessa loura paparicada e esquelética.

Ela examinou com repugnância a ostentosa casa de Melody. A casa inteira de Carolyn caberia dentro da cavernosa sala de estar. As esculturas em bronze pareciam ser uma coleção de partes do corpo. Duas mulheres nuas se enlaçavam em uma única peça, com as pernas sobressaindo da parede.

Carolyn avançou um pouco mais e parou diante de uma escultura enorme, em azul, feita de vidro assoprado. A parte superior representava um dorso nu de homem, completado com um pênis saliente. Em seguida, ela viu uma cabeça por baixo do dor-

A JUSTIÇA DE SULLIVAN | 265

so e estremeceu. Pelo menos nesse aspecto, ela concordava com Melody a respeito de onde a mente dos homens se concentrava na maior parte do tempo. Outra peça consistia, nada mais, nada menos, em um traseiro de bronze. Quanto Melody teria gastado por uma peça como essa? Em uma das paredes havia um quadro enorme, a peça central da sala. A tela exibia apenas uma mancha de tinta branca e o número cinco. Ela devia trazer Rebecca e deixar que ela pintasse alguns quadros, para faturar um pouco daquele dinheiro que Melody, aparentemente, não sabia utilizar. Deus era testemunha que os quadros de Rebecca eram muito melhores do que aquele lixo. E Neil, o artista clássico, estava desperdiçando o seu tempo com alguém que achava que lixo era arte. Não admira que ele tenha se apaixonado por Laurel.

Melody conduziu-a para outra sala que fazia lembrar uma boate de Miami, com tetos espelhados e chão de granito negro polido. Em vários lugares, havia poltronas e sofás de veludo de cores fortes. De trás do bar, Melody chegou com dois copos na mão.

— Gim-tônica. Ou prefere o que eu estou bebendo, um uísque?

— Estou dirigindo — disse Carolyn, franzindo o cenho. — Eu não bebo quando dirijo.

— Ah, é mesmo? — exclamou Melody, fingindo surpresa.

— Neil e Paul bebem. Por isso presumi que você também bebesse. Eu posso beber muito mais do que a maioria dos homens. Meu médico diz que isso é conseqüência do meu metabolismo acelerado. Também é isso, provavelmente, que me mantém magra. Gostaria de tomar alguma outra coisa, um refrigerante, um suco ou café?

Melody não podia acreditar que ela tivesse aparecido só para fazer sala.

— Eu recebi o vídeo — disse Carolyn, sentando-se num sofá de cor púrpura e inclinando-se para a frente a fim de enfatizar a que pergunta. — Por que você o enviou para mim? O que Paul fez antes de nos conhecermos não me interessa. Você perdeu o seu tempo.

— Não foi isso que Paul me disse quando me telefonou esta tarde — afirmou Melody, deixando-se cair em uma poltrona cor de laranja. — Ele disse que você rompeu com ele. Melhor para você. Paul se aproveita da posição de professor para fazer sexo com as alunas. Provavelmente, você é a mulher mais velha com quem ele transou desde o divórcio. Eu sabia que ao mandar o vídeo iria irritá-la, mas estava apenas tentando ajudar Pensei que você gostaria de começar o novo ano afastada de um passado sujo e pronta para encontrar alguém decente. Você é uma boa mulher, Carolyn. Sei que não gosta de mim. As mulheres, em geral, não gostam de mim. Acho que é por causa da minha aparência e do meu dinheiro. De qualquer forma, não poderia ficar quieta e deixar que Paul a magoasse do jeito que ele me magoou.

A mulher mais velha com quem Paul transou, pensou Carolyn, enfurecida. Tinha apenas 38 anos. Com quem ele teria dormido antes? Com meninas de 18 anos? Acalme-se, disse ela para si mesma. O relacionamento com Paul tinha terminado. Ela tinha vindo para encontrar o irmão, mas o desafio de saber a verdade a respeito de Melody Asher também tinha se tornado importante. Pior que não conseguiria derrubar as defesas dela como fazia com os criminosos? Segundo os últimos acontecimentos, Melody poderia ser a chave para a liberdade de Neil de muitas outras maneiras, além de simplesmente providenciar para ele um álibi.

Quem era essa mulher sentada na sua frente? Seria uma impostora? Seria uma assassina? Mesmo que tivesse matado Laurel, por que mataria Suzanne Porter?

— Fique longe do meu irmão, entendeu?

— De onde vem essa sua idéia? — perguntou Melody. — Você acha que Neil ainda não é adulto o suficiente para resolver os seus próprios problemas?

— Não — disse Carolyn. — Não, diante de uma pessoa tão perigosa quanto você. Você matou Laurel Goodwin, não é verdade? Você descobriu que Neil estava saindo com outra mulher e decidiu livrar-se dela. Depois armou tudo para que a culpa caísse sobre ele.

— Não seja ridícula — disse Melody, rindo. — Neil não significa nada para mim. Ele nada mais é do que um aperitivo para mim. Eu estou namorando Richard Fairchild. Neil sabe disso. Se não acredita em mim, pergunte a Neil. Seu irmão está mentalmente doente. Algum tempo na cadeia poderá ser uma boa para ele. Conheci pessoas como Neil na Academia do FBI. — Ela viu o choque registrado no rosto de Carolyn e rapidamente acrescentou: — Não, eu não sou agente do FBI. Eu fiz todo o programa de treinamento, mas desisti para me tornar modelo. Odeio até mesmo mencionar isso, mas o seu irmãozinho é quem deve ser acusado de assassinar aquelas mulheres.

Melody, fazendo o treinamento do FBI! Seria isso verdade ou apenas mais uma invenção elaborada por ela? A mulher era complexa mesmo, pensou Carolyn, imaginando se seria possível desmascará-la.

— Neil não matou ninguém. Você é que tem motivos... Ciúme, inveja. Além disso, você não é nem quem diz que é. A polícia já sabe da verdade, Jessica.

Melody pôs-se de pé, cerrando os dentes, os músculos do rosto contraídos.

— Do que foi que você me chamou?

A carta estava lançada. Ela não reagiria daquela maneira, a não ser que aquilo que Hank descobrira fosse verdade.

— É o seu nome, não é?

— Não, não é — desmentiu ela. — Você está confundindo tudo, Carolyn. Acho que está na hora de você ir embora.

— O seu pai saiu da cadeia. Ele está contando tudo para a polícia. Você não pode fingir ser Melody Asher por mais tempo, Jessica. Jessica Graham, certo? O seu pai é Michael Graham. Era cardiologista antes de ser condenado por matar sua mãe e seu irmão, 18 anos atrás.

Melody caiu sentada na ponta do sofá. O seu comportamento mudou. A tensão desapareceu e a boca ficou ligeiramente aberta.

— Você falou com o meu pai? Ele já saiu da prisão?

— Sim, já saiu.

Melody ficou olhando para o chão.

— Por que ele telefonou para você? — perguntou ela, levantando a cabeça. — Por que não telefonou para mim se sabia onde eu estava?

— Ele telefonou para a polícia — informou Carolyn, ignorando a pergunta dela. — Onde está a verdadeira Melody Asher? Você a matou?

— Claro que não — disse Melody. — Ela é arqueóloga. Mel casou com um antropólogo judeu e mudou-se para Israel há muito anos. Eu não fiz nada de errado. A única coisa que eu fiz foi usar o nome dela. Isso não é crime.

— Está errada. Se ela decidir processá-la, você pode ir parar na cadeia. Isto é, se o que está dizendo é verdade. As pessoas contaram à polícia que ela continua sendo dada como desaparecida.

Melody fez um gesto com a mão, como quem não ligasse para isso.

— Foi uma história inventada para a imprensa — disse ela, a autoconfiança voltando. — Mel inventou-a anos atrás para se livrar dos paparazzi. E ela não vai me processar. Somos amigas. Crescemos juntas. — Melody puxou uma mecha do cabelo para trás da orelha. — Tudo começou como uma brincadeira.

Melody estava planejando o seu casamento. Ela não queria que a imprensa aparecesse e estragasse a cerimônia. Os jornalistas viviam atrapalhando a vida dela. Depois que os pais dela faleceram, as coisas ficaram ainda piores. Como deve saber, a família dela era dona da APC Pharmaceuticals. Durante uma peça de teatro, uma noite, um dos repórteres tirou uma foto de mim depois que fiquei loura. Eu estava com um cara que Melody costumava namorar, por isso o jornal se enganou e me identificou como Melody. Ao telefonar para Mel para lhe contar o acontecido, ela adorou a situação. E telefonou de volta dias mais tarde, perguntando se eu não me importaria de usar o seu nome para que ela pudesse ter uma vida normal. Isso era bom para mim por causa da situação do meu pai. Eu estava prestes a me casar com um estilista famoso e receava que alguém trouxesse de volta o meu passado.

Carolyn estava incrédula. No entanto, Melody parecia estar dizendo a verdade. O tom da sua voz era firme. Olhava Carolyn direto nos olhos, sem pestanejar. Mas, afinal, ela era também uma mentirosa patológica.

— Espere um momento — atalhou Carolyn. — Que idade você tinha quando isso aconteceu?

— Dezoito. A mesma idade de Melody. As meninas em Tuxedo Park amadurecem rápido. Existe uma escola particular na cidade que tem um currículo avançado. Mel já era universitária nessa época. Eu não estava tão bem, por conta do que me aconteceu. Contratei um tutor e, então, consegui me recuperar bem rápido. Aos 19 anos, entrei para a Universidade de Nova York. Acabei formada em matemática e quase formada em psicologia.

— Mas os advogados de Melody Asher não ficaram preocupados com o dinheiro e as ações dela?

— Não — disse Melody, servindo-se de mais uma dose de uísque. — Por que eu iria querer dinheiro dela? Herdei a fortuna da minha mãe. Meu irmão estava morto e meu pai não podia reclamar nada, pois ele a havia matado.

— Então, você recebeu tudo.

— Sim — respondeu ela. — Mas nem de perto é a fortuna que Melody tem. Para maior segurança, seus advogados me fizeram assinar um documento descrevendo o que nós combinamos, de forma que eu não viesse a reclamar nada do que fosse dela. Depois, nós entramos na justiça para oficializar a troca do meu nome. Os cães de guarda de Mel não ficaram nada satisfeitos com a idéia, mas não tiveram escolha. Melody podia fazer o que quisesse. — Ela se levantou e foi até o bar para se servir de mais uma dose de bebida. — Qualquer pessoa pode mudar de nome, você sabe. Tudo o que é preciso fazer é uma petição. Quer dar uma olhada nos meus documentos?

— Sim — confirmou Carolyn, vendo Melody deixar a sala. De uma forma estranha, tudo fazia sentido. Podia imaginar como o público devia ficar fascinado diante de uma menina de 18 anos que valia mais de cinqüenta milhões de dólares. No outro extremo do espectro, se ela fosse Jessica, gostaria que ninguém soubesse que seu pai estava na prisão por matar a família. Os ricos, particularmente os da alta sociedade como os Graham e os Asher, viviam num outro mundo.

Melody voltou com um grande envelope que entregou à oficial de condicional, sentando-se depois, calmamente, no sofá.

Carolyn olhou os papéis, na maioria documentos legais. Havia uma requisição oficial para a troca de nome com entrada no estado de Nova York, seguida de um acordo assinado por ambas as partes, segundo as condições já mencionadas por Melody. As suspeitas de Carolyn estavam esmorecendo. Por causa do vídeo, chegou à conclusão de que estava propensa a acusar Melody como uma pessoa fraudulenta e assassina. Talvez suas intenções tivessem sido sinceras, também, em relação a Paul. E, inteligente

A JUSTIÇA DE SULLIVAN | 271

como era, achou que as imagens seriam mais poderosas do que as palavras. Ser Melody Asher ou Jessica Graham, afinal, não era coisa fácil.

— Parece que o seu nome é, oficialmente, Melody Asher — disse ela, devolvendo a papelada. — Há quanto tempo você não fala com sua amiga?

— Um ano, acho eu — respondeu ela, ao mesmo tempo que pegava nos cabelos atrás e os torcia, fazendo um nó.

— Qual é o nome que ela usa agora?

— Bem — disse ela, sua voz descarrilando um pouco por exaustão. — O nome do marido é Sam Goldstein. Acho que ela ainda usa o seu primeiro nome, mas posso estar enganada. Uma amiga comum me contou que ela teve um filho. Mandei-lhe um presente, mas nunca recebi sequer um cartão de agradecimento. Talvez o presente não tenha chegado a ela. Pelo que sei, ela ainda continua vivendo em Israel.

Melody continuou falando e Carolyn, ouvindo. Melody contou-lhe a respeito do abuso sexual sofrido nas mãos do tio e de como fugiu do lar adotivo. Após um ano na rua, foi descoberta pela Agência de Modelos Ford.

Carolyn se perguntou se ela estava exagerando algumas partes da história para ganhar simpatia.

— Você disse que tinha 14 anos quando fugiu. Como é que uma menina dessa idade podia sobreviver em Manhattan?

— Eu fazia sexo com homens ricos — contou Melody, esfregando as mãos nas coxas. — Nessa época, me acostumei a isso.

A julgar pela expressão do seu rosto, Carolyn sentiu que ela estava dizendo a verdade. Uma jovem forçada a vender o corpo por comida e teto era uma das situações mais trágicas no mundo. Melody tinha feito todo o possível para se afastar do passado. Os cabelos louros platinados, a atitude agressiva — não eram nada mais do que parte da sua blindagem. Era impossível deixar tanta coisa para trás e continuar vivendo. Compreendia por que quisera assumir a identidade de outra pessoa.

— Mas você não podia telefonar para alguém para lhe mandarem dinheiro?

— De jeito nenhum — respondeu ela, com um espasmo de tristeza nos olhos. — O único parente que eu tinha além do meu tio era o meu pai. E o meu pai estava preso. Naquela idade, eu não entendia nada de dinheiro ou de advogados. E eu tinha medo de ter de voltar para um lar adotivo. Em todo o lugar onde ia, os homens tentavam fazer sexo comigo. Talvez por causa do que eu falava ou fazia, os calhordas sempre me diziam que a culpa era minha. E na maior parte das vezes, eu acreditava nisso.

O celular de Carolyn tocou e ela pediu licença, afastando-se para um corredor, a fim de falar em particular.

— Onde está o seu irmão? — perguntou Hank. — Eu preciso falar com ele. Você já teve tempo suficiente para contratar um advogado.

— Não, exatamente, Hank — respondeu ela. — Encontrar alguém que o represente durante o feriado não é fácil. Muitos advogados estão fora da cidade. Tínhamos uma reunião hoje com Vincent Bernini, mas ele teve um compromisso e não nos pôde ver.

— Hum — disse o detetive. — Onde é que ele está?

Carolyn sentiu um bolo na garganta. Correu as mãos pelos cabelos e acabou dizendo:

— Com minha mãe.

— Não é verdade, Carolyn. Telefonei para sua casa e falei com Rebecca. Ela disse que não via Neil desde a véspera de Natal e me deu o telefone da avó. Telefonei e a sua mãe me disse a mesma coisa. Você está dando cobertura ao seu irmão, não é?

— Eu não posso falar agora — disse ela, desligando.

Ao voltar para a sala de estar, ela resolveu confrontar Melody:

— O meu irmão estava com você na noite do crime?

— Eu o vi por algumas horas — respondeu ela. — Pelo que os jornais dizem, as duas mulheres foram mortas antes, durante o dia. Além disso, o meu testemunho não será muito valioso. Nós éramos amantes. Os amantes mentem para se proteger. — Ela fez uma pausa e riu. — Como já deve ter notado, eu sou muito boa em maquiar a verdade. Não sei se você vai querer me ver no tribunal defendendo o seu irmão.

— Eu preciso ir — disse Carolyn, cada vez mais preocupada com o irmão. — Se Neil entrar em contato com você, diga-lhe que preciso falar com ele imediatamente.

— Oh — exclamou Melody. — Pensei que poderíamos comer qualquer coisa juntas. Existe um grande restaurante chinês...

— Em outra ocasião — respondeu Carolyn, virando-se para sair.

— Peço desculpa por ter enviado o vídeo — comentou Melody. — Eu queria apenas que conhecesse o tipo de homem com quem você estava dormindo. Eu própria fiquei caída por Paul. Ele é terno, você sabe. Diz aquilo que você quer ouvir. Depois, quando se cansa de você, ele a descarta como se fosse lixo. Ele não atendia mais os meus telefonemas. Nem sequer falava comigo nas aulas. Ele disse que ia lhe comprar um anel de noivado?

A mão de Carolyn voou para o peito.

— Sim — disse ela, focalizando o pulso de Melody. Ela estava usando um relógio Cartier que parecia idêntico ao que Paul lhe dera de presente de Natal na mesma noite em que a pedira em casamento. A única diferença estava na cor da pulseira. A dela era marrom, a de Melody, preta. — Onde você comprou esse relógio, se não se importa de me responder?

Melody exibiu o pulso para que Carolyn observasse melhor o relógio.

— Foi Paul que me deu. Ele deu a você o mesmo relógio, é? É como eu disse. Nem é muito caro. Eu só o uso na hora de malhar. É da linha esportiva da Cartier.

— Não posso acreditar — reagiu Carolyn, levando a mão à cabeça. — Eu me sinto uma idiota completa. O que ele faz, compra esse relógio às dezenas?

— Não se sinta mal assim — disse Melody, tocando o braço dela. — Eu fui uma idiota muito maior do que você. Paul é de Pasadena. É uma cidade de muito dinheiro. Mandei verificar. Os seus pais lhe deixaram uma razoável fortuna. Ele vive de uma maneira bastante simples, mas está muito bem calçado para ser um mero professor universitário. Ele tanto pode seduzir uma mulher quanto pode pagar para tê-la. Se quer saber, acho que não faz muita diferença para ele. Paul é seu vizinho, não é?

Carolyn sabia o que ela iria dizer em seguida:

— Fui conveniente.

— Parece isso, de fato — disse Melody. — De qualquer forma, agora que tudo foi falado abertamente, eu devo admitir que menti quando disse que não queria saber de Neil. Sofri bastante quando soube do caso dele com Laurel, mas assim que ele resolver o seu problema, gostaria de tentar uma reaproximação com Neil. — Ela aproximou-se de Carolyn e afagou uma mecha sedosa dos cabelos escuros de Carolyn. — O que eles dizem não deve ser verdade.

— Há um monte de coisas que não são verdade — reagiu Carolyn, recuando. — A qual delas você está se referindo, exatamente?

— Que os homens preferem as louras.

Carolyn virou-se para sair. Depois, lembrou-se de uma coisa. Não se deixaria convencer. Mesmo que Paul fosse o cretino que Melody havia descrito, ela aprendera com ele uma coisa: nunca aceite nada sem uma prova definitiva. E nem apenas um monte de papéis com aparência de legais. Com o tipo de equipamentos hoje existentes, as pessoas podiam imprimir para elas uma vida nova.

— A polícia vai querer cópias desses documentos. Vão querer verificar se são legítimos.

— Não é problema — disse Melody, encostada na porta até que Carolyn entrou no carro e partiu.

Quem quer que Melody fosse, pensou Carolyn enquanto seguia pela rodovia 405 para Ventura, ela não parecia mais ameaçadora. Ela era apenas uma mulher endurecida, que tivera de lutar sozinha a vida inteira. Algumas pessoas poderiam dizer, tolamente, que desistiriam de suas famílias por determinada quantia de dinheiro. Ela duvidava que a mulher que tinha assumido o nome de Melody Asher fizesse tal declaração.

CAPÍTULO 23

Segunda-feira, 27 de dezembro — 18h15

O avião de Michael Graham estava programado para chegar ao aeroporto de Los Angeles às 7h45 daquela noite. Hank designou uma patrulha para ir buscá-lo e metê-lo num hotel para passar a noite. Desde que Carolyn já tinha esclarecido o problema da identidade, ele não tinha razão nenhuma para ver o Dr. Graham apenas por curiosidade. O homem era um condenado por homicídio. Hank não podia dar-lhe o endereço da filha sem a permissão desta. Se a situação entre os dois estivesse em bons termos, o Dr. Graham já teria recebido esse endereço.

Pensar que Melody tinha assassinado as duas mulheres era um exagero, mas ela tinha dinheiro suficiente para contratar um matador. O matador tinha que ser um homem. A lingerie era apenas para despistar. Suzanne Porter não estava usando um sutiã branco comum e calcinhas de algodão como Laurel Goodwin, uma das poucas discrepâncias entre os dois casos. Ela estava vestindo um sutiã Wonderbra, do tipo que é vendido apenas em lojas sofisticadas da Victoria Street. As calcinhas eram rendadas, também de grife. O assassino delas se excitava matando mulheres. Não qualquer mulher. Mas mulheres jovens, sensuais, com rostos bonitos e corpos bem-feitos. Mulheres que viviam no condomínio Ocean View.

O assassino viveria na área? Ou o condomínio Ocean View seria meramente o seu pasto, um lugar onde ele ceifava as suas vítimas?

Relaxando e jogando o corpo na cadeira diante de sua mesa, Hank resolveu afrouxar a gravata. A maioria dos outros detetives já tinha ido embora ou ainda estava em campo. Ele telefonou para a Divisão de Narcóticos e falou com o sargento Manny Gonzáles.

— Nenhum dos nossos informantes conhece qualquer traficante que ande de motocicleta Yamaha aplicando em seus clientes na privacidade de seus lares — falou Many. — A maioria dos nossos traficantes trabalha em Oxnard. Posso afirmar, também, que a espécie de mistura que o seu homem botou na seringa definitivamente não parece ter origem local.

— Pesque o que puder entre os traficantes locais. Prometa um acordo de relaxamento da prisão no caso de eles darem alguns nomes.

— Você está ficando mais flexível com a idade — comentou Manny. — Sempre que trabalhei com você, tudo tinha que seguir conforme o figurino.

— Eu não estou sendo mais flexível de jeito nenhum — reagiu Hank, asperamente. — Estou apenas tentando apanhar na rede o que pode ser mais um serial killer.

— É verdade, então? Pensei que toda essa história de serial killer fosse coisa inventada pela imprensa. Mas vou cuidar disso já. Se tiver mais alguma informação, comunique-se comigo. As minhas melhores fontes só podem ser "escutadas" uma vez.

Algo estava preocupando Hank desde a noite do crime. O seu cérebro cansado já não estava funcionando como antigamente. O curioso de envelhecer era que a velhice chegava de repente.

278 | NANCY TAYLOR ROSENBERG

Você se levantava uma manhã e encontrava uma ruga no rosto, pensando que a ruga iria desaparecer assim que tomasse o café-da-manhã. Ao verificar que, uma semana mais tarde, ela ainda continuava no mesmo lugar, você se convencia, enfim, de que a ruga ia ficar por lá para o resto da sua vida. A mesma coisa acontecia com a memória. Ele sentia que estava trabalhando bem até os homicídios de Raphael Moreno. Evidentemente, nove homicídios em menos de dois meses era uma coisa de deixar qualquer um louco.

Voltando a atenção para as anotações, percebeu o que o estivera incomodando. Correu até a parede onde havia um mapa da cidade. Neil Sullivan morava na Sea View Terrace, nº 1003. Hank pegou um alfinete verde e marcou o lugar no mapa. O endereço de Suzanne Porter era Seaport Drive, nº 1003, a uma distância de três quarteirões. Depois de marcar o lugar com um alfinete azul, ele voltou ao seu computador e reviu os detalhes dos assassinatos da família Hartfield. A residência da família era bem perto da praia, mas o endereço era Seaport Avenue, nº 1003. Voltando ao mapa, colocou um alfinete vermelho. A área formava um triângulo. Seria apenas uma coincidência? Raphael Moreno já estava preso quando os homicídios mais recentes ocorreram. Além disso, os métodos para matar não eram semelhantes. Moreno tinha atirado em todos os cinco membros da família Hartfield, enfileirando os corpos, seguindo um estilo militar, uns ao lado dos outros na sala de estar. Nenhuma das vítimas tinha morrido por injeção letal. Não havia piscina e a Sra. Hartfield estava completamente vestida. Em uma cidade perto do mar, todas as ruas tinham a palavra "sea" no nome.

Mary Stevens apareceu no seu cubículo, puxando uma cadeira e tirando os sapatos.

— Pronto para uma bomba? — perguntou ela. — Suzanne Porter conhecia Neil Sullivan. Antes de ficar famoso, ele ensinava pintura a óleo na Universidade de Ventura e ela era uma das suas alunas. Acho que o marido não sabia disso ou esqueceu. Uma das amigas dela, Brooke Lamphear, afirma que Suzanne e Neil eram amigos. Ela costumava passar na casa dele de vez em quando para tomar café com ele.

— Os dois tinham um caso?

— A amiga dela acha que não — acrescentou Mary. — A história é a mesma contada por todas as pessoas que interrogamos. — Ela parou para consultar as anotações. — Ela e o marido formavam um casal maravilhoso, eram muito apaixonados, blablablá... Parece quase bom demais para acreditar. A ex-corretora de ações tornou-se uma dona-de-casa de classe alta e deve ter achado a vida não suficientemente excitante. Mas não se esqueça de toda aquela lingerie muito sensual. Parece que o Sullivan está frito de novo.

— Você fez contato com alguém da escola onde Goodwin lecionava?

— Finalmente — disse ela, esticando as pernas. — Saíram todos de férias, mas eu consegui o diretor, Lawrence Hughes. Ele disse que havia rumores de que Goodwin tinha um caso com um ex-aluno chamado Ashton Sabatino. Como não puderam provar nada e o garoto tinha mais de 18 anos, eles não a processaram. Sabatino era um pobretão, segundo parece, mas todas as garotas eram loucas por ele. Você conhece o tipo, aparência de artista de cinema e cérebro de ameba. — Ela pigarreou e acrescentou: — Procurei-o no seu último endereço, um apartamento no lado oeste da cidade. O senhorio disse que ele se mudou há nove meses. Não deixou o novo endereço. Vou checar agora com os pais. Darei notícia assim que souber alguma coisa.

Assim que Mary saiu, Hank telefonou para o promotor distrital Kevin Thomas e o colocou a par das últimas informações. Thomas não deu muito valor à coincidência dos endereços, nem à pista do adolescente, ex-namorado de Laurel. No entanto, o seu chefe, Sean Exley, tinha recomendado algum tipo de ação. A imprensa estava classificando os dois crimes como obra de um possível serial killer e a pressão do promotor geral estava aumentando. O fato de Neil Sullivan não ter aparecido para prestar depoimento dava a eles uma razão válida para suspeitar de que ele era o assassino. Thomas disse que se Hank quisesse emitir um mandado de prisão contra Neil Sullivan com base na acusação de homicídio em primeiro grau, ele conseguiria que o juiz O'Brien o assinasse.

— Vou pensar nisso — respondeu Hank, pousando lentamente o telefone na base. Estava a caminho de uma reunião dos Alcoólicos Anônimos. Aquele dia era o quarto aniversário da morte do seu irmão mais novo.

As reuniões eram realizadas na igreja presbiteriana de Cristo-Rei. Hank estava sentado num círculo com outras 15 pessoas de todos os níveis: carpinteiros, médicos, bombeiros, donas-de-casa. O alcoolismo não discriminava. A reunião de um monte de pessoas estranhas em uma sala para confessar alguns dos momentos mais tristes das suas vidas era um dos fatores que tornavam o programa um sucesso. Isso e a oração da serenidade que Hank sempre dizia quando se sentia tentado. No entanto, ele não reconhecia Deus. Queria acreditar, mas era difícil. Quando se pegava em uma lixeira os pedaços de uma criança retalhada, era a hora de se perguntar se havia mesmo um Deus protetor.

Poder telefonar para um padrinho sempre que necessário era outro fator importante. O padrinho de Hank era um diretor de publicidade de 50 anos. Ele não estava na reunião naquela noite. Devia estar viajando.

O tema dessa reunião era como os membros da família desempenhavam um papel importante no comportamento do alcoólatra. Muitas vezes, Hank não participava. Apenas ouvindo, ele

A JUSTIÇA DE SULLIVAN | 281

permitia que novos participantes ou pessoas em crise se juntassem ao grupo. Naquela noite, a pessoa em crise era ele. Assim que o feriado começou, lembranças dolorosas começaram a afligi-lo. Manter os seus sentimentos para si mesmo era como carregar uma bola de concreto dentro do estômago.

— Eu me tornei um alcoólatra depois que o meu irmão morreu num acidente de carro — disse Hank, seus olhos circulando pela sala. — Hoje faz quatro anos que ele morreu, depois de uma noite de festa. Andy despencou com o carro no mar, perto de Ventura. As buscas foram suspensas no dia seguinte. Meu irmão foi considerado morto. Uma vez recuperado do choque, fui de carro até a praia, perto da usina de tratamento de esgoto em Oxnard, onde muitos surfistas e usuários de barcos são encontrados trazidos pela correnteza. Eu já sabia disso na noite que Andy morreu, mas esqueci de contar para os homens da equipe de resgate. Acho que a minha mente se fechou. Talvez porque as pessoas que haviam sido encontradas perto da usina de tratamento estivessem todas mortas. Era doloroso demais só pensar nisso.

Ele se inclinou para a frente, a emoção revolvendo o seu íntimo. Ali, na reunião, até um homem podia chorar. No entanto, Hank não podia permitir-se esmorecer. Ele tinha que prender um assassino.

— Quando encontrei Andy, ele estava morto — continuou Hank. — O relatório da necropsia revelou que ele ainda estava vivo ao dar na praia na noite anterior. Era um grande nadador. Embora as correntes o tivessem arrastado uns quatro quilômetros para o sul, sua morte não tinha sido causada por afogamento. Ele morreu em conseqüência dos ferimentos recebidos no choque do carro, um Corvette, com a água do mar. Se eu tivesse verificado a área perto da usina de tratamento, meu irmão ainda estaria vivo.

Hank ouviu pacientemente as histórias dos outros membros do grupo. Esse era o preço a pagar para lavar a alma. Era como uma confissão. A penitência vinha com o ato de admitir, publicamente, os seus erros: bater na mulher, desperdiçar dinheiro, maltratar os filhos. Algumas das histórias dos outros ele conhecia tão bem quanto a sua. Outras, ele nunca tinha ouvido contar, e algumas eram muito piores do que a sua. Outro benefício advinha do reconhecimento de que você era apenas um ser humano, que a fragilidade humana era inerente a todos.

Assim que chegou a hora do café com donuts, Hank conversou um pouco com alguns dos participantes e, depois, saiu de fininho da sala para entrar no carro e voltar para a delegacia.

Já eram quase onze horas da noite quando Hank terminou de despachar a papelada. O detetive chegou à conclusão de que, provavelmente, Carolyn já estava na cama, mas a situação exigia que ele a acordasse. Telefonou do carro, dizendo que precisava vê-la e, logo depois, estava na porta dela.

Carolyn veio abrir a porta num roupão branco de banho com os olhos ainda inchados de sono.

— Você está bebendo novamente? Pelo amor de Deus, já é quase meia-noite. Não me diga que houve mais um assassinato.

— Não estou bebendo, não — disse o detetive, seguindo-a para dentro da casa. — E também não houve outro assassinato. Pelo menos, até agora. Eu vim para falar do seu irmão.

— Aconteceu alguma coisa com ele? — perguntou Carolyn, enquanto dezenas de imagens terríveis passavam pela sua mente. Os policiais em geral chegavam à casa das pessoas tarde na noite para informar que alguém tinha morrido. Ela segurou Hank pelo paletó e inquiriu, ansiosa: — Por favor, Hank, não me diga que Neil se matou.

— Calma, sente aí — disse ele. — Está na hora de Neil aparecer, Carolyn. Será que você pode nos dar uma pista de onde ele está?

— Muito bem — disse ela, alisando o paletó dele e, depois, sentando-se no sofá cor-de-rosa da sua sala de estar. — Tenho certeza de que Neil está em Los Angeles com alguns dos seus amigos, Hank. Acho que ele na verdade não acredita que é um suspeito. Está curtindo a dor da perda de Laurel. Ele tem direito a isso, não?

— Vou ser franco — disse o detetive, ansioso por se sentar. Estava rodando pela sala, pegando pequenos objetos e recolocando-os no mesmo lugar. — A promotoria decidiu emitir o mandado de prisão. As impressões digitais do seu irmão estão na seringa. Charley Young identificou a seringa como a arma do crime. Temos um motivo provável para prendê-lo, Carolyn. Hoje Mary descobriu que ele também conhecia Suzanne Porter, o que o liga, também, ao segundo assassinato. Ela era uma das suas alunas do curso de arte na Universidade de Ventura.

Ao acender uma das lâmpadas de mesa, as mãos de Carolyn estavam tremendo.

— Neil cresceu em Ventura. Ele conhece metade da cidade. E, além disso, Suzanne Porter era praticamente sua vizinha. E é possível que você não se dê conta, mas o meu irmão é uma espécie de celebridade, especialmente entre a comunidade artística.

A expressão de Hank continuou sombria.

— Alguns minutos atrás, tive que mandar divulgar pelo rádio a ordem de captura. Se ele entrar em contato com você, peça que ele se entregue. Até que eu me convença do contrário, estamos classificando o seu irmão como armado e perigoso.

Carolyn continuou em silêncio, dando a si mesma tempo para absorver as implicações. O fato de Neil conhecer Suzanne Porter não era surpresa. Não poderiam basear a acusação em algo tão tênue. Mas Hank estava tentando lhe dizer aquilo que ela mais receava, que o seu irmão poderia ser morto por qualquer policial. Bastaria um movimento em falso.

— Por que armado e perigoso? Neil nunca disparou uma arma na vida. De qualquer forma, não foi usada arma em qualquer dos crimes.

Hank sabia que tinha de falar tudo para Carolyn. Ela estava mais envolvida do que supunha.

— Usaram uma arma nos homicídios da família Hartfield.

— E, em nome de Deus, o que isso tem a ver com Neil?

Hank explicou a coincidência dos números das casas e suas localizações.

— Raphael Moreno é a chave. Você foi a única que conseguiu abrir as defesas dele. Nós não podemos mandar Preston lá de novo. Antes que você se assuste, escute o que vou dizer. Vamos arranjar as coisas de forma que você possa interrogá-lo com meia dúzia de guardas experientes. Se o filho-da-mãe sequer soluçar, já será um homem morto.

— A semelhança dos endereços é apenas uma coincidência — disse Carolyn, tentando evitar que o detetive visse o quanto ela estava perturbada. Não poderia deixar que eles metessem o irmão na cadeia. Seria como levá-lo de novo para o hospício, onde a sua experiência passada fora devastadora. — É um absurdo pensar que Neil está envolvido com Moreno. Você acha que isso tem a ver com tráfico de drogas, não é? Neil pode ter fumado um pouco de maconha na faculdade, mas isso eu também fiz. É difícil encontrar alguém da nossa geração que não tenha feito isso, nem mesmo os nossos presidentes.

— Nós não estamos falando de maconha, Carolyn.

— Você está dando vantagem ao assassino — respondeu ela. — Ele planejou isso tudo para que vocês reconhecessem um padrão. Ele é um serial killer. Não quer ser retratado como um assassino qualquer. Está tentando se estabelecer como um novo Dahmer, Gacy ou Bundy.

Hank desembrulhou mais um chiclete que pôs na boca.

— Espero que esteja errada — observou ele, enquanto fazia uma pausa para mastigar o chiclete. — Depois da aprovação do chefe, vou arranjar as coisas para amanhã.

— Você está perdendo tempo.

A JUSTIÇA DE SULLIVAN | 285

— O que quer dizer com isso? — perguntou Hank, endireitando o corpo.

— Por que eu deveria arriscar a minha vida? — reagiu Carolyn. — Preston ficou gravemente ferido. Moreno tem reflexos rapidíssimos. Desta vez ele poderá até me estrangular.

— Por Cristo, mulher, estamos tentando salvar vidas — argumentou o detetive. — Você costumava pedir a chance de extrair informações de criminosos violentos. Você terá a cobertura do pessoal da SWAT e Moreno vai estar algemado e acorrentado.

— Quer dizer, do jeito que estava quando atacou Brad? — contra-atacou ela, lembrando-se dos seus momentos tensos de confrontação com Moreno. Se soubesse que ele podia se soltar das correntes e das algemas, ela jamais teria posto os pés naquela sala. O departamento até tinha lhe oferecido um novo celular. Ela ficou com o aparelho que ele quebrou só como um lembrete para ser mais cuidadosa no futuro.

— Ele é um contorcionista, lembra-se? Ele pode sair de qualquer situação.

— Nós vamos colocá-lo sentado em uma cadeira sem nada na frente, de modo que possamos ver suas mãos e pernas.

— Ele é baixinho e rápido como um raio. Mesmo algemado, o cara me mete medo.

— Então, a gente o coloca atrás de um vidro.

— Você já tentou mandar outra pessoa em meu lugar? — perguntou Carolyn. — Ele talvez tenha respondido a mim por eu ser mulher. Põe a Mary para falar com ele. Vocês são da polícia. Eu sou apenas a oficial de condicional.

— Claro — disse ele. — Oficial de condicional com uma capacidade extraordinária de fazer as pessoas falarem. Aposto que o FBI ou a CIA estariam dispostos a contratá-la na hora. Imagine você interrogando terroristas. Quanto à possibilidade de mandar outras pessoas para tentar desmontar o Moreno, nós fizemos isso logo que o prendemos. Mandamos cinco detetives, inclusive três mulheres. Mary foi lá e passou uma tarde inteira com ele. O cara nem pestanejou. Ela contou que era como se tentasse fazer com que um cadáver falasse.

— Falaram com ele através do vidro, não foi? Ninguém teve a coragem de entrar na sala e ficar a sós com ele.

— Ou você vai ou ninguém vai.

Por mais assustador que Moreno fosse, Carolyn já estava se animando com a idéia. Ela continuava sem saber o que o tinha levado a cometer os crimes ou se ele tinha algum cúmplice. Seria uma nova oportunidade. Era como ler um livro uma noite inteira e acabar descobrindo que não tinha um fim.

— Colocar policiais em volta dele, Hank, vai dar no mesmo. Ele não vai falar nada. Vou ter que fazer do jeito que fiz antes: *tête-à-tête*. Mesmo assim não há garantia nenhuma de sucesso.

Hank se encolheu.

— O que você quer eu faça?

— Que desminta a ordem que passou por rádio — disse ela, desperta agora e cheia de energia. — Diga que Neil está sendo procurado apenas para interrogatório e que o policial cometeu um erro ao classificá-lo como armado e perigoso. Dê-me 24 horas para entregá-lo. Você ainda não tem o mandado de prisão assinado nas mãos. Que prova tem de que ele esteja armado?

— Não posso fazer isso por você — disse Hank. — Um dos nossos policiais poderá ser morto.

— Ótimo! — gritou Carolyn. — Então encontre outra pessoa para fazer esse seu trabalho sujo. Eu não sou obrigada a fazer isso com base apenas nas suas especulações. Sou mãe solteira de dois filhos. É inconcebível que você sequer tenha pedido para eu fazer tal coisa.

Rebecca apareceu na porta, abraçada a um velho cobertor rosa-bebê.

— O que houve, mamãe? Por que está gritando? É por causa do tio Neil, não é? John disse que ele pode estar com problemas por causa daquela mulher que foi assassinada. — Ela olhou para o detetive. — Oi, Hank, por que você e a mamãe estão discutindo? Pensei que fossem amigos.

— Você cresceu, Rebecca — disse ele, conseguindo manifestar um sorriso. — Não deixe que os moleques passem a mão em você. — E virando-se para Carolyn, completou: — Você vai ter que ficar de olho nela.

Rebecca automaticamente quis cobrir os seios com os braços.

— Vocês acabaram me acordando — disse ela, nada feliz. — Como é que vou voltar a dormir? Mamãe, você pode me dar um remédio pra dormir?

— Claro que não — disse-lhe Carolyn. — Nós duas vamos ter uma conversa assim que Hank for embora, se você ainda estiver acordada.

Carolyn tinha contado a John tudo sobre a situação de Neil, mas ainda não conversara com a filha. Rebecca adorava o tio. Parecia ter herdado dele o dom para a pintura. Iria explicar tudo naquela noite. Na realidade, não havia muito para contar. Apenas que a polícia estava cumprindo as suas obrigações. E que isso significava eliminar Neil da lista dos suspeitos. Ao ver que Rebecca ainda continuava ali, Carolyn acrescentou:

— Amanhã você não precisa levantar cedo. Não tem aula. Poderá dormir até o meio-dia, se quiser.

— Tudo bem — disse Rebecca, depois se despediu do detetive. Hank deixou escapar um longo suspiro.

— Bom, vou fazer como você quer — disse ele, quando a porta se fechou. — Telefonarei amanhã, assim que souber a que horas será o encontro com Moreno.

— Nada de homens da SWAT — disse Carolyn, levantando-se para acompanhá-lo até a saída. — A única coisa que posso aceitar é uma sala com espelhos.

— Vamos ter que transportá-lo até a delegacia — disse Hank, já na porta. — A cadeia não tem salas desse tipo. Corremos o risco de ele escapar. O chefe não vai aprovar. Podemos montar uma outra sala dentro da cadeia, uma sala parecida com aquela primeira em que você o interrogou. Mas a equipe da SWAT vai ter que estar presente. Não haverá acordo se as coisas não forem feitas do meu jeito. Está claro?

— Perfeitamente — disse Carolyn, odiando ter que ceder, mas sabendo que não tinha mais argumentos para barganhar. Se ela não deixasse que Hank conduzisse o interrogatório de Moreno do jeito que ele queria, todos os policiais de cinco condados estariam à procura de Neil, um homem que Hank tinha descrito como armado e perigoso. Ela preferia arriscar a própria vida do que arriscar a vida do irmão. Carolyn agora era a única responsável pelo que restara de sua família.

CAPÍTULO 24

Segunda-feira, 27 de dezembro — 18h34

Melody abriu a porta, surpresa pelo fato de a comida chinesa ter chegado tão rápido. O aroma do Ma Po Tofu espalhou-se pelo andar térreo da casa. Aquela noite iria ser como muitas outras noites: ficaria sozinha. Não via Neil desde dois dias antes do Natal. Ela sentia falta do seu carinho e da sua companhia.

Colocou a comida em cima da mesa, dando uma olhada na sala de estar. Devia ter acendido as luzes mais cedo. No mês de dezembro, escurecia a partir das cinco horas. Tinha medo dos cantos escuros de sua enorme casa. E quando subia para o último andar, vinham-lhe à mente lembranças do terceiro andar da casa de Tuxedo Park.

Ela não gostava de comer sozinha. Desanimada, esticou-se no sofá, deixando que a mente recuasse no tempo, quando tinha apenas 9 anos de idade. Podia ver a sua própria figura alta e magra, o cabelo ruivo encaracolado. As lágrimas assomaram aos seus olhos e chorou pela criança que tinha sido, desejando poder mudar os acontecimentos que geraram a mulher que ela era hoje. As pálpebras começaram a pesar. Lembranças aterradoras da infância voltaram à sua mente.

— Mamãe — chamou ela, ao voltar da casa da amiga. Odiava Melody, mas gostava da mãe de Melody. Mesmo tendo toneladas de dinheiro, a Sra. Asher nunca estava bêbada. Em vez de cheirar a álcool, ela cheirava a flores. A mãe tentava disfarçar o odor da bebida com perfumes, mas isso fazia com ela fedesse ainda mais.

— Sua mãe foi até a cidade — informou a Sra. Mott, ocupada na pia da cozinha. — Suba e faça o seu dever de casa.

— É sexta-feira — disse ela, pegando alguns biscoitos em um pote sobre a mesa. — Não tenho dever de casa para fazer.

— Então vá ler um pouco.

Como a Sra. Mott estava ocupada, ela decidiu circular pela casa. Havia um quarto de dormir, fechado à chave, no terceiro andar e ela queria ver o que tinha lá dentro. Era medonho e escuro lá em cima, especialmente para uma garota de 9 anos. O seu medo, porém, não era maior do que a sua curiosidade. Há meses que andava procurando pela chave, mas não conseguia encontrá-la.

Ao andar pelo foyer, o piso de mármore fazia ecoar os seus passos. E, então, ela viu a solução bem diante dos seus olhos. Por que não pensara nisso antes? A chave estava no chaveiro do seu pai em cima da mesa, perto da escada. O pai, provavelmente, estaria na biblioteca trabalhando, como fazia todas as noites antes do jantar.

Colocou os biscoitos em cima da mesa e pegou o chaveiro. Depois subiu dois lances de escada. Parou, olhando o corredor com as suas nove portas e o chão acarpetado de vermelho. Ligou o interruptor. As luzes se acenderam, piscaram e logo desapareceram, mergulhando-a de novo na escuridão. Até mesmo os criados raramente subiam ao terceiro andar. Olhando para as chaves na sua mão, ela ouviu um ruído vindo de um dos quartos. Parecia ser a voz de uma mulher. Ela avançou nas pontas dos pés até a porta, tremendo. Jeremy costumava rir dela. Mas ela iria mostrar que não era covarde. Podia ver a luz de uma vela pelas frestas da porta. E por uma delas, olhou para dentro.

Ela susteve a respiração. Aquilo que viu era aterrador. Viu uma mulher negra, de cabeça grande e cabelos crespos. O cabelo parecia se incendiar quando ela balançava e girava o corpo nu. Ela estava sofrendo, gemendo enquanto jogava a cabeça para trás e para frente. Alguém a estava machucando. A fraca iluminação atrapalhava a visão de Jessica. Mas ela conseguiu ver um homem que segurava as mãos da mulher. Ela tentava escapar, mas ele não a soltava.

O receio de Jessica pela sorte da mulher aumentou. Devia estar chorando, pois seu rosto se contorcia. A fim de ver melhor o que estava acontecendo, ela deu um passo para a esquerda. Ao descobrir que a pessoa que estava machucando a mulher era o seu pai, seus dedos se abriram e ela, involuntariamente, deixou cair as chaves da mão. O pai empurrou a mulher, fazendo-a cair no chão. Ele pegou seu roupão de seda, e então foi em direção à filha.

— O que você está fazendo aqui? — perguntou ele, escancarando a porta e agarrando o braço dela.

— Eu... eu estava...

— Cale a boca — gritou o pai, pegando nela e pressionando-a contra a parede. — Se contar alguma coisa a Jeremy ou a sua mãe, vou botá-la na rua. — Ele a sacudiu. — Está entendendo? Você nunca mais verá esta casa de novo.

As lágrimas corriam pelo rosto de Jessica.

— Sim... Papai... Por favor, está me machucando...

Ele colocou-a de novo no chão e deu-lhe um tapinha na cabeça como se nada tivesse acontecido.

— Agora me dê as chaves e vá lá para baixo que é o lugar onde deve estar.

Ela nunca tinha visto o pai tão furioso antes. Por que ele estava batendo naquela mulher?

Jessica nunca mais voltou ao terceiro andar. Ainda hoje a escuridão a deixava com uma sensação de desamparo.

Pondo o passado de lado, Melody acendeu todas as luzes e foi comer o seu Ma Po Tofu. Colocou na boca algumas garfadas da comida apimentada e, depois, bebeu meia garrafa já aberta de vinho tinto. Ela não sabia por que tinha pedido tanta comida. Ultimamente não andava com tanto apetite assim. Seus pensamentos buscaram Neil e a noite da morte de Laurel. Subiu as escadas até a sala de exibição e decidiu ver de novo o vídeo.

Despiu-se, colocou um robe e arrotou. A comida chinesa desta vez estava com um sabor diferente. Pegou uma garrafa de água no frigobar e bebeu para tirar o gosto ruim deixado pela comida. Alguns minutos mais tarde, estava diante de um dos monitores, esperando baixar o arquivo. Clicou depois para selecionar a cena que queria ver.

Na noite do crime, Melody tinha ficado de pé até as cinco horas da manhã, assistindo à gravação feita durante o dia, quadro a quadro.

Havia uma figura vestida de couro, com um capacete de motoqueiro, ao lado da casa. A figura avançou depois para os fundos da casa. Foi quando ela viu Laurel saindo pela porta envidraçada. Tinha um telefone sem fio na mão direita, que depois encostou no ouvido. Ela devia estar tentando chamar a polícia.

Coitada da vagabunda, pensou Melody. Devia ter aprendido a se proteger. A luta começou. Laurel e o agressor entraram na casa. Melody congelou a imagem e passou para outro monitor que mostrava outro ângulo, clicando no botão de play. Os dois estavam no quarto.

Laurel era muito fraca, não tinha qualquer chance. Foi forçada a tirar a roupa e a ficar apenas de sutiã e calcinha. Uma lingerie barata, de algodão. Era surpreendente que o logotipo redondo e vermelho da Target não estivesse estampado na bunda dela. Mas viu o momento em que a figura de capacete aplicou a injeção em Laurel. Depois os dois desapareceram no banheiro.

A JUSTIÇA DE SULLIVAN | 293

Melody voltou para o monitor anterior e avançou a fita para o momento em que Laurel aparecia sendo arrastada, de bruços, pelo chão. Não deve ter sido muito agradável, disse Melody para si mesma, independentemente do que o cara tenha injetado no braço dela.

Laurel foi colocada na beira da piscina, a cabeça sangrando. Depois, os olhos de Melody se fixaram no movimento seguinte. O corpo jogado na água. As bolhas de ar voltando à superfície, até que não havia mais oxigênio nos pulmões de Laurel Goodwin e o seu corpo flutuou de novo para nunca mais ser recuperado com vida.

Melody estava triste por Laurel, mas tinha sido um erro ela tentar roubar Neil dos seus braços. A mulher devia saber que Neil era o seu namorado. Todo mundo sabia. Até o jornal local tinha publicado uma foto dos dois juntos. Melody era a parte inocente no caso, mais uma vez. Quando é que isso tudo iria terminar?

Ela seguia uma filosofia. Todas as pessoas tinham direito a cometer certo número de erros. Era como qualquer jogo com fichas. Sempre que você cometia um erro, perdia uma ficha. Quando todas as fichas tivessem sido usadas, a agonia da morte estaria próxima. Ela tinha visto isso acontecer com Rees.

No fim, Melody descobrira a verdade. Seu marido era homossexual por opção e heterossexual quando lhe convinha. Tinha chegado ao topo no mundo da moda dormindo com mulheres da alta sociedade e depois se casara com uma jovem de 17 anos para mascarar a sua preferência sexual. Rees nunca chegara a trepar com Melody, o que demonstrava que ele tinha um pouco de decência. Ele havia descoberto que tinha Aids. Rees tinha usado todas as suas fichas. E ela ameaçara denunciá-lo. E daí que tivesse se matado? Ainda que não precisasse, Melody ficou com todo o dinheiro dele como pagamento por todas as pobres mulheres que ele decepcionara. Na época em que ele dormiu com elas, ele poderia não saber que estava com Aids, mas o seu estilo de vida era de alto risco. No testamento, o companheiro dele na época não recebeu nada.

Como Rees, Laurel não tinha sido uma boa pessoa. Ela iludia as pessoas com as suas roupas simplórias e a imagem de professorinha. O seu tio também era professor. E Elton tinha forçado Melody a transar com ele. Lembrava-se ainda do corpo dele sobre o seu corpinho de criança naquele porão medonho e mofado, enquanto a mulher e os filhos dormiam no andar de cima. Até mesmo quando a enfermeira da escola viu os ferimentos no seu corpo e comunicou o caso à polícia, a idiota da esposa do tio, Sally, insistiu que Melody estava mentindo, perturbada pelas mortes trágicas na sua família. Provavelmente Sally continuava a preparar a comida dele e a lavar as suas roupas, enquanto ele continuava a molestar outras crianças, dando a elas ursinhos de pelúcia e brinquedos caros e dizendo a elas que, se falassem, seus pais iriam puni-las por mentir.

Melody entenderia depois que os pedófilos são como doentes terminais. Não havia cura para eles. Os pedófilos morreriam sentindo atração por crianças. Anos atrás, o hospital estadual para criminosos insanos conectara ao pênis de pedófilos eletrodos que davam choques toda vez que eles tinham uma ereção enquanto viam fotos de crianças pequenas. Nada disso deu resultado. Quando eles voltaram para as ruas, fizeram tudo de novo.

Laurel deve ter drogado Neil para forçá-lo a um casamento, destruindo o relacionamento que ele tinha com ela. De que outra pessoa Neil podia receber as drogas? Ela havia gravado imagens de Neil cheirando aquele maldito pó.

Melody não deixava que ele soubesse o quanto ela admirava os seus quadros com receio de que ele ficasse confiante demais e a deixasse. Era uma vergonha destruir um talento daqueles. Neil achava que suas obras mais recentes não vendiam por causa de uma baixa na economia. Não vendiam porque eram ruins. A droga

A JUSTIÇA DE SULLIVAN | 295

fazia com que as pessoas achassem que tudo o que produziam era maravilhoso. Ela jamais deixaria que poluíssem o seu corpo ou a sua mente do jeito que Neil deixava. O dilema estava bem ali na sua frente. Queria mostrar o vídeo do crime para a polícia, mas não podia deixar que as pessoas soubessem do seu passatempo, receando, além disso, a possibilidade de ser presa. Era crime espionar as pessoas sem seu consentimento. Mas, por outro lado, estava retendo informações vitais sobre um homicídio. Poderia enviar o vídeo anonimamente, de modo que eles não fossem capazes de rastreá-la. A polícia não tinha nenhuma prova que a ligasse à morte de Laurel, mas ela não podia, nem devia, assumir riscos desnecessários. Tinha de arranjar um jeito de ajudar Neil. A fita que ela tinha feito dos dois fazendo amor na noite do crime e a fita que ela estava vendo eram, provavelmente, mais do que suficientes para livrá-lo de qualquer suspeita.

Melody abriu uma gaveta e tirou lá de dentro uma garrafa de uísque. Um pouco de álcool não fazia mal, desde que não abusasse. Ela só ficava bêbada durante os feriados longos, quando ficava difícil sufocar o passado. Quantas seriam as fichas que ela ainda tinha para usar? Não muitas, certamente. Era melhor que ela as usasse com parcimônia.

CAPÍTULO 25

Segunda-feira, 27 de dezembro — 19h25

Neil estava sozinho no alto de uma duna em Oxnard Shores, uma comunidade litorônea a 15 minutos de Ventura. Mais no interior, Oxnard não era um lugar que atraísse moradores. Quando a mãe dele e de Carolyn os levara para aquele lugar ainda crianças, a região tinha começado a se desenvolver. Agora as casas se comprimiam umas nas outras ao longo da faixa de areia, e os carros circulavam por ruas estreitas. À noite, porém, a tranqüilidade era total e Neil gostava de voltar ao lugar. Vinha muitas vezes. A brisa salgada do mar animava-o. A temperatura havia caído para uns 15 graus, mas, mesmo sem casaco, ele sentia na pele o calor da areia.

Recordava-se das brincadeiras naquelas mesmas dunas, algumas com três metros de altura, outras mais altas, com até cinco metros de altura. As plantas cresciam nos seus cumes. Ele e seus amigos gostavam de brincar de guerra. Mergulhando na areia, disparavam suas armas de brinquedo uns contra os outros, as vozes marcando o som dos disparos. Nessa época, a vida era simples.

As coisas tinham mudado: a arma em suas mãos, agora, era real.

Olhando para o mar, a lua refletindo na água, ele imaginava ver Laurel do outro lado do horizonte. Bebeu mais um longo gole da garrafa de vinho que trouxera, limpando a boca com as costas da mão. Ele não acreditava em nada daquela conversa fiada da Igreja católica. Se Deus existia, como é que Ele podia punir qualquer pessoa que tirasse a própria vida quando esta se tornava insuportável? O seu pobre pai não merecia estar no inferno.

Talvez Neil tivesse entendido melhor a si mesmo se a mãe não houvesse ocultado a verdade. Algumas pessoas simplesmente eram frágeis demais. Ele tinha certeza de que não matara Laurel, mas se lembrava agora de ter batido nela. Na noite em que ela morrera, ele tinha tomado muito Depakote para cortar o efeito das anfetaminas. Estava até surpreso por lembrar. Recordava-se de ter entrado tropeçando no banheiro no escuro, de que se inclinara para beber um pouco de água da torneira e que quase quebrara a cabeça. A polícia tinha achado a seringa na pia. Ele talvez a tivesse tocado sem querer. Se encontrassem as suas impressões digitais na seringa, eles iriam trancafiá-lo na cadeia para sempre. Preferia morrer a ir para a cadeia.

Quando Laurel disse que ainda estava legalmente casada com Jordan e que talvez viesse a se reconciliar com ele, Neil havia ficado louco. Depois de cheirar várias carreiras na garagem, ele voltara para casa e os dois discutiram mais um pouco. Ele lhe dera uma bofetada. Depois tudo havia ficado nebuloso.

Nos últimos três dias, tinha se mantido escondido num motel barato, tentando largar o vício das drogas. Estava certo de que a polícia iria prendê-lo. Logo fariam um teste e a verdade iria surgir. Seus ossos da bacia eram visíveis. Devia ter perdido no mínimo cinco quilos. Sentia-se como se tivesse sido engolido e espremido até a morte por uma cobra. Tinha suado em bicas e sofrido violentos espasmos musculares. Depois de se saturar com bebidas alcoólicas, chegou à conclusão de que estava na hora de voltar para as drogas ou de se matar.

A garrafa de vinho estava quase vazia. Os efeitos do álcool estavam se fazendo sentir, intensificados pelos três martínis com vodca que bebera horas antes.

A imagem de Laurel surgiu em meio à neblina, pairando sobre o mar como uma figura fantasmagórica. A lembrança da sua voz suave soou nos seus ouvidos. Ele tinha procurado, desesperadamente, trazer de volta os tempos felizes que haviam passado juntos na escola. O amor deles era puro, intocado por sexo, drogas, álcool, essas coisas em que os amigos já tinham mergulhado. Após muita insistência, Neil e Laurel resolveram dividir um baseado no jardim da casa dela. Deitados sobre um cobertor, estavam rindo e comendo M&M´s, quando Neil ergueu os olhos e viu na sua frente o pai de Laurel. Os pais dela tinham voltado de um casamento mais cedo do que se esperava. Furioso, Stanley Caplin acusou Neil de ser traficante e proibiu Laurel de vê-lo novamente fora da escola. Poderiam ter reassumido o relacionamento depois da formatura. No entanto, tudo já estava estragado e os dois seguiram por caminhos diferentes. Laurel permaneceu na Califórnia e obteve o seu diploma de professora, enquanto Neil foi aperfeiçoar o talento artístico na Europa. Ele amaldiçoava o dia em que se encontraram por acaso na Barnes & Noble. Hoje talvez ela ainda estivesse viva se não tivessem recomeçado a se encontrar.

Ele sabia que tinha de sair da casa de Carolyn antes que ela descobrisse a verdade — que o irmão era um viciado em drogas. Só quando se pára de usar drogas é que se percebe que aquilo que se consumia tão avidamente era veneno. Se continuasse a usá-las, elas o matariam. Ao ver que seus quadros não estavam vendendo, ele ficara ansioso e passara a se drogar mais ainda. Ficava tão doido que perdia o controle do que fazia. No restaurante ou no clube as pessoas conversavam com ele a respeito de coisas que um estranho não teria condições de saber. Mas Neil logo se desculpava e se afastava, incapaz de se lembrar do nome da pessoa ou de onde a conhecia.

A JUSTIÇA DE SULLIVAN | 299

Propor casamento a Laurel fora um gesto impulsivo, claramente induzido pelas drogas. Ele andava à deriva, desgarrado, e um dia se convencera de que Laurel seria sua âncora.

Ao fechar os olhos, ele se viu lutando dentro da água escura e fria. Com falta de ar, ele içou Laurel para a beira da piscina. Após uma respiração boca a boca, ela abriu os olhos e com a boca maravilhosa, sorrindo, disse: "Eu te amo, Neil."

Por que todos achavam que ela estava morta? Ela apenas mergulhara para nadar um pouco e ficara debaixo d'água por alguns minutos. Não havia problema nenhum. Seu futuro marido estava ali para salvá-la. A realidade, porém, atingiu-o no rosto, e ele viu os olhos mortos de Laurel, o seu corpo rígido e gelado.

— Você e eu ficaremos unidos para sempre — disse Neil, diante da imagem de Laurel que se desvanecia. Ele fechou os olhos novamente, chorando pelos filhos que os dois viriam a ter, os aniversários que viriam a celebrar, tudo aquilo que poderia ter sido e não foi, nem seria jamais.

"Eu ainda estou aqui, Laurel — gritou ele para o vento. — Por que você me deixou?

Ele olhou para o lado e pegou a pistola carregada. Eles voltariam a ficar juntos assim que puxasse o gatilho. Imaginou quanto sangue sairia pelo buraco da bala. Os restos do seu cérebro seriam encontrados pelas crianças que viriam à praia mais tarde? Isso iria perturbá-las para sempre. E daí?, pensou ele, tinha passado a maior parte da vida fazendo coisas erradas. Por que mudar agora?

Afastou a arma, voltando para os seus pensamentos. Se tivesse uma tela, ele a pintaria de cinza, fria como a sua alma, esperando pacientemente que o mundo cruel desaparecesse. Antes de usar a arma, ele pegaria uma faca e rasgaria a tela uma vez, simbolizando o pai. Depois rasgaria outra vez, por Laurel.

Neil tinha encontrado o boletim da polícia descrevendo o suicídio do pai no dia em que festejaria o Natal com a mãe. Por que ela não lhe contara tudo anos atrás? Tinha tentado entender, mas sua sanidade sofrera um novo golpe. Tentou ainda esquecer a dor, mas a dor era a única coisa que parecia real. Algo se rompera e nada poderia consertar. A verdade sobre o pai e as drogas tinham aberto um buraco que estava prestes a engoli-lo, ele deslizava para o fundo do poço.

Pegou a carteira e ficou olhando para uma foto dele com Laurel. Era da época do colégio. Ela era maravilhosa e os dois combinavam perfeitamente. Ainda podia sentir o sol na pele dela naquele dia em que a beijara na nuca. Mas essa lembrança foi esmagada pelo cheiro da água salgada. Não importava para onde fugisse, Laurel continuaria lá dentro, chamando para que ele se juntasse a ela.

Rasgou a foto em pedaços que ficaram espalhados pela areia. Sua vida tinha sido um fracasso. Uma forte rajada de vento passou por ele. Ao olhar para a areia de novo, os pedaços da foto tinham voado. Ele era insignificante. Assim como a foto, logo ele iria desaparecer e ser esquecido.

Estaria sendo justo? Acabar com a sua vida iria destruir Carolyn.

— Merda, o que é que eu faço? — disse ele, pegando a arma e jogando-a na areia. Carolyn tinha sido mais do que uma irmã. Tinha sido uma mãe para ele. Arriscava a vida protegendo a sociedade, enquanto ele vendia quadros para os ricos. Pensou naquela mulher maluca que trocara uma Ferrari por algumas das suas piores obras.

As mãos de Neil se fecharam sobre os punhos. Estava atacando o nada.

— Por que você fez isso comigo?

De repente, deixou-se cair, como se Deus, vindo do céu, o tivesse derrubado. Pegou, então, uma caneta e um pequeno caderno em espiral que estavam dentro do carro e, soluçando, escreveu:

Querida Carolyn

Não queria que tudo terminasse desse jeito. Não tenho outra saída. Nem outro lugar para onde ir. Não sou nada, a não ser um estorvo, constantemente perturbando a sua vida. Desculpe, mas daqui em diante não terá que se preocupar mais comigo. Já fiz minha escolha. É o fim. A culpa não é sua. Vá em frente, minha irmã. Eu ficarei bem no fogo eterno que é o meu lugar.

Com amor,
Neil

Ele largou o papel e a caneta e deitou na areia, olhando para as primeiras estrelas no céu. Esticou o braço e pegou a arma. O barulho das ondas na praia iria abafar a explosão. Aceitando a morte, ele se lembrou de que as pessoas já começavam a morrer desde o momento em que nasciam. Talvez, ao morrer, elas começassem, finalmente, a viver. Naquela noite, ele daria o primeiro passo para uma nova existência. Era chegada a hora. Ergueu a pistola até a têmpora e fechou os olhos.

Bang.

CAPÍTULO 26

Terça-feira, 28 de dezembro — 9h39

O Dr. Michael Graham saiu do chuveiro do seu quarto no Holiday Inn Express. Tentara se encontrar com Hank Sawyer durante todo o dia anterior. Uma detetive ficou dizendo a toda a hora que Sawyer estava ocupado e não poderia atendê-lo. Ninguém lhe dava o endereço de Jessica. Mais uma porta se fechava para ele, obrigando-o a lembrar-se de que era um assassino condenado, perigoso demais para saber onde a sua filha vivia.

As roupas já estavam postas e bem alinhadas em cima da cama, uma camisa branca e uma calça jeans. Foi até a janela, com vista parcial para o mar. Estivera na Califórnia uma vez quando criança, mas tinha esquecido como as suas paisagens eram belas e o clima, agradável. Apoiando as mãos na vidraça, ele tentava entender por que o detetive lhe pagara a viagem. Sawyer disse no telefone que Jessica era uma possível suspeita desses crimes horrorosos.

Quando o irmão lhe mostrara os recortes dos jornais, ele se recusara a acreditar. Tudo em que pensava, no entanto, era em rever a filha e, possivelmente, recuperar a licença para a prática da medicina. No avião, a sua excitação aumentou. Lembrava-se dos

A JUSTIÇA DE SULLIVAN | 303

cabelos macios e suavemente ruivos de Jéssica, do frescor da sua pele, do som alegre das suas risadas. E do amor que tinha por ela, como pai. Será que ela ainda gostava de macarrão com queijo, de brincar com o Lego, de chocolates, de assistir *I Love Lucy*? A sua expectativa só não era maior por conta da conversa alarmante que tivera com o detetive da Homicídios. Agora tinha razões muito mais sérias para vê-la.

Não podia entender como Jessica conseguira fazer-se passar por Melody Asher. Ele conhecia a família Asher. Eram praticamente vizinhos. Phillipa, sua falecida esposa, tinha herdado a casa em Tuxedo Park, assim como vários milhões em ações e títulos. A não ser que tivesse dissipado tudo, Jessica devia ser uma mulher extremamente rica. Mas nunca chegaria a ter tanto dinheiro quanto os Asher.

Os Asher eram uma das famílias mais ricas do país. Morton Asher fundara a Asher Pharmaceutical Corporation em 1903. Ao contrário da maioria das grandes empresas, a dele continuou pertencendo à família. Quando Morton e Elizabeth Asher faleceram, a fortuna foi parar nas mãos dos dois filhos, Raymond e Kendall. Kendall Asher morreu no Vietnã. Raymond casou e teve uma filha, Melody. Num acidente de automóvel, muito divulgado na época, Raymond também morreu, juntamente com quatro outras pessoas. Cinco anos depois, a esposa, Blythe, morreu de câncer de pulmão. Melody herdou então quase cinqüenta milhões de dólares. E esse foi apenas o valor divulgado para o público. Aos 18 anos, no dia do seu aniversário, a herdeira desapareceu.

Graham tinha de admitir que as duas meninas eram muito parecidas, pelo menos da última vez que as havia visto. Phillipa achava que a altura era uma das razões que as aproximara. Jessica era a aluna mais alta da sua classe e Melody era apenas uns dois centímetros mais baixa. Entretanto, todo mundo se interessava por Melody e isso fazia inveja a Jessica.

As pessoas em Tuxedo Park eram classificadas pelas suas fortunas, não pela personalidade. As crianças imitavam os pais. Não era de bom-tom falar de dinheiro, mas qualquer um, com metade do cérebro, sabia o que significava quando alguém dizia que nunca havia trabalhado um único dia na vida: dinheiro antigo. Dinheiro antigo nunca se misturava com dinheiro novo.

Na noite da tragédia, o Dr. Graham receou que Jessica nunca mais voltasse a falar. A única coisa que ela dizia lembrar-se era de seu pai falando que a culpa não era dela. Durante o julgamento, ela alegou que nunca tinha visto a arma antes, só naquele dia em que disparou nas mãos do seu pai. Até mesmo o promotor disse suspeitar de que as mortes talvez tivessem sido um acidente. Como Graham destruíra a arma do crime e também não notificara a polícia logo que as mortes ocorreram, a história de Jessica mereceu credibilidade.

Ao ser preso pela primeira vez, ele pensara que a única maneira de se redimir da culpa era aceitar o que aconteceu. Tinha que proteger a filha, ela era tudo o que restava da sua família. Jessica enterrara a verdade no fundo do seu subconsciente ou mentira porque estava aterrorizada com o que a polícia poderia fazer com ela.

A atitude de Jessica em relação ao pai mudou antes mesmo de o rifle parar de soltar fumaça. Ele viu isso no rosto dela quando ela olhou para ele na sala do tribunal. A polícia e os promotores tinham ensaiado tudo com ela. A essa altura ela já exibia o ar resoluto, frio como o aço, de uma sobrevivente.

Na prisão, o Dr. Graham percebeu que cometera mais um grave erro. Tinha mostrado à filha que valia a pena mentir, desde que não fosse apanhada. Jessica talvez nunca mais viesse a assumir

A JUSTIÇA DE SULLIVAN | 305

a responsabilidade pelos seus atos. Ela mentiria sempre que algo à sua volta desse errado. Muitos dos acontecimentos que ocorreram mais tarde deviam estar relacionados com aquela malfadada noite. As acusações contra o seu irmão Elton o haviam chocado. Jessica estava mentalmente cega. Ela não só mentia, como acreditava nas próprias mentiras.

O Dr. Graham lembrava-se da atenção que a filha recebera dos investigadores da polícia e da equipe da promotoria durante o julgamento. Ainda conseguia vê-la no banco das testemunhas, sorrindo para a promotora.

O tempo que conviveu com homens acusados de cometer atos hediondos tinha lhe ensinado muitas coisas. Compreendeu que muitos dos problemas deles eram resultado do que passaram na infância. Aquilo que aconteceu com sua filha era como se fosse uma semente plantada em solo fértil. Um pouco de água e a planta poderia crescer e se transformar em uma criminosa completa.

O telefone tocou. Esperava que fosse o detetive. Mas era um repórter do jornal local, o *Ventura Star*, disparando suas perguntas:

— É verdade que o senhor passou na cadeia os últimos 16 anos?

O Dr. Graham respondeu com outra pergunta:

— Você sabe onde mora a minha filha? Ninguém quer me dar essa informação.

Essa não era a primeira ligação que ele recebia. Não entendia como a imprensa sabia onde encontrá-lo.

— Sim, eu sei — respondeu o repórter. — Alô, ainda está aí?

Seria burrice acreditar na palavra de um repórter competitivo? Que outra saída ele tinha? A sua pulsação aumentou desordenadamente.

— Sim, estou aqui. Onde é que ela mora?

— Devagar, amigo. A informação não vai sair de graça. Felizmente, você tem algo de que eu preciso.

O Dr. Graham ia desligar, mas ainda ouviu o homem acrescentar:

— Dê-me uma exclusiva com a história do seu reencontro com sua filha e eu mesmo irei levá-lo de carro à casa dela. O que acha disso?

— Combinado.

Em menos de vinte minutos o repórter batia à porta do quarto de Graham. Jack Overton era de baixa estatura, cabelos castanhos e um bigode bem aparado. Entraram num Buick marrom. Sem hesitações, o repórter interrogou-o sobre todos os aspectos da sua vida: a filha, a sentença de prisão e os eventos que levaram à sua condenação. Ele se recusou a responder a todas as perguntas de Overton. O homem insistiu à medida que o número de quilômetros aumentava no contador do velocímetro.

— Chegamos — anunciou Overton.

A casa de Jessica era cercada por um muro de tijolos encimado por barras de metal. A propriedade era enorme e o gramado, bem tratado. O portão estava aberto e eles foram andando até a porta da frente. As mãos de Graham suavam frio. Tocou a campainha. Ouviu movimento dentro da casa. Seria ela a abrir a porta?

A porta abriu e apareceu uma mulher desgrenhada que se parecia vagamente com o que tinha sido a sua filha. Estava vestida com uma malha de ginástica. O cheiro de bebida pairava no ar. Quando Graham tentou falar, as palavras ficaram retidas na garganta.

— Eu sou Jack Overton — disse o repórter, estendendo a mão. — A senhora é Melody Asher?

— Não, eu sou a criada — disse ela, recusando-se a apertar a mão dele. — O que você quer? Você é um maldito repórter, não é? Saia da propriedade.

Uma figura alta deu um passo à frente.

— Jessica, é o papai.

O pai de Melody aproximou-se para abraçá-la. Ela pulou para trás e quase caiu de costas no chão duro de mármore.

— O que você está fazendo aqui? — gritou ela. — Você é um assassino. Saia daqui antes que eu chame a polícia.

O Dr. Graham estendeu os braços, forçando a passagem para dentro da casa. Melody foi apanhada de guarda baixa. Ele se voltou e olhou fixamente para o repórter, depois fechou a porta na cara dele. Os passos subseqüentes da história ficaram ignorados.

Finalmente, estavam os dois a sós.

— Desculpe irromper desta maneira — disse ele. — Mas você precisa saber a verdade. Precisamos conversar.

— Eu sei qual é a verdade — disse Melody, relembrando a figura do pai inclinando-se sobre o corpo de Jeremy. — Não precisamos conversar. Por favor, saia.

— Minha querida — disse ele, avançando na sua direção —, você precisa saber o que realmente aconteceu na noite em que Phillipa e Jeremy morreram. Eu não sou um assassino. Você tem que acreditar em mim.

— Você está mentindo — disse ela, correndo para outra sala. Tinha sido atormentada pelo passado nos últimos 18 anos. Agora ele reaparecia à sua porta. Seu pai estava com uma aparência horrível. E ele tinha sido tão atraente. Como é que esse homem podia ser seu pai? Fora um renomado cirurgião cardiovascular. Parecia agora um ex-prisioneiro, com aquela camisa barata e uma calça surrada. Ela pegou o telefone sem fio da cozinha. E ele ficou calmamente na sombra, olhando para ela, fazendo com que ela ficasse furiosa.

— Se não é assassino, por que eles o condenaram? Volte para o lugar de onde veio. Não tem nada a fazer aqui. Eu já não sou sua filha.

— Eles me condenaram com base no seu testemunho. O que você está fazendo? — Ele avançou e tirou o telefone das mãos dela.

Ela o agrediu com um soco no rosto. O impacto jogou-o no chão.

— Você matou mamãe e Jeremy — gritou ela, sem perdê-lo de vista. — Eu não mentiria para protegê-lo, mesmo sendo meu pai.

Ele levou a mão ao nariz que sangrava e disse:

— Não fui eu quem disparou o tiro. *Foi você*, Jessica. Foi um acidente.

— Não, você está apenas tentando me enganar — disse ela, apontando para a porta de saída. — Saia da minha casa. Vou disparar o alarme.

Ela se afastou alguns metros e levantou o dedo na direção do botão de emergência do painel de segurança. Se os inúteis guardas de segurança não chegassem a tempo, ela mesma teria que resolver o problema, como sempre. Deixou cair os braços, esquecendo de pressionar o botão. O vulcão dentro dela entrou em erupção.

— Você sabe do inferno por que passei? O seu maldito irmão me estuprou, não uma vez, mas todos os dias. Ele me levava para o porão e trancava a porta. Se eu me recusasse a fazer sexo, ele me batia com uma régua.

— Ah, meu Deus, a régua! — exclamou o pai, voltando a ficar de pé. — Eu juro, Jessica, eu não sabia. Elton jurou que não era verdade. Desculpe. Desculpe.

— Agora você sabe por que eu não preciso dele, nem de você, nem de ninguém. Posso tomar conta muito bem de mim mesma.

— Antes de ir embora — disse ele, com uma voz cheia de vergonha —, quero que você saiba que a morte da sua mãe e de Jeremy não foi culpa sua. Você estava procurando pelos presentes de Natal e acabou achando o meu rifle. Você o levou para o nosso quarto. E foi então que tudo aconteceu, Jessica.

A mente de Melody começou a entrar em parafuso. Ela foi até a sala de estar e sentou-se na ponta do sofá com um olhar distante. Lembrou-se dele tomando-a nos braços e levando-a para o andar de baixo. Seu pijama rosa estava todo respingado de sangue.

O Dr. Graham, por sua vez, sentou-se em uma cadeira na frente dela.

— Jessica, você é uma mulher adulta. Você vive fugindo da verdade. Pense em tudo com base na lógica. Por que razão eu iria atirar em Jeremy pelas costas quando ele estava inclinado sobre a sua mãe? Você sabe que eu jamais prejudicaria você, Jeremy ou a sua mãe. Eu dediquei toda a minha vida a curar as pessoas. Eu ainda tentei salvar o seu irmão. Cheguei a ter o coração dele em minhas mãos para salvá-lo. Não havia nada que eu pudesse fazer. Nem ninguém podia fazer nada.

E o Dr. Graham acrescentou:

— A sua mente se fechou para o que realmente aconteceu. É um mecanismo de sobrevivência que as crianças costumam ter. Ele está funcionando há anos no seu subconsciente. Quando eu olhei para você, corri para apanhar o rifle das suas mãos. O seu dedo estava preso no gatilho e a arma disparou. A bala atingiu primeiro o seu irmão nas costas e, depois, entrou na cabeça da sua mãe.

Ela se recostou no sofá, os olhos dardejando para um lado e para o outro.

— Você pode dizer o que quiser. Eu não vou mudar as coisas. Eu sei que fui eu quem tirou o rifle da caixa, guardada na garagem. Mas foi você que tirou a arma das minhas mãos e atirou neles. É você que está fugindo da verdade. E também não acredita que Elton me estuprou. — Ela se levantou do sofá e avançou na direção do pai com uma expressão de frenesi no olhar. — Depois de fugir, fiquei morando nas ruas. Quer saber como sobrevivi? Fazendo sexo com homens. Você e o maldito do seu irmão transformaram uma criança em prostituta. Agora, está feliz, *papai?*

— Eu não podia ajudá-la, eu estava na cadeia — disse ele. — Eu paguei o preço pelo que aconteceu naquela noite, independentemente de quem puxou o gatilho. Pensei que você iria me ver, mas você nunca foi. Fiquei preso durante 16 anos, Jessica. Tenho procurado por você desde que saí sob condicional, dois anos atrás. Pensei em você todos os dias.

— Você pagou o preço? — gritou Jessica, sacudindo o punho para ele. — Eu dormi em caixas de papelão no inverno em Nova York. Comi restos de comida das lixeiras, enquanto você se refestelava dentro de uma prisão aquecida, fazendo três refeições por dia. E deixei que homens muito mais velhos, repugnantes e pervertidos transassem comigo por dinheiro.

Ela foi até o bar e se serviu de um copo com uísque, bebendo tudo de uma vez como se fosse água. Depois serviu outra dose. Ouviu passos e pensou que ele tinha ido embora.

O Dr. Graham estava atrás dela, no bar. Quando ela se voltou, ele estendeu os braços e segurou-a, dando-lhe um abraço terno e apertado. Melody entrou em pânico, lutando para se desvencilhar e soltando palavrões. Mas, então, os seus músculos afrouxaram, sem energia. Todas as sensações de ser amada pelo pai voltaram rápido. O copo caiu no tapete, respingando líquido para os lados. Ele aconchegou a cabeça dela no seu ombro, afagando os seus cabelos.

— Eu te amo, Jessica — sussurrou o pai. — O que aconteceu com você não devia acontecer com ninguém. Pena eu não ter podido ajudar.

Ela se afastou dele e voltou a se sentar no sofá.

— Quero que saiba que o meu nome não é mais Jessica. Pode me chamar de Melody. Isto é, se quiser que eu responda. Jessica está morta.

— Qualquer nome que quiser está bem para mim. Você continua sendo a minha filha. Eu li nos jornais que você agora usa o nome de Melody Asher. Ela não é aquela menina com quem você costumava brincar em Tuxedo Park?

— É, sim — disse Melody, explicando depois o acordo legalizado. — Com toda essa publicidade ruim, eu talvez até volte a usar o meu antigo nome.

— Pelo menos me diga uma coisa antes de eu ir embora — disse o Dr. Graham. — Você sabe alguma coisa a respeito desses assassinatos? A polícia pagou a minha passagem de Nova York. Eles disseram que você é uma das pessoas suspeitas. O que eu devo dizer a eles?

— Diga a eles o que quiser. Não sou criminosa. — A bebida estava começando a fazer efeito. Ela mal podia manter os olhos abertos. — Escute aqui, você pode ser o meu pai e eu sei que você deve ter me amado, mas, no momento, para mim você é um estranho. Preciso dormir um pouco. Diga onde você está e eu prometo telefonar.

Os dois foram até a cozinha. O Dr. Graham escreveu o número do telefone do hotel. Quando ele lhe estendeu o papel, ela viu o dedo mutilado do pai.

— O que aconteceu com suas mãos maravilhosas? Como é que vai poder operar?

Ele deixou cair o braço, de modo que ela não pudesse ver mais o dedo.

— Eu não vou poder exercer a medicina nunca mais.

Mesmo embriagada, Melody pôde entender que ambos tinham perdido muito. Um único disparo de um rifle tinha destruído todas as quatro vidas da família. Ela acompanhou-o até a porta em silêncio. Uma vez do lado de fora, ele virou-se e olhou-a com olhos familiares. Seria o seu ódio infundado? O seu pai talvez não pudesse operar novamente, mas ele era um homem inteligente e um dia iria recuperar a sua dignidade. Ela havia contado muitas mentiras, ferido muitas pessoas, quebrado muitas regras. Deu a volta na chave da porta e soltou um grito de dor e desespero. Tudo o que ela podia ver era apenas escuridão.

CAPÍTULO 27

Quarta-feira, 29 de dezembro — 0h30

Assim que Hank saiu, Carolyn fez duas xícaras de chocolate e foi até o quarto de Rebecca.

— Desculpe por termos te acordado, querida — disse ela, estendendo-lhe a xícara. — Quero explicar para você o que está acontecendo com Neil. Só não contei antes porque esperava que tudo estivesse esclarecido a essa altura.

Rebecca pôs de lado a revista *Glamour* que estava lendo. Depois bebeu um gole do chocolate.

— Está tudo bem, mamãe — disse ela, pondo a xícara em cima da mesa-de-cabeceira. — John já me contou tudo. Eu sei que o tio Neil jamais faria uma coisa assim tão ruim.

Carolyn sentou-se aos pés da cama, segurando a sua xícara com ambas as mãos.

— A polícia tem que proteger o cidadão. Quando estão sob esse tipo de pressão, os policiais, às vezes, prendem a pessoa errada. Duas mulheres foram mortas. E Neil é apenas um dos suspeitos.

Os olhos da garota se abriram ainda mais, espantada.

— Será que vão prendê-lo?

— Se prenderem Neil, ele sairá logo mediante fiança — explicou Carolyn, deitando-se ao lado da filha. Lembrando que chocolate também tinha cafeína, resolveu colocar a xícara em cima da mesa.

— O problema é que, neste momento, nós não sabemos onde ele está. Lembra do que eu sempre disse sobre fugir dos problemas? Por ter desaparecido desse jeito, Neil deu à polícia uma razão a mais para suspeitar dele. Posso até compreender como ele está perturbado com a morte de Laurel, mas ele devia ter telefonado e informado onde está, para que pudéssemos entrar em contato com ele. Se ele telefonar quando eu não estiver aqui, não se esqueça de dizer a ele para entrar em contato com o detetive Hank imediatamente.

— Lucy estava chorando hoje — disse Rebecca, colocando a cabeça no ombro da mãe. — Ela contou que você e o pai dela tiveram uma briga.

Como ela poderia contar à filha o que acontecera? Ao agredir Paul verbalmente, Carolyn errara por não pensar como isso iria afetar os seus filhos. Ficara ainda com mais raiva depois de visitar Melody. A mulher devia ter uma gaveta cheia de relógios Cartier com pulseiras de várias cores. Provavelmente, era ela mesma que os comprara. Melody era astuta. Já podia ter pressuposto que Paul havia mencionado comprar um anel para Carolyn, já que estavam saindo juntos havia mais de um ano. Depois, quando ela perguntou a Melody sobre o relógio, ela se aproveitara disso.

Carolyn escutara todo mundo, menos Paul, a única pessoa que realmente importava ouvir. Mesmo que Melody não fosse uma impostora ou assassina, o passado dela a transformara em uma mulher muito perturbada. E Paul, ele merecia ser tão maltratado? Será que ela devia abrir mão de um relacionamento tão amoroso e magoar seus filhos? Ao pensar nisso, ela teve que se conter para não pegar o telefone e falar com ele. Já estava sentindo falta da sua companhia. Não tinha ninguém que lhe desse apoio, que a consolasse quando as coisas ruins começavam a acontecer, como naquela noite.

A JUSTIÇA DE SULLIVAN | 315

Carolyn ouviu a filha fungando. Levantou a cabeça e olhou. Ela estava chorando.

— Por favor, minha filha, não chore. Tudo vai dar certo.

— Não, não vai dar certo — disse a garota, enxugando as lágrimas com um lenço de papel. — Pensei que você e Paul iriam se casar, que Lucy e eu seríamos irmãs. Lucy diz que o pai está pensando em se mudar, voltar para Pasadena. Ela é a minha melhor amiga, mamãe. Como é que eu vou poder voltar a vê-la?

— No momento, estou de cabeça cheia — disse a mãe, lembrando os detalhes dramáticos da morte de seu pai no boletim da polícia. Estava preocupada também com a mãe, que tinha problemas de coração e estava passando por um momento de extremo estresse. — Assim que as coisas voltarem ao normal, talvez Paul e eu possamos voltar a nos entender.

— Promete? — disse a garota, o rosto brilhando de felicidade.

— Não posso prometer nada — disse Carolyn, levantando-se e desligando a luz. — Acha que pode dormir agora?

— Acho que sim — respondeu ela, bocejando. Depois se virou para o lado e ajustou a posição do travesseiro.

Carolyn fechou a porta do quarto e desceu para o corredor que levava ao seu quarto. Estaria certo criar na filha uma falsa esperança? Não, mas iria fazer o possível para esquecer o que tinha visto no vídeo. No entanto, talvez Paul não quisesse consertar as coisas, depois da maneira como ela o havia tratado.

Carolyn desabou na cama, mas os comprimidos para dormir já tinham perdido o efeito e ela duvidava que fosse conseguir pegar no sono. Na sua mente começaram a desfilar os acontecimentos do dia e, principalmente, o acordo perigoso que tinha feito com Hank para adiar o mandado de prisão contra o seu irmão.

Alguns anos depois de casados, seu ex-marido, Frank, desafiara-a para um vôo de paraglide. Ao se projetar da beira do penhasco, seus olhos se fixaram na paisagem sob seus pés que se aproximava dela lentamente. Sentira naquela hora uma explosão de adrenalina, assim como estava sentindo naquele momento, sabendo que, no dia seguinte, estaria de novo sentada diante de Raphael Moreno. Ainda que a equipe da SWAT estivesse vigiando tudo do outro lado do espelho, o seu destino estaria nas mãos de Deus.

Entretanto, foi surpreendida pelo toque do seu celular. Do outro lado da linha, chegou uma voz fraca e desesperada.

— Carolyn, quase que eu consegui — disse Neil. — Apontei a arma contra a minha têmpora... Estava quase puxando o gatilho, quando entrei em pânico. Pus a arma de lado no último segundo. O tiro saiu, mas errou o alvo, não atingiu minha cabeça.

— Ah, meu Deus — exclamou Carolyn, derrubando o relógio no chão. — Onde você está?

— Eu não quero viver mais — disse Neil, soluçando. — Vão me mandar para a prisão.

— Isso não é verdade — disse ela, forçando-se a manter a calma. — Respire fundo e se concentre nas minhas palavras, Neil.

— Não vale a pena.

— Faça o que eu digo e tudo vai dar certo — instruiu Carolyn, aliviada quando ouviu que ele tinha parado de chorar. — Você não matou Laurel. Não é culpa sua se a Laurel morreu.

— Você acha que isso vai me ajudar? — perguntou ele, com a voz estremecida. — Ela foi o grande amor da minha vida. Talvez não fosse a hora certa agora para nós, mas poderíamos acabar casando e vivendo uma vida maravilhosa. E onde está ela agora? No necrotério, com o corpo em pedaços. Se eu não tivesse ficado tão irritado, ela ainda poderia estar viva. Por que eu devo viver se sou o responsável pela sua morte?

Carolyn estava desesperada, não conseguia pensar direito. Ouviu que ele estava chorando de novo.

— Neil, onde você está? Eu vou buscá-lo.

A voz do irmão sumia a cada palavra.

— Me deixe ir.

Carolyn estava com medo de que ele desligasse. Tinha que usar outra tática.

— E o que vai ser de mim? — gritou ela. — É dessa maneira que me paga por tudo o que fiz por você todos esses anos? Tomei conta de você. Eu te amo. John e Rebecca também te amam. Quando mamãe morrer, não teremos mais ninguém. É isso que você quer? Diga onde você está, por favor?

— Em Oxnard Shores, nas dunas.

— Você está sozinho? — perguntou ela, sabendo que ele estava na área perto do condomínio onde tinham morado.

— Quem poderia estar comigo? Não tenho amigos. Nem Melody quer mais me ver.

Carolyn continuou falando, ao mesmo tempo que corria para o quarto de John. Rapidamente, fez uma anotação num papel e deu a ele para ler. Quando ele acordou e perguntou o que estava acontecendo, ela colocou a mão sobre sua boca. O rosto de John empalideceu ao ler a anotação. Ela o beijou na testa e correu para o carro na garagem.

— Neil, você está enganado a respeito de Melody. Eu estive hoje com ela. Ela está preocupada com você.

Neil ficou em silêncio. Carolyn conseguia ouvir o barulho das ondas ao fundo, de modo que estava razoavelmente certa de que ele não tinha mudado de lugar.

— Você é um sobrevivente, Neil. Tudo isso é apenas um buraco na estrada. Se nós ficarmos juntos, nós vamos conseguir sair do buraco.

— Eu fiquei com medo hoje — disse ele. — Você não imagina o quanto eu estive perto, Carolyn. Disparei a bala. Eu quis fazer isso.

318 | NANCY TAYLOR ROSENBERG

A irmã já estava dentro do carro e fechava a porta do seu Infiniti.

— Nós vamos conseguir voltar aos trilhos, confie em mim. Onde está a arma?

— Aqui ao meu lado, na areia — disse ele, suspirando.

— Jogue a arma longe, Neil! — gritou ela novamente, engrenando o carro. — Saia daí e vá até a beira d'água. Quando chegar lá, jogue a arma o mais longe possível. Faça isso agora, Neil! Agora!

— Está bem.

A respiração dele ficou mais pesada durante a caminhada na areia fofa.

— Já jogou a arma no mar?

— Não...

— Livre-se da arma, Neil! — gritou Carolyn mais uma vez, quase batendo no carro à sua frente. — Está me ouvindo, Neil? Como é que você pode pensar em se matar? Você quer mesmo se condenar ao inferno?

— Eu não acredito nisso, Carolyn. O nosso pai se matou. Se eu for para o inferno, vou encontrá-lo por lá. Estaremos juntos.

— Não importa o que o papai fez — disse ela, acelerando para entrar na rodovia 101. — Por favor, estou pedindo. O suicídio é uma ofensa contra Deus. É também uma ofensa contra todas as pessoas com doenças graves no mundo inteiro que estão batalhando, superando obstáculos quase intransponíveis para viver mais um mês, uma semana, um dia, uma hora. Pense em todas as crianças, Neil. Crianças que estarão mortas ao nascer do sol. Como é que pode jogar fora uma coisa tão valiosa? Você é um jovem saudável. Se fizer isso, eu me mataria também. E John e Rebecca? Nós não podemos ficar repetindo esse ciclo horroroso por gerações. Pare com isso agora!

— A arma já foi.

A JUSTIÇA DE SULLIVAN | 319

— Graças a Deus — exclamou Carolyn, no momento em que o silêncio se estabeleceu de novo. Ela recomeçou a falar, desta vez mais lentamente, com mais suavidade.

— Agora, olhe para as ondas na arrebentação, veja como se transformam em espuma branca. Você se lembra daqueles dias que passávamos brincando na areia e pegando essas ondas?

— Isso foi há muito tempo — disse ele, o som da sua voz ficando mais coerente. — Eu sinto saudades dos meus tempos de infância.

— Você se lembra dos caranguejos da areia?

— É... — respondeu Neil, dando um risinho. — Foi um barato o que fizemos com o pequeno Joe.

— O que foi? — perguntou ela, fingindo que não se lembrava.

— Nós pusemos caranguejos dentro das calças dele. Ele ficou pulando pela praia, chorando que nem uma menina.

Mais alguns quilômetros e ela chegaria lá. Neil estava voltando à realidade. O trato dela com Hank lhe daria apenas mais 24 horas. Ela pensava em insistir para Neil se entregar, mas estava com medo que ele ficasse histérico de novo. Precisava escondê-lo da polícia até que seu equilíbrio se restabelecesse. Ele não podia ficar na sua casa. Tinha certeza de que Hank já colocara policiais à paisana na área, prontos para prendê-lo assim que terminasse o período de 24 horas.

Carolyn sabia que não podia deixar o irmão sozinho. Havia uma única pessoa com quem ela podia deixá-lo: Melody. A polícia parecia não considerá-la mais uma provável suspeita. Seria ela digna de confiança, uma mulher que antes desprezava? Melody poderia cuidar de Neil? Carolyn não tinha escolha. Levá-lo de volta para a casa da mãe nem pensar.

Ao chegar à praia, ela mal podia ver por onde andava devido à escuridão. No entanto, foi avançando pela areia até encontrar Neil caído no alto de uma duna. Seu coração quis sair pela boca, ao imaginar que ele pudesse estar morto.

— Neil — gritou ela, ajoelhando ao lado dele. Como ele não respondesse, ela ergueu a cabeça do irmão para verificar se não estava ferida, pois a arma continuava na mão dele. Retirou-a, abrindo os dedos dele, e guardou-a na cintura, por dentro da calça.

— Eu pensei que você a tivesse jogado no mar.

Neil olhou fixamente para ela, o rosto marcado pelo desespero. A irmã abraçou-o e ajudou-o a levantar-se.

— Está tudo bem agora — disse ela, sustentando-o pela cintura, a caminho do estacionamento. — Onde você conseguiu a arma?

— Na casa de penhores.

— Quando?

— Hoje.

Agora que Carolyn sabia que o pai deles se matara, e depois dessa noite, não havia dúvida de que Neil precisava de ajuda psiquiátrica. Mas ela não podia obrigá-lo a isso. Se o fizesse, assim que saísse ele poderia tentar se matar novamente. E talvez conseguisse. Talvez nos próximos dias ela pudesse falar com ele e convencê-lo de que passar algum tempo numa clínica decente seria melhor do que ir para a cadeia do condado. Mais tarde, se fosse julgado pelos homicídios, ele poderia alegar insanidade.

Deixando a porta aberta, Carolyn entrou no carro e telefonou para Melody perguntando se Neil podia ficar na casa dela por alguns dias. Até que a ordem de prisão fosse emitida, ela não poderia ser acusada de ajudar um criminoso. Carolyn tinha prometido a Hank que levaria o irmão a entregar-se, mas a vida dele era mais importante.

— Eu não estou muito bem para servir de companhia — disse Melody. — Mas pode vir. O que está acontecendo? Alguma coisa errada?

Carolyn disse que eles explicariam tudo quando chegassem. Ao ver que Neil estava entrando no BMW de Paul, ela correu e bateu, zangada, no vidro do carro.

A JUSTIÇA DE SULLIVAN | 321

— Saia daí!

— Eu não vou deixar o carro de Paul aqui — protestou ele, acionando o botão para baixar a janela. — Alguém pode roubá-lo.

— Então, me siga — disse ela, cansada demais para discutir. Como ele já não estava com a arma, ela sentiu que poderia deixá-lo dirigir. Carolyn achava que Melody lhe devia alguns favores. Ainda que tivesse sido importante para ela ver aquele vídeo, enviá-lo justamente no dia de Natal tinha sido um ato de crueldade.

— Vamos para a casa de Melody, em Brentwood — disse ela para Neil. — Se eu deixar de ver as luzes do seu carro no meu espelho retrovisor, vou chamar a polícia, entendido? O que você prefere, Neil? A casa de Melody ou a cadeia?

Neil fechou a janela do carro. Esperou que a irmã tirasse o carro do estacionamento e decidiu segui-la.

CAPÍTULO 28

Quarta-feira, 29 de dezembro — 9h12

Mary Stevens estava sentada à sua mesa no meio da sala dos investigadores. Colada no quadro ao seu lado a foto do pai, uniformizado, no dia da promoção na Academia de Polícia. Também havia outra foto, a do seu buldogue, Hitchcock. Podia sentir o aroma do café fresquinho, feito na sua cafeteira elétrica pessoal. A conversa na sala de descanso consumira tempo demais.

O capitão da Marinha Jordan Goodwin estava na cidade para o funeral da esposa e estava à disposição no seu celular. A Marinha já tinha confirmado que ele estava em alto-mar na hora do crime. Portanto, oficialmente, não era mais considerado suspeito.

— Eu preciso lhe fazer algumas perguntas — disse Mary. — Mas se não for a hora certa, vou entender.

— Farei qualquer coisa para ajudar a encontrar quem fez isso — disse ele, com voz grave e segura. — Eu amava muito a minha esposa. Esperava reconciliar-me com ela durante a minha próxima licença.

O objetivo de Mary era confirmar a declaração de Stanley Caplin sobre o jovem namorado de Laurel.

— Você disse que queria reconciliar-se com a sua esposa — disse ela. — Como começaram os problemas entre vocês? Por que foi tão difícil salvar o relacionamento?

— Ela estava me traindo com um dos seus ex-alunos — explicou ele, a voz grave demonstrando sinais de tensão. — Acho que ela ficava nervosa com minhas constantes ausências em alto-mar. Laurel era como o mar, constantemente em movimento. Ela não gostava de ficar parada.

— Quem poderia querer matá-la?

— Não tenho dúvida de que foi... Ashton Sabatino.

— O que sabe a respeito dessa pessoa?

— É o garoto com quem ela estava dormindo — reagiu ele, rápido. — Esse cara é traficante de drogas. Foi ele que me roubou a alma e o corpo da minha mulher.

Esta informação batia com o que ela tinha acabado de saber. Assim que chegara ao trabalho naquela manhã, Mary havia feito uma pesquisa no banco de dados da polícia, procurando por Ashton Sabatino, e descobrira várias prisões por porte de drogas. E em um dos casos por porte de cocaína. Manny Gonzáles disse-lhe que suas fontes sigilosas descreviam Sabatino como um traficante menor e deu-lhe o endereço mais recente do garoto.

Mary voltou a sua atenção, de novo, para o jovem oficial da Marinha.

— Notou alguma mudança no comportamento da sua esposa?

— Sim — respondeu ele. — Antigamente, quando eu voltava de um longo período no mar, Laurel me recebia de braços abertos. Notei que alguma coisa estava errada quando, ao chegar em casa, ela nunca estava lá. Além disso, parecia que um tufão tinha passado pela nossa casa. — Ele fez uma pausa, antes de voltar a falar. — Eu não podia agüentar ver a nossa vida desmoronar sem uma explicação. Contratei um investigador particular para segui-la. Ver as fotos de Laurel com Sabatino foi um dos piores momentos da minha vida. Eu a amava. Realmente, eu a amava. Por favor, encontre esse criminoso filho-da-puta e coloque-o atrás das grades.

— Eu lamento a morte da sua esposa, mas gostaria de saber por que acha que Sabatino a matou.

Vernon Edgewell veio por trás dela, tentando furtar uma xícara de café, mas Mary o escorraçou.

— Sabatino deve ser bastante ciumento — disse Goodwin.

— Assim que Laurel começou a sair com o pintor, o cara ficou louco. Chegou a pichar os muros da minha casa com obscenidades. Escrevia "Morra, puta!" Laurel já tinha se mudado para a casa dos pais. Eu não disse nada porque pensei que o sujeito fosse apenas um babaca imaturo. Quer dizer, esses malditos pichadores que emporcalham as paredes são um aborrecimento para a população, mas é difícil vê-los como perigosos. Mas se ele perfurasse a casa com balas, isso seria algo com que se preocupar. Ele é um garoto. É isso que eu vejo nele... Só um garoto desprezível.

— Você tem conhecimento de que outra mulher foi morta a uns poucos quarteirões de distância da casa onde Laurel morreu? Temos razões para acreditar que existe uma ligação entre os dois crimes.

— Escute, a esse respeito eu não sei o que lhe dizer. Só sei que Sabatino tinha uma queda por mulheres mais velhas. Talvez ele estivesse vendendo drogas para essa mulher e fazendo sexo com ela como fazia com a minha mulher. Ele pode ser o serial killer de que os jornais estão falando. Os garotos dessa idade acham que a vida é como na televisão ou no cinema. Esse pessoal de Hollywood acha que hoje em dia não basta haver um assassino, tem de ser um serial killer. Esse tipo de maluco é assim tão comum?

— Não — disse Mary, que também já tinha notado esse fenômeno na indústria do entretenimento. A violência tinha se transformado em uma espécie de droga e o público havia desenvolvido

A JUSTIÇA DE SULLIVAN | 325

uma tolerância em relação a ela. A única maneira de manter a atenção do público era aumentar o nível de violência do espetáculo. Todos podiam ver os assassinos na televisão. Hollywood transformava serial killers em celebridades. Enquanto a violência desse lucro, nada iria mudar.

— Na realidade, capitão Goodwin, serial killers são extremamente raros. Isso não significa que não existam. Posso ligar de novo para este número caso tenha mais alguma pergunta a lhe fazer? Por quanto tempo estará em casa de licença?

— Dois meses — disse ele, controlado. — Enterrarei a minha mulher esta tarde, detetive. Depois disso, pode telefonar quando quiser.

Mary discou o número de Hank e terminou falando com a secretária eletrônica. Depois do sinal, disse:

— Consegui um endereço de Ashton Sabatino. Estou indo para lá agora. Imagine onde é? Condomínio Ocean View. Pode ser o nosso homem, Hank. Me liga e eu darei os detalhes.

O carro corria na direção do endereço que lhe dera Manny Gonzáles. Ela consultou o registro do condado e descobriu que a casa pertencia a Arthur e Constance Sabatino, presumivelmente os pais do rapaz. Ao chegar, viu uma casa de hóspedes nos fundos da propriedade e imaginou se não seria ali que ele ficava.

Aproximou-se com cautela da porta da frente e bateu. Escutando o som de passos no chão, virou-se para a direita e viu uma figura correndo em direção à rua. A adrenalina fluiu por todo o seu corpo, ao mesmo tempo que seus músculos responderam numa explosão de velocidade.

Olhando para trás, por cima do ombro, para a pessoa que o estava caçando, o homem em fuga deu um passo em falso e foi nesse momento que Mary mergulhou nas pernas dele, fazendo com que ele caísse e rolasse pelo chão. Ela rolou também, ao lado dele, mas logo estava com a arma de serviço apontada para o suspeito. Vendo nos olhos do jovem que suas pupilas estavam dilatadas, ela percebeu que o rapaz planejava fugir de novo.

— Não tente mais nada, Ashton — disse Mary. — Vire-se e fique deitado no chão. — Assim que ele se virou de bruços, ela gritou: — Agora ponha as mãos na nuca. — Ao mesmo tempo, ela colocou o pé no meio das costas do fugitivo. Ouviu-se o tilintar das algemas que ela ajustou nos pulsos dele.

— Você está me machucando — queixou-se Sabatino.

— Não se faça de criança — respondeu ela, pegando o celular e chamando por reforços.

— Eu não fiz nada — exclamou o rapaz.

— Isso nós vamos ver — disse Mary. — Eu já estou há muito tempo neste negócio para saber por que alguém resolve fugir. Se alguém foge, por alguma razão é. Você está fugindo de quê, Ashton?

— De nada — disse ele, olhando para o lado. — Só não gosto das pessoas que ficam rondando a casa dos meus pais.

— Tem certeza de que não está escondendo alguma coisa?

— Não, droga — rosnou ele. — Me larga!

O carro-patrulha guinchou o freio ao parar no meio-fio, em paralelo com a rua residencial. Os policiais saíram do carro com as armas na mão, apontando para o chão.

— Está tudo bem, Stevens?

— Estou bem, sim. Obrigada, Perna. É Briggs que está com você? — Ela se abaixou, pegou o rapaz pelas algemas e ajudou-o a pôr-se de pé. Os policiais apalparam-no à procura de armas. Quando bateram no bolso da frente, encontraram um saquinho de plástico cheio de um pó branco.

— É, Mary — anunciou Briggs, exibindo a substância suspeita. — Parece que o seu rapaz gosta de festas.

— Nada para esconder, hein? — disse a detetive, com sarcasmo, balançando o saquinho a centímetros do nariz do rapaz.

— Merda...

— Mais alguma coisa de que a gente precise saber, Ashton?

— Não — disse ele, com voz firme. — Um dos seus canas plantou essa droga no meu bolso.

— Chaves — disse o policial. — Só as chaves, além do pó. Foi tudo o que encontramos nesse elemento.

— Deixe ver essas chaves — pediu Mary.

Briggs entregou-as. A primeira coisa que ela notou foi um chaveiro de couro, com a logomarca da Yamaha, prendendo uma chave que, aparentemente, era de motocicleta.

Mary estava sentada na sua divisória, esperando ansiosamente por Hank. Ele iria se juntar a ela logo que liberado da chamada telefônica que atendia. Ela podia entender por que razão Laurel Goodwin tinha sido seduzida por Sabatino. Ele era um jovem especialmente atraente. Seus cabelos eram castanhos, descoloridos no alto da cabeça e com um corte moderno. Tinha quase um metro e noventa e traços muito fortes.

Como Jordan Goodwin tinha dito, Sabatino era um problema. Depois da sua última prisão, tinha sido posto em liberdade condicional. O fato de portar drogas violava os termos da sua condicional. Isso significava que eles podiam colocá-lo na cadeia até que a atual acusação fosse adjudicada, o que daria à promotoria tempo suficiente para investigar e montar a acusação contra ele pelos assassinatos de Suzanne Porter e Laurel Goodwin.

— O que você conseguiu? — perguntou Hank, adentrando o cubículo de Mary.

— Possivelmente, o nosso assassino — disse Mary, exultante. — Encontramos o ex-namorado de Laurel Goodwin portando drogas e com uma motocicleta Yamaha na garagem. Além disso, ele mora no condomínio Ocean View onde as duas mulheres foram assassinadas. Parece que vamos poder esclarecer esses dois

328 | NANCY TAYLOR ROSENBERG

assassinatos antes do fim do ano, sargento. Se assim for, teremos, realmente, alguma coisa para festejar na passagem do ano.

— Nada se consegue facilmente — comentou ele, pegando a pasta de Sabatino que estava em cima da mesa dela.

— Eu sei, mas é o mais próximo que chegamos da solução. Será que não posso curtir o prazer dessa idéia antes que você me derrube? Ainda tive que correr atrás desse merdinha para pegá-lo.

— Interessante — disse Hank, ignorando o comentário dela, enquanto lia o registro. — Ele tem antecedentes... relacionados com drogas. Já pediu ao laboratório para analisar essa droga encontrada com Sabatino e compará-la com a que encontramos na seringa usada para matar Laurel?

— Tudo feito — disse Mary, descalçando os sapatos e examinando um ferimento no dedão. — Vou passar a usar tênis daqui para frente. Ao me formar na academia, pensei que não iria precisar correr tanto atrás desses caras. De qualquer forma, se encontrarem traços de estricnina na droga, a carreira de assassino de Sabatino estará terminada, não acha?

— Saberemos melhor quando chegar a análise do laboratório — falou Hank, colocando a pasta de volta em cima da mesa de Mary. — Com essas novas informações, não tenho certeza se poderemos justificar uma ordem de prisão contra Neil Sullivan.

— Isso vai deixar Carolyn Sullivan feliz.

— Vou telefonar para ela — disse ele. — Preciso que ela se esforce ao máximo esta tarde. Ela vai conversar com Raphael Moreno de novo, às 16h30, na cadeia. Estamos preparando uma outra sala de interrogatório e trazendo uma equipe da SWAT.

Mary ficou de queixo caído.

— Minha nossa, Hank, por que você está mexendo com esse cara novamente? Quero dizer, quando parece que já temos na mão o nosso homem. Moreno estava na cadeia quando Porter e Goodwin foram mortas. Como é que ele poderia estar envolvido?

A JUSTIÇA DE SULLIVAN | 329

— Esse negócio da coincidência de endereços está me deixando louco, Mary — disse Hank, coçando o queixo. — Não estou dando a mínima para o que Kevin Thomas diz, é muita coincidência as pessoas assassinadas nesta cidade, nos últimos dois meses, terem todas o número "1003" e a palavra "Sea" nos seus endereços.

— Você é o chefe — disse Mary, voltando para o computador, a fim de escrever o seu relatório da prisão de Sabatino.

— Ah — disse Hank antes de ir embora. — Eu tenho que ir ao almoço mensal do prefeito. Entre em contato comigo pelo celular, mas só se for uma emergência. Caso contrário, nos veremos na cadeia às 16h30 para o interrogatório de Moreno.

CAPÍTULO 29

Quarta-feira, 28 de dezembro — 9h38

Melody acordou com Neil ao seu lado. Teria sido ótimo se ela estivesse sóbria e ele, bem longe de quase perder o juízo. Depois de uma ducha e de uma xícara de café bem forte, ela se preparou para representar o papel de psicóloga, amante e cúmplice, coisa que nunca tinha feito antes.

Ele parecia tão inocente, dormindo nos seus lençóis italianos cor-de-rosa feitos por Claudio Rayes, em Beverly Hills, e rodeado por almofadas de cetim com flores bordadas à mão. Aquela cama tinha uma longa história para contar. Ela amava aquela cama. Era uma satisfação ver homens poderosos sendo forçados a dormir cercados por seus cortinados de seda brancos, naquilo que seria, sem dúvida, uma decoração tipicamente feminina.

— Neil, levante — disse ela, socando as costas nuas dele. — Não pense que vai ficar aí dormindo o dia inteiro como faz em sua casa. Temos coisas a resolver ainda hoje.

— Tudo bem, já vou — rosnou Neil. — Me dá um tempo.

— Não enquanto você estiver em minha casa, entendeu?

— Sim, madame — respondeu ele, agora brincando. Levantou-se, mas agarrou-a e obrigou-a a voltar para a cama. — Por que não me dá uma coisa para me acordar?

A JUSTIÇA DE SULLIVAN | 331

— Agora, não, garoto. Vamos ter tempo para isso mais tarde — instruiu Melody, pegando as roupas dele na cadeira e jogando-as para ele. — Vista-se, dorminhoco!

O telefone tocou e Melody foi atender. Ao ouvir a voz de Carolyn, ela passou o aparelho para Neil.

— Boas notícias — contou Carolyn. — A polícia prendeu Ashton Sabatino. Ao que parece, você está fora de perigo.

Sentado na beira da cama, ele reagiu:

— Você deve estar brincando. Isso é bom demais.

Melody sentou-se ao seu lado e segredou-lhe no ouvido:

— Vou colocá-la no viva voz para que eu também possa ouvir.

— Claro — disse Neil, avisando a irmã que Melody estaria ouvindo. — Você está me ouvindo, Carolyn?

— Em alto e bom som.

— Mas você me contou que os dois assassinatos eram idênticos — continuou Neil. — Por que razão Sabatino iria matar a outra mulher? Não faz sentido.

— Para levar a polícia a pensar que se tratava de um serial killer — explicou a irmã. — Ninguém iria suspeitar que um garoto de 19 anos mataria duas mulheres. Parece que o motivo foram as drogas. Você sabe se Laurel usava drogas?

— Não — mentiu Neil, tendo os dois cheirado pó juntos. O fato de Laurel ficar doidona ocasionalmente era uma das coisas que a tornava tão desejável. Melody ficava muito zangada quando ele trazia drogas para sua casa. Na noite anterior, ela o obrigara a beber três copos de uma horrorosa mistura verde preparada no liquidificador, jurando que, no dia seguinte, ele estaria desintoxicado. Ele teve que ir ao banheiro seis vezes, mas depois admitiu que se sentia muito melhor.

— Como eles chegaram a essa conclusão?

— Um vizinho de Suzanne Porter testemunhou ter visto um cara de motocicleta mais ou menos na hora do crime. A polícia foi falar com Sabatino e ele tentou fugir a pé. Quando o pegaram, encontraram no bolso dele a chave de uma motocicleta Yamaha, além de uma trouxinha de cocaína de alto grau de pureza. Como você sabe, Laurel foi morta com uma mistura de cocaína, heroína, estricnina e algum tipo de medicamento. A polícia conseguiu um mandado de busca e apreensão esta manhã e foi procurar o que havia na garagem de Sabatino. Encontraram uma motocicleta Yamaha vermelha e preta que corresponde à descrição da testemunha.

Melody ficou andando de um lado para o outro. Tudo o que ela tinha que fazer era mandar o vídeo do homicídio de Laurel Goodwin para o detetive Sawyer e o garoto Sabatino estaria frito. E assim ela e Neil poderiam ficar juntos.

— Onde ele conseguiu a estricnina? — perguntou Neil.

— Em qualquer loja de ferramentas ou de produtos para jardinagem — interrompeu Melody. E Carolyn acrescentou:

— Qualquer pessoa que consegue cocaína pode conseguir também heroína.

— E o que vai acontecer agora? — perguntou Neil.

— As coisas têm que seguir o seu caminho — esclareceu a irmã. — Você não vai ficar completamente livre de suspeitas até que Sabatino confesse ou o estado o declare culpado. A polícia liberou a Ferrari esta manhã. Eu diria que é um bom sinal, não acha?

— Acho que sim — disse Neil, ao mesmo tempo que seu rosto se alarmava diante do dia que teria pela frente. — Melody e eu vamos pegar o carro quando formos para Ventura. Ela leu no jornal que o funeral de Laurel será realizado hoje. Diga ao Paul que eu vou tentar deixar o BMW com ele esta noite.

— Você não deve ir ao funeral, Neil — disse Carolyn, agitada. — Só porque Sabatino está preso, isso não significa que você não irá irritar a família de Laurel com a sua presença. O marido dela também vai estar lá. E depois da noite passada...

A JUSTIÇA DE SULLIVAN | 333

Seu irmão a interrompeu.

— Eu tenho o direito de estar presente. Eu conhecia Laurel desde o colégio. Quero apresentar os meus respeitos, certo? O serviço religioso vai ser realizado numa igreja. Tenho certeza de que haverá muita gente, já que Laurel era professora local. A família nem vai perceber que eu estive lá.

Melody aproximou-se de Neil e passou o braço ternamente pelos seus ombros. Neil, por sua vez, pegou na mão dela e levou-a à boca, dando-lhe um beijo.

— Não se preocupe, Carolyn — disse Melody. — Eu ficarei no carro à espera dele. Ele precisa disso para virar uma página de sua vida. O seu irmão vai voltar a ficar bem em pouco tempo. Vou levá-lo ao Chart House para almoçar, para ele comer uma refeição decente. Não quer se juntar a nós?

— Lamento, mas tenho coisas demais para fazer.

Depois que desligaram o telefone, Melody passou a escova nos cabelos e se maquiou, enquanto Neil descia para tomar um banho. Depois de se vestir, ela foi até a cozinha para tomar o café-da-manhã. Do balcão de granito, pegou num pedaço de papel com o número de telefone do hotel onde o pai estava. Ainda não tinha decidido se ia ligar ou não. O papel em suas mãos, estranhamente, quase dava a sensação de que fazia parte do pai, como se estivesse impregnado com a sua personalidade. Chegou à conclusão de que era por causa do estilo da letra. Ao contrário da maioria dos médicos, sua escrita sempre fora perfeita. Nem ensinavam mais as crianças a escrever assim. Ela se lembrava de como tinha tentado imitar a caligrafia do pai quando criança. Ver a sua mão desfigurada a deixara perturbada, mas era a mão esquerda, e ele era destro.

Antes do incidente no terceiro andar da casa de Tuxedo Park, Melody o adorava. E ela era a queridinha do papai, a quem ele dava a maior atenção e os melhores presentes. Depois o relacio-

334 | NANCY TAYLOR ROSENBERG

namento entre eles passara a ser temperado pelo medo. Se aquilo que ele lhe dissera era verdade, o fato de o pai ter sido agressivo com ela naquele dia em que estava fazendo sexo com aquela mulher estranha teria provocado nela a vontade de dizer à polícia que fora ele quem puxara o gatilho. Os pais não faziam idéia de como os seus atos afetavam os filhos. A lembrança da noite em que Jeremy e a mãe tinham morrido assaltou-a. Detalhes que ela suprimira da memória voltavam agora à superfície. Neil, aparecendo como apareceu, independente das circunstâncias, fora para ela uma distração muito necessária.

Agora Neil era seu. A melhor parte da história era que Carolyn o levara para ela. Isso significava que agora Melody tinha o controle de ambos. Carolyn e Neil precisavam dela em vários aspectos, o principal deles, ainda desconhecido para eles, era a gravação do assassinato em vídeo. A necessidade era uma ferramenta poderosa nas mãos de um bom usuário. Melody ainda tinha descoberto um outro ponto fraco de Neil: suas tendências suicidas. Ela também poderia usar isso para tirar vantagem.

Tanta coisa havia acontecido nas últimas 24 horas. Esse seria mais um dia infernal, mas ela estava disposta a passar por cima de tudo. Encheu duas conchas de cereais, colocando-as na mesa. Depois encheu dois copos de suco de laranja.

— Você vai ter a sua Ferrari de volta — disse ela, quando Neil chegou e se sentou à mesa. — Não está contente?

— Não — disse Neil, secamente. — Quando tudo tiver passado, eu vou vender aquele carro.

Era óbvio pela expressão do seu rosto que a simples menção do carro lhe trouxe lembranças negativas. Era o dia do funeral de Laurel. Ele a buscara e levara para a casa dele na Ferrari no dia em que ela fora assassinada. Enfim, depois que chegassem a Ventura, pegassem o carro e almoçassem, já seria hora de ir para a igreja. Em breve, Laurel Goodwin não seria nada além de uma lembrança.

Os noventa minutos até Ventura transcorreram com conversas ligeiras e longos momentos de silêncio. Melody sabia que Neil precisava de tempo para esquecer seus sentimentos em relação a Laurel.

A Ferrari não estava estacionada na área normal de veículos recolhidos pela polícia. Pelo seu valor, ficara guardado num edifício seguro de propriedade da prefeitura. Ela deixou Neil na porta, insistindo com ele para não se esquecer do almoço no restaurante Chart House, assim que terminasse.

Melody estacionou na rua, perto do Departamento de Polícia de Ventura, e saiu do Porshe. Estava vestida como uma mulher de negócios, com um terno cinza, uma blusa preta com os três botões de cima desabotoados e sapatos de couro preto de saltos baixos, além de uma bolsa a tiracolo barata, combinando com os sapatos. Ela podia ter enviado o vídeo pelo computador de uma biblioteca ou de um cibercafé, mas o que estava prestes a fazer era um desafio muito maior. Aparecendo na polícia, ela podia entrar no mundo deles e fazer o que quisesse. E isso a fazia sentir-se poderosa.

Abriu a mala do carro, de onde tirou uma pasta de arquivos e uma peruca preta. A pasta estava vazia, no entanto iria servir ao seu propósito. Entrando novamente no carro, Melody colocou a peruca na cabeça e prendeu-a com um grampo na base da nuca. Pegou um crachá do FBI que tinha comprado no dia anterior numa loja de fantasias e pendurou-o no cinto. Olhando no espelho, ela sussurrou: "Perfeito."

Uma vez dentro do edifício da polícia, ela parou diante da mesa de recepção.

— Eu sou a agente Rodriguez do FBI. Tenho um encontro marcado com o detetive Sawyer às 11h30. Estou alguns minutos adiantada. Ele está?

— Não — respondeu o policial da recepção, Carl Duval. — Neste momento, ele está com o prefeito. É urgente?

— Não — admitiu Melody, sorrindo, ao mesmo tempo que pressionava os seios contra o balcão. — Você poderia me levar até a sala dele? Tenho uma papelada para estudar enquanto espero.

O policial entregou a Melody uma prancheta com um papel para ela assinar. Ela escreveu rapidamente o seu nome, Samantha Rodriguez, sendo imediatamente levada a passar pela porta de segurança, acionada pelo recepcionista. O policial parecia mais interessado nos peitos do que nas credenciais dela. Típico.

Enchendo os pulmões com uma inspiração profunda e colocando os ombros para trás, ela entrou por uma porta onde estava escrito *homicídios*. Os detetives deviam estar de serviço na rua. Não havia nenhum na sala, que tinha dez cubículos separados por divisórias. Em cima de cada mesa, placas de identificação em letras douradas. No lado esquerdo, ela viu uma sala com uma janela dando para um espaço aberto. Na porta, o nome Hank Sawyer. Que relaxado, pensou ela ao entrar. Não admira que tenha problemas em realizar a sua função. Uma mesa desorganizada reflete uma mente desorganizada. Afundando a mão na bolsa, retirou um par de luvas de látex e sentou-se atrás da mesa de Hank, inserindo um CD no computador dele.

— Olá — exclamou uma voz, quebrando o silêncio.

Melody removeu as luvas rapidamente e jogou-as na cesta de lixo.

— Eu não quis assustá-la.

Em pé, diante dela, estava um jovem de cara lavada, usando uma camisa branca, gravata e calças esportivas de algodão. Ele passou a mão pelos cabelos castanhos desgrenhados. Não vai ser problema, pensou Melody. Esse frangote não constitui ameaça. Ela nem tinha certeza de ele ser homem. Parecia ter apenas 16 anos.

— Não, tudo bem — disse ela, voltando-se de novo para o computador. Na tela, apareceu uma mensagem perguntando se ela queria exibir o vídeo ou salvá-lo em arquivo. Ao notar que os olhos do homem estavam se dirigindo para a tela, ela se levantou e avançou para ele, estendendo a mão.

Felizmente, ela conseguiu desviar a atenção dele do monitor.

— Sou Samantha Rodriguez — disse ela, fechando o paletó para que ele não visse o crachá do FBI. — Eu sou do suporte técnico. O detetive Sawyer notificou-nos que havia um problema no seu computador.

— Eu sou Chris Alabanie — disse ele, corando. — Sou cadete da polícia. Na maior parte do tempo, faço chamadas telefônicas ou arquivo processos. Esses caras aí ficam sempre caçando um assassino ou outro. Acho que um dia eles vão me treinar para fazer qualquer outra coisa. Sabe, o computador que estou usando está ficando sem memória. Seria muito bom se você...

Melody o interrompeu.

— Desculpe, mas tenho que terminar este trabalho antes que o detetive Sawyer chegue. Ligue para o suporte técnico e veja se eles podem mandar outra pessoa.

Assim que ele se afastou, ela voltou a pegar as luvas e clicou no ícone de Lotus Notes. O programa de e-mail de Hank apareceu, enchendo o monitor. Ela digitou "Hank S", e o seu endereço completo surgiu na caixa. Depois, anexou o arquivo do vídeo e clicou enviar. Apareceu logo outra janela dizendo que tinha chegado um novo e-mail. Missão cumprida. Usar aquele disfarce tinha dado resultado, confirmou Melody para si mesma, retirando o CD e jogando-o dentro da bolsa.

Melody apressou-se em sair dali antes que a imitação de policial voltasse. Sawyer podia ter prendido Sabatino, mas, como Carolyn havia salientado, esses idiotas precisavam de provas. Esse vídeo iria selar o destino de Sabatino. Neil era inocente. Isso não significava que não houvesse pessoas inocentes sendo mandadas para a prisão por causa de policiais incompetentes encarregados

338 | NANCY TAYLOR ROSENBERG

de fazer cumprir a lei. Seu pai tinha sido injustamente condenado, ou assim ele alegava. Os policiais e suas unidades de investigação eram pressionados pelas vítimas ou pelos parentes das vítimas para apresentar resultados. A polícia tinha que resolver os casos rapidamente e passar para o próximo. Ela sabia o que esse "resolver" significava. Arranje uma prova qualquer, acrescente outras ou modifique para conseguir *uma* condenação. Certo ou errado, a polícia sentia que tinha cumprido o seu dever.

Ninguém ia tirar Neil das suas mãos.

CAPÍTULO 30

Quarta-feira, 29 de dezembro — 13h30

Hank irrompeu na sala dos detetives, esfregando as pálpebras. Que perda de tempo, pensou ele. Uma hora e meia escutando o prefeito falar sobre como reduzir a criminalidade na cidade. Hank estava convencido de que a melhor maneira de reduzir a criminalidade era parar com esses almoços idiotas com o prefeito.

Sua mesa estava cheia de novas pastas, nas cores amarela e azul. As amarelas representavam faxes e as azuis, comunicados internos. O sistema de cores, supostamente, devia ajudá-lo a se organizar. Mas a mesa parecia, agora, uma tenda de circo.

Ele decidiu então encarar a pilha de processos antes que o telefone começasse a tocar. Pegando uma das pastas azuis, deparou com o relatório forense sobre a Ferrari. Sem dúvida, os técnicos não estavam com pressa, pensou ele. Olhou para assinatura. Quem seria Alex Pauldine? Ele se lembrou de ter recebido uma mensagem de alguém chamado Alex, não se recordava do sobrenome, avisando que ia liberar a Ferrari de Neil Sullivan. O que ele tinha a ver com a liberação do carro? Tinham feito um trabalho completo e Sullivan, no momento, não parecia ser o principal suspeito.

340 | NANCY TAYLOR ROSENBERG

O relatório datava de 27 de dezembro, dois dias antes. Ao abri-lo, Hank bateu o olho no nome Raphael Moreno na segunda página. Sangue! Sangue de Raphael Moreno dentro do carro de Neil Sullivan! Afinal, o que está acontecendo? Hank pegou o telefone e ligou para Alex Pauldine, no laboratório.

— Você já liberou a Ferrari?

— Neil Sullivan levou o carro há menos de vinte minutos — informou Pauldine. — Qual é o problema?

— É... Existe um problema — gritou Hank. — De acordo com o seu relatório, foi encontrado sangue de Raphael Moreno dentro do carro. Por que razão não fui notificado?

— Não grite comigo — disse Pauldine, na defensiva. — Eu mandei o relatório para você anteontem. Também telefonei para você para informá-lo que tínhamos terminado o trabalho na Ferrari. Como você não retornou a chamada, presumi que não teria nada contra a liberação do veículo. Pelo que eu entendi, Sullivan não é mais considerado suspeito. Qual é o problema?

— Você sabe quem é Raphael Moreno?

— Acho que no necrotério tem um Moreno — respondeu Pauldine. — Não tenho certeza se o primeiro nome é Raphael. Acidente de automóvel. Recebemos o veículo acidentado. Mas o nome é muito comum na comunidade hispânica. O que está acontecendo?

— Raphael Moreno massacrou uma família inteira. Uma das vítimas era um bebê de seis meses. Como é que você podia não saber de uma coisa como essa? O Cadillac do Sr. Hartfield foi mandado para vocês.

— Eu não tratei desse caso. Foi Bernie Wolcott, acho eu. Como o acusado se declarou culpado, a promotoria pressionou-nos para que déssemos o trabalho no Cadillac por terminado em cinco dias.

— Então você está lembrado do caso — argumentou Hank.

— Agora que você mencionou, eu lembro sim. Quando o caso envolve crianças, faço todo o possível para esquecer. O que isso tem a ver com a Ferrari? Nós retivemos o carro por tempo suficiente. Conseguimos tudo de que precisávamos. Você não precisa mais do carro.

— A Ferrari pode estar ligada à morte de nove pessoas.

— Como nove pessoas? A família Hartfield não era só de cinco pessoas?

— Pode contar — disse o detetive. — Às cinco que você mencionou, junte a mãe e a irmã de Moreno. Essas mortes ocorreram em Oxnard, portanto estão fora da nossa jurisdição, mas foram consideradas como pertencendo ao mesmo caso. Já temos sete. Depois temos os homicídios de Laurel Goodwin e Suzanne Porter. Contou?

— Você está dizendo que todos esses crimes estão ligados?

— Parece que sim. Pensávamos que já tínhamos o assassino nas mãos, mas agora já não tenho tanta certeza. O caso é dos grandes, Pauldine. Assim que você chegou à conclusão de que havia sangue de Moreno na Ferrari, você não podia ter liberado o carro. E se você tiver perdido algum detalhe? Não seria a primeira vez que isso aconteceria.

— Lembre-se, Hank, que nós procuramos por evidências. Nós não resolvemos homicídios. Por isso mesmo, nós enviamos *para você* o relatório. E também fizemos isso quarenta e oito horas antes de liberar o veículo. Nós estávamos seguindo à risca o protocolo. Depois de ler qualquer relatório, se tiver perguntas a fazer, telefone. De outro modo, você faz o seu trabalho, parceiro, que eu tenho que fazer o meu.

— Ótimo — disse Hank, batendo com o telefone. Malditos técnicos da cena do crime. Eles, na sua maioria, nem eram policiais. Como o trabalho deles era essencial para resolver os crimes, eles podiam botar os investigadores a seus pés.

342 | NANCY TAYLOR ROSENBERG

Ele jegou novamente o relatório e continuou a leitura, o que deveria ter feito antes de telefonar para Pauldine. Ao retirarem o banco do motorista da Ferrari de Neil Sullivan, tinham encontrado uma pequena quantidade de sangue. Um exame de DNA apontou que o sangue pertencia a Raphael Moreno.

Hank teve que resistir à tentação de telefonar para Carolyn. Ela fora a única a falar com Moreno. Não podia ligar para a oficial de condicional só porque o irmão dela era o dono do carro onde fora encontrado sangue de Moreno. No entanto, não se tratava mais de uma especulação. Havia uma conexão real entre todos os crimes. Isso era um fato.

E onde Neil Sullivan se encaixava no cenário? Tráfico de drogas foi uma das primeiras coisas que ocorreu a Hank. Essa conclusão era corroborada pelo fato de o laboratório ter encontrado traços de metanfetamina na cesta de lixo do vizinho de Sullivan. Não continuaram a busca por não terem autorização judicial para fazê-lo.

Novatos idiotas, pensou ele. Faziam sempre as buscas sem um mandado. Os instrutores da Academia de Polícia não se cansavam de ensinar esta regra básica, mas ninguém aprendia. Basicamente, qualquer evidência recolhida sem o mandado de busca seria sempre descartada no tribunal. Mesmo arrumando pilhas de evidências, se não houvesse os devidos mandados, os advogados de defesa deitavam e rolavam. Chegavam a levar os policiais a cometer perjúrio e a jurar que a pessoa não era considerada suspeita quando fizeram a busca na propriedade dela. Às vezes, já tinham autuado o suspeito, mas eram obrigados a liberá-lo muito antes de os jurados serem chamados para ouvir a sua versão. Ninguém queria ser responsável por colocar um culpado de volta às ruas. Por isso, a maioria dos juízes preferia fazer o jogo do empurra.

Hank sabia como o sistema funcionava. Um suspeito era preso e processado. Depois, fixava-se a data para a audiência prelimi-

A JUSTIÇA DE SULLIVAN | 343

nar a ser realizada num tribunal municipal. Muitos juízes não se preocupavam se os seus casos fossem objeto de apelação imediata, desde que a sua sentença servisse para apaziguar a opinião pública e arrefecer os ânimos exaltados com o julgamento. Depois de o acusado passar pela audiência preliminar, decidia-se se ele devia responder perante o tribunal superior ou a suprema corte, dependendo da jurisdição. E, então, o caso era levado a tribunal. Se a opinião pública ainda estivesse agitada com o caso, um juiz do tribunal superior podia admitir as evidências, embora soubesse que elas seriam derrubadas no tribunal de apelação.

O fato de evidências serem ilegalmente obtidas acabava vindo à tona, por mais que a promotoria se esforçasse para escondê-lo. O lado triste, na opinião de Hank, era que aqueles que prejudicavam o andamento dos processos eram os policiais. Alguns eram novatos, como no caso do policial que fez a busca na lixeira do vizinho de Neil no caso do homicídio de Laurel Goodwin. Pior era quando o policial já estava na força há muitos anos e, simplesmente, decidia fazer as suas próprias regras, achando que poderia, mais tarde, encontrar uma saída qualquer para justificar as suas atitudes.

Hank já não perdia tempo com evidências ilegalmente obtidas. Não deixava de tomar conhecimento do que fosse descoberto, mas sabia que não poderia montar uma acusação com base nessas evidências. Por que levá-las para a promotoria e ver os promotores salivarem de satisfação, dando início a uma série de manobras para que as evidências fossem aceitas? Alguns desses promotores também eram novatos, recém-saídos de uma faculdade de direito qualquer, como era o caso da que Carolyn freqüentava. Dar a um desses novatos um caso espinhoso significava dar ao suspeito a possibilidade de jamais ser condenado. E se no tribunal fosse declarado inocente, jamais poderia ser levado a juízo de novo.

Hank mandou chamar o capitão Gary Holmes.

— As coisas estão explodindo sobre nós, capitão.

— Qual o caso?

— Todos — informou Hank, a voz vibrando de excitação. — O laboratório encontrou sangue de Raphael Moreno dentro da Ferrari de Neil Sullivan. Além disso, o assassinato dos Hartfield ocorreu na Avenida Seaport, 1003. Laurel Goodwin foi encontrada morta na piscina de Neil Sullivan, localizada no número 1003 da Sea View Terrace. A três quarteirões de distância, assassinada do mesmo jeito, morreu Suzanne Porter, no endereço Seaport Drive, número 1003.

— Os assassinos estão procurando por alguma coisa.

— É exatamente o que eu penso — respondeu Hank. — Entretanto, como se explica o sangue de Moreno dentro da Ferrari de Sullivan?

— Você já perguntou ao Sullivan sobre isso?

— Não, ele desapareceu — disse o detetive. — O laboratório liberou o carro antes de eu tomar conhecimento da existência nele do sangue de Moreno. Desde que prendemos Sabatino, eles acharam que Sullivan não era considerado mais suspeito.

— Por que não leu o relatório a tempo? — perguntou o capitão, elevando a voz. — Você não voltou a beber, voltou?

Irritado, Hank tirou a gravata e jogou-a em cima da mesa. O seu problema com a bebida tinha durado seis meses. Mas, pelo que parecia, iria persegui-lo pelo resto da vida.

— Eu não estou bebendo mais, está bem? Tivemos dois homicídios em menos de uma semana. Você é o capitão, me diga o que quer que eu faça.

— Temos que fazer uma reunião — disse o capitão Holmes. — Vou mandar que Louise se encarregue das convocações do meu lado. Do seu, você manda chamar o pessoal que está nas ruas. São 13h15 agora. Marcamos para as 14h30. Não se esqueça de mandar um e-mail para todo mundo do seu departamento. Só porque você é analfabeto digital, não significa que o seu pessoal também

A JUSTIÇA DE SULLIVAN | 345

seja. A prefeitura pagou uma fortuna para criar uma rede integrada, conectando o departamento inteiro, inclusive as unidades de patrulhamento regulares e as civis. Tente usar esse equipamento de vez em quando, Sawyer.

Hank desligou e olhou para a tela do computador. Primeiro, o capitão tinha deixado implícito que ele estava bebendo. Depois deu a entender que o considerava um dinossauro, só porque não idolatrava aquela caixa em cima da sua mesa. Ele verificava sua caixa postal pelo menos uma vez por semana. E, ocasionalmente, usava a internet para fazer pesquisas. Não gostava de deletar mensagens, sempre receando a necessidade de revê-las. Deu uma olhada e viu que havia um pequeno envelope na parte debaixo da tela, indicando que tinha mensagens para ler. Ele nunca tentara mandar uma mensagem para várias pessoas ao mesmo tempo.

Ele clicou no ícone da Lotus Notes e descobriu que tinha quarenta novas mensagens para ler. A maior parte era lixo, ou propaganda ou piadas encaminhadas por alguns policiais para o pessoal do departamento.

— Que estranho — disse ele em voz alta. A mensagem mais recente era de Hank Sawyer. Devia ser um engano. Resolveu abri-la. Viu, depois, que tinha um arquivo em anexo. Os técnicos lhe haviam dito para ter cuidado ao abrir anexos, pelo fato de muitos deles trazerem vírus. O arquivo chamava-se *goodwinmurder.wmv.* Pelo canto do olho, viu que Mary Stevens estava passando por perto. — Venha cá, preciso de você.

Hank estava debruçado sobre o teclado, o rosto a centímetros da tela.

— Você não está tentando usar essa coisa, está? — perguntou Mary.

— Sim, estou — resmungou ele. — O capitão acabou de me dizer que é obrigatório aprender a enviar e-mails. Ah, quase esqueci de lhe dizer que o capitão convocou uma reunião na sala de conferências para as 14h30. Houve um desdobramento no caso dos nossos homicídios. Você pode mandar um e-mail convocando todo o nosso pessoal?

— Eu cuido disso, Hank — disse Mary. — Não queremos que você quebre as suas unhas.

— Obrigado — disse ele, ainda olhando para a tela. — Como é que a gente sabe que recebeu um vírus? Acho que recebi um agora.

— Não toque em nada, Hank — disse Mary, ficando atrás dele. — Espere, Hank. Isso não é um vírus, é um vídeo.

— Devemos abri-lo?

— Já está aberto. Vai ser executado dentro de um minuto — disse ela. — Desde quando costuma mandar vídeos para você mesmo?

— Não fui eu. Eu não mexo com essa coisa, a não ser que seja obrigado. Você sabe como eu me sinto a esse respeito. Os crimes não são resolvidos dentro de uma caixa. São resolvidos nas ruas.

A primeira imagem que eles viram foi a figura de uma pessoa com jaqueta de couro e capacete de motociclista movimentando-se pela lateral da garagem.

— Minha nossa — exclamou Mary. — É a casa de Neil Sullivan. Deve ser o Sabatino.

— Fica fria — reagiu ele, querendo prestar atenção no vídeo. Na cena seguinte, a pessoa estava no jardim dos fundos. Laurel Goodwin podia ser vista na frente da porta envidraçada e aberta. Seu rosto evidenciava o medo que se apoderara dela enquanto levava o telefone sem fio ao ouvido.

— Ao que parece, vamos assistir a um assassinato — disse Hank, lembrando a expressão da morte no rosto de Laurel Goodwin quando a retiraram da piscina.

Os dois viram quando o homem a agarrou, colocando uma arma na cabeça dela e obrigando-a a entrar na casa. A tela ficou azul.

— Isso é tudo? — disse Mary, arrastando o mouse para ver se o vídeo baixara todo. Faltavam 75% . — Tem mais, Hank.

O vídeo passou a exibir um ângulo diferente, de outra câmera, e eles puderam ver Laurel e o assassino na suíte principal. Ela foi obrigada a se despir, ficando só de sutiã e calcinha.

— Ali está a seringa — disse Hank, nervoso, colocando o dedo na tela.

— Não faça isso — disse Mary, batendo na mão dele. O vídeo exibiu a pessoa de capacete introduzindo a agulha no braço de Laurel Goodwin. A arma apareceu de novo na hora em que o assassino a forçou a entrar no banheiro. — Ela vai vomitar como Suzanne Porter fez — disse ela, colocando a mão na boca. — Meu Deus, é um horror. Acho que também vou vomitar.

A imagem seguinte que eles viram foi a de Laurel sendo arrastada pelos tornozelos, de bruços, até os fundos da casa, o rosto batendo no chão.

— Olhe — disse Hank. — O corpo dela ficou frouxo, sem resistência, em função da droga.

— É isso aí — disse Mary, inspirando uma boa dose de oxigênio.

Laurel foi levada para a beira da piscina, sua cabeça sangrando. O assassino apareceu de frente para a câmera, ainda usando o capacete com visor escuro. Com um empurrão, ele jogou Laurel Goodwin na água.

— De onde veio isso? — perguntou Hank, ainda chocado com o que tinha visto.

— De você — disse Mary, seus olhos se abrindo de espanto.

— Como eu poderia ter enviado? Se eu tivesse um vídeo do crime, todos nós já o teríamos visto há muito tempo.

— Tudo o que eu sei é que ele foi enviado do seu computador.

— Alguém poderia ter enviado isto de outro lugar? — perguntou Hank.

— Não — informou Mary. — A não ser que de alguma maneira alguém entrasse no sistema, mas acho que isso não é possível. Pelo que sei, nossa rede nunca foi invadida.

— Então, me deixe entender direito a situação — disse Hank, perplexo. — Você está me dizendo que alguém conseguiu passar pela segurança da portaria, sentou-se à minha mesa e usou o meu computador para me mandar um vídeo do assassinato de Laurel Goodwin?

— Parece que sim — respondeu ela, tão perturbada quanto Hank. Ela recuou um passo da mesa de Hank e levantou os braços no ar. — Merda, isso aí é a cena do crime. Talvez a gente tenha destruído as impressões digitais. O próprio assassino pode ter mandado o vídeo para você. Como é que eu pude ser tão idiota?

— Carl Duval é o policial de serviço na portaria, certo? Vou falar com ele. Chame os técnicos forenses aqui. Depois faça uma cópia do vídeo e leve para a reunião. Não se esqueça de notificar todo mundo a respeito da reunião.

— Eu vou copiar o vídeo para um CD — disse Mary. — Desse modo, poderá entrar como evidência assim que todo mundo o vir.

— Ótimo — disse Hank, tentando recuperar o ritmo normal da respiração. Depois se levantou e dirigiu-se rapidamente para a recepção.

— Carl, o que aconteceu aqui? Alguém entrou na minha sala. Ao passar por aqui, fez a checagem normal?

— Ah, você está falando daquela bonita agente do FBI, Samantha Rodriguez? Ela disse que tinha uma reunião marcada com você. Eu disse a ela que você estava no almoço com o prefeito. Ela perguntou se podia esperar na sua sala, para ficar estudando uns assuntos pendentes. Achei que estava tudo bem.

A JUSTIÇA DE SULLIVAN | 349

— Há quanto tempo?

— Cerca de trinta e cinco minutos — afirmou ele, consultando a pauta.

— Ela ainda pode estar no prédio — disse Hank. — Ponha seguranças em todas as saídas e mande alguns policiais controlarem o estacionamento.

Ele esperou que o sargento enviasse as suas ordens e depois perguntou:

— Como ela era?

— Alta e magra — disse Duval. — Quase um metro e oitenta. Cabelos negros, longos, olhos azuis. Uma beleza, sargento.

Os pensamentos de Hank voltaram instantaneamente para o vídeo que ele e Mary tinham acabado de assistir. A descrição podia facilmente se enquadrar como a do assassino. Em função do capacete de motociclista, era impossível dizer se o assassino de Laurel era homem ou mulher.

— Pegue a fita da câmera da segurança. Deve ter gravado todos que passaram pela recepção. Capture a imagem dela e divulgue — disse ele para o policial da portaria. — Ela está sendo procurada por dois homicídios e pode estar armada e ser perigosa. Mande alguém checar com o FBI se existe alguma agente com o nome de Samantha Rodriguez.

CAPÍTULO 31

Quarta-feira, 29 de dezembro — 14h33

D ezesseis oficiais da lei estavam reunidos em volta de uma mesa: Hank Sawyer, Mary Stevens, o chefe de polícia de Ventura, Brady Riggs, o capitão Gary Holmes, o promotor Kevin Thomas, oito detetives da Divisão de Homicídios de Ventura, o detetive Dick Rutherford, da Divisão de Homicídios do Departamento de Polícia de Oxnard, além dos agentes do FBI, Boris Tushinsky e Gordon Gray.

Hank dirigiu para Mary um olhar de entendimento. Havia egos e departamentos conflitantes o bastante para estourar o teto do edifício. Com um caso tão sensacional como esse, todos queriam receber uma boa parte dos méritos da ação.

A primeira tarefa foi mostrar o vídeo do homicídio de Laurel Goodwin. Hank pedira antes a Mary para que ela conduzisse todas as apresentações visuais. Quando a exibição terminou, até mesmo os policiais mais experientes estavam estupefatos.

A voz poderosa do chefe Brady Riggs acabou ecoando pela sala e quebrando o silêncio. Aos 63 anos, Riggs tinha os cabelos brancos, o rosto vermelho de irlandês e um temperamento explosivo que não arrefecera nem um pouco com a idade.

A JUSTIÇA DE SULLIVAN | 351

— O que vocês acabaram de ver foi o brutal assassinato de Laurel Goodwin, professora de uma escola local. No momento, temos um elemento de 18 anos com prisão preventiva decretada. Chama-se Ashton Sabatino e é ex-aluno e amante da vítima. Acreditamos que também tenha matado Suzanne Porter, uma dona-de-casa que vivia a alguns quarteirões de distância. Isso, ao que parece, nos leva a acreditar que se trata de um serial killer. — Riggs fez uma pausa e bebeu um pouco de água. — Vou agora passar a palavra ao detetive Hank Sawyer para que lhes exponha os detalhes desses homicídios.

Hank levantou-se e foi ocupar o lugar na ponta da mesa deixado pelo seu chefe.

— Recebemos esse vídeo ainda esta tarde. A pessoa que o mandou entrou disfarçada neste prédio e mandou o vídeo por e-mail para mim por meio do meu próprio computador. A mulher se apresentou como sendo agente do FBI e entrou por volta das 12h43. Cada um de vocês tem a foto e a descrição dela na pasta à sua frente. O FBI confirmou que não existe nenhum agente com o nome de Samantha Rodriguez nos seus quadros.

Hank exibiu, então, alguns papéis e disse:

— Para complicar ainda mais o caso, os homens do laboratório encontraram sangue de Raphael Moreno na Ferrari vermelha de Neil Sullivan. Neil Sullivan era o atual namorado de Laurel Goodwin e o vídeo que vimos foi feito na casa dele. A razão pela qual estamos aqui reunidos hoje é para usar os nossos recursos e determinar a ligação existente entre o crime que acabamos de ver e oito outros crimes aparentemente relacionados a ele.

Hank sentou-se e deixou que Mary Stevens iniciasse a apresentação dos slides das várias cenas de crimes, assim como as evidências e os relatórios dos patologistas. Uma vez terminada a apresentação, Dick Rutherford, da Polícia de Oxnard, pigarreou para chamar a atenção. Rutherford parecia mais um criminoso do que um detetive de homicídios. Usava os cabelos finos amarrados em um rabo-de-cavalo e um bigode já fora de moda há mais de vinte anos. O sujeito deve ser um fumante inveterado, pensou Hank, ao reconhecer o cheiro de tabaco desde o primeiro momento em que Rutherford entrou na sala. Seu rosto estava cheio de cicatrizes de acne e o olho esquerdo era caído. Na verdade, sua aparência podia até ajudá-lo nas ruas de Oxnard.

— Nós conhecemos Raphael Moreno porque ele matou a mãe e a irmã na nossa cidade — disse Rutherford, tentando abrir um pacotinho de chicletes de nicotina. — Desculpem, mas é que eles fabricam isto aqui de tal maneira que fica quase impossível abrir. — Ele ofereceu a todos do pacote como se fosse um maço de cigarros e sorriu ao ver que três detetives aceitaram a oferta. — A nossa investigação foi limitada — continuou ele —, visto que Moreno também matou a família Hartfield e o condado de Ventura acabou tirando de nós a investigação do caso. — Feita uma pausa e com um sorriso afetado, ele dirigiu a frase seguinte para Hank. — Isso foi um erro. Nós tivemos um roubo de carro que não deu certo, no dia 11 de novembro, cerca de uma semana antes da morte da família Hartfield. Há três dias, prendemos um motorista drogado e fizemos uma troca de uma semana no xilindró por algumas informações interessantes. — Ele tossiu, antes de continuar. — O nosso homem revelou que um ladrão de automóveis local chamado Raphael é o líder dos roubos de veículos. E ele insistiu que o Raphael que ele conhece jamais cometeu um crime violento.

— E o que a cena do crime lhe disse? — perguntou Hank, virando-se de lado na cadeira.

— Essa é a parte estranha do caso — disse Rutherford. — Os técnicos disseram que havia dois homens no carro. Ladrões de automóveis raramente interceptam qualquer carro com dois ocupantes, pois as chances são maiores de o roubo não dar certo. Acreditamos que o motorista morreu no assalto, devido à quan-

A JUSTIÇA DE SULLIVAN | 353

tidade de sangue e de tecidos cerebrais espalhados no chão, mas não temos certeza, pois não encontramos o corpo quando chegamos ao local do crime. O passageiro do carro deve ter saído e ficado atrás do veículo trocando tiros com o assaltante que tentava levá-lo. Foi onde encontramos uma grande quantidade de sangue.

— Ele parou, juntando as mãos em cima da mesa e deixando que seu olhar viajasse entre os presentes, um a um. — Nós achamos uma quantidade ainda maior de sangue perto do lugar que acreditamos ser o lado do motorista. O sangue do passageiro, porém, foi o único que pudemos identificar. O nome dele é Dante Gilbiati que, segundo os detetives Tushinsky e Gray, tem conexões com o crime organizado. Por que não conta o que sabe, Serba?

— Dante Gilbiati é um assassino profissional — disse o agente Boris Tushinsky, com um sotaque carregado. — Anos atrás foi empregado pela família Gambino e envolveu-se em aproximadamente trinta homicídios. Ele prefere facas a pistolas porque não fazem barulho. Em vários crimes na Costa Leste, a arma do crime foi determinada como sendo um bisturi. Quando ouvimos falar que a mãe de Raphael Moreno tinha sido decapitada com um bisturi, tentamos localizar Gilbiati. Infelizmente, a pista que seguimos era fria. Ou ele fugiu do país ou morreu por causa dos tiros que recebeu.

Por sua vez, o agente Gray falou:

— Nós acreditamos que Gilbiati esteja trabalhando agora com um possível contrabandista de armas chamado Lawrence van Buren. A Interpol já nos comunicou há dias que é possível que esse Van Buren agora esteja vendendo material nuclear. Tanto a CIA como o Exército estão envolvidos. Como sempre, eles não estão dispostos a compartilhar muitas informações.

Hank voltou-se para Rutherford.

— Você encontrou testemunhas que pudessem identificar o carro?

354 | NANCY TAYLOR ROSENBERG

— Nada — respondeu Rutherford. — Um sujeito disse que era um Corvette. Outro jurou que era um NSX. A maioria das testemunhas eram donas-de-casa e trabalhadores hispânicos. Uma senhora tinha 79 anos. Conseguiram ver o carro apenas de relance, depois de terem escutado o barulho do tiroteio. De certo, só sabemos que o carro era vermelho.

Hank deu um pulo na cadeira.

— É a Ferrari de Neil Sullivan!

— Você sabe que — disse Rutherford com ironia — há mais de um carro vermelho nas ruas, Sawyer, assim como há mais de um criminoso chamado Raphael, particularmente na nossa área.

— Você não vê? — retrucou Hank, abruptamente. — É justamente isso o que os criminosos estão procurando... uma Ferrari vermelha. Eles foram a essas casas para pegar esse carro de volta. Quando os ocupantes interferiram, eles os mataram.

— Você está tentando me dizer que nove pessoas foram mortas por causa de um carro? — perguntou Rutherford, batendo com os nós dos dedos em cima da mesa.

— É exatamente isso o que eu quero dizer — disse Hank, apontando o dedo para Rutherford. — Não é o carro, porém, e sim o que está dentro dele. O nosso laboratório fez um exame completo, assim disseram, mas não encontrou nada além do sangue de Moreno. Se esse tal de Dante tem ligações com um homem suspeito de estar contrabandeando material nuclear, quem garante que não existe mais nada dentro do carro? Obviamente, bem escondido. Outra coisa que pode ter nos levado a perder alguma pista é o próprio carro. A fábrica da Ferrari fez apenas um carro desse modelo e o seu valor está estimado em meio milhão de dólares. Os nossos técnicos provavelmente ficaram relutantes em desmontar o carro, com receio de não serem capazes de remontar o veículo corretamente. Há seis meses a divisão de narcóticos mandou desmontar um Lamborghini e o condado acabou tendo que pagar por ele.

— Isso faz sentido — confirmou o chefe Riggs, ansiando por justificar o erro do laboratório. — O nosso pessoal não tem a competência dos mecânicos da Ferrari. Além disso, o caso era da Homicídios, não da Divisão de Narcóticos.

— O vídeo que assistimos pode ter sido forjado — interrompeu o detetive Tushinsky. — Se o criminoso é empregado pela mesma pessoa que contratou Dante Gilbiati, é mais do que certo que se trata de um profissional. — Ele fez uma pausa, assegurando-se de que todos estivessem ouvindo. — Existe uma assassina chamada Claire Mellinger que mata por meio de injeção letal. Pelo que entendi, no caso da morte das duas mulheres, uma das substâncias encontradas é um remédio para tratamento de esclerose múltipla.

— As pessoas usam aquilo que conhecem ou aquilo de que dispõem — acrescentou o agente Gray. — Existem informações de que essa Mellinger está doente. Mora na Europa, por isso a Interpol foi notificada. No momento eles estão entrando em contato com todos os médicos que prescrevem esse medicamento. Como o Novantrone é administrado apenas por injeção, o paciente é obrigado a voltar ao consultório do médico uma vez por mês. Isso reduz o nosso campo de busca. Assim que soubermos de alguma coisa, passaremos a informação a vocês.

— Ela pode estar mais perto do que você imagina — disse Hank. — Essa tal de Mellinger é a da foto que mostramos?

— Não sei — explicou o agente Tushinsky. — Mellinger nunca foi fotografada. Não temos sequer uma descrição física dela. Ela não deixa nada para trás, meus senhores. A cena do crime, em geral, fica mais limpa do que quando ela chegou.

Tudo estava batendo agora. Hank estava tão excitado que, ao olhar para ele, tinha-se a impressão de que ia ter um ataque do coração. Esse era o tipo de compensação que o mantinha ligado a

356 | NANCY TAYLOR ROSENBERG

esse emprego de alto risco e de salário vergonhoso. A sensação de que um crime começava a ser solucionado era fenomenal. Hank seguiu até o outro lado da sala para operar o projetor de slides. A imagem estava virada ao contrário. Olhou para Mary pedindo socorro. Ela fez sinal para ele inverter a posição da foto. Era a foto da residência dos Hartfield.

— O endereço dos primeiros assassinatos era Seaport Avenue, 1003. — Clicando para a foto seguinte, Hank mostrou o endereço de Neil Sullivan, o Sea View Terrace 1003. — A Ferrari vermelha permaneceu na garagem de Sullivan até algumas horas antes do assassinato de Laurel Goodwin.

Ele clicou de novo para exibir o endereço de Suzanne Porter e falou em voz alta:

— Vão notar que, mais uma vez, o número continua sendo 1003, embora o nome da rua seja Seaport Drive, três quarteirões à frente do local do primeiro crime. Os assassinos devem ter conseguido um endereço parcial, por exemplo, o número 1003 e a palavra Sea. Como eu disse, eles estavam procurando e a única coisa que sabemos disso é a conexão documentada entre os assassinos e a Ferrari de Neil Sullivan. Hartfield está ligado ao assassinato de Goodwin por causa do sangue de Raphael Moreno encontrado no carro de Sullivan. Goodwin foi morta pela mesma pessoa que matou Suzanne Porter, porque ambas foram mortas com uma combinação letal de drogas e venenos. As mortes da mãe e da irmã de Moreno também estão ligadas a todos esses crimes.

— Você liberou o carro? — perguntou o agente Gordon Gray, com uma expressão no rosto que dizia que Hank Sawyer e a polícia de Ventura eram todos idiotas.

Ignorando-o, Hank voltou-se para Rutherford. O FBI podia até pensar que eles eram idiotas, mas eles estavam sempre tão ocupados em beijar os pés dos seus superiores que demoravam anos

A JUSTIÇA DE SULLIVAN | 357

para resolver um caso. Além disso, faltava tempo para cortar o cabelo na moda e para comprar os ternos caros da Brooks Brothers.

— Rutherford — disse Hank, erguendo o queixo —, mande fazer uma análise de DNA nas suas amostras de sangue. Aposto cem dólares que o homem que roubou o carro vermelho e matou o motorista era Raphael Moreno. Você não conseguiu apanhá-lo porque não tínhamos o DNA dele até ele ser preso pela morte da família Hartfield.

Os outros policiais na sala, de repente, foram dominados pela mesma sensação de um crime prestes a ser solucionado. A única que parecia infeliz, segundo Hank tinha notado, era Mary Stevens. O suspeito que ela prendera naquela manhã, Ashton Saladino, tinha acabado de fugir do anzol.

— Vou tirar isso a limpo — disse Rutherford, levantando-se e indo até o fundo da sala para dar uns telefonemas.

— Se conseguirmos que Moreno abra o bico — continuou Hank —, ele talvez possa nos esclarecer tudo o que queremos saber. Precisamos encontrar a Ferrari, assim como os assassinos. Se eu estiver certo, eles vão continuar matando gente até encontrar esse carro. — Ele pegou um copo com água em cima da mesa e bebeu-a toda. Depois, voltou-se para os agentes do FBI: — Ninguém pode colocar uma bomba nuclear dentro de um carro, não é? Ou será que pode? Quero dizer, a bomba deve ser bem grande, certo?

O agente Tushinsky fez uma pausa antes de responder:

— Na verdade, não. Nunca vimos uma bomba nuclear do tamanho de uma pasta de executivo, mas acho que é possível. Não estamos falando, é claro, de destruição total. Mas os prejuízos seriam consideráveis.

A excitação de Hank transformou-se em receio.

— Não devemos ter problema para encontrar o carro — disse ele, tentando aparentar confiança. — O que devemos dizer pelo rádio para os nossos policiais?

358 | NANCY TAYLOR ROSENBERG

— Nada — disse o agente Gray, com as mãos agarrando firme os braços da sua cadeira. — Vamos primeiro notificar os departamentos apropriados. E até darmos instruções diferentes, sugiro que não transmita nada pelo rádio para os seus policiais de campo. Nós não sabemos o que há dentro do carro, meus senhores. Não podemos correr nenhum risco, nem o de que um dos nossos homens comece uma perseguição, perseguição que poderá levar a uma colisão. — Fixando em Hank um olhar frio como aço, Gray perguntou: — Você disse que o carro foi liberado para o dono. Mas você não sabe onde ele está para que possamos pegá-lo, certo?

— Não — disse Hank. — Mas vou conseguir falar com a irmã dele.

Os agentes se levantaram e Tushinsky já estava no telefone.

— Sugiro que faça isso imediatamente, detetive — disse Gray. — Esse veículo não pode continuar nas ruas.

— Nós vamos falar com Raphael Moreno às 16h30 A sala já está pronta, Mary?

— Tudo pronto — disse ela, correndo apressada para recolher as informações usadas durante a reunião e saindo rápido da sala. Ela esbarrou em Sawyer no corredor, as pastas e o CD do vídeo se espalhando pelo chão.

— Telefonei para todos os nossos contatos procurando por Neil Sullivan e não consegui encontrá-lo. Também telefonei para Carolyn, mas ela não atendeu. O que devo fazer?

Hank olhou para o relógio. Eram 15h30.

— O funeral já deve ter terminado a esta hora. Os dois devem ter desligado os celulares. Se você se apressar, ainda vai encontrá-los no cemitério. Se tivermos sorte e a Ferrari estiver lá, vigie o carro e espere pelo pessoal que vamos mandar para trazê-lo de volta.

A JUSTIÇA DE SULLIVAN | 359

Hank avançou pelo corredor a passos rápidos. De repente, lembrou-se de alguma coisa e voltou.

— Quando você encontrar Carolyn, não aceite um não como resposta. Falo sério. Se ela criar problemas, pode trancá-la no seu carro.

CAPÍTULO 32

Quarta-feira, 29 de dezembro — 15h44

Enquanto Mary ficava do lado de fora fazendo algumas ligações, Carolyn olhou pela vidraça para a portaria da carceragem masculina e viu Hank esperando. Foi direto até ele, dando-lhe um tapinha no peito.

— Não confia em mim, é?

— Meu Deus, mulher — exclamou o detetive. — Ficou maluca?

— Mary trouxe-me até aqui na viatura. Não quis que eu conduzisse o meu próprio carro. Se não fosse eu, você não teria uma chance de quebrar o silêncio de Moreno. Sugiro que use um pouco mais de tato da próxima vez.

— Eu podia mandar prendê-la agora por desacato — disse Hank, sorrindo. — Ou você se controla ou vou autuá-la.

— Você não ousaria me prender — disse Carolyn, ainda fumegando. — Você se lembra daquela cleptomaníaca loura e peituda que você levou para o motel em vez de levar para a cadeia? Você está se candidatando a tenente, não é? Essa história poderia degringolar a sua promoção, não acha?

— Fale baixo, Carolyn — disse Hank, a expressão carregada.

— Como você não esquece nunca de me esfregar isso na cara, vou

A JUSTIÇA DE SULLIVAN | 361

lhe dizer que na época eu ainda estava bebendo. Foi a única vez na minha vida que eu saí da linha. E tudo o que aquela loura roubou na loja foi um batom, pelo amor de Deus. O meu plantão tinha terminado e eu fiz com que ela pagasse pelo batom roubado. Depois, convidei-a para tomar um drinque comigo no Holiday Inn. Um drinque transformou-se em seis. Acho que apaguei assim que entramos no quarto.

Mary voltou e foi se sentar em uma das cadeiras de plástico da recepção. Hank ficou aliviado ao constatar que ela não tinha ouvido o que Carolyn tinha dito.

— De qualquer forma, você está aqui — disse ele, suspirando. — Onde estão Neil e a Ferrari?

— Não sei — admitiu Carolyn. — Talvez ele ainda não a tenha retirado por causa do funeral. Devem estar circulando com o Porsche de Melody.

— Nós mandamos alguns dos nossos homens à procura da Ferrari, mas Neil retirou-a logo pela manhã, Carolyn. Você tem o número do celular de Melody Asher?

— Só o telefone de casa — respondeu Carolyn, massageando as têmporas. — Neil não liga o celular dele. Usa-o apenas para fazer chamadas. Afinal, o que está acontecendo, Hank?

Ele colocou-a a par de parte do que aconteceu desde que se falaram pela última vez. Sabia que não podia contar-lhe sobre o que suspeitavam que houvesse dentro da Ferrari.

— Vou tentar encontrar Neil enquanto você estiver com Moreno.

— Neil disse qualquer coisa a respeito de ir tomar um drinque depois do funeral — disse Carolyn. — Não sei se eles planejaram ficar em Ventura ou se voltam direto para Brentwood.

Hank chamou Mary e depois bateu na janela de vidro que dava para o carcereiro Bobby Kirsh. Depois que Bobby abriu a trava de segurança da porta, Hank recomendou:

— Não leve Moreno para a sala de interrogatório até que eu mande.

Hank precisava de mais tempo para conversar com Carolyn e não queria que Moreno ficasse à espera, achando que era uma armação.

Neil estava sentado no bar do restaurante Chart House, esperando que Melody voltasse do banheiro. O funeral o lançara numa espiral de auto-análise. No dia anterior, ele quase cometera o gesto derradeiro de autopiedade. Hoje tinha se despedido do grande amor da sua adolescência.

Ele tinha vivido 32 anos de egoísmo. As coisas materiais da vida só lhe tinham causado complicações. Não conseguira nada que valesse a pena, a não ser pintar alguns bons quadros.

Laurel o decepcionara.

Com aquela voz suave e sorriso inocente, ela entrara na sua vida como um anjo da guarda, representando para ele uma esperança em meio ao desespero. Uma mulher que traiu o marido com um ex-aluno adolescente e que mentiu para o homem que queria casar com ela não devia ser nenhum anjo.

O enterro de Laurel trouxe à tona sua própria mortalidade. Como seria seu funeral?

Podia imaginar Carolyn, Melody e a família dele sentados na igreja católica no dia do seu funeral. Era meia-noite. As paredes cavernosas da construção dançavam com as sombras das velas dos candelabros. O padre estava prestes a falar, mas as palavras não lhe saíam da boca. A última vez que Neil tinha posto os pés numa igreja foi no funeral do pai. O suicídio dele tinha sido encoberto com mais uma mentira. Desta vez, o demônio veio até Neil disfarçado em sua própria mãe.

Marie Sullivan o pressionara tanto quando criança, repreendendo o constantemente por causa das notas baixas e falta de

A JUSTIÇA DE SULLIVAN | 363

interesse pelos assuntos que eram centrais na vida dela e do marido. Ao mesmo tempo, ela ignorava o seu talento como artista e jogava os seus desenhos no lixo. Ser um artista não tinha valor nenhum, dizia a mãe para ele. Era um passatempo, não uma profissão. Acabaria vendendo carros usados para ganhar a vida, lutando contra dificuldades imensas para sustentar a família. A mulher dele acabaria se cansando da preguiça e da falta de realismo do marido e o abandonaria. Ainda conseguia ver a mãe de dedo em riste, o rosto contorcido pela raiva: "Vá em frente, pinte para alegrar o seu coração, mas não venha correndo para mim quando estiver sem dinheiro e não puder alimentar os filhos."

Não importava o quanto ela o maltratasse, Neil não tinha escolha, a não ser respeitar a mulher que lhe dera a vida. Como todos aqueles que o magoaram durante a vida, sua mãe iria sobreviver a ele e estaria sentada ao lado dos outros no seu funeral.

Ele imaginava a conclusão da cerimônia sem que uma só palavra fosse pronunciada. O que poderiam eles dizer? Não havia nada a falar.

Ao ver Melody se aproximando, seu estado de espírito melhorou. Ele não havia permitido a si próprio levar Melody a sério por causa da fortuna dela. Quando uma mulher era rica como ela, qualquer homem normal sentiria dificuldades de se adaptar à sua vida de luxo e privilégios. Até cinco anos antes, o preço mais alto que Neil conseguira por um dos seus quadros fora dois mil dólares. O preço de seus quadros subira astronomicamente quando a namorada de um cantor de rock convenceu o ídolo, durante um leilão, a fazer um lance maior do que outro candidato. O cantor acabou pagando cinqüenta mil dólares pelo quadro sem saber que o outro candidato a comprador da obra era o próprio agente de Neil.

364 | NANCY TAYLOR ROSENBERG

Melody podia gastar dez mil dólares em poucas horas num shopping da Rodeo Drive. E daí?, disse ele a si mesmo. Provavelmente ela esbanjava dinheiro pela mesma razão que ele se permitira ficar dependente das metanfetaminas. O sucesso dela e o seu não estavam no mesmo nível, mas eles tinham muitos em comum. Mesmo cercados de gente, ambos ainda se sentiam terrivelmente sós.

Talvez sua vida estivesse para mudar. A polícia prenderia o criminoso e ele ficaria livre para construir uma nova vida. Chega de erros, disse a si mesmo. Nada de drogas, de bebidas, nada que pudesse alterar o delicado equilíbrio químico do seu cérebro. Passaria a comer o certo, a dormir uma boa noite de sono, a fazer exercícios. Se nada disso desse certo, ele passaria a tomar lítio.

O perfume de Melody acendeu suas narinas quando ela se inclinou e deu-lhe um beijo na face.

— Vamos pedir uma mesa — murmurou ela. — Não me sinto em condições de dirigir de volta para a cidade agora.

Ao almoçarem mais cedo naquele mesmo lugar, Melody insistira para que Neil deixasse a Ferrari com o manobrista, dizendo que era um carro ostentoso demais para um funeral.

Eles arrumaram uma mesa e se sentaram os dois do mesmo lado. Mas Neil logo se levantou.

— Algo errado? — perguntou Melody.

— Só estou precisando de um pouco mais de espaço — disse ele, sentando-se do outro lado da mesa, na frente dela. A janela envidraçada até o teto dava a eles a possibilidade de ver o esplendor do mar. O dia estava claro e limpo, só algumas nuvens brancas manchavam o fundo azul.

— Tem certeza de que está bem? — perguntou ela.

— Estou bem — mentiu ele. Fora estranho estar no velório de Laurel na companhia de Melody. Os sentidos de Neil lhe diziam que, no estado de fraqueza em que ele se encontrava, ela poderia manipulá-lo sem sequer precisar assumir aquela postura normal, agressiva. A garçonete chegou.

— Eu vou querer um martíni de maçã — disse Melody. — Querido, o que você vai querer?

— Água mineral com lima-da-pérsia, por favor.

— Como é que é? — perguntou ela. — Eu não vou beber sozinha. Por favor, traga para ele um martíni com vodca Grey Goose.

A garçonete olhou para Neil à espera de aprovação.

— Uma boa bebida vai fazer bem a você — pressionou Melody. — Vai relaxá-lo.

— Tudo bem, mas as coisas vão mudar — disse Neil, com voz firme, assim que a garçonete se afastou. Se fosse para ficarem juntos, pensou, ele teria que possuir um controle maior sobre o relacionamento. Era embaraçoso o jeito como ela o tratava. Ele era um homem e já fazia tempo que não agia como tal.

— Eu quero me desintoxicar. Não vou desistir das drogas para virar um alcoólatra, como tanta gente faz. As pessoas trocam um vício pelo outro. Talvez eu precise freqüentar os Narcóticos Anônimos por um tempo.

— Você vai ficar bom — disse Melody, estendendo a mão para tocar a dele por cima da toalha branca. Quando a garçonete voltou com os drinques, ambos tomaram um gole. — Vou confessar a você uma coisa a meu respeito.

— E o que é?

Ela se inclinou para a frente e sussurrou:

— Eu gosto de assistir aos vídeos que eu gravei de nós dois fazendo sexo.

— E daí? — disse Neil, desinteressado. — Eu sei que você nos filmou. Você chegou até a gritar o nome de outro cara para me fazer ciúmes.

— Eu gravei muito mais do que naquela noite, Neil. Eu... eu coloquei câmeras de vídeo na sua casa.

— Você o quê? — disse ele, elevando o tom da voz a tal ponto que as pessoas da mesa vizinha olharam para eles.

Melody começou a falar rápido.

— As câmeras foram colocadas no seu quarto, na sala de estar, na frente da casa, na piscina. Foi tudo feito em nome da minha proteção. Você não foi o único. Eu filmei quase todos os meus amantes.

— Sua proteção? Como é que você pôde invadir a minha privacidade desse jeito? — Ele contorceu a boca. — Você sabe que isso é uma doença, Melody?

A expressão dela permaneceu estóica.

— Não foi por isso que levantei este assunto.

Neil reclinou-se na cadeira, recusando-se a olhar para ela. Por que nada dava certo para ele? Já estava com vontade de comprar outra arma e ir para as dunas.

— Muito bem, por que razão então está me contando isso?

— Eu tenho um vídeo de Laurel.

Ele virou a cabeça.

— Quer dizer que você filmou tudo? Até mesmo quando eu estava com Laurel?

— Sim, me perdoe — disse ela, baixando a voz.

— Meu Deus, foi você que matou Laurel! — disse Neil, quase derrubando a bebida.

— Eu não matei Laurel e sei que você também não a matou. — Melody suspirou, respirou fundo e então soltou a frase: — Eu gravei mais do que apenas sexo, Neil. Eu gravei o assassinato de Laurel.

CAPÍTULO 33

Quarta-feira, 29 de dezembro — 16h03

— Obrigado por ter vindo, Carolyn — disse Hank, falando com ela em uma área reservada da cadeia. — Sei que este não é o melhor dia para interrogar um criminoso violento.

— Você tem razão, Hank — respondeu ela, destravando a pistola.

— Temos mais informações ligando Moreno às mortes de Goodwin e Porter — disse ele, dando uma pausa para obter toda a atenção dela. — Encontramos traços do sangue de Moreno no banco do motorista da Ferrari do seu irmão.

— Não é possível! — exclamou Carolyn, apertando o peito. — O sangue de Moreno não poderia ser encontrado dentro do carro de Neil. Tem de haver algum engano, Hank.

— O DNA é uma prova segura. Você não me escutou antes, Carolyn? Finalmente as coisas estão se encaixando. Você vai ter que fazer com que Moreno vomite até as tripas. Ele é a peça que está faltando no quebra-cabeça.

Justo no momento em que ela precisava ser forte, Hank tinha lhe dado mais um golpe. Depois da noite anterior, tivera de fazer o possível para evitar que Neil tomasse conhecimento da virada chocante dos acontecimentos.

— Um momento — disse ela, segurando o detetive pela manga. — Neil ainda não era dono do carro na época em que a família Hartfield foi assassinada. Ele recebeu o carro por volta do dia de Ação de Graças. Depois o carro ficou retido por conta de um processo judicial. O tribunal ficou com o carro sob custódia até definida a sentença. — Ela explicou como o irmão negociara a troca de alguns dos seus quadros pelo carro. — Ele só recebeu o carro de volta no dia em que Laurel foi assassinada. Moreno estava preso. Foi nesse dia que eu o interroguei pela primeira vez, lembra-se? Nós até nos falamos pelo telefone e você me convidou para uma festa.

Hank fez uma careta, deu uns passos na sala e perguntou:

— De quem o Neil recebeu a Ferrari?

— Eu não me lembro do nome da mulher — confessou Carolyn. — Acho que se tratava de um casal de quarenta e tantos anos, por aí. O homem estava traindo a mulher, de modo que ela resolveu se livrar da Ferrari para se desforrar dele.

— Precisamos saber quem são essas pessoas, Carolyn — disse o detetive, sua testa pingando de suor. — Você está dizendo que só Neil sabe quem são?

— Não posso ajudá-lo — disse ela, evitando a todo o custo contar-lhe pelo que tinha passado na noite anterior com o irmão. Na realidade, ela devia ter levado Neil direto para a delegacia. — Você vai ter que perguntar ao Neil. Não que eu seja preguiçosa, mas Brad está de licença e a pilha de trabalho que devo despachar já chega quase até o teto. Wilson quase teve um enfarte quando eu disse que hoje teria que interrogar Moreno de novo. As coisas estão cada vez piores. O idiota do Wilson não tem podido jogar golfe. Está furioso de ver que vai ter que trabalhar um pouco.

— Eu não estou nem aí para o Wilson ou qualquer outro, entende? O interrogatório de Moreno está em primeiro lugar, tem precedência sobre tudo. Se o seu chefe não gostar, eu vou falar com o chefão para ter uma conversinha com ele.

— Isso significa que Sabatino está livre?

— Não exatamente — disse Hank, encostando-se na fila de armários. — Nós não vamos emitir um mandado de prisão sem estarmos absolutamente certos. Falei com Abby Walters, a oficial de condicional dele, e ela vai relaxar a prisão dele até que uma nova acusação lhe seja imputada. Ele não faz o tipo de um assassino, ainda mais um serial killer. Abby também informou que ele tem um álibi para a noite da morte de Goodwin. Estamos verificando com as testemunhas. Parece que ele esteve em um jogo de basquete na Universidade de Ventura. Provavelmente vendendo drogas para os jogadores.

Continuando, Hank acrescentou:

— Segundo o FBI, um dos homens envolvidos é um ex-assassino de aluguel que trabalhava para a família Gambino, da Máfia. Profissionais desse nível jamais iriam deixar que um jovem viciado fizesse esse trabalho sujo. Isto é, a não ser que eles planejassem acabar com ele assim que o trabalho estivesse concluído.

Mary Stevens veio juntar-se aos dois, quando Bobby Kirsh chegou para escoltá-los por um longo corredor. Os presos faziam tanto tumulto que eles tinham até dificuldade de ouvir um ao outro.

— Será que eu estou vendo coisas, Bobby? — perguntou Carolyn, olhando de soslaio para uma das celas. — Há três homens naquela cela? Pensei que eram no máximo dois.

— Bem — reagiu Kirsh, dirigindo para Hank um olhar aborrecido. — Nós tínhamos que colocá-los em algum lugar. O detetive Sawyer obrigou-nos a evacuar o terceiro andar para que você pudesse ter mais um dos seus chás de caridade com o seu amiguinho Raphael. Espero apenas que você não acabe na cama de um hospital, ao lado do Preston. É uma loucura mexer com esse cara novamente.

— Sei disso, Bobby — disse Carolyn, desviando o olhar para Hank.

— Os meus homens devem estar botando as correntes nele agora — continuou o carcereiro. — Chamem por mim assim que quiserem que a gente o traga para cima. Boa sorte, Carolyn. Você vai precisar.

Hank entrou no elevador e apertou o botão para o terceiro andar.

— Preparamos uma sala que é em tudo uma reprodução daquela em que você o interrogou da primeira vez. Dessa forma, a SWAT vai poder monitorar tudo sem que Moreno tome conhecimento. Deve fazer de tudo para mantê-lo concentrado em você. Se o sujeito perceber as armas, o show acaba.

— E se ele fizer um movimento para me atacar? — perguntou Carolyn, com voz trêmula. — Você vai matá-lo na hora, não é?

— Isso mesmo — disse Hank, segurando a porta para que Carolyn e Mary saíssem do elevador. — Nós preferimos que ele continue vivo. Sem a cooperação dele, talvez a gente nem consiga saber quem cometeu esses crimes.

— Eu vou ter que jogar duro com ele — disse Carolyn, com o rosto tenso. — Não quero que disparem contra ele antes de eu dar o sinal. Vou gritar o seu nome, Hank, esse será o sinal, entendeu? Essa será a condição que eu proponho para entrar. Se não for aceita, nem entro.

— O pescoço é seu — admitiu Hank. — Basta dizer o meu nome e a SWAT entrará para matar.

Carolyn voltou-se para Mary:

— Você tem aí papel e caneta?

A JUSTIÇA DE SULLIVAN | 371

— Claro — disse Mary, procurando na bolsa do seu laptop.

— Hank — continuou Carolyn —, preciso que você escreva uma coisa para mim.

— Eu posso ajudar — ofereceu-se Mary. — A letra de Hank é horrível, quase ilegível.

— Obrigada, mas não posso aceitar — disse-lhe Carolyn. — A caligrafia de uma mulher é sempre diferente da de um homem. Escute, Hank, eu vou dizer o que deve escrever.

Hank fez o que ela pediu. Depois desapareceu. Um dos membros da equipe da SWAT encaminhou Carolyn para uma cadeira, enquanto os outros verificavam os dispositivos de comunicação, a munição e tudo de que poderiam precisar caso a situação chegasse a um extremo. Carolyn amarrotou o papel em que Hank tinha escrito. Depois o esticou. Por fim dobrou-o e colocou-o dentro da cintura da sua saia.

Hank voltou e levou-a para dentro da sala preparada. Ao contrário do que acontecera antes, quando atravessaram um corredor entre celas e presos barulhentos, agora o silêncio era absoluto. Ela olhou para cima e viu pelo menos seis policiais deitados de bruços sobre uma plataforma metálica instalada no teto. Os canos dos seus rifles de assalto saíam por aberturas no metal, mas as armas ficavam ocultas pelo teto feito de plástico.

Hank chamou a atenção para a maneira como o teto tinha sido criado, de forma que os orifícios parecessem fazer parte do material. Eles precisaram de orifícios adicionais para que os policiais pudessem manter o contato visual.

Havia outros homens estrategicamente posicionados em volta. Carolyn ficou pensando em como seria fácil ver as armas de dentro da sala.

— Como é que eu posso evitar que Moreno veja os buracos no teto?

372 | NANCY TAYLOR ROSENBERG

— As pessoas normalmente não olham para cima — comentou Hank. — Você só viu os buracos porque sabe que os caras vão estar lá em cima. A minha sugestão é que você mantenha a conversa fluindo. E fale baixo para que ele fique concentrado em ouvir o que você está dizendo. Até as pessoas que não são surdas recorrem à leitura labial. Podem até não ter consciência disso, mas fazem. É instintivo. Se a sua filha estiver falando com você e você não conseguir ouvir o que ela diz, você olha para o teto ou para o rosto dela?

— O rosto.

— Faça como eu digo e não haverá problema.

Mary fez um gesto para Hank e os dois detetives foram embora. O estômago de Carolyn começou a borbulhar de acidez. Ela sabia exatamente o que tinha de fazer. Não importava se os eventos da semana anterior haviam dado um curto em seu sistema nervoso, ela precisava estar em grande forma. Era uma espécie de jogo da decisão e ela precisava dar tudo pela vitória. Uma vitória que não servisse apenas à sua própria vida. Mas que salvasse as vidas inocentes de possíveis novas vítimas.

A revelação da sua mãe em relação à morte do pai, a tentativa de suicídio de Neil e o vídeo repugnante de Paul, tudo isso parecia um nada em comparação com o fato de estar sentada dentro de uma sala com Raphael Moreno. Tentando aliviar a tensão, desviou o pensamento para Melody. Ao reprimir a verdade em relação às mortes do irmão e da mãe, ela aprendera a reformular a realidade, a fim de que esta servisse melhor às suas necessidades. Ironicamente, o abuso sexual infligido pelo tio talvez lhe tivesse causado mais prejuízo do que a perda da família.

As crianças que sofrem abuso sexual constantemente aprendem a negociar com seus corpos. Tendo de escolher entre apanhar e ser molestada, não era difícil imaginar qual seria a decisão que a criança preferia tomar. As pessoas custam a acreditar que as crianças, em alguns casos, sentem prazer, mesmo sabendo-se exploradas. Os pedófilos com acesso regular às suas vítimas podem não chegar ao ponto da penetração durante meses, até anos. Ficam seduzindo a criança aos poucos, com abraços, beijos e carícias. Ser afagada e acariciada não é tão horrível, especialmente quando a criança se sente recompensada com privilégios e presentes. Com o tempo, a vítima aprende a controlar o agressor, recuando diante de investidas sexuais ou ameaçando denunciá-lo. Em compensação, as recompensas passam a ser maiores. Carolyn sabia de um caso de incesto em que a vítima tinha a carteira cheia de cartões de crédito e um carro novo conversível, um Thunderbird, além de ter feito muitas cirurgias plásticas. Desde a idade de 10 anos, o pai obrigava-a a inclinar-se sobre o vaso sanitário e praticava o coito anal com ela todas as manhãs, antes de ela ir para a escola. O abuso parou aos 13 anos, quando a menina ameaçou denunciar o pai à polícia. A partir daí, ela ficou no controle da situação, extraindo tudo o que queria do pai. A situação acabou vindo à luz quando o pai se viu obrigado a desviar fundos da empresa para pagar as contas dos cartões de crédito da filha.

As meninas vítimas de abuso sexual tornam-se mulheres provocativas e manipuladoras, que usam o próprio corpo para obter o que querem. Algumas se tornam mentirosas patalógicas, prostitutas, criminosas, até assassinas. O corredor da morte tem um bom número de vítimas de abusos sexuais, tanto mulheres quanto homens. Quando uma jovem de 16 anos vítima de abuso sexual desde os 9 entrou no tribunal, o júri esperava ver uma adolescente tímida, fechada e traumatizada, com a cabeça baixa sob o peso da vergonha.

Mas o que viram foi uma Melody Asher, uma manipuladora precoce, que aprendera a usar o sexo como instrumento de barganha.

Agora pensando bem, Carolyn imaginava se Melody não havia feito o vídeo com Paul de propósito para distribuir futuramente a eventuais namoradas do seu parceiro. Provavelmente, ela colocara o equipamento de gravação para fazer chantagem com Paul se ele decidisse parar de vê-la. Carolyn se surpreendia com o fato de Paul ainda dar aulas na Caltech. É claro que, segundo sabia, Melody devia ter cumprido suas ameaças, e essa podia ter sido a verdadeira razão para ele ter deixado Pasadena e ter ido trabalhar em Ventura.

Deus do céu, pensou ela, o vídeo!

Hank estava falando com Mary Stevens. Carolyn correu rápido até ele e pegou-o pelo braço.

— Melody mandou um vídeo para mim por e-mail. Assim que acabar a conversa com Moreno, vou para casa e pego o vídeo. O laboratório vai poder dizer se foi a mesma câmera digital que fez os dois vídeos, o meu e o que você recebeu hoje do assassinato de Laurel.

— Melody mandou um vídeo para você! Por que você não me disse nada? Que vídeo? Quando aconteceu isso?

— No dia de Natal — contou Carolyn para ele. — Eu não contei nada porque pensei que não tinha nada a ver com os crimes. — Eles podiam ter dois trens rodando na mesma linha. Sabatino podia ser o assassino, mas Melody podia tê-lo contratado. Sabendo que a próxima pergunta era inevitável, Carolyn olhou em volta para se certificar de que mais ninguém estivesse ouvindo e contou para Hank e Mary o que havia na gravação que Melody lhe mandara.

— Que loucura — disse Mary, cruzando os braços sobre o peito. — Se os vídeos foram feitos com a mesma câmera, então Melody tem que ser a pessoa que plantou o roteador na casa de Neil. Isso significa que ela viu o assassinato de Laurel Goodwin e ficou sentada em cima dessa evidência, mesmo depois de saber que Neil estava implicado e sendo considerado suspeito pela morte de Laurel.

— Que altura tinha o homem da motocicleta? — perguntou Carolyn. — Era magro, gordo ou médio?

— Tinha cerca de um metro e oitenta — respondeu Mary. — É difícil estipular o peso por causa do casaco de couro. Ele parecia ter o tamanho do seu irmão, ou seja, alto e magro.

— Sabatino não chega a um metro e oitenta, certo?

— O capacete faz parecer mais alto — interferiu Hank. — O laboratório ainda não teve tempo para analisar o vídeo. Chegou hoje. Aonde você quer chegar com isso, Carolyn? Aliás, você está pensando em tudo, menos em se concentrar no Moreno.

— Melody tem quase um metro e oitenta e ela é mais magra do que Sabatino ou Neil. — Carolyn parou e pigarreou, clareando a voz. — E ela tem um motivo, lembra-se? Se instalou o equipamento de vigilância, ela viu Neil com Laurel. E deve ter ficado sabendo que os dois se encontravam o tempo todo.

— Veja se consegue arranjar um comprimido ou coisa parecida para mim — disse Hank para um jovem policial que estava por perto, ao mesmo tempo em que colocava a mão sobre o peito. — Por Cristo, se não resolvermos este caso logo, eu acho que vou ter um ataque do coração.

— Não podemos fazer nada antes de saber se os dois vídeos provêm do mesmo equipamento — disse Mary. — Me dê a chave da sua casa, Carolyn. Talvez você fique presa aqui por horas e horas.

— Os meus filhos devem estar em casa — respondeu Carolyn, coçando o braço e vendo uma linha de bolhas vermelhas. Melody estava com Neil. Devia contar tudo a Hank e Mary ou esperar que o laboratório apresentasse o resultado dos testes? Como Hank disse, ela precisava se concentrar em Moreno. — Não quero que meus filhos sequer cheguem perto desse vídeo de Paul com Melody, entende? Era para eu deletá-lo, mas acabei não fazendo isso. — Ela disse a Mary onde estava o laptop e deu-lhe a senha para acessar seus arquivos. — Tem um CD virgem na gaveta de cima. O arquivo é grande demais para caber num disquete. Vai ter que gravá-lo num CD. Eu vou ligar para casa e dizer que você vai passar lá.

Além de urticária, quando Carolyn ficava nervosa, ela tinha tendência a perder a voz. Já estava bebendo bastante água mineral e rezando para que isso não acontecesse. Eles estavam esperando demais por parte dela. Pela maneira como as coisas estavam correndo nos últimos tempos, havia uma boa chance de Moreno se recusar a falar com ela. Os outros não estavam arriscando a vida. Os policiais estavam usando os seus equipamentos de defesa, normalmente adotados em manifestações de rua, além de empunharem as suas poderosíssimas armas de assalto. Nada tinham a temer. Difícil era ficar lá dentro, sentada, tipo pata-choca indefesa e, ao mesmo tempo, operadora de milagres.

— Faltam dez minutos — disse Bobby Kirsh. — Verifique como está a situação com o sargento Griffin. Queremos que use um microfone.

Era só o que faltava, usar um troço colado no peito, pensou Carolyn, coçando o ombro. Ela entrou e foi sentar-se a uma mesa no lado esquerdo da sala. Um sargento com rosto de pedra confiscou a sua bolsa.

— Eu preciso de uma coisa que está aí dentro — disse ela, retirando um envelope. Quando o sargento viu o que tinha dentro do envelope, ele o devolveu para Carolyn.

— Nada de lápis, canetas, gravadores ou qualquer outro tipo de objeto cortante?

— Nada — disse ela, pensando que, se o sargento sorrisse, seu rosto se partiria em pequenos pedaços. Ele lhe deu um rolo de esparadrapo e um kit eletrônico de monitoramento e disse para que ela colocasse os fios por baixo do sutiã quando fosse ao banheiro, a fim de que o recluso não os usasse como arma.

Ao usar o banheiro, Carolyn resolveu trocar de roupa e fazer alguns ajustes na sua aparência. Desta vez decidiu abandonar o visual de sedutora. Resolveu prender os cabelos num rabo-de-cavalo e tirar a maquiagem. Colocou uma blusa branca de algodão, o tecido grosso o suficiente para esconder o colete à prova de balas, e uma saia azul até o joelho. Era a sua versão do uniforme de qualquer colegial católica. Seu objetivo naquele dia era fazer lembrar a Raphael Moreno a vida da irmã, Maria.

— O que faz você pensar que Moreno não vai entender que tudo isto é uma armação? — perguntou ela a Hank ao sair do banheiro. — Uma estrutura suspensa com os homens da SWAT posicionados sobre o teto é uma bandeira, não acha?

Hank olhou para ela e, depois, soltou uma gargalhada.

— Por que está vestida desse jeito? Parece uma adolescente. O que você está tentando fazer? Conseguir que Moreno lhe peça para acompanhá-lo a um baile de estudantes?

— Enquanto vocês ficaram correndo atrás do próprio rabo, eu fiquei fazendo o meu dever de casa. De qualquer forma, você não respondeu à minha pergunta — disse ela, com escárnio.

— Nós botamos uma venda nos olhos dele — contou o detetive para ela, desembrulhando um palito de dentes e colocando-o na boca. — Bobby disse a Moreno que a venda era por razões de segurança. Como é um prisioneiro com tendência para fugir, retirar dele a possibilidade de ver torna as coisas mais difíceis. Na realidade, a razão maior é convencê-lo de que os dois, você e ele, vão estar de novo sozinhos, frente a frente. Supomos que assim ele se sentirá inclinado a retomar o diálogo. É claro que vamos retirar a venda dos olhos assim que ele estiver lá dentro da sala.

Hank ficou melancólico novamente. Ela viu que as mãos dele tremiam no momento em que colocou a caixinha dos palitos no bolso. Todos estavam com os nervos à flor da pele, e por muitas razões. A parte mais enlouquecedora da situação era saber que ele nada poderia fazer, a não ser esperar.

— Está pronta, minha craque? Agora é a hora de você mostrar tudo o que vale.

Carolyn jogou os ombros para trás e os peitos para a frente. Mary deu-lhe um abraço, sussurrando no ouvido dela:

— Não corra nenhum risco.

A temperatura não podia estar acima dos 15 graus, pensou ela, esfregando as mãos uma na outra para esquentá-las. O ar-condicionado provavelmente estava ajustado à temperatura dos corpos dos reclusos. Ou isso ou então queriam que todo o mundo ficasse alerta. Ela girou a maçaneta e entrou na sala.

Moreno estava sentado em uma cadeira de plástico. Não havia mesa, pois impediria a equipe da SWAT de ver as mãos e os pés dele. Havia uma argola de metal em volta do pescoço do prisioneiro, ligada por uma corrente a um cinto grosso na cintura. As outras correntes dos pés e das mãos também estavam ligadas à argola do pescoço e ainda ao cinturão. Se o prisioneiro tentasse dar um pontapé com as pernas, seu pescoço seria puxado para trás. Se tentasse levantar os braços, aconteceria o mesmo. Carolyn descontraiu-se, bastante confiante de que ele não poderia atingi-la. Se ele fizesse qualquer movimento fora do normal, ela daria sinal para os homens da SWAT atirarem.

Bobby tinha contado para eles que Moreno não estava comendo. Não era incomum os presos fazerem greve de fome. Alguns faziam para protestar contra as condições carcerárias. Outros passavam fome para chamar a atenção para uma causa, como, por exemplo, a abolição da pena de morte. Mas para alguns era uma maneira deliberada de perder peso, a fim de facilitar a fuga. Ted Bundy parou de comer, perdeu peso e fugiu da cadeia em Aspen através do sistema de refrigeração.

Carolyn viu o ódio explodindo dos olhos de Moreno. Ele sabia que ela armara para cima dele depois do primeiro interrogatório, deixando-o fechado na sala, sob calor intenso, sem água, sem comida e sem poder usar o banheiro.

Ela duvidava que ele pesasse mais de 55 quilos. Os bíceps enormes que ela tinha visto antes agora ainda eram mais visíveis. Ela olhou para o teto a fim de se sentir mais segura. Depois, parou de fazê-lo. O relógio continuava o seu tique-taque.

Endurecendo, Carolyn começou a falar:

— Estou aqui hoje porque um dos carcereiros encontrou esta carta. — Ela procurou na cintura da saia e puxou a nota que tinha ditado para Hank escrever. Entregou-a a Moreno e ficou olhando à medida que ele lia. — Como pode ver, as pessoas com que você está envolvido já plantaram homens dentro da cadeia com instruções explícitas para matá-lo.

— Essas notícias são velhas — disse Moreno. — Eu já dei conta desses caras, lembra-se? Saíram daqui em macas, sangrando e chorando como se fossem um bando de meninas.

— Não são os mesmos homens — insistiu Carolyn. — Estão esperando por você infiltrados entre os outros presos ou vão pegá-lo dentro do túnel. A sua preliminar pela acusação de agressão começa na próxima semana. Isso significa que você passará pelo túnel duas vezes por dia.

— Mentira — grunhiu Moreno, puxando as correntes e fazendo barulho. — Se eles não tivessem me acorrentado como se eu fosse um maldito pitbull, eu já teria quebrado esse seu pescoço esquelético. Por que eu deveria acreditar nisso? Você já me enganou antes. Não vou cair na sua conversa desta vez.

Carolyn levantou-se, deixando cair as mãos ao longo do corpo e batendo-as contra as coxas.

— Eu não estou trapaceando — disse ela. — Mas se você não quiser falar, não há nada que eu possa fazer. Você acha que os carcereiros se preocupam se os presos o matarem? Eles, na sua maioria, acham que você merece morrer. Tudo o que esses homens precisam fazer é dar aos guardas algumas notas de cem dólares e você já era. Ninguém vai saber sequer quem o matou. — Ela se encaminhou para a porta, mas voltou-se, como se tivesse esquecido alguma coisa. — Ah, você tem alguns amigos ou parentes que estejam dispostos a sepultá-lo? O subsídio para o enterro dos indigentes mal cobre a despesa com a cremação. É melhor que a gente trate desses assuntos logo.

Moreno ficou de boca aberta, em estado de choque. Carolyn fez um movimento para tocar a campainha.

— Espere, volte aqui — chamou ele.

Seus olhos brilharam, cheios de lágrimas. A falta de comida sempre provoca desequilíbrio emocional. Se Carolyn jogasse as cartas certas, poderia conseguir aquilo que procurava saber.

— Por que você se preocupa com o que acontece comigo? — disse ele. — Os policiais disseram que eu matei a minha mãe e a minha irmãzinha.

Carolyn mal pôde conter a sua excitação. Uma palavra disse tudo. Ao chamar a irmã de "irmãzinha", ela duvidava que ele a tivesse matado. As coisas estavam correndo melhor do que ela esperava. Ela se abaixou e apanhou um envelope do chão, que colocou no colo. Do envelope, tirou duas fotos 20x25cm. Pegando a sua cadeira, aproximou-se e ficou ao lado dele, colocando a primeira foto diante do seu rosto.

— Foi isso que você fez com a sua mãe?

A Sra. Moreno jazia de costas no chão a apenas a alguns centímetros da cadeira de rodas. Seu pescoço tinha sido cortado com aquilo que o laboratório identificou como sendo um bisturi. O corte foi tão profundo que separou a cabeça do corpo. Os olhos ficaram abertos e o rosto, respingado com sangue.

Moreno tentou afastar a foto para o lado. As correntes repuxaram a argola no pescoço dele.

— Tire essa maldita coisa da minha frente. Não quero falar da minha mãe.

Carolyn retirou a foto, trocando-a pela segunda. Uma menina de 12 anos usando o uniforme de uma escola católica, similar às roupas que Carolyn estava usando. A foto apresentava-a presa a uma cadeira de madeira, de encosto alto. O sangue jorrara pelo rosto e ensopava a sua roupa. Os legistas tinham identificado a arma do crime como sendo um martelo de uso caseiro.

Moreno ficou enraivecido.

— Você não ouviu? — gritou ele. — Eu não quero ver foto nenhuma. Talvez fosse melhor eu matar você. Assim o Estado me daria a pena de morte. Diga a eles para me colocarem agora junto com os outros presos. Vá em frente. Deixe que esses idiotas tentem me matar. Vão encontrá-los como encontraram os outros idiotas. Só que desta vez nem sequer vão estar respirando.

Carolyn mudou a posição da cadeira para onde ela estava antes. Por alguns momentos, ficou em silêncio, com as mãos no colo. Ao recomeçar a falar, sua voz era suave, nada ameaçadora.

— Eu vi no arquivo que Maria freqüentou o colégio Saint Agnes. Eu sou católica como você. — Ela pegou uma cruz de prata que pertencera à sua mãe. Tirou-a de dentro da sua blusa branca e mostrou-a para ele. Como era muito grande, ela tinha parado de usá-la por fora da blusa. Alguns dos colegas de trabalho faziam provocações, dizendo que ela parecia uma freira. Os católicos tinham um vínculo entre si, até mesmo os estrangeiros. — Eu verifiquei com a escola e eles me contaram que você pagava a mensalidade de Maria regularmente, todos os meses, em dinheiro. Já que a sua mãe estava presa a uma cadeira de rodas e não podia trabalhar, como é que você conseguia arranjar o dinheiro? Também não faz sentido que tenha matado alguém como a sua irmã, que você tanto amava. Aposto que você também amava a sua mãe.

Moreno mudou totalmente. A expressão dos seus olhos não era mais ameaçadora. O que ela via era um homem ainda jovem, calmo e emocionalmente equilibrado. Ele era, sem dúvida, antes de mais nada, um introvertido. De que outro modo ele teria agüentado ficar tanto tempo sem falar? Ela podia ver por que a promotoria tinha resolvido não se arriscar a colocá-lo na frente de um júri. Ele conseguia fingir o que quisesse. A única coisa que restava para ela fazer era divisar o Moreno real.

— Você não as matou, não é? — declarou ela. — Você nunca contou para ninguém que era inocente porque tinha medo de que os homens que mataram a sua família também o matassem. Estou certa, Raphael?

Os ombros dele começaram a estremecer. Ele tentou conter as lágrimas, mas as comportas se abriram. Por pelo menos dez minutos ele ficou chorando e soluçando incontrolavelmente.

Quando ele levantou a cabeça, Carolyn susteve a respiração. Ele estava enxugando os olhos com a mão direita.

Moreno havia conseguido retirar a mão da algema.

Ela virou a cabeça na direção da porta, assustada com a possibilidade de a equipe da SWAT entrar disparando. Ela não era boba. A sala tinha o tamanho de um closet. Se começassem a disparar, talvez Moreno não fosse o único a morrer. Ela se virou mais uma vez e verificou que ambas as mãos dele estavam nas algemas. Talvez o medo e o cansaço pelas noites não dormidas tivessem feito com que imaginasse que uma das mãos dele havia se soltado. Terminar a conversa agora seria um desastre. Ele estava pronto para lhe contar tudo. Ele respirou fundo mais uma vez e expirou lentamente. Sua voz quebrou o silêncio e o pânico que a dominava.

— Eu sei quem é o verdadeiro assassino.

CAPÍTULO 34

Quinta-feira, 11 de novembro — 14h30

Raphael estava matando o tempo em frente ao El Toro Market, na Cooper Road, em Oxnard, à espera da irmã que devia sair da escola às três horas. O céu estava limpo, não havia uma nuvem sequer, e o sol aquecia a pele do seu rosto. Era difícil ficar em casa o dia inteiro com a mãe. Às vezes, ele se perguntava se teria sido uma boa idéia trazê-la e à sua irmã, Maria, para os Estados Unidos.

Três anos antes, seus pais haviam sofrido um acidente de automóvel no México. O pai morreu na hora e as pernas da mãe ficaram esmagadas. Nessa época, Maria tinha apenas 9 anos. Como é que ele poderia deixá-las lá, sem dinheiro e sem um homem para protegê-las?

Para um adolescente de 17 anos, ele tinha se dado bem. Abandonar os estudos fora a parte mais difícil. Em compensação, conseguira trabalho numa oficina especializada em desmanche de carros localizada nas colinas de Malibu. No primeiro ano, ele ficara desmanchando carros e apagando números de registro. Um dia, tirara a sorte grande. O patrão, Angel Romano, ouviu falar que ele era arrimo de família e decidiu dar-lhe uma chance como ladrão de automóveis. Sua figura magra e aparência limpa faziam dele um excelente candidato para circular entre os ricos sem levantar suspeitas.

Ele entrara ilegalmente nos Estados Unidos aos 10 anos de idade na carroceria sufocante de um caminhão, com mais quarenta imigrantes. A última coisa que esperava ser era um criminoso.

No primeiro ano, trabalhara nas plantações de morangos, depois uma família passou a cuidar dele. Assim que se tornou fluente em inglês, eles o colocaram na escola. Ficaram impressionados ao constatar como ele era esperto e inteligente. Disseram-lhe que poderia ser advogado, médico ou o que quisesse. Ele adorava ler no seu quarto, escrever em papéis branquíssimos, aprender e expandir a mente.

Ele tinha uma queda inata pelas lutas. Por causa da sua altura relativamente pequena, tinha fortalecido o corpo, passando horas numa academia improvisada que montou na garagem. Enchera com uma mistura de areia e água duas embalagens plásticas grossas e as usara como saco de pancadas. Exercitara os braços erguendo o corpo na barra que ficava sobre a bancada de trabalho do pai adotivo, o que lhe garantira um soco poderoso e muita força nas mãos. Fizera agachamentos carregando pneus velhos, para fortalecer as pernas. Era um rapaz musculoso, mas rápido e ágil.

Quando era ameaçado por seus colegas, ele batia neles para provar a sua masculinidade. Não foi preciso esperar muito tempo para ele receber o apelido de Super Mouse, e assim ficou sendo o todo-poderoso da sua turma na escola. As pessoas começaram a ter medo dele, menos Javier Gonzáles. Raphael não sabia como e quando parar. Quando parou, Javier era um monte sangrento de ossos quebrados que exigiram 15 horas de cirurgia. O rapaz quase não sobreviveu.

A família de Gonzáles iniciou um processo na justiça, mas retirou-o após receber um pagamento nominal dos pais adotivos de Raphael. Se fosse processado, ele jamais poderia se tornar um cidadão americano. Esse foi o dia mais feliz da sua vida. Logo a seguir, porém, seu mundo sofreu uma convulsão. O pai adotivo perdeu o emprego e não pôde mais sustentar Raphael. Os assistentes sociais colocaram-no com outra família, mas nada deu certo. Eles lhe davam leite estragado para beber e comida que parecia tirada da lixeira.

Raphael jurou que nunca mais voltaria a ser preso. Treinava como entrar e sair das algemas e das correntes que restringiam os movimentos dos presos. Quando era apanhado pela polícia após roubar uma loja de conveniências, ele conseguia livrar-se das algemas e fugir. O policial ainda corria para caçá-lo, mas ele era rápido demais.

Ao saber do acidente dos seus pais, decidiu que a única coisa a fazer era trazer a mãe e a irmã para os Estados Unidos. As coisas não corriam muito bem para a mãe. A perna esquerda continuava infeccionada e o médico receava ter que amputá-la. Raphael não tinha conseguido criar coragem para lhe dizer isso, mas na manhã seguinte teria que levá-la para o hospital. Se ela perdesse a perna, teria que contratar uma enfermeira. Já tinha conseguido juntar uns vinte mil dólares, mas sabia que isso não duraria para sempre. Tinha que arranjar mais dinheiro.

Pelo canto do olho, Raphael viu um carro vermelho. O que estava acontecendo? Alguém estava descarregando uma Ferrari de um reboque. Angel tinha um cliente que queria uma Ferrari bem incrementada. Seria essa? Ele nunca imaginara ver um carro tão caro nas ruas de Oxnard. Encontrava a maioria desses carros em Beverly Hills ou Brentwood. Quando entregasse esse aí, iria ganhar cinco paus. Angel sabia que tinha de pagar bem aos seus ajudantes; do contrário, eles próprios encontrrariam compradores para os carros roubados.

A JUSTIÇA DE SULLIVAN | 387

Seus olhos vasculharam a área. Dois bêbados dormiam numa portaria no final da rua. Uma velha encurvada e de rosto chupado carregava uma sacola de supermercado, atravessando a rua. As velhinhas nunca chamavam a polícia. Os bandidos podiam matar cinco, e a velhinha passaria por cima dos corpos e seguiria em frente.

Raphael carregava uma mochila, de modo que mais parecia um estudante. A única coisa que havia dentro da mochila era uma pistola, uma Tech 9. Retirou a pistola e baixou a mochila na calçada. Depois, correu rápido para a porta do motorista da Ferrari vermelha. A janela era escura. Não sabia quem estava dentro. Tinha quase certeza de que seria apenas um homem. Quebrando o vidro com a arma, gritou:

— Sai já do carro ou eu te mato!

Tudo aconteceu num instante. Viu o cano de uma pistola apontada para ele. Instintivamente, puxou a gatilho da sua. O tiro acertou o homem no rosto. Puxou-o, sangrando, para fora. Ia abaixar-se para entrar no carro quando percebeu a porta do carona aberta. Viu outro homem atrás do veículo, apontando uma arma para ele. Dispararam simultaneamente. Raphael sentiu o impacto da bala no ombro direito. Recuperando o equilíbrio, não quis nem ver se tinha acertado o outro homem. Entrou no carro, sentou-se no banco do motorista, acionou a chave da ignição e partiu, desaparecendo numa nuvem de poeira.

A Ferrari quase voou quando ele pisou no acelerador. Olhando pelo retrovisor, Raphael viu o passageiro arrastando o amigo pelo chão da rua e colocando o corpo na traseira de um caminhão. Será que não iam chamar a polícia? O cara estava mancando. Portanto, Raphael devia ter acertado a perna dele.

O sangue escorria de seu ombro. Dirigindo o carro com uma das mãos, ele conseguiu tirar a camisa e pressioná-la contra a ferida feita pela bala. Não podia manchar o carro de sangue. Não depois de ter matado um homem para conseguir ganhá-lo.

A casa que alugava ficava a apenas quatro quarteirões. Angel tinha insistido em uma casa com garagem. Ele não podia deixar carros caríssimos estacionados na rua. Portanto, suas instruções eram claras. Os carros deviam ficar dentro da garagem até que fossem levados em segurança para a oficina. Se ao fim de alguns dias ainda fosse perigoso, Angel mandaria um reboque fechado para retirá-los.

Raphael abriu o portão da garagem com o controle remoto, estacionou a Ferrari lá dentro e entrou correndo em casa, a fim de telefonar para Angel.

— Que tipo de Ferrari você arranjou? Pegue o manual e leia para mim o que está escrito.

— É bonito paca — comentou Raphael. — Nunca vi uma coisa igual. Você vai ter o dinheiro para me dar? — Ele sabia que não podia contar que havia matado um homem. Se houvesse feridos ou mortos, Angel nem tocaria no carro.

Ele correu para a garagem, pegou o manual do fabricante, que folheou.

— O manual diz que se trata de um Barchetta 550, Pininfarina Speciale, de 2001. O carro está em condições perfeitas, eu juro. Não tem um arranhão.

— Tá de sacanagem! — reagiu Angel. — A Ferrari só fez um desses. Traz essa jóia hoje por volta das dez da noite. Nós temos um comprador se borrando nas calças à espera de um carro como esse.

Desligando, Raphael foi até o banheiro para verificar o ferimento no ombro. Não era profundo. Uma vez que a bala não tinha penetrado, não precisava se preocupar com infecção. Após desinfetar e fazer o curativo, botou uma camisa limpa e foi olhar

A JUSTIÇA DE SULLIVAN | 389

a mãe no quarto dela. Viu que estava dormindo. Sabia, também, que a irmã, Maria, lhe daria a medicação à noite, quando ele estivesse trabalhando.

Seus olhos foram parar no crucifixo sobre a cabeceira da cama. Ajoelhou-se, fez o sinal-da-cruz e pediu a Deus para que o perdoasse. Se não tivesse atirado no homem, ele próprio estaria morto. E quem é que cuidaria da família dele? Ele sabia que a proteção que dava à família não iria comprar a sua redenção. Quando morresse, iria arder no inferno. Seus olhos voltaram-se novamente para a mãe. Aos 36 anos, ela parecia ter 50. Seus cabelos escuros, tão lindos, começavam a ficar brancos, e seu corpo, antes tão esbelto, agora definhava. O sofrimento e as adversidades marcavam seu rosto. Ela tinha dado à luz dois meninos antes de Raphael, mas ambos morreram com poucos meses de vida. No vilarejo onde os pais viviam não havia trabalho. A mãe contou-lhe que eram muito pobres e que, sem a ajuda de Deus, todos teriam morrido. A despeito de tudo por que passara, ela nunca reclamava. Até o dia do acidente, ela ia à missa todos os dias, rezar pelas almas dos perdidos e dos condenados. Como é que o filho de uma santa se tornara um assassino? Ele sabia que agora que havia matado um, ele mataria de novo. Tinha ofendido o seu Deus, a sua Igreja e a sua família. Fora ele que quebrara o vidro da janela do carro com a arma e ameaçara o motorista. O homem agira em legítima defesa. E se fosse preso e mandado para uma penitenciária? Como sua mãe e sua irmã poderiam ficar sem ele? Como imigrantes ilegais, elas seriam deportadas para o México.

Fechando a porta do quarto da mãe, Raphael correu até o seu velho Mustang preto para ir buscar a irmã no colégio. A mãe e a irmã estavam habituadas a ver carros bonitos na garagem. Ele disfarçava suas atividades criminosas dizendo-lhes que vendia carros caros para gente rica.

Depois de jantar, ele foi até a garagem e deu uma limpeza geral na Ferrari. Em seguida, após avisar a mãe que tinham de ir ao hospital de manhã, ele colocou Maria na cama e saiu em direção a Malibu. Já tinha dirigido uma Ferrari antes, mas aquela Barchetta era fantástica. À medida que fazia as curvas e as luzes da cidade ficavam cada vez mais distantes, seus problemas foram desaparecendo como por encanto.

Angel era oficialmente o vigia de uma área de seis hectares de floresta. A propriedade estava sob custódia da justiça havia sete anos por problemas relacionados com testamentos, e os tribunais mandaram erguer cercas para manter as pessoas a distância. Tinha começado com pouco, receptando carros roubados e vendendo as peças, tendo como escritório um trailer e trabalhando na oficina. Três anos atrás, ele passara para carros de luxo, contratando homens para roubá-los e depois os entregando a corretores em todo o país. O pessoal dele não roubava nada antes de Angel dizer que havia um comprador para determinada marca de carro. O único trabalho que ele tinha era remover a placa e substituí-las por novas, para que o carro pudesse ser legalizado. Em carros como o Barchetta, isso era muito mais difícil. O novo número tinha que vir para um Barchetta. Angel tinha contatos com empresas em todo o mundo que compravam carros acidentados e irrecuperáveis. Assim que os carros de luxo eram destruídos, Angel comprava as placas. Ele tinha cinco arquivos de aço cheios de placas limpas, prontas para serem colocadas em qualquer carro que chegasse.

Angel riu muito quando Raphael saiu da oficina guiando um fusca com cinco mil dólares no bolso. Os policiais não mandavam parar um motorista de Volkswagen, particularmente em Oxnard. E os bandidos, mesmo os mais medíocres, jamais seriam mortos dentro de um fusca.

CAPÍTULO 35

Quarta-feira, 29 de dezembro — 16h28

Lawrence van Buren inseriu a chave dourada na fechadura de bronze, abrindo a porta de vidro duplo e desligando o alarme. A Navcon International ficava no décimo segundo andar de um espigão de escritórios em Los Angeles. Antes de entrar, recuou alguns passos e examinou mais uma vez as letras douradas na porta, consciente de que tudo isso iria desaparecer em breve, caso ele não conseguisse entregar a Ferrari.

Entrando e ligando a chave geral da luz, seus olhos passaram em revista o mobiliário opulento que o rodeava na sala de recepção. Sua vida era uma fraude. Tinha nascido John Hidayah, filho único de uma família egípcia abastada. Mudara de nome para que o seu pai, no Egito, não conseguisse encontrá-lo. Havia escolhido o sobrenome Van Buren por ter sido o de um dos presidentes dos Estados Unidos. Embora os cabelos e os olhos fossem escuros, sua pele era clara. Dizia às pessoas que nascera em Nova York. Todo mundo confiava em Lawrence van Buren. O rosto de pessoa honesta e seus maneirismos impecáveis serviam perfeitamente a suas intenções.

Sentando-se atrás de uma mesa estilo Luís XVI forrada de couro, ele destrancou uma gaveta, de onde retirou uma pequena agenda de endereços. A fachada de corretor de carros de luxo para clientes estrangeiros era legítima. Alguns dos seus melhores clientes residiam na Arábia Saudita. A única mentira foi o que disse à esposa: que era agente da CIA. As mulheres não se importavam muito com a verdade desde que tivessem tudo o que queriam.

Van Buren usava essa história de exportador de automóveis para evitar suspeitas. Sua organização utilizava navios-tanques que saíam de Port Hueneme, uma cidadezinha com uma base naval e estaleiros a pouca distância de Ventura. Eles alteravam os carros para que ninguém notasse que transportavam carga ilegal. Além desses carros alterados, embarcavam pelo menos quatro carros por mês, totalmente limpos e regulares. Outra razão para que passassem sem ser detectados estava na geografia. Nenhum dos grandes contrabandistas de armas operava naquela área. Em Oxnard, uma cidade vizinha de Port Hueneme, a atividade criminosa girava em torno de gangues, assassinos e traficantes locais de drogas. Esses tipos de crime podiam ser lucrativos, mas não possuíam o lastro ou a sofisticação que exigia o contrabando de armas para organizações no exterior.

Depois dos ataques terroristas de 11 de setembro, Van Buren freara suas atividades por dois anos antes de reativar os negócios no mercado de armas. Continuara, entretanto, a exportar carros de luxo. Os americanos falavam demais e tinham memória curta. Os políticos vociferavam o tempo todo sobre a segurança nos aeroportos, mas os guardas de segurança continuavam sendo indivíduos sem educação e com um mínimo de treinamento. Para provar este seu ponto de vista, ele mandara um dos seus homens de confiança contrabandear uma mala cheia de armas automáticas a bordo de um vôo da Delta Airlines para Nova York.

A JUSTIÇA DE SULLIVAN | 393

Seus melhores recrutas eram ex-policiais e agentes afastados do FBI e da CIA. Evidentemente eles não sabiam nada a respeito do que seguia escondido dentro dos carros. Apenas alguns criminosos internacionais conheciam a verdade.

Todos os dias ele procurava nos jornais por policiais que tivessem sido afastados por abuso de autoridade, por traficar drogas ou por receber subornos. Homens como esses estavam sempre dispostos a vender a alma por uma quantidade certa de dinheiro. A vantagem de trabalhar com profissionais era o fato de eles saberem que não deviam fazer perguntas.

Van Buren pressionou o botão do viva voz e ficou de pé atrás da mesa. Sentado, não poderia falar direito com o seu contato na Coréia do Norte, especialmente porque estava atrasado sete semanas no fornecimento de plutônio. As três remessas anteriores tinham transcorrido perfeitamente, sem problemas. Os carros foram enviados para a Arábia Saudita, seguindo depois para Xangai. Por razões de segurança, ele não recebia informações sobre como as cargas chegavam ao seu destino final. Ele já sabia mais do que devia.

Respirou fundo e digitou o número do telefone. Seu contato estava esperando em Xangai pela entrega. Havia uma diferença de fuso horário de 16 horas e o contato se recusava a aceitar chamadas no horário comercial. Embora passassem alguns minutos das 16h30, eram oito horas da manhã em Xangai. Para evitar gravações, a chamada era transferida, eletronicamente, para um número desconhecido. Uma voz conhecida surgiu na linha. O codinome escolhido pelo coreano era Bill Clinton. Ele duvidava que o ex-presidente acabasse sendo responsabilizado caso a situação viesse à tona.

— Como vai, Bill? — disse ele, suando dentro do paletó Valentino. Quando o coreano respondeu, seu sotaque era tão carregado que Van Buren custou a entender o que ele dizia.

— Como é que você acha que estamos? — gritou ele, do outro lado. — A sua empresa não entrega mercadoria. Espero seis semanas em porcaria de hotel em Xangai. Patrão diz você não presta. Se não chega próxima semana, patrão mandar alguém matar você e sua família.

— Não há razão para pânico — reagiu Van Buren, andando em pequenos círculos. — Conseguimos, hoje, uma pista do carro. Amanhã à tarde estará no barco a caminho de Xangai.

— Como saber você diz verdade? — perguntou o coreano, levantando a voz. — Talvez você vender mercadoria para outro país. Se patrão não receber confirmação embarque amanhã, você homem morto.

— Você quer que o governo americano saiba que vocês estão comprando materiais nucleares de fontes independentes? — retorquiu Van Buren. — Agüenta um pouco e tudo correrá bem. Afinal, eu já fiz três entregas antes sem problemas, certo?

Ao ouvir o sinal de desligar, ele arrancou o telefone da parede e arremessou-o pela sala, atingindo um desenho original de Leonardo da Vinci. O vidro partiu-se e a moldura caiu no chão. O desenho havia sido presente de um cliente que comprara trezentos rifles de assalto. Mais tarde, ele soube que tinha sido roubado de um museu em Amsterdã. Portanto, ninguém sabia que era um original e não uma reprodução. Ele tivera o cuidado de cobrir a assinatura com uma fita, que não ficava visível.

Ele tirou o paletó, enrolou-o como uma bola e jogou-a na cesta de lixo. Como é que os seus homens não conseguiram encontrar um Barchetta 550 Pininfarina da Ferrari modelo único?

Já colocara trinta milhões de dólares em sua conta não numerada de um banco em Zurique. Cada um dos três carros enviados antes continha cinco quilos de plutônio. Meio quilo de plutônio era do tamanho de uma bola de beisebol. Sua mecânica havia sido

A JUSTIÇA DE SULLIVAN | 395

engenhosa. Mandara construir um compartimento de chumbo que continha um lingote de duzentos e cinqüenta gramas de plutônio em cada uma das suas vinte seções. Esse compartimento depois entrava em uma caixa de alumínio hermeticamente selada, montada no radiador modificado dentro da cavidade do motor.

Van Buren sabia que a Coréia do Norte pretendia usar o material para tentar construir uma bomba nuclear. Era o seu plano B, caso não conseguissem obter o plutônio a partir do seu próprio reator nuclear, atentamente monitorado pela comunidade internacional. Van Buren achava que as armas nucleares valiam mais para obter vantagens estratégicas do que pelo seu efeito explosivo.

Mesmo que construíssem a bomba, achava que eles jamais a usariam. Se usassem, ele esperava que os Estados Unidos jamais fossem o alvo. Assim que fizesse sua última entrega e embolsasse os dez milhões restantes, de que Eliza nada sabia, ele transferiria a esposa e os filhos para a sua mansão de inverno nas ilhas Virgens. Nenhum país no mundo iria jogar uma bomba atômica nas Ilhas Virgens. As praias eram imaculadas e a paisagem tão exuberante que até os terroristas adoravam o lugar.

Depois de engolir três xícaras grandes de café, Van Buren olhou para o relógio e viu que eram quase seis horas. Estava na hora de acordar seus homens e dizer que tinham 24 horas para achar e trazer de volta a Ferrari. Ele riu, ao pensar na facilidade com que tinham ludibriado a polícia de Ventura. O informante de Van Buren dentro do departamento comentara que os policiais acreditavam que a seqüência de homicídios era produto de um serial killer, exatamente o que ele queria que pensassem.

No contrabando de armas, cada um devia estar preparado para derrubar qualquer obstáculo que se interpusesse no caminho. Quando o carro desaparecera a caminho do estaleiro, a situação tornara-se, instantaneamente, volátil. Já haviam matado nove pessoas na tentativa de encontrar a Ferrari. Se não fosse por causa daquele mexicano maluco que havia roubado o veículo em Oxnard, Van Buren já teria embolsado os seus dez milhões e o carro já estaria a caminho de Xangai.

Raphael Moreno tinha matado um dos seus homens e ferido Dante Gilbiati. Dante dera início à matança, receando o que Van Buren faria com ele quando soubesse que tinha deixado alguém roubar a Ferrari. Tendo trabalhado para a Máfia, Dante fora treinado para nunca deixar qualquer testemunha com vida. Matara a família Hartfield porque Moreno não saíra da casa para lhe dizer que a Ferrari não estava lá. Assim, Dante havia entrado na casa, o pessoal vira o seu rosto.

Os coreanos haviam insistido para que o sistema GPS fosse retirado para que ninguém pudesse rastrear o plutônio. Se não fosse isso, o material já estaria nas mãos do homem com quem tinha falado em Xangai. Ele nunca mais iria cometer o mesmo erro. Seus homens já tinham recebido ordens para colocar um GPS no carro assim que o localizassem.

A essa altura, Van Buren não teve outra escolha senão chamar um profissional.

Claire Mellinger, a mulher com quem tinha se encontrado no hotel Baltimore, era uma das assassinas mais bem qualificadas do mundo. Ela matava por meio de injeções letais. Nunca tinha sido presa. Como Dante, matava todas as testemunhas.

Antes de contratar Claire, Van Buren executara pessoalmente Dante Gilbiati. Era o tipo de situação que provocava pesadelos até em um contrabandista de armas.

Van Buren não perdoava o assassinato de crianças. Tinha que estabelecer limites. O seu maior erro fora subestimar Raphael Moreno. Se as coisas tivessem ocorrido de outra maneira, ele teria oferecido emprego ao garoto. Mal tendo atingido os 20 anos,

A JUSTIÇA DE SULLIVAN | 397

Moreno suplantara Dante Gilbiati, um criminoso endurecido pela vida, ao se esconder no Cadillac dos Hartfield, aguardando que a polícia o viesse prender. A família de Moreno não havia tido a mesma sorte. Dante decapitara a mãe deficiente de Moreno e, mais tarde, voltara para matar a irmã.

Dante se perguntou se Moreno tinha encontrado o plutônio no carro e estava tentando vendê-lo de dentro da prisão. Seria possível que um reles ladrão de automóveis como ele possuísse os contatos necessários para realizar uma venda dessa magnitude? Van Buren tinha colocado três dos seus homens na prisão para espremer a verdade de Moreno e recuperar a Ferrari. Os três homens deixaram a prisão de ambulância.

Assim que Moreno fosse colocado num ônibus a caminho da penitenciária, Van Buren iria mandar que o seqüestrassem e o trouxessem imediatamente à sua presença. A Ferrari tinha sido vista, depois desaparecera novamente. O jovem de 20 anos parecia estar brincando de gato e rato com ele. No momento, a única brincadeira que Van Buren estava disposto a fazer era tiro ao alvo.

CAPÍTULO 36

Quarta-feira, 29 de dezembro — 16h47

A voz de Carolyn trouxe Moreno de volta ao presente. Ele falava tão baixo que ela se viu obrigada a aproximar-se dele, ficando apenas a alguns centímetros. Muitas vezes suas palavras saíam fragmentadas, balbuciadas, e era praticamente impossível distinguir o que ele estava dizendo. Felizmente tudo era gravado pelo departamento de polícia e seria reproduzido e analisado por policiais e psiquiatras criminologistas.

Moreno podia estar conduzindo-a para uma armadilha mortal, brincando com ela até o momento certo de dar o bote. Ele admitiu ter atirado e matado o motorista da Ferrari. Tinha tirado uma vida sem outro propósito que não o de roubar um carro. Matar para roubar não podia ser considerado um gesto impulsivo.

— Eu gostaria de saber mais sobre o carro, Raphael — disse ela. — Mas agora preciso que você me diga quem matou a sua mãe e irmã.

— Nada aconteceu na primeira semana — disse ele. — Na maior parte do tempo, fiquei acompanhando a minha mãe nas idas ao hospital. O médico conseguiu conter a infecção. Assim que soube que ela estava bem, pensei em sair do negócio. Você entende, seguir em frente, limpo. No dia... no dia seguinte...

A JUSTIÇA DE SULLIVAN | 399

Carolyn viu o peito dele arfar para cima e para baixo, contendo a emoção. Acidentalmente, ela mudou a posição da sua perna e roçou o joelho de Moreno. Ela sentiu como que um choque elétrico. A experiência foi assustadora. Era como se tivesse sido abduzida pela mente dele. Ela se culpava por ter trazido as fotos da perícia. Até *ela* se sentiu abalada pelas imagens grotescas. Imagens que a levaram a pensar no pai. Aquilo que a mãe dela vira naquela noite deve ter sido como se alguém tivesse queimado fotos apavorantes dentro da sua cabeça, fotos que nunca seriam jogadas fora ou arquivadas em uma simples caixa de plástico. Sempre que Carolyn via fotos de ferimentos na cabeça, ela se lembrava da morte sangrenta do pai. Nesse caso, era Moreno que tinha de viver com essas imagens na cabeça para sempre. A mãe dele tinha sido decapitada e o crânio da irmã, esmagado com um martelo.

Moreno parecia emitir sua dor como ondas de radiação. Ele se comprimia na cadeira e ela sabia que o peso das correntes e das algemas devia machucar. Chegou a pensar, contra toda a lógica, que devia soltar uma das mãos dele para aliviar-lhe a dor. A pele do pescoço e dos pulsos dele estava vermelha, irritada. Ela já se debatia com a idéia de dar por encerrado o interrogatório. No entanto, já tinha ido fundo demais e a história dele era importante.

Carolyn resolveu não perguntar nada. Que ele voltasse a falar quando quisesse.

— Fiquei percorrendo as ruas nessa noite procurando por carros — disse Moreno, olhando fixamente para um ponto acima da cabeça dela. — Sabia que alguma coisa estava errada assim que me encaminhei para a porta de casa. As luzes ainda estavam acesas na sala de estar. Maria apagava as luzes antes de ir para a cama todas as noites. Eu não tinha mais a minha arma. Precisara me livrar dela. Não queria que os policiais viessem a encontrá-la. — Ele fez uma pausa e respirou fundo. — Quando abri a porta, vi logo a minha mãe caída no chão. Pensei que tivesse caído da cadeira de rodas. Em seguida, vi sangue. Havia sangue por toda parte. Ah, meu Deus, que motivo ele tinha para matar a minha mãe?

Carolyn estendeu o braço e acariciou a mão dele.

— Não precisa falar disso se não quiser. Não precisamos repassar todos os detalhes agora. Não vale a pena falar mais sobre a sua mãe, certo? Onde estava a sua irmã?

— Maria estava viva — disse ele, falando mais alto do que antes. — Estava amarrada a uma cadeira. Quando eu corri para ela, um homem enorme me agarrou por trás e disse que cortaria a cabeça da minha irmã se eu não dissesse onde estava a Ferrari. Ao ver o rosto dele, eu reconheci que era o cara que havia atirado em mim, o que estava no banco do carona da Ferrari.

— O que aconteceu em seguida?

— Merda, eu não sabia onde o carro estava — disse Moreno, batendo o pé no chão. — Eu tinha levado o carro para a oficina de desmanche uma semana antes desse cara que matou a minha família aparecer. Angel entregou-o ao comprador algumas horas depois que recebeu o carro. Essa gente queria muito o carro de volta. E não acho que fosse apenas pelo prazer de dirigi-lo ou de vendê-lo. Acho que o carro tinha alguma coisa dentro.

Carolyn sabia que precisava encontrar Neil o mais depressa possível depois que deixasse Moreno. Tudo estava batendo e todos os caminhos davam naquela maldita Ferrari.

— O que o leva a pensar que existe algo de muito valioso dentro do carro?

— Porque as pessoas estavam dispostas a matar para reavê-lo — comentou Moreno, mudando de posição na cadeira. — Não importa o quanto valia a coisa, mas era apenas um carro, sabe? Olhe para o que eles fizeram com a minha mãe! E eles a mataram diante dos olhos de Maria. O cara fez isso para que eu o levasse até o carro. Não queria correr nenhum risco de que eu pudesse enganá-lo.

— O que você acha que havia dentro do carro?

— Não me pergunte, porque eu não sei — disse Moreno, dando de ombros. — A única coisa que sei fazer é roubar carros. Não sei nem como consertar o meu carro se ele enguiçar.

Carolyn pegou de novo o envelope e retirou dele uma foto tirada pela polícia de Dante Gilbiati que Hank lhe dera.

— É este o homem que matou a sua família?

— É ele mesmo! — gritou ele, tentando arrancar a foto das mãos de Carolyn. — Esse é o filho-da-puta que decapitou a minha mãe e matou a minha irmã. Onde é que ele está? Dê-me trinta minutos com ele e eu me declaro culpado de todos os crimes que quiserem. Não me importa que depois me executem.

— Calma — disse Carolyn, com receio de que Hank pensasse que Moreno estava fora de controle e terminasse logo o interrogatório. Provavelmente, já estaria furioso por vê-la de novo tão próxima do prisioneiro. Mas ele também estava monitorando a conversa e não entraria na sala a não ser que fosse absolutamente necessário. E Hank queria essas informações tanto quanto ela. — Como você conseguiu se safar de Gilbiati?

— Ele deixou Maria amarrada em casa e disse que voltaria para matá-la caso eu não o ajudasse a encontrar o carro. Fomos até a loja, mas Angel e o resto do pessoal já tinham ido para casa. O cara disse para eu não chamar Angel porque sabia que ele não iria dizer o que tinha feito com o carro e também porque não queria que Angel soubesse que eles estavam procurando a Ferrari. Angel não era nenhum doce de criatura, sabe? Pegue qualquer coisa que ele queira e ele o matará. Nem imaginam quantos corpos estão enterrados em volta da oficina dele. Mas Angel nos diz para não ferir ninguém, porque ele não quer rolo com a polícia. Quando alguém do seu pessoal sai da linha, ele demite na hora.

— Quando você diz "eles estavam procurando a Ferrari", Raphael, a quem você está se referindo?

402 | NANCY TAYLOR ROSENBERG

— Como é que eu posso saber? — replicou ele. — Esses caras não são daqui. Eu os confundi com alguns dos membros de "La Colonia Chiques".

Carolyn sabia que essa gangue de rua que Moreno estava mencionando era uma séria ameaça. A polícia de Oxnard proibira que eles se reunissem em público num raio de dez quilômetros de La Colonia, um bairro de gente humilde, na maioria imigrantes. Havia estudos indicando que as crianças de La Colonia sofriam de asma e eram obesas pelo fato de os pais as manterem sempre dentro de casa.

Mais uma vez, Carolyn ficou em silêncio, querendo que Moreno retomasse a história no ponto em que havia parado. Ele parecia bem mais descontraído e ela entendeu que o fim da conversa não seria problema.

— As Chiques são mães ruins... Mas esses caras... são os piores.

Ele estava se desviando do assunto. Carolyn teve que redirecioná-lo.

— Você sabe para quem Dante Gilbiati trabalhava?

— Eu o ouvi falar com outro no telefone. Acho que o nome dele era Larry. Dante ficava sempre furioso quando falava com o tal Larry. Ele me arrastava de um lado para o outro e ficava gritando que se não encontrasse o carro, o tal Larry o mataria. Ele estava com medo, cara. E ele não era de ficar com medo de ninguém, não. Eu me garanto com todos os caras, mesmo com o dobro do meu tamanho, mas nesse caso sabia que se levantasse um dedo, eu levaria um tiro ou uma facada.

— Você já esteve metido com alguma gangue?

— Não ultimamente — disse Moreno, com um pequeno sorriso nos lábios. — Gosto de trabalhar sozinho. Os caras de gangues são uns fracassados. As gangues são clubes. Eles passam o tempo todo vigiando o próprio rabo e comparecendo a funerais. Para que eu preciso disso? Eu estava fazendo um bom dinheiro roubando carros para Angel e não precisava vigiar meu próprio rabo.

A JUSTIÇA DE SULLIVAN | 403

O jovem à frente era, na verdade, um saco de gatos, pensou Carolyn. Sua aparência limpa e distinta contrastava com um comportamento cultivado nas ruas. Carolyn nem podia imaginar quantos pessoas ele teria matado. Segundo o que ele dissera, ele não hesitara em atirar no motorista da Ferrari no rosto.

— O que aconteceu na oficina de Angel?

— Eu procurei na mesa de Angel e achei o endereço das pessoas que compraram a Ferrari, um casal, o Sr. e a Sra. Rainey. — Ele se recostou e olhou para o teto.

— Olhe para mim, Raphael! — disse Carolyn, receosa de que ele descobrisse as armas. — Não vamos poder ficar aqui o dia inteiro. Foram nove pessoas que morreram. Se não acharmos Gilbiati rápido, ele vai acabar matando muitas mais.

Ele esfregou os olhos e recomeçou a falar:

— Fomos parar na casa dos Rainey e encontramos a esposa. Depois de ter comprado a Ferrari, o marido foi visto por ela no carro ao lado de uma gatinha. Aí, a mulher pirou e trocou a Ferrari por vários quadros. Gilbiati queria saber o endereço da galeria, mas ela disse que a troca tinha sido feita na casa do artista. Tudo de que ela lembrava era do número da casa, 1003, e que o nome da rua tinha a palavra "Sea". Gilbiati foi durão com ela, disse que voltaria para matá-la se ela telefonasse para a polícia.

Carolyn soprou uma mecha de cabelo da sua testa. Embora no começo estivesse frio na sala, agora ela já estava suando na testa e acima do lábio superior. Neil estava com a Ferrari. Tinha que encontrá-lo antes que o tal Larry e os seus capangas o matassem. Também sabia que Hank já teria enviado uma patrulha para pegar a Sra. Rainey e comunicar a ela o que acontecera com Gilbiati. Mas Carolyn ainda não podia terminar a conversa. O laboratório tinha examinado o carro e não encontrara nada a não ser o sangue de Moreno. Mesmo que alguma coisa estivesse escondida dentro do carro, ela presumiu que já devia ter sido retirada.

404 | NANCY TAYLOR ROSENBERG

— Gilbiati nos levou até Seaport Avenue número 1003 — contou Moreno a ela, os olhos se cerrando com raiva. — Ele me disse para arrombar a porta, entrar na casa e pegar o carro de volta, enquanto ele ficaria do lado de fora, vigiando. Eu sei que ele vai me matar e à minha irmã assim que obtiver o que quer, isto porque nós podemos identificá-lo. — Ele fez uma pausa e engoliu em seco. — Eu entrei na casa por uma janela. Vejo um berço com um bebê dentro. Depois vejo outra criança assistindo a desenhos na televisão. Vou para a garagem sem que eles me vejam. Nada na garagem além de um Cadillac. O que fazer agora?, perguntei a mim mesmo. Decidi que se eu me demorasse ali o bastante, talvez o cara desistisse e fosse embora.

Os olhos de Moreno começaram a girar em torno na sala. Ele devia sentir que alguma coisa estava errada. Ela tinha que distraí-lo. E logo.

— Onde você aprendeu a fazer isso? A se desvencilhar de correntes e algemas?

— Não é uma coisa que se possa aprender, sabe? — disse ele, focalizando o olhar de novo no rosto dela. — Você já nasce com isso. Tem a ver com a maneira como os seus ossos e músculos funcionam. Quando eu era criança, as pessoas costumavam me amarrar e colocar dentro de uma mala para ver se eu conseguia ou não escapar. O meu avô era capaz de escapar de qualquer lugar. Alguns amigos do circo contrabandearam-no para fora do país. Eu ganhava um bom dinheiro com isso quando era criança. Uma vez deixei que me amarrassem, me colocassem dentro de uma mala e me jogassem num rio.

— O que aconteceu à família Hartfield? — Carolyn se lembrava da horrível necropsia e das fotos da cena do crime. A do bebê era de cortar o coração, mas a da menina de 3 anos foi a que mais a emocionou. Lembrava-se dos seus cabelos louros e encaracolados emoldurando o lindo rostinho, cuja pele fazia lembrar a

A JUSTIÇA DE SULLIVAN | 405

de uma boneca de porcelana. Lembrava-se dos joelhos redondos, das mãos pequeninas com as unhas cor-de-rosa e dos grampos de cabelo em forma de borboleta, respingados de sangue. Carolyn esforçou-se para libertar-se dessas imagens e perguntou, suavemente: — Você matou essas pessoas, Raphael?

— Não — gritou ele, um músculo do rosto se contraindo. — Como é que eu iria contar tudo isso se tivesse matado? Você ainda não acredita em mim, não é? Saia daqui! Não vou falar mais nada.

— Corta essa — reagiu Carolyn, mudando a posição da cadeira e aumentando a distância entre os dois. — Você gosta de bancar o durão, mas isso não me afeta mais. Quer queira ou não, você precisa de mim tanto quanto eu preciso de você. Não vai querer ver o homem que matou a sua família preso?

Ele caiu no silêncio, com uma expressão triste no rosto.

— Tudo bem — disse ele, olhando para longe. — Eu me escondi na mala do Cadillac, decidi esperar até que a polícia chegasse. Depois ouvi disparos e gritos. Não um... mas cinco tiros! Cinco pessoas na casa, cinco tiros. Minha nossa, ele matou um bebê. E o bebê jamais poderia identificá-lo. O cara é um psicopata. Ele tem prazer em matar gente.

— Você ficou na mala do Cadillac até a polícia chegar, é isso?

— Claro que sim — confirmou Moreno. — O que mais eu podia fazer? Se saísse, esse Dante me mataria na hora. A minha mãe estava morta. Eu sabia que minha irmã também. Eu só queria uma coisa. Continuar vivo até poder matá-lo. Por isso deixei que a polícia me prendesse. Precisava de proteção. Agora tudo o que eu preciso é encontrar uma maneira de fazer o que eu tenho que fazer.

— Por que não contou à polícia a verdade quando foi preso? Você alegou ser culpado por sete homicídios. Duas outras mulheres foram mortas depois disso. Você podia ter salvado a vida delas.

— Eu tinha que cuidar da minha própria desgraça, cara — disse Moreno, o rosto contorcido pela angústia. — Você imagina como é ver a própria mãe daquele jeito?... Com a cabeça arrancada do corpo? Os olhos dela estavam abertos quando eu a encontrei. Olhavam direto para o filho-da-puta quando ele...

— O rosto dele ficou roxo e as correntes começaram a tilintar. — Ele não só fez um corte, como ainda retalhou o pescoço como se fosse um açougueiro preparando uma peça de carne. Essa é a imagem que eu vejo quando acordo e quando vou para a cama. É a imagem que eu vejo até quando estou urinando. Eu não posso falar, comer, dormir, entende? Quando as pessoas falam comigo, é como se usassem uma língua estrangeira. A única razão para eu continuar respirando é pensar na chance de matar o filho-da-mãe. Quanto ao resto, não me importo com coisa nenhuma. Já estou morto.

Carolyn levantou-se, encarando-o de frente.

— Se conseguirmos provar o que você acaba de me contar, nós poderemos rever a sua sentença. Você vai ter que se confessar culpado da morte do motorista do carro, isto é, se o corpo dele aparecer. Mas isso significa a condenação por uma morte e não por sete. Com bom comportamento e trabalho, você poderá sair da prisão em uns sete anos.

— Não, merda — disse ele, flexionando os músculos dos braços. — Sete anos, hein? Você acha que Dante ainda estará vivo daqui a sete anos?

A conversa estava chegando ao fim. Carolyn sentia-se exausta, embora, ao mesmo tempo, sentisse uma pontada de orgulho. Tinha conseguido o que outros investigadores, homens como Hank Sawyer e Brad Preston, não conseguiram. E conseguira tudo sem se ferir e sem ferir o suspeito. Quebrar o silêncio de Moreno iria contribuir para aumentar a sua reputação de boa negociadora. Talvez ela se candidatasse ao FBI. A função pagava muito mais do que aquilo que ela recebia como oficial de condicional. Só por curiosidade, ela perguntou:

— Por que você falou comigo, Raphael?

— Porque você é *mi salida*.

— Desculpe, não entendi. O que significa isso?

— Venha aqui e eu lhe direi.

Carolyn presumiu que o significado seria qualquer coisa como anjo da guarda ou salvadora. Já não tinha mais medo dele. Se ele quisesse fazer-lhe mal, já o teria feito. Por isso, ela avançou e se inclinou para escutar no ouvido o que ele queria dizer em voz baixa.

Hank afastou o microfone da frente do seu rosto e virou-se para Mary Stevens:

— O que ela pensa que está fazendo? Eu mandei que ela se mantivesse a uma distância segura dele. E ela está praticamente sentada no colo dele. Você sabe o que salida quer dizer, Mary?

Mary gritou:

— Saída! Ela vai ser usada como refém para ele sair!

Moreno levantou os braços para perto da cabeça da oficial de condicional.

— Ele se soltou! Não atirem! — gritou Hank, em pânico. — Carolyn está perto demais. Merda, ele já a dominou!

Moreno já a continha, seu braço ao redor do pescoço dela. A blusa dela estava rasgada e ele havia pegado o microfone, posicionando-o para ele falar:

— Eu sei que vocês podem me ouvir, seus babacas! Se quiserem ter de volta a sua bela oficial de condicional com vida, vão ter que me tirar daqui. Eu quero um carro na porta dos fundos da cadeia dentro de dez minutos.

— Eu tenho o suspeito na mira — disse um dos atiradores de elite pelo rádio.

Moreno fez um movimento desajeitado, olhando para cima, para o teto. Carolyn afastou o braço dele e deixou que o peso do seu corpo a precipitasse para o chão, soltando-a da gravata.

Um único tiro foi disparado. Moreno tombou para trás, caindo no chão, enquanto o seu sangue se espalhava pelas paredes da sala recém-pintada de branco.

CAPÍTULO 37

Quarta-feira, 29 de dezembro — 16h14

Neil saiu correndo do restaurante, quase derrubando um casal de idosos. Olhou para trás e viu que Melody estava se levantando da mesa para segui-lo.

Ele procurou no bolso pelo cartão do estacionamento, a fim de que trouxessem o seu carro, mas viu que o manobrista já o tinha posto na frente do restaurante. Estranho, pensou ele. Como é que eles podiam saber que ele já ia sair? De repente, ele viu um homem alto e magro, com cabelos longos e escuros, usando uma jaqueta de couro marrom, retirar o manobrista de dentro do carro, do banco do motorista, e jogá-lo no chão. O cara devia estar tentando roubar a sua Ferrari. Agindo por impulso, Neil correu na direção do assaltante.

À esquerda do seu campo de visão, Neil viu um louro grandalhão, com um casaco azul, a alguns metros de distância.

— Leo, a mulher está com uma arma — gritou o louro, levantando o braço direito e apoiando-o no esquerdo, fazendo pontaria.

Neil congelou ao ver a arma do homem apontada para um alvo que parecia estar atrás de si. Quando a arma disparou, Neil pensou que tivesse sido atingido. Atirou-se no chão, vendo o manobrista embaixo do carro olhando para ele com uma expressão de desespero. A adrenalina correu por todas as suas veias. Neil ouviu a porta do carro fechar. Se o homem chamado Leo tentasse sair com o carro, o manobrista seria atropelado. E talvez Neil também!

A qualquer momento, Neil esperava uma chuva de balas abrindo caminho às suas costas.

Melody!

Ela estava apenas alguns passos atrás dele, na saída do restaurante. Ouviu mais um tiro. Neil se levantou rápido, no momento em que o louro caía para trás, no chão, sem vida. Divisando Melody por cima do teto do carro, Neil observou que ela estava se sentando no chão, desajeitadamente, a mão sobre o estômago. O sangue jorrava por entre seus dedos. Seu rosto estava contorcido pela dor, mas Neil ouviu-a chamando o seu nome. Jogou-se novamente no chão e se arrastou até ela, usando a Ferrari como cobertura.

— Está tudo bem, querida — disse Neil, aconchegando a cabeça dela em seus braços. — Você vai ficar boa. Apenas agüente firme até os paramédicos chegarem. — As lágrimas começaram a correr pelo seu rosto. Ele rangeu os dentes e colocou a mão sobre o ferimento de Melody. Ternamente, afastou uma mecha de cabelos louros da testa dela. Ela não se moveu nem falou, mas seus olhos estavam abertos e fixados nele. — Agüenta, Melody — disse ele. — Assim que você chegar ao hospital, os médicos vão cuidar disso e você vai ficar boa de novo.

Neil não sabia que ela estava com uma arma, mas se lembrava de ela ter dito que tinha treinado para ser agente do FBI quando era mais jovem. Depois do que Melody lhe dissera lá dentro do restaurante, ele duvidava muito da possibilidade de um dia chegar a conhecê-la verdadeiramente. Isto é, se ela sobrevivesse.

A exata seqüência dos acontecimentos era confusa. Melody devia ter visto o louro apontando a arma para Neil. Se ela não tivesse atirado, o assaltante teria acertado ele.

A JUSTIÇA DE SULLIVAN | 411

— Eu... te... amo... — disse Melody, com os olhos se fechando e a cabeça caindo para o lado.

Raphael Moreno estava morto.

Abrindo caminho entre o pessoal da SWAT e os carcereiros, Carolyn saiu correndo à procura de Hank e puxou-o pelo braço.

— Temos que chegar rápido ao Chart House — disse ela, com a blusa rasgada e as roupas salpicadas de sangue. — Neil deve estar lá com a Ferrari. Esqueci. Esqueci. Melody me disse que iam lá.

Os dois pegaram seus pertences pessoais e suas armas nos armários da recepção da cadeia. Depois correram para o carro de Hank, deixando Mary para trás. Ela teria de resolver as conseqüências do desastroso interrogatório de Moreno com Carolyn. Carolyn tinha extraído a verdade, mas a sua falta de cuidado e o seu orgulho tinham custado ao homem a sua vida. As fotos da perícia tinham feito o homem ultrapassar todos os limites. Por que ela se deixara enganar e se aproximara tanto de Moreno? Ela nunca devia ter baixado a guarda.

Quando Carolyn e Hank estavam a caminho, ele disse para ela ver se havia uma camiseta na bolsa de ginástica, no banco traseiro. Havia. Ela trocou a blusa rasgada pela camiseta branca, recolocando por cima o suspensório da arma e a própria pistola no coldre. Nesse momento, a telefonista da central avisou de um tiroteio em frente ao restaurante Chart House.

— Unidade dois-doze, pode cobrir o local?

— Positivo. Estamos a três quilômetros do lugar — respondeu Hank, colocando a sirene portátil em cima do teto do carro.

— Uma testemunha diz que o tiroteio envolve uma Ferrari vermelha — continuou a telefonista. — Acho que esse pode ser o veículo que vocês estão procurando. Estou pedindo reforços.

— Mantenha os reforços fora da área até eu avisar — disse Hank. — Estação um, isto é uma ordem. Coloquem as viaturas de apoio em posição, mas nada de se aproximarem, repito, nada de se aproximarem do restaurante. Essa ordem também vale para bombeiros e paramédicos.

— Você perdeu a cabeça? — reclamou Carolyn em voz alta para se sobrepor ao barulho da sirene, preocupada com o irmão. — Talvez já tenham atirado em Neil. Como é que você pode mandar que as patrulhas de apoio e os paramédicos fiquem a distância? — Carolyn colocou o microfone do rádio perto da boca de Hank. — Dê uma contra-ordem. Meu irmão pode estar lá sangrando até morrer.

— Estão em jogo coisas mais importantes que o seu irmão — disse Hank, afastando a mão dela. — Você não sabe com o que está lidando. — Entrou cantando pneus no estacionamento do restaurante.

Carolyn viu um desconhecido de cabelos longos e jaqueta marrom no banco do motorista da Ferrari. O manobrista se arrastava pelo chão na direção da entrada do restaurante.

— Bloqueie a Ferrari, Hank! — gritou Carolyn, retirando a arma do coldre e soltando o cinto de segurança. — Neil pode estar dentro do carro, no chão.

O detetive subiu pelo meio-fio e parou em frente da Ferrari. Carolyn abriu a porta do carro rapidamente e ficou a centímetros de Leo Danforth.

As balas zuniam sobre sua cabeça quando ela saiu do carro. Outros disparos soavam por trás dela, vindos de vários pontos. Ela não podia ter certeza, mas devia haver cerca de oito a dez homens e, pelo menos, quatro carros.

Tinham caído numa emboscada. Como o carro da polícia era mais alto que a Ferrari, ela pôde ver que o homem tinha uma pistola na mão direita.

— Polícia! — gritou ela, apontando o revólver para a cabeça de Danforth. — Largue a arma ou eu atiro!

A JUSTIÇA DE SULLIVAN | 413

Como em câmara lenta, o homem virou-se, os olhos dilatados e fixos nela. Quando ele virou os ombros, ela pôde ver, quadro a quadro, o metal escuro da pistola emergindo do lado direito do corpo dele. O dedo de Carolyn encontrou o gatilho. Em menos de um segundo, ela abriu fogo. Fragmentos do cérebro de Danforth se espalharam no pára-brisa e no painel. As lágrimas brotaram dos olhos dela. Abriu a mão e a arma caiu no chão.

Carolyn ficou em estado de choque, de braços caídos ao longo do corpo. Hank entrou pela porta do carona, grunhindo enquanto puxava para fora o corpo sem vida do homem por cima do console.

— Entre no carro, Carolyn! Vai acabar levando um tiro!

Ela ouviu a voz de Hank, mas não registrou o que dizia. Uma bala ricocheteou no teto da Ferrari. A atenção de Hank desviou-se para outro homem que estava correndo para a frente do carro. O detetive pôs-se de pé e abriu fogo.

— Salve-se e salve o carro — gritou ele para Carolyn, por cima do ombro, matando um atirador a poucos metros de distância.

Neil estava vivo. Depois de abrir a porta e entrar na Ferrari, ela viu Neil inclinado por cima de uma mulher loura, deitada no chão. Tinha que ser Melody Asher. Os tiros vinham de um Jaguar verde e de um Range Rover branco, estacionados lado a lado na rua atrás dela. Um homem negro e alto estava atravessando o estacionamento com o que parecia ser um rifle de assalto. Os olhos dela divisaram à frente: mais carros, mais armas, mais homens.

Ela ficou alerta, sentindo um líquido quente ensopando sua roupa. Estava sentada no sangue do morto. Quando deu marcha à ré, Carolyn viu outro atirador correndo em ziguezague pelo estacionamento a poucos metros dela. Então engatou a primeira e contornou o carro de Hank. Deu outra ré para passar por cima

414 | NANCY TAYLOR ROSENBERG

do meio-fio e virou para a direita em ângulo reto. A distância, viu uma cerca de madeira separando o estacionamento de um beco. Derrubou a cerca e seguiu pela rua estreita.

Ao ouvir sirenes, ela viu pelo retrovisor carros da polícia emergindo na cena. Ela virou para a esquerda, na direção de Vista del Mar, achando que o lugar mais seguro para ir era a delegacia da polícia, a cinco quilômetros de distância. Para chegar lá, precisava pegar a rodovia 101 na direção sul. Quando viu a entrada para a rodovia na Seward Avenue, o Range Rover, de repente, apareceu, ao lado dela pela esquerda, bloqueando o seu acesso à rampa. O Jaguar estava atrás dela.

Um homem magro e barbudo, colocou o tronco para fora da janela e gritou:

— Encoste o carro — disse ele, acenando com uma arma na mão. — Tudo o que eu quero é a porra desse carro, minha senhora. Acha que vale a pena morrer por um carro?

Carolyn entrou em pânico, receando que a empurrassem para a direita, de encontro a uma barragem. Mas, em seguida, a estrada se abriu para a rampa de acesso à 101 Norte e, engrenando a segunda marcha, ela acelerou e fez uma curva rápida. Perdeu o Range Rover de vista. Ela nunca tinha dirigido um carro de alta performance como aquela Ferrari. Sentiu que era preciso ter força física para dirigi-lo. Os músculos dos seus braços tremiam pelo esforço realizado. Costurando de uma pista para a outra, ela podia ver agora, à esquerda, a aproximação da costa da Califórnia.

Olhou para o painel e viu que a velocidade máxima era de trezentos e vinte quilômetros por hora. Estava certa de poder ganhar do Jaguar, caso acelerasse a Ferrari até o limite.

Quando o ponteiro da velocidade passou da marca dos cento e cinqüenta quilômetros por hora, Carolyn chegou à conclusão de que Hank tinha protegido mais do que a vida dela quando lhe disse para partir. Os assassinos queriam o carro, não a ela. Meu Deus, o que havia dentro daquele carro que justificasse tanto derramamento de sangue? Se fosse uma carga de narcóticos, o laboratório já teria descoberto.

— Merda — exclamou Carolyn, percebendo que estava sem celular. Tinha que avisar a polícia que estava sendo seguida. Lembrou-se, então, de que a maioria dos carros de luxo tinha telefones ativados por voz. As pessoas não podiam dirigir um carro naquela velocidade e ficar segurando um celular no ouvido. Viu uma série de botões junto ao retrovisor e começou a pressionar cada um deles, ao acaso. Uma voz mecânica soou e disse: "Pronto." Verificando o retrovisor mais uma vez, viu que o Jaguar ficava cada vez mais para trás.

Ela estava prestes a pedir ao telefone para chamar o número da polícia, quando o telefone tocou. Pressionou o botão, na esperança de que fosse Hank.

— Hank?

— Srta. Sullivan, eu presumo — disse uma voz masculina, acentuando o tom grave da última sílaba. — O que a senhorita está fazendo com o meu carro?

— Quem é você?

— Digamos que eu seja um amigo, alguém que se preocupa com a sua segurança.

— Mentira — cortou ela. — Sei que existe algo bem valioso dentro desta coisa. Eu tive uma longa conversa com Raphael Moreno. Ele me contou tudo. Sei que você é o responsável pelas mortes de todas aquelas pessoas inocentes. — Mais vidas tinham sido perdidas por causa daquele demônio. Tinha que ser aquele homem que Moreno disse chamar-se Larry. — Você não vai reaver este carro nunca mais, Larry. Eu vou destruí-lo antes de deixar que você fique com ele. O jogo acabou.

— Seja como quiser.

Ela podia ouvir a respiração pesada do homem. Ele podia parecer calmo, mas devia estar furioso porque as coisas não haviam corrido como ele planejara. Os homens que não tinham morrido no tiroteio estariam mortos logo que Larry botasse as mãos em cima deles.

— Você está fazendo besteira, Carolyn — continuou Lawrence van Buren. — Se alguma coisa acontecer com você, quem é que vai tomar conta de John e Rebecca? Sua filha é uma jovem muito bonita. Meus homens pegaram os dois cerca de uma hora atrás. Espero que eles consigam se controlar. Eles adoraram segui-la nos últimos dias. Rebecca não deveria usar roupas tão sedutoras.

— Seu doente filho-da-mãe. — Sua raiva era tanta que ela quase perdeu o controle do veículo quando mudou de pista para evitar o trânsito lento. — Eu vou persegui-lo até o fim do mundo só para ter o prazer de matá-lo com as minhas próprias mãos. Não toque nos meus filhos, entendeu? — Ela fez um movimento para desligar o telefone e terminar a conversa, de modo que pudesse telefonar para casa e confirmar se John e Rebecca estavam em segurança. Mas hesitou. Sentiu-se de volta às aulas de irmã Catherine e seus sermões sobre as tentações do demônio. Ele estava blefando, disse para si mesma. Tudo o que ele disse não passa de uma evidente mentira. Depois de Moreno, ela nunca mais confiaria em assassinos, em especial um tão violento quanto Larry.

Os homens dele tinham feito um serviço de porco e agora ele estava assumindo o controle da situação. Antes de seguir em frente, porém, ela se lembrou das coisas que Moreno havia contado. Afinal, os homens de Larry tinham conseguido saber onde Moreno morava e decapitaram a mãe dele. Ela não tinha outra saída a não ser levar a sério a voz no telefone. Seus filhos estavam em casa sozinhos. Os homens dele podiam tê-la seguido do tribunal para casa. Ela não podia desligar o telefone, não quando estava negociando a vida dos filhos. Sua visão escureceu. O carro deu uma guinada para outra pista.

John e Rebecca podiam já estar mortos.

Se isso fosse a verdade, ela não agüentaria ouvi-la. Eles tinham matado a irmã de Moreno antes mesmo de ele ter chegado à casa dos Hartfield. Moreno estava certo ao decidir que o único curso de ação a seguir era o de se salvar para poder vingar as mortes da mãe e da irmã. A imagem da mãe de Moreno apareceu na sua mente, a cabeça vários centímetros separada do corpo. E se eles decapitassem John e Rebecca? Ela pediu a Deus que salvasse seus filhos.

Carolyn esforçou-se para pensar racionalmente. O desejo de fazer a volta correr para os filhos era avassalador, mas os riscos eram altos demais. Se ela tomasse a decisão errada, Rebecca e John iriam morrer. E se o homem estivesse mentindo e eles não soubessem onde ela morava? Ela não podia correr o risco de levá-los para a sua própria casa.

A única coisa que podia fazer era continuar dirigindo. Ela podia ter conseguido se livrar do homem no Jaguar, mas isso não significava que os seus perseguidores não aparecessem pela frente, vindos de outra direção. Sua camiseta estava ensopada de suor. Ela se aproximou do pára-brisa, tentando focalizar melhor a estrada em frente. Ao ver que o caminho estava limpo, pressionou os botões para baixar o vidro das janelas e respirou fundo, desesperada por um pouco de ar fresco. Estava rodando a uns cento e noventa quilômetros por hora. Sentia o calor que vinha do motor e o cheiro de fumaça no interior do carro. A essa velocidade, o vento parecia o de um furacão.

Era tudo real demais.

Carolyn já tinha passado por situações tensas, e todas elas tinham se resolvido por si mesmas. Mas seu instinto lhe dizia que desta vez podia ser diferente.

Como se tivesse lido a mente dela, Van Buren disse:

— A única maneira de você e seus filhos saírem dessa situação com vida, Carolyn, é chegarmos a um acordo. Não é necessário morrer. Eu tenho homens que estão vindo de Santa Barbara. Não vai demorar muito para que eles a interceptem. Eu sei que você está se aproximando de Carpinteria.

Ela não estava surpresa com o fato de ele saber a sua localização. O carro devia ter um GPS. Mas se isso era verdade, por que Van Buren havia demorado tanto para encontrar o carro depois que foi roubado por Raphael? Uma imagem voltou à sua mente. Quando ela olhara do carro de Hank para a Ferrari, havia um homem agachado com alguma coisa na mão. A arma estava na mão direita. Aquele objeto na mão esquerda devia ser um rastreador.

Carolyn começou a procurar dentro do carro com os dedos, ao mesmo tempo que dirigia e mantinha a atenção na estrada. Queria desativar o GPS. Não encontrando nada, ela se lembrou daquelas pulseiras que se colocavam nos pulsos das crianças para saber onde estavam. Se o aparelho era assim tão pequeno, ela não conseguiria encontrá-lo a não ser que desmontasse o carro. Ela não conseguia nem ver se o aparelho estava debaixo do banco, onde certamente devia ter sido jogado. Tirar os olhos da estrada poderia ser fatal.

— Estou escutando — disse ela para Van Buren, os dedos crispados no volante.

— Eu sei tudo sobre você, Carolyn. — Ele fez uma pausa para saborear o efeito das suas palavras. — Uma oficial de condicional... Que emprego miserável. Aposto que fica trabalhando à noite e durante os fins de semana para ganhar menos de cem mil dólares por ano. Isso é uma fração do que vou lhe oferecer.

Carolyn viu faróis piscando atrás dela. Talvez Hank tivesse sido morto e a polícia estivesse achando que o assassino havia fugido na Ferrari. Ela não conseguia ver que tipo de veículo era, pois ainda estava muito longe. Talvez fosse a Polícia Rodoviária tentando caçá-la por alta velocidade. Seria melhor parar no acostamento? Como é que podia ter certeza de que eles não iriam abrir fogo contra ela?

— Você me ouviu? — O homem no telefone voltou à carga.

— Estou escutando, sim. Não tem acordo.

— Dinheiro não é tudo na vida — insistiu ele. — Qual o preço que você paga pela vida dos seus filhos?

A questão crucial era saber se os homens dele já tinham pegado Rebecca e John. Ele era astuto. Estava jogando com as suas emoções para distraí-la do fundamental. Como ele podia ter previsto que seus homens falhariam e que ela acabaria fugindo com o carro?

Carolyn tentou avaliar suas opções. Nenhuma delas parecia viável sem terminar em trágicas conseqüências. Dar o carro a ele era suicídio. Como é que ele se dispunha a pagar pelo carro, quando poderia simplesmente matá-la? Entregar o carro à polícia poderia fazer com ele matasse seus filhos. A única maneira de parar aquele louco era eliminar o problema, isto é, desfazer-se do carro. Talvez fosse isso o que Hank estivesse tentando lhe dizer durante o tiroteio no restaurante.

— Dois milhões de dólares — disse Van Buren. — Traga-me a Ferrari e eu lhe pagarei dois milhões em dinheiro. Ninguém precisa saber. Você poderá se mudar para outro estado e construir uma vida nova para você e seus filhos. Faça os investimentos certos com o dinheiro e nunca mais precisará trabalhar.

— Vou desligar.

— E eu vou detonar os explosivos dentro do carro por controle remoto daqui a sessenta segundos. Como seu amigo e futuro parceiro de negócios, aconselho-a a não desligar.

A mente de Carolyn foi a mil. O que ele disse não fazia sentido! Momentos atrás estava disposto a pagar dois milhões pelo carro. Agora ameaçava explodi-lo. Não fazia sentido. Ela se perguntou se aquilo que tinha visto na mão do homem poderia ser um detonador por controle remoto. Mais um blefe? Possivelmente. Recuar agora seria dar ele uma vantagem.

— Não acredito em você — disse ela.

— Eu sou um homem de negócios — insistiu Van Buren. — Para eu cumprir o meu acordo, preciso que você devolva o carro imediatamente. Não posso permitir que o carro caia nas mãos erradas e me recuso a barganhar com qualquer outra pessoa a venda de uma propriedade que é minha.

— Logo, se você não puder ter o carro, ninguém mais poderá. É isso que você quer dizer?

— Estamos perdendo tempo. E o seu tempo está chegando ao fim — disse Van Buren, com um tom de voz pronto para explodir de tensão.

Carolyn tirou o pé do acelerador. Era difícil pensar àquela velocidade. Os faróis atrás dela também desaceleraram. O nevoeiro tinha descido sobre a estrada e ela não conseguia mais ver o que ela havia achado que eram viaturas da polícia. De qualquer forma, sabia que não podia deixar que ninguém se aproximasse. Se o homem cumprisse a ameaça de detonar uma bomba no carro, os policiais iriam morrer. Ela voltou a pressionar o corpo contra o banco, segurou o volante com força e pisou no acelerador. O ponteiro do velocímetro subiu para duzentos e vinte quilômetros. Ela se sentia como se estivesse no cockpit de um caça supersônico, mas o carro nem sequer trepidava. O ruído do motor, porém, era ensurdecedor.

— Se houvesse uma bomba no carro, a polícia teria achado — gritou Carolyn.

— Preciso da sua resposta agora, Carolyn — disse Van Buren, pressionando-a.

Os telhados de casas de um milhão de dólares passavam por ela na estrada, já perto de Santa Barbara. Qual seria o tamanho de uma bomba colocada num carro esportivo como aquele? Ela não entendia de bombas. No laboratório, os técnicos não estavam procurando por explosivos. Um carro-bomba não combinava com o assassinato de duas mulheres por injeção letal. Com o acúmulo de serviço por causa dos feriados, o pessoal do laboratório provavelmente examinara um carro atrás do outro, ou simplesmente se entusiasmara demais com a máquina para querer saber o que havia dentro dela.

— Onde você quer que eu deixe o carro?

Van Buren disse a ela que estaria no Aeroporto de Santa Barbara dentro de 15 minutos. Se Carolyn concordasse, ele desligaria.

As lágrimas escorriam por seu rosto, enquanto em sua mente via o rosto dos filhos. Tendo chegado tarde em casa na noite anterior, ela fora até o quarto de Rebecca e a beijara na face enquanto a filha dormia. Depois, no quarto de John, Carolyn se ajoelhara ao lado da cama, afagando a testa do filho, e sussurrara um pedido de desculpas por eles não terem ficado mais tempo juntos.

Depois de várias tentativas frenéticas, ela conseguiu ligar para o celular de Hank. Como o telefone era ativado pela voz, ela teria de pronunciar as palavras perfeitamente ou nada daria certo. Controlar a voz é muito difícil quando se beira a histeria. Assim que Hank atendeu, ela disse:

— Mande alguém até minha casa! Eles estão dizendo que fizeram meus filhos reféns!

422 | NANCY TAYLOR ROSENBERG

— Eles quem? Onde é que você está?

— Não fale, escute apenas. Falei pelo telefone aqui do carro com o homem que Moreno identificou como Larry. Ele disse que estará no Aeroporto de Santa Barbara dentro de 15 minutos para pegar a Ferrari. Disse que os homens dele já pegaram John e Rebecca. Ele sabe o nome dos meus filhos e disse que os seus homens já seguiam os dois há vários dias.

— Van Buren — exclamou Hank. — O FBI nos informou que a Interpol está seguindo os passos de um contrabandista de armas chamado Lawrence van Buren. Eles acham que ele está enviando material nuclear para a Coréia do Norte dentro de carros de luxo. É o que deve haver dentro da Ferrari.

— Meus filhos, Hank! Isso é o mais importante agora para mim — gritou ela.

— Espere aí — disse ele. E ela o ouviu dando ordens para que fossem enviadas várias viaturas para a casa dela. — Pronto.

— Quer dizer que o que ele disse é verdade. Sou uma bomba sobre rodas! — disse Carolyn, voltando à realidade. — Ele afirmou que poderia detonar a bomba por controle remoto. Quais os estragos que essa bomba pode fazer?

— Não sei — confessou Hank, quase tão em pânico quanto ela. — Não sou físico nuclear. O FBI nos disse que é possível fazer uma bomba nuclear do tamanho de uma maleta. A cavidade do motor na Ferrari é bem grande. Desculpe se eu te meti nessa maldita situação.

— Uma bomba nuclear! — repetiu Carolyn, apavorada.

— Eu vou ter que chamar os militares — continuou Hank. — Se você está em Santa Barbara, não deve estar muito longe da base aérea de Vandenberg. Fique na linha, vou mandar rastrear o seu número para o caso de cair a ligação.

— Desligue, Hank, quero ouvir a voz dos meus filhos — disse ela, o medo aumentando cada vez mais. — Depois de prender

A JUSTIÇA DE SULLIVAN | 423

Van Buren, mande verificar a costa perto de El Capitan. Mande notificar também todas as unidades policiais da área para manter distância no caso de ele detonar a bomba.

Antes que ele pudesse responder qualquer coisa, ela desligou e tentou ligar para sua casa. John atendeu logo ao primeiro toque.

— Graças a Deus você está bem. Onde está a sua irmã?

— Ela está na casa da Lucy. Mamãe, você parece...

— Telefone e peça a Paul ou a Isobel para trazer Rebecca para casa — disse Carolyn, tentando falar com um tom de voz normal. — Feche todas as portas e janelas e espere a chegada da polícia. Elas devem chegar aí junto com Rebecca. Você tem que ser forte, querido, não apenas por você, mas também por sua irmã. Eu amo vocês dois mais do que qualquer outra coisa no mundo.

— Mamãe, por favor... Por que você está dizendo essas coisas?

— Não posso explicar. E nem tenho tempo para isso. Aconteceu um problema no trabalho. Tudo vai dar certo. Eu queria apenas falar com vocês e dizer a vocês que os amo muito.

— Eu te amo também, mamãe!

— Dê um abraço na sua irmã por mim e diga a ela que eu a amo. Vou ter que desligar agora, meu querido. Adeus.

Carolyn estava soluçando ao levantar o braço e apertar o botão para desligar o telefone. O pior já havia passado. Estava mais calma e decidida. De uma maneira estranha, sentia que sua vida estivera em contagem regressiva até aquele momento. Tinha ouvido dizer que as pessoas viviam para desempenhar um simples ato: virar para a direita em vez da esquerda, evitando um acidente fatal; sorrir para uma pessoa profundamente deprimida e dar a ela a vontade de continuar vivendo; colocar alguns dólares na mão estendida de um pedinte esfomeado.

424 | NANCY TAYLOR ROSENBERG

Carolyn sabia o lugar exato onde desempenhar esse ato único para o qual fora colocada no mundo. Ela viu as placas que indicavam o desvio para o Aeroporto de Santa Barbara, mas continuou em frente. Ela não tinha muito tempo. Assim que Van Buren percebesse que ela não seguira para o aeroporto, ele detonaria a bomba. Em questão de horas, ela fora responsável por duas mortes. Primeiro, a de Moreno. Pouco depois, ela mesma atirara e matara um estranho. A imagem e o cheiro dessas mortes dominavam sua mente e seu corpo.

Ainda podia sentir uma substância pegajosa descendo pela barriga de suas pernas e sabia que era o sangue do homem que havia matado. O que a perturbava mais era ter disparado instintivamente, como se a vida humana não tivesse qualquer valor. Teria sido um ato de legítima defesa ou uma reação decorrente do que havia acontecido horas antes com Moreno? Podia ter se defendido procurando um lugar seguro, ou tentado atirar na mão do homem que segurava a arma ou, ainda, apontado para outra parte do corpo e não para a cabeça dele. As suas ações todas iam contra aquilo em que ela acreditava como católica. Seu corpo estremeceu ao pedir perdão a Deus pelo que havia feito e também pelo que ia fazer, um ato de coragem necessário para salvar a vida de muitas pessoas.

Carolyn viu mais à frente os penhascos sobre o mar. Acreditava que a água salgada pudesse reduzir o impacto da bomba ou, pelo menos, danificar o detonador. Se estivesse certa, o número de vítimas poderia ser minimizado.

Tinha tomado a sua decisão, feito as suas despedidas. Iria lutar para se salvar, mas estava pronta para se sacrificar. A estrada agora estava deserta: não havia carros, nem casas, nem prédios. De certa forma, era como se Deus tivesse limpado o caminho para recebê-la.

Carolyn virou o volante para a esquerda, acelerando o motor e atravessando três pistas. Momentos depois a Ferrari voava no espaço. Assim que o carro se projetou dos penhascos, avançando para o abismo, ela desligou o motor e respirou o silêncio. Sentiu-se sem peso, livre, como se estivesse voando para um outro mundo além da morte.

Antes de o carro despencar na direção do mar, Carolyn tirou a mão esquerda do volante e colocou-a na maçaneta da porta. Jogando o corpo contra a porta, ela levou a mão direita ao peito e segurou a cruz de prata da sua mãe. Nesse momento, sua cabeça bateu contra o painel do carro.

CAPÍTULO 38

Quarta-feira, 29 de dezembro — 18h31

Neil estava aguardando na sala de espera da emergência do Hospital Metodista com outras seis pessoas. Estava perplexo com o fato de nenhuma dessas pessoas aparentar estar mal, a não ser um garoto com coriza. Como alguém levava uma criança para a emergência por causa de um resfriado? Depois que uma jovem negra ao seu lado parou de falar no celular, ele perguntou:

— Eu não quero ser rude, mas gostaria de saber o que você está fazendo aqui.

— Estou com dor de cabeça — disse ela, não parecendo estar sofrendo dor alguma.

— Talvez você devesse parar de falar tanto no telefone — disse ele. — Ou então tomar uma aspirina.

Um homem baixo, vestido com jaleco azul de enfermeiro, apareceu para falar com Neil.

— Vai demorar dez minutos para nós completarmos os exames. Depois disso o senhor poderá ver a Srta. Asher, mas só por pouco tempo. Ela está sendo preparada para a cirurgia.

O enfermeiro afastou-o do caminho. Quando Neil se virou, viu um grupo de funcionários do hospital correndo em direção às portas eletrônicas. Dois paramédicos estavam empurrando uma maca. Um jovem gritava de dor. Ao passar, Neil viu que a perna esquerda do homem estava faltando abaixo do joelho. Achou que o resto da perna devia estar na caixa com gelo ao seu lado. Impressionado, Neil resolveu ir até a cafeteria beber uma xícara café.

Melody levara um tiro no abdome. Neil também tinha chegado na ambulância, segurando a mão dela, mas horrorizado diante da possibilidade de ela não sobreviver. Dentro de uma hora, Melody seria operada para removerem a bala, assim como parte dos intestinos atingidos.

Um homem alto, de cabelos escuros, dirigiu-se a Neil no momento em que ele esperava pelo elevador.

— O senhor é Neil Sullivan? — perguntou o Dr. Graham, com uma voz carregada de emoção. — Você não me conhece, mas eu o reconheço de fotos nos jornais. O detetive Sawyer me telefonou. Ele disse que você estava com a minha filha quando ela foi atingida. Como ela está?

— Ela vai sobreviver — disse Neil, pensando que o homem fosse mais um maldito repórter. — Ela me contou que o pai dela está morto. Foi um truque muito sórdido da sua parte, para obter a matéria.

— Eu não sou jornalista, senhor — insistiu o Dr. Graham, o rosto demonstrando preocupação. — Eu viajei de Nova York. Estive na casa dela há dias, mas não me surpreende que ela não tenha dito a você quem eu sou.

Neil ficou sem saber o que pensar. O homem, no entanto, parecia sincero e Melody já tinha contado uma porção de mentiras.

— Não sei mais em que acreditar.

A porta do elevador abriu e ele seguiu Neil pelo corredor do quinto andar do centro cirúrgico. Antes de chegar ao balcão das enfermeiras, o Dr. Graham puxou-o pelo braço e disse:

— Não importa se você acredita ou não, mas ela é minha filha.

Uma enfermeira de expressão grave levou-os até a última divisória. O Dr. Graham ficou para trás, enquanto Neil afastava as cortinas e entrava. Os olhos de Melody estavam fechados e seu rosto, alarmantemente pálido. A mulher no leito ao lado gemia.

Era ele que devia estar entrando na faca agora. Melody havia atirado no homem que vinha na direção dele e levara o tiro que o homem disparara para atingir Neil. Ele tocou de leve o ombro dela e ela abriu os olhos:

— Neil?

— Sim, sou eu — disse ele, com um tom de voz próximo de um sussurro. — Como você se sente?

— Com as minhas mãos, bobo — brincou ela, mas logo fez uma careta de dor. — Merda, acho que vou morrer.

— Não fale assim — retorquiu Neil, apertando a mão dela. — O médico disse que você vai ficar boa. Só tem que passar por essa operação.

Não importava o quanto ela aparentasse ser durona ao falar, na verdade o verniz glamouroso tinha desaparecido e ela parecia infantil e vulnerável.

— Você salvou a minha vida, Melody.

— Tudo o que eu fiz foi reagir — disse ela, passando a língua pelos lábios ressequidos. — Eu estava com a arma na mão e a usei. — Ela afastou a mão dele e virou a cabeça.

— Eu vou cuidar de você.

— Claro que vai — disse ela, voltando a cabeça e encarando-o. — Eu não tenho medo de morrer. A morte pode não ser tão ruim assim. Não era pela morte que você estava procurando outro dia?

Neil sentiu-se atingido pelo comentário dela.

— Eu estava errado, Melody. Ninguém deve tirar a própria vida.

A JUSTIÇA DE SULLIVAN | 429

— A morte é a morte — disse Melody, fazendo uma pausa para respirar. — Você diz que vai cuidar de mim, é? Eu não passo de uma babaca com uma conta bancária gorda. É por isso que você me agüenta há tanto tempo, não é? Mas andava transando com a professora nas minhas costas. Você ia me abandonar e casar com ela.

A cabeça de Neil girava. Seu amor por Laurel tinha sido uma ilusão. Ela dormia com um ex-aluno. E, ainda por cima, não disse a ele que ainda estava casada. Talvez Laurel fosse babaca, e não Melody. Ele nunca a compreendera. E ela levou uma bala no lugar dele. Toda aquela sua agressividade não passava de uma couraça protetora que agora, finalmente, se rompera. Ele se inclinou sobre ela e beijou-lhe a testa.

— Assim que você ficar boa, vamos ficar juntos. Você acha que agüenta?

— Vamos ver — disse Melody, fechando os olhos.

Neil saiu e foi sentar-se ao lado do Dr. Graham.

— Pode entrar agora — disse Neil. — Mas acho que ela está muito dopada e não vai poder falar muito.

— Obrigado — disse ele, estendendo a mão. — Michael Graham. Eu já fui médico. O médico daqui permitiu que eu visse o quadro dela. Ferimentos no abdome são extremamente dolorosos, mas estou certo de que ela vai ficar boa depois da operação.

A enfermeira veio dizer a Neil que havia uma ligação telefônica para ele. Ele seguiu a enfermeira, e o Dr. Graham foi ao encontro de Melody.

— Aqui é a detetive Mary Stevens falando. Houve um acidente envolvendo a sua irmã.

De pé ao lado da filha, o Dr. Graham deixou que as lágrimas rolassem pelo seu rosto. Nunca tinha imaginado como ele precisava ter Jessica de volta na sua vida, ser pai de novo, amar de novo. A recuperação ia ser lenta e dolorosa. Se ela permitisse, ele iria cuidar dela em todas as fases dessa recuperação. O tempo ficou em suspenso no silêncio daquele reencontro. Era verdade que ele perdera a maior parte dos grandes momentos da infância dela: aniversários, natais, formatura. E perdera, principalmente, a oportunidade de vê-la crescer e se transformar em mulher, como uma flor desabrochando. Os anos seguintes seriam tempos diferentes, de convivência entre pai e filha. Não importava que tivessem ficado separados antes. Agora não havia mais nada que pudesse se interpor entre eles.

O Dr. Graham foi até o banheiro e molhou uma toalha com água fria. Depois voltou e, gentilmente, passou-a no rosto de Melody.

— Jessica, Jessica... Papai está aqui...

Seus olhos se abriram e se encontraram com os dele. Embora refletindo as dores do momento, ainda eram os mesmos olhos maravilhosos da sua menina.

— Como é que...

— Não, não — interrompeu ele. — Fique calma. Poupe a sua energia. Você vai precisar dela para enfrentar a cirurgia. — E ele continuou a umedecer o rosto dela com a toalha molhada. Seu queixo se movimentou para cima, enquanto fechava os olhos de novo. E ele percebeu que havia uma expressão de prazer no rosto dela.

— Eu queria apenas que você soubesse que eu estou aqui para ajudá-la, Jessica, no que for preciso. Nunca mais deixarei de estar presente na sua vida.

— Obrigada, papai — disse ela, num sussurro.

Os agentes do FBI, Gray e Tushinsky, tinham contatado a base aérea de Vandenberg e conseguido uma frota de helicópteros SH-2G Super Seasprite para estar no local do acidente em 15 minutos.

A JUSTIÇA DE SULLIVAN | 431

O carro de Hank voava pela rodovia 101, rumo a Santa Barbara. Ele queria desesperadamente falar com Carolyn, mas não havia como conseguir entrar em contato com ela, visto que ela não lhe dera tempo suficiente para rastrear a chamada. A bolsa e o celular dela estavam no banco do carro, ao lado dele. Quando chegaram ao restaurante, os dois haviam entrado em ação tão rápido que ela acabara deixando seus pertences para trás.

Tentar salvar Carolyn dizendo para ela sentar no carro e partir tinha sido uma atitude idiota. Ele sabia que os homens estavam atrás da Ferrari. No calor do momento, ele queria que ela saísse da linha de fogo, mas acabara colocando-a, como ela dissera, em uma bomba sobre rodas.

A voz da telefonista da central irrompeu do aparelho no console:

— Unidade dois-doze, está na escuta?

— Positivo.

— A central da polícia informa que um carro vermelho foi visto despencando no mar ao norte de Goleta. Qual o seu horário estimado de chegada?

As mãos dele tremiam quando pegou o microfone. Ele devia ter explicado a Carolyn que o fato de o carro conter material nuclear não significava que fosse explosivo. Ela se sacrificara achando que assim salvaria a vida de pessoas inocentes.

— Unidade dois-doze, na escuta?

— O meu horário é vinte.

Através da escuridão, ele podia ver o bloqueio da estrada a distância. No céu, os helicópteros sobrevoavam em círculos, os fachos de luz ziguezagueando nos penhascos e no mar. O trânsito engarrafou e parou. E a cabeça de Hank tombou. A situação era muito similar à da morte de seu irmão. Andy tinha ido a uma festa e bebido muito com os amigos. Surfista de 30 anos de idade, ele tinha uma pele curtida pelo sol e costumava fumar o primeiro baseado antes do café-da-manhã. Fizeram uma grande fogueira na praia. Ao partir em grande velocidade, para se mostrar no seu novo Corvette, um pneu estourou, ele perdeu o controle do carro e despencou no mar.

Hank tinha que insistir para os militares não interromperem as buscas por Carolyn. Para eles, a prioridade era recuperar a Ferrari.

Vários homens em uniformes militares, empunhando metralhadoras AK-47, faziam sinal para os carros passarem para a outra pista e voltarem pelo mesmo caminho.

— Eu sou o detetive Hank Sawyer, do Departamento de Polícia de Ventura — disse ele, desembolsando o seu crachá e colocando-o na cintura.

— Desculpe, senhor, mas temos ordens para não deixar ninguém passar, nem mesmo policiais. Estamos evacuando a área. Por favor, não insista. É para sua própria segurança.

Depois da morte do irmão, Hank se familiarizara com as correntes do mar. Andy tinha sido sugado por um redemoinho. Ao longo da costa da Califórnia e do Oregon, as águas mais quentes se afastam das praias, sendo substituídas por águas frias. Essas correntes frias, muito fortes, podiam arrastar os corpos para quilômetros de distância de seu ponto de entrada. A água fria, além disso, puxava os corpos para águas cada vez mais profundas, do norte para o sul, ao longo da costa. Se ele tivesse sorte, as correntes trariam o corpo de Carolyn para a praia através de canais submarinos. Na área de Ventura, havia apenas três lugares onde procurar. A unidade de resgate da base aérea de Vandenberg poderia não saber onde eram.

O que ele devia fazer agora? Uma coisa era certa: não podia ficar sentado e deixar o destino de Carolyn nas mãos de estranhos. Eles não iriam se preocupar com ela. Eram militares. O seu objetivo principal era a segurança nacional. Ele se recusava a abandoná-la, como havia feito com o irmão.

A JUSTIÇA DE SULLIVAN | 433

— Estação Dois — disse ele no microfone. — Entrem em contato com a unidade de resgate de Vandenberg. Digam a eles para procurarem perto da praia de Naples. Estou indo para lá agora.

Uns dez quilômetros depois, ele cruzou o canteiro da rodovia e pegou uma estrada secundária. Logo chegou ao penhasco que dava para o mar, no momento totalmente escuro. Uma rajada de vento soprava do mar para terra. Ele deu um passo para trás, reconhecendo o risco que estava correndo.

A última imagem de Carolyn atravessou sua mente. Foi quando ela se virou para olhar para ele e ele viu medo e confusão naquele olhar. Os seus magníficos cabelos negros foram emoldurados pela Ferrari vermelha quando ela entrou no carro e desapareceu a toda velocidade.

Será que já estaria morta? Fora uma ordem dele que motivara tudo. Seus filhos ficariam sem mãe. Como ele poderia continuar vivendo com esse peso?

Sua decisão estava tomada.

Ele não podia ficar esperando que a equipe de resgate agisse. Em situações como essa, vidas podiam ser salvas por questão de segundos. Esticou a perna direita e apoiou-a na primeira de muitas pedras. Dirigiu o foco de sua lanterna para baixo e olhou o caminho. Sentiu uma tontura. Apesar de ter feito todo o possível para se controlar, ele continuava sofrendo de vertigens. Tinha pela frente uns cento e cinqüenta metros de penhascos, rochas e areia para navegar. Por sorte, descobriu uma trilha para a descida. Lentamente, passo a passo, foi descendo, tentando não olhar para o abismo. Teria perdido a cabeça? A distância, escutou o ruído das hélices de um helicóptero.

Ouvindo vozes na rua acima, concluiu que o tinham avistado. Olhando para cima, viu a luz de lanternas apontando para ele. Seu pé escorregou no cascalho solto. Ele caiu, mas recuperou o equilíbrio. Escorregou novamente e foi deslizando pelas rochas até cair no mar. As ondas jogaram-no de um lado para o outro, antes de começarem a sugá-lo para o fundo. Ao tentar descobrir se dava pé, viu que estava sangrando na perna. Sempre que emergia de uma onda conseguia ver a lua no céu. Sabia que não valia a pena resistir à correnteza. Serviria apenas para esgotar as suas energias. Aproveitando todas as ocasiões para respirar, ele se deixou levar pelas águas.

A forte correnteza arrastou-o pela costa. É isso aí, pensou ele, finalmente estava na hora de pagar por todos os pecados. Mas, de repente, suas costas bateram na areia. Tinha sido sugado para um canal criado por alguma tempestade. A erosão criara uma fenda que levava diretamente para as profundezas do mar. Na maré cheia, as águas faziam um movimento contrário, trazendo tudo para terra. E ele rolou para a praia. Olhou em volta e para cima. Podia ver o luar batendo na crista das ondas e os caranguejos da areia procurando esconder-se de novo, assim que a onda recuava.

Pelo canto do olho, Hank viu um brilho de metal. Apoiado num dos braços, estendeu o outro e tocou no que parecia ser a porta da Ferrari. Já de joelhos, pôde ver alguma coisa boiando por perto. Sacudiu a cabeça para retirar a água salgada dos olhos. Era um corpo. Pôs-se de pé e deu alguns passos, coxeando, antes de chegar a ela.

Carolyn não estava respirando.

As dores aumentaram por toda a sua perna esquerda quando tentou arrastá-la da água. Segurando-a pelas costas, ele fechou o nariz dela e começou a fazer a respiração boca a boca. Incontáveis segundos depois, ela vomitou água e voltou a respirar.

— Agüente firme, Carolyn, que eu vou buscar ajuda.

— Não me deixe, Hank. Eu não quero morrer sozinha.

— Então vou ter que carregá-la.

Ele a ergueu nos braços, pegando pelos ombros e pelas pernas. O helicóptero do FBI os avistara e descia na direção deles. Andando pela areia molhada e instável, sua perna esquerda cedeu e ele caiu. Veio uma onda e, no recuo, Carolyn desprendeu-se dos seus braços e voltou ao mar.

— Não me solte, Hank — gritou ela, ainda segurando a mão dele, enquanto a força das águas fazia a sua parte, não querendo abrir mão da presa.

O helicóptero já estava bem em cima deles, iluminando aquele pedaço da praia. Hank sentiu que seus dedos já tinham perdido contato com os dela. Ela voltara para o mar. Hank ainda tentou lançar-se e nadar, mas outra onda jogou-o de volta para terra. E ele ficou flutuando de um lado para outro, feito um boneco de pano, até que foi depositado de novo na praia.

Hank olhou para cima e viu o cano de uma metralhadora.

— Fique quieto, senhor.

— Eu encontrei a motorista do carro — gritou Hank, frenético. — Ela estava aqui. A correnteza a levou de novo. Vocês têm que encontrá-la.

— Espalhem-se e procurem um corpo de mulher — ordenou o oficial a um grupo de cinco homens.

Logo depois ouviu-se uma voz bem sonora:

— Está aqui!

EPÍLOGO

Seis semanas depois

Foi um milagre Carolyn não ter morrido no acidente. Seus movimentos ainda eram limitados. Sofreu uma concussão grave, quebrou uma clavícula e fraturou o tornozelo esquerdo. Alex Pauldine contou-lhe que, pelos estragos causados pelo impacto, o carro deve ter batido nas pedras durante a queda, antes de chegar ao mar. A porta do motorista, que Carolyn conseguira abrir, soltou-se. Ela não viu mais a Ferrari quando caiu na água. O impacto jogou-a para longe dos destroços do carro. Felizmente Carolyn conseguiu sobreviver flutuando com as correntes. Jamais poderia esquecer do rosto de Hank tentando salvá-la.

Carolyn já estava vestida, esperando por Hank, que a levaria de carro, pela primeira vez, para o escritório, depois daquela noite horrível. Rebecca e John já tinham ido para a escola. Ela olhou de novo para as flores que Paul lhe mandara. Pegou o cartão e leu as palavras dele. Ele tinha feito todo o possível para ajudá-la e às crianças, mas continuava tendo os seus segredos. Carolyn valorizava a integridade de caráter; não poderia ficar com um homem que não compartilhasse os mesmos valores. Paul não tinha sido honesto com ela a respeito do seu passado. Melody a havia avisado sobre essa infeliz realidade.

438 | NANCY TAYLOR ROSENBERG

Carolyn cumprira a promessa que havia feito a Rebecca: dar a Paul uma outra chance. Os dois saíram para jantar fora e as coisas correram bem. Dois dias depois, chegou um pacote contendo três CDs de Melody com mais vídeos de Paul transando com outras jovens que ela presumia serem alunas.

O relacionamento deles acabou.

Carolyn passou seis semanas horríveis numa cadeira de rodas. Na sua próxima visita, o médico ia retirar o gesso do pé. E ele já dissera que ela iria recuperar totalmente os movimentos do braço esquerdo e do ombro.

Escutando o ruído de um carro estacionando na frente da casa, ela fez um esforço para abrir a porta da rua. Hank saiu da van e veio ao encontro de Carolyn com um largo sorriso nos lábios.

— Vamos lá, meu velho — gritou ela.

— Quem, eu? — perguntou ele, olhando para trás. — Eu não sou velho. Sou apenas gasto. Está pronta?

— É claro que estou — respondeu Carolyn, com a certeza no tom de voz.

— E como vão as coisas com Melody? — perguntou ele, uma vez na estrada. Mas foi ele mesmo que respondeu. — O homem que atirou nela morreu há poucos dias. Eu falei hoje de manhã com a promotoria e eles me confirmaram que não vão processar Melody. Se ela não tivesse retirado toda a aparelhagem da casa dela antes de nós chegarmos para fazer a busca, talvez pudéssemos processá-la por vigilância eletrônica ilegal e por sonegar provas à justiça. Não temos provas de que o filme sobre o assassinato de Laurel Goodwin tenha sido feito por Melody. Acho que a gravação do vídeo de Paul foi feita em outro computador ou, então, não foi ela que fez o vídeo do assassinato. Hoje em dia há câmeras por toda a parte. — Hank fez uma pausa e colocou na boca um novo palito. — Pelo menos, ela fez a coisa certa em relação ao pai. Você disse que Neil lhe contou que quando Melody estiver recu-

A JUSTIÇA DE SULLIVAN | 439

perada ela vai a Nova York testemunhar diante do conselho de medicina. Talvez o pobre homem venha a recuperar a sua licença para exercer a medicina.

— Então, você não ouviu a última — atalhou Carolyn.

— Não. O que foi? — perguntou Hank, justificando-se por ter estado muito ocupado.

— Alguns dos documentos que ela me mostrou eram falsos, Hank. Ela mudou legalmente o nome para Melody Asher, tudo bem, mas não tinha o consentimento da outra mulher. As autoridades de Nova York reabriram o caso, mas a verdadeira Melody Asher não foi localizada. Não há registros de ela ter casado nem de ter residência em Israel. Estranho, não é?

— Ela pode ter matado essa moça — disse Hank, incrédulo. — Meu Deus, Neil ainda continua se encontrando com ela? Você vai ter que botar um bocado de bom senso na cabeça do seu irmão.

— Estou trabalhando nisso — informou Carolyn. — Mas Neil é teimoso, Hank.

Quando Hank estacionou no complexo do governo, os olhos de Carolyn desviaram-se para as janelas da cadeia. Moreno estava morto, mas haveria outros criminosos violentos por lá. Ela não iria se arriscar tanto da próxima vez. Era uma sensação estranha voltar ao mesmo edifício. As coisas tinham mudado. Ela matara um homem. Por esse motivo, também ela nunca mais seria a mesma. A melhor maneira de resolver o passado era voltar ao trabalho. Ela ainda poderia realizar muita coisa boa neste mundo. E foi com esse pensamento que entrou na sala de Brad e se sentou numa cadeira na frente dele.

— Bem-vinda de volta, *baby* — disse ele, pegando uma boa pilha de casos. — Pronta para trabalhar?

— Eu pareço pronta?

— Parece muito melhor do que quando Hank retirou o seu corpo das águas do mar — disse Brad, rindo.

440 | NANCY TAYLOR ROSENBERG

Brad tinha sido enviado por Deus. Ela não sabia se teria conseguido sobreviver sem ele. Ele passara dias e noites sentado numa cadeira junto à cabeceira dela no hospital. O que ela precisava decidir era se ele se preocupava com ela sinceramente ou se era meramente um oportunista. Agora que Paul estava fora do páreo, a oportunidade era a melhor possível para ele dar a sua cartada.

— Você acha que eles vão condenar Van Buren?

— A acusação parece estar tomando forma — disse Carolyn, descansando as muletas na cadeira ao lado. — Eu falei com um dos promotores federais ontem para saber quando vou testemunhar. Eles conseguiram um trunfo. Um dos homens de Van Buren concordou em testemunhar contra ele. Encontraram também o corpo de Dante Gilbiati, aquele que matou a família de Moreno e os Hartfield, numa sepultura do cemitério Shady Oaks.

Lawrence van Buren fora preso pelo FBI e acusado de traição, pela morte de Dante Gilbiati, por cumplicidade em sete homicídios e por ser o mandante do crime no caso das mortes de Laurel Goodwin e de Suzanne Porter. Estava aguardando julgamento num tribunal federal.

Brad fez um avião de papel e jogou-o para ela, disparando um sorriso brincalhão.

— Quando é que você vai estar pronta para voltar às atividades mais prazerosas?

— Você é nojento — disse ela, franzindo o cenho e retirando o papel do cabelo. — Só sabe falar de sexo e de carros de corrida. Estamos no trabalho, Brad. Se voltarmos a nos ver regularmente, precisamos ser discretos.

— Você devia saber quando alguém está de brincadeira... Ah, disseram no noticiário que a Interpol prendeu aquela assassina. Qual é mesmo o nome dela?

— Claire Mellinger — respondeu Carolyn, inclinando-se para a frente. — Quando você ouviu isso?

A JUSTIÇA DE SULLIVAN | 441

— No rádio do carro, quando vinha para cá hoje. Fascinante, realmente. Parece que ela está num estágio avançado de esclerose múltipla. Apanharam-na quando ela apareceu para tratamento em uma clínica em Cannes, na França. Ela tem marido e um filho. Dizem que mal pode andar. Como é que ela podia matar alguém se estava assim tão mal? Mas por causa da roupa e do capacete de motociclista, todos nós pensávamos que o assassino fosse mesmo um homem.

— Era justamente isso o que ela queria. — Carolyn estava aliviada pelo fato de Mellinger ter sido presa, mas havia detalhes no caso que a intrigavam. — Charley Young acha que ela controlava os sintomas da doença tomando uma dose menor da mesma composição que ela injetou em Laurel Goodwin e Suzanne Porter. Lembre-se de que uma das substâncias encontradas nos dois corpos era uma droga usada no tratamento de esclerose múltipla. Charley disse que a heroína e a cocaína provavelmente a ajudavam a aliviar as dores e a mantinham alerta.

A mente de Carolyn voltou-se, então, para a mãe. Segundo recomendação de Marie Sullivan, até a sua morte o trabalho do marido na solução da hipótese de Riemann devia ser mantido em segredo, sem divulgação para a comunidade acadêmica e científica. Carolyn esperava conseguir que a mãe mudasse de idéia antes que alguém mais resolvesse o problema. No fundo, ela não achava que o pai daria muita importância ao fato de ganhar ou não o prêmio Nobel de matemática. A sua satisfação maior havia sido encontrar a solução do problema.

Carolyn olhou para a pilha de processos em cima da mesa de Brad.

— Você vai me passar todos esses processos? Nesse caso, vou ter que começar já, de imediato.

— Não — respondeu Brad. — Pode ficar sossegada. Não vou forçar a barra com você por enquanto. Quando é que vai ao médico novamente? As últimas seis semanas devem ter sido bem chatas. Se não fosse eu cuidando de você, não sei o que teria acontecido.

— Babaca — reagiu Carolyn, pegando as muletas e preparando-se para sair.

— Essa é a minha garota — disse Brad, sorrindo.

NOTA DA AUTORA

No último ano, passei por uma série de experiências novas. Minha querida mãe faleceu. Uma nova neta nasceu, a minha preciosa Elle Laverne. Eu me casei novamente. Meu novo marido, Dan, e a sua encantadora filha, Christina, fazem agora parte da minha família, já bastante extensa.

Durante o tempo que passei escrevendo este livro, também tive que me submeter a uma cirurgia delicada na coluna. Meu filho mais velho, Forrest Blake, pôs de lado o trabalho para poder ajudar sua mãe. Sem essa ajuda, sei que jamais poderia ter entregado este livro a tempo. Agora, estou completamente recuperada e trabalhando arduamente no próximo livro.

Gostaria de agradecer ao meu grande amigo e fisioterapeuta, Heather Ehrlick, que me visitou todos os dias no hospital e, depois, em minha casa.

Agradeço a todo o pessoal da Kensington Books: à minha fabulosa editora e amiga, Michaela Hamilton, que sempre me estimula a ir em frente; à minha *publisher*, Laurie Parkin; e, evidentemente, a Steve Zacharius e Walter Zacharius. Ao meu agente, Arthur Klebanoff, pelos seus esforços para organizar e promover a minha carreira. À minha grande família: meu marido, Dan, que dormiu ao meu lado no hospital; Forrest, Jeanie e Rachel; Hoyt, Barbara, Remy, Taylor e Elle; Chessly, Jim, Jimmy e Christian; Christina, Nancy Beth, Amy e Mike, mais o bebê que está para chegar.

Agradeço ainda às minhas irmãs e irmãos: Sharon e Jerry, Linda e John, e Bill e Jean. E também aos meus sobrinhos, Nick, Mark e Ryan.

Este livro foi composto na tipologia
Minion, em corpo 11/15,2, e impresso em
papel off white 80g/m², no Sistema Cameron
da Divisão Gráfica da Distribuidora Record.

Seja um Leitor Preferencial Record
e receba informações sobre nossos lançamentos.
Escreva para
RP Record
Caixa Postal 23.052
Rio de Janeiro, RJ – CEP 20922-970
dando seu nome e endereço
e tenha acesso a nossas ofertas especiais.

Válido somente no Brasil.

Ou visite a nossa *home page*:
http://www.record.com.br